チェス盤の少女

JN018540

ロイド

＝訳

角川文庫
22054

The Memory Wood
By Sam Lloyd

Copyright ®2020 Sam Lloyd
All rights reserved.

Japanese translation rights arranged with
Rogers, Coleridge & White through
Tuttle-Mori Agency, Tokyo

目次

登場人物

イリサ・ミルゾヤン……十三歳。チェスの天才少女。
リーナ・ミルゾヤン……イリサの母親。
イライジャ……十二歳の少年。
カイル……イライジャの兄。
ブライオニー・テイラー……誘拐・監禁後に殺害された少女。
メイリード・マカラ……ドーセット州警察本部に所属する警視。

第一部

イライジャ

六日目（一）

みんなが次々と部屋に戻ってくる。ぼくはもうイスに座ってはいない。かわりにテーブルに腰かけ、何もはいていない足をぶらぶらさせている。ピンク色の四角い絆創膏《ばんそうこう》がひざでかすかに光る。ほんとうに不思議なことに、そこをけがした覚えがない。

ぼくが移動しているのを見て、みんなは驚いて眉《まゆ》をつり上げるけど、だれもごちゃごちゃ言いはしない。テーブルはボルトで床に固定されているので、ひっくり返ってけがをする可能性はないんだし。十歳のときに〈記憶の森〉を走っていて、足を折り、死にそうになった。でも、あれは二年前のことだ。今はずっと注意深くなっている。

「すべて終わったみたいだよ、イライジャ」ひとりが言う。「家に帰るのが楽しみかい？」

ぼくは部屋を見まわす。窓がないことに初めて気づく。それはふだんここに入っている人が——悪い人たち——だからかもしれない。いま、ぼくといっしょにいるこの人たちとはちがう。この人たちは、制服を着ていなくても、警官なんだ。さっきコカ・コーラを持ってきてくれた人が、自分たちはふだん着を着ていると言っていた。冗談だったのかもしれないけど。十二歳にしては、ぼくのＩＱはかなり高いとはいえ、からかわれても、よくわからないんだ。

一瞬、みんながまだぼくをじっと見て、答えを待っているのを忘れる。ぼくは見あげて、うなずき、足をもっと激しくぶらぶらさせる。家に帰るのは楽しみに決まってるよ。ぼくの顔が変わる。笑っていると思う。

（二）

ぼくらは車に乗り、父さんが運転している。〈記憶の森〉のはずれに住むマジック・アニーは、近ごろは、たいていの子どもが、親のことをママとかパパとか呼んでいると言う。たしかにぼくも前はそうだった。どうして母さんと父さんに変えたのかはよくわからない。ぼくは古い本をよく読む。新しい本に使うお金がないからなんだけど。ひょっとして、そのせいかも。

「あいつら、おまえに訊《き》いたのか？」父さんが訊く。

「何を？」

「まあ、いろいろさ」

父さんは交差点で車のスピードを落とす。たとえ通行優先権があっても。つねにそんなふうに用心深いのが、父さんだ。自転車に乗る人や、犬の散歩をする人や、のろのろ横断するハリネズミを轢《ひ》くんじゃないかと、いつだって心配している。

「父さんのことを訊かれたよ」ぼくは言う。

前の席で母さんが横を向き、父さんを見る。父さんは道路に注意を向けたままだ。しっかりハンドルを握り、手首をこぶしより高く斜めに保っている。その姿がちんちんする犬っぽくて、ぼくはふと、リビングルームの壁にかかっている、アーサー・サーノフの絵を思いだす。ビーグル犬が、葉巻をくわえた悪党っぽい猟犬二匹を相手にビリヤードをしているやつだ。その絵の題名は『おい！　片足を床につけろ！』という。なぜかというと、ビーグル犬は踏み台に乗っていて、それはルール違反だからだ。母さんはその絵がきらいだけど、ぼくはどっちかというと好きだ。うちにあるたった一枚の絵だし。

「何を訊かれたんだ？」

「ああ、えーと、つまんないことさ、父さん。どんな仕事をしているのか、とか、どんな趣味を持ってるのかとか、そんなかんじ」ほかの質問は、今はまだ言わないことにする。ぼくの答えも。もう少しじっくり考えてみるまでは。この数日にいろんなことがあったから、一から整理しないと。人生って、ときどきかなりややこしくなることがある。高いＩＱを持つ子どもにとってもね。

「おまえは何て言ったんだ？」

「父さんは庭師だって言ったよ。それから修理もするって」ひざのピンク色の絆創膏をへこませて、一瞬びくっとする。「父さんが救ったカラスのことを話したんだ」

　ある朝、ぼくらは裏口の外で、折れた翼をばたばたさせているカラスを見つけた。父さんはミルクに浸したパンを食べさせて、三日間ずっと手当した。四日目に階下《した》に下りたら、カラスはいなくなっていた。カラスの骨は、人間の骨よりずっと早く治るからな、と父さんは言った。

（三）

町はずれに近づいていく。建物が少なく、人も少ない。歩道に制服を着た男の子がふたりいる。灰色のズボンに、栗色のブレザー、すりへった黒い靴。ぼくと同じくらいの年に見える。家じゃなくて学校で授業を受けるのって、どんなかんじなんだろう。家にある本で、十回以上読んでいない本は一冊もないから、ぼくは絶対にうまくやれる。マジック・アニーが言うには、ぼくはずっと大きな人くらい、ことばを知っているそうだ。かつて、六千語を知っている劇作家がいた。できれば、そいつを超えたいものだ。

さっと通りすぎるとき、ぼくは手のひらを窓に押しつける。その子たちがふり向いて、手をふってくれるところを想像した。でも、そんなわけはなくて、ふたりは見えなくなる。

「わたしのことは話したの？」母さんが訊く。

母さんはまだ横を向いている。今日はなんてきれいに見えるんだろう。低い太陽が雲のあいだから現れると、髪の毛が海賊の黄金のようにきらめく。本で読んだ天使か、戦いの女王のように見える。イケニ族の女王ブーディカとか、ギリシャ神話の女神アルテミスとか。前の席に移って、母さんのひざで丸まって寝たい。そのかわりに、ぼくは怒ったまねをして、目をぐるりと回す。「ぼくは完全な小才子ってわけじゃないんだよ。一度迷子になったからって」

「小才子」は、ぼくの新しいお気に入りのことばだ。先週は「かしまし女」だった。中英語で、やたらとおしゃべりな人という意味だ。だれの人生にも、かしまし女をふたりと、なるべくなら何人かの小才子を仲間に入れておくべきだ。

もう一度、窓の外を見る。今度は、見えるのは野原だけだ。「グレーテルが大丈夫だといいんだけど」

「グレーテル？」父さんが訊く。

ぼくはすぐにおなかの具合が悪くなる。ぬるぬるしたヘビが中にいて、とぐろを巻いたり、ゆるめたりしているみたいだ。そうだ、グレーテルのことは秘密だったんだ。目を上げると、バックミラーに映った父さんの目と合う。父さんの眉間《みけん》にしわが寄る。ぼくの手が震えはじめる。

母さんをちらっと見る。喉《のど》がひくひく動いている。「グレーテルなんていないでしょ、イライジャ」と言う。「わかってると思ってたけど」

おなかの中で、ヘビがさらに伸びる。「あ、あの……マジック・アニーのことだよ」つまりながら、いそいでことばを探す。「遊びの中の名前なんだ。ぼくがつけた。バカみたいなやつさ」

父さんの目がミラーに浮かぶ。「グレーテルより、マジック・アニーのほうが合ってると思うけどな。そう思わないか？」と言う。

口の中が酸っぱくなる。カブトムシかヒキガエルを嚙《か》みつぶしたみたいに。舌を歯の上に走らせ、ごくりとつばを飲みこむ。「そうだね、父さん」

(四)

うちの地区は、マジック・アニーのテレビで見るようなところとはちがう。高層アパートもなければ、現代的な家が並んでいるわけでもなく――森と、畑と、納屋と牛舎と、〈ルーファス館〉と呼ばれるお屋敷しかない。この地所には石造りの小さな家が点々と散らばっていて、ぼくらの家もそのひとつだ。小作人用貸家と呼ばれている。〈記憶の森〉の向こうには、〈指の骨湖〉がある。それは湖のほんとうの名前じゃない――名前があるとも思えないけど。前に、岸辺に並ぶアシの中に、腐った靭帯《じんたい》でつながった小さな骨を三片見つけたってだけのこと。それが小さい子の人差し指っぽく見えたんだ。ぼくはそれを、〈記念品と不思議な拾いものコレクション〉の中に入れた。部屋のゆるんだ床板の下にかくしたプラスチックの箱だから、立派な名前をつけたものだ。

湖からそう遠くないところに、〈車の町〉と呼んでいる場所がある。キャンプ場に毛の生えたようなもので、ずっと昔にここにやってきて、たいていはすっかりさびついて、出ていけなくなったトラックやトレーラーハウスの寄せあつめだ。ムニエ家がどうして自分の土地に〈車の町〉の人たちが住むのを大目に見ているのかは、ぼくにも全然わからないけど、とにかく住まわせている。

ムニエ家の人たちは〈ルーファス館〉に住んでいる。ふたりだけで、あの広い場所で遊び暮らしている。レオン・ムニエさんは、ほとんどの時間をロンドンで過ごす。地所にいる日は、空が落っこちてきやしないかと心配しているみたいな顔で、〈ブラック・ディフェンダー〉でクローズアップ撮影しているのを見かける。あの家と庭は、探険するのにもってこいの場所だろうけど、父さんは絶対に行かせてくれない。

車ががたんと音を立てて止まった。家に着いたんだ。前の座席で、母さんが頭を下げる。お祈りでもしているのかな。下を見ると、ぼくの手の震えが止まっていた。シートベルトをぱちっとはずして、ドアの取っ手をつかむけど、もちろん、外には出られない。うちの親はまだチャイルドロックを使っているんだ。ぼくは十二歳だというのに。

ぼくは父さんがドアを開けてくれるのを待つ。それから座席からはい出る。父さんは重い足どりで庭の小道を歩いていく。世界中の困難を背負っているとでもいうように、肩にぐっと力を入れて。母さんとぼくはあとからついていく。

ぼくらの家の窓は濃い色で、中は何も見えない。玄関のドアはオークの一枚板だ。郵便受けはない。父さんにはめったに郵便が来ないし、来たときは、まっすぐムニエさんのところに配達される。母さんにはまったく何も届かない。ドアには番号がついていない。ぼくらは街に住んでるわけじゃないから。もしもだれかがぼくに手紙を書くとしたら、封筒にこう書かなくちゃいけない。ムニエフィールズ、ルーファス館、フェイマーハイズ、ムニエ卿《きょう》。閣下様方、狩猟番人小屋、イライジャ・ノース。かなりたくさん書くことになる。郵便集配人が無視するのが母さんだけじゃないのはそういうわけだ。

ドアの上のまぐさには、幸運を呼ぶために、逆さにした蹄鉄《ていてつ》が釘《くぎ》で留められている。その下を通って、ぼくは中に入る。

（五）

ぼくは自分の部屋の窓のところに立っている。家に帰ってきて二十分たった。出ていきたくてたまらないけど、そんな勇気はない、今はまだ。

裏口がガチャリと開くのが聞こえると、ぼくはもっと窓ガラスに近づく。下の庭に父さんの姿がぼんやり大きく見えてくる。父さんは胸のポケットからタバコの〈メイフェア〉の箱を引っぱりだして、火をつける。石炭置き場によりかかり、空に煙を吐きだす。ぼくは廊下に出て、階段を忍び足で下り、表玄関から外に出る。

うちの家から〈記憶の森〉までは歩いて五分だ。ぼくは〈ファロー・フィールド〉のそばの道をかるく走って、半分の時間で着いた。頭上には空が鋼の板のようにのしかかっている。重苦しい日だ。まるで空の重みに押しつぶされてしまいそうに。

途中で鋭い鳴き声が聞こえる。ふり向くと、カラスの群れが〈ファロー・フィールド〉でけんかしているのが見える。何かがカラスたちの興味をひいたんだ――たぶんキツネの残していった、ウサギかキジの死骸《しがい》だろう。カラスを表す集合名詞は「殺人」だって前に読んだことがある。

気持ち悪いな。

（六）

〈記憶の森〉の中はうすら寒い。おかしなことだ。風はほとんどないんだから。水滴が絶え間なくぽたぽた落ちてくるのは、今朝の雨のなごりだ。スニーカーの下の落ち葉がやわらかく濡《ぬ》れている。

〈ファロー・フィールド〉が木々で見えなくなると、カラスの鳴き声も消える。前のほうで、何かがさっと動く。何がいてもおかしくないけど、ぼくが恐れているものがひとつだけある。両親は家に帰る途中で彼のことを口に出さなかったから、ぼくは聞かないように努めた。ときどき、あまりしょっちゅう彼の名前を言うと、ぼくを支配する力が大きくなるんじゃないかと心配になる――そして、それとともに、残酷さも。

「残酷さ」というのはぴったりしたことばじゃないかもしれない。前に、マジック・アニーのトレーラーハウスのテレビで、ホオジロザメが突然海からとび出して、アザラシの赤ちゃんをきれいにまっぷたつに食いちぎるのを見た。残酷に見えたけど、ほんとうはそうじゃない――それが自然というものなんだ。サメは腹を空《す》かせていて、赤ちゃんアザラシはえじきになった。ほかのアザラシの子どもたちは、サメの背びれが水面を切り裂くのを見て、海から出ていた。良い本能の重要さを示している。良い本能は、ぼくがすごく気になっているものだ。

　今、〈記憶の森〉の中で、ぼくは歩く速度を落とした。この森でシカに出くわしたことがあるけど、シカの毛は森の色と完全に同じだから、目しかわからないことがよくある。さっき見かけた一瞬の動きは、シカではなかった。

〈ファロー・フィールド〉に走って戻り、そこから家までずっと走って帰ろうかな。でも、ここにはある理由があって来たんだ。あまりにも重要で、無視できない理由が。

　悪い本能だ。

　心臓の鼓動が速くなっているけど、ぼくはあえてぐるりと目を回す。三週間前のお気に入りのことばは「メロドラマ風」だった。ちょうど今にぴったりだ。ほんとうは自分に悪い本能があるのかどうか、よくわからない。この森のそばで育って、ひとつ学んだのは、自分の見たものを信じることについて、よく考えることだ。

　覚悟を決めて前に踏みだす。びっくりした子ジカも、アナグマも、下生えからとび出してはこない。フクロウも、タカも、頭上の大空から襲いかかってはこない。二歩、三歩と踏みだして、首をねじり、何もそっと忍びよってきていないことを確かめる。

　まもなく空き地に着くと、とたんに〈記念品と不思議な拾いものコレクション〉に入っている指関節と同じくらい、口がからからに渇く。

（七）

陰気なところだ。住むのに最適な場所とはいえない。たぶん、だから朽ちはてたままにしてあるんだろう。お屋敷の庭師の親方がここに住んでいたと、父さんが前に教えてくれた。ムニエ家の先祖が庭師を必要としていた時代に。どこがそんなに不気味かっていうと、そっくりそのまま、ぼくたちの家の複製だってことなんだ。まぐさの上に釘で留められた蹄鉄まで同じ。こっちのはさびてるけど。そして、きっとあまりここに幸運をもたらさなかった。

窓にはガラスが一枚も残っていない。居間だったと思われるところからトネリコの木の枝が突きでている。屋根の瓦《かわら》が何枚かなくなっているのは、この地所のほかの建物を修理するために盗まれたんだ。たぶん父さんのしわざだ――使えるものがみすみす無駄になるのを見るのが大きらいな人だから。残っているものには、鳥の糞《ふん》が筋になり、フエルトのようなコケがついていて、家が人の手で建てられたというよりは、まるで邪悪な魔法使いの呪文《じゅもん》で土から生えたように見える。あたりにはトイレ臭いにおいが漂い、もっと汚い何かの悪臭と混ざっている。

コートを着てくれればよかった。〈記憶の森〉の中はうすら寒いけど、これから行くところは、ひどく汚くて、寒くて、暗いだろう。目を細めて、最後に一度、空き地にさっと視線を走らせる。ぽたぽた滴をたらす木々と、からんだシダと、ギロチンの刃のように金属的な色をして、今にも落ちてきそうな空が見える。

家の玄関の近くに、落ち葉の少ない部分がある。枯れ葉がつい最近、荒らされたかのような。最後にここに来たとき、玄関の外に、古い道具がいっぱい入ったパレット箱があるのを確かに見た。今は置いてないけど、地面にはそれが置いてあった痕跡《こんせき》がぜんぜんない。もしかすると、ぼくの記憶がまちがっているのかもしれない。

鳥の鳴き声が、静けさをつんざいた。空き地の向こう側の木から、一羽のカササギがつやつやした目でぼくをじっと見ている。古い詩を思いだす。**一羽は悲しみ**。ぼくが手をぱんぱんたたくと、カササギは翼をばたばたさせるが、飛びたちはしない。少しして、応じる鳴き声が聞こえる。家のたわんだ屋根を見あげたら、もう二羽止まっていた。

一羽は悲しみ、二羽は喜び、三羽は女の子。

氷のカギ爪が背骨を上っていく。ぼくはカササギがどうしても好きになれない。前に一度、成鳥が、アオガラの巣から三羽のひなを引きずりだすのを見た。脅して追いはらうことができたのは、そいつがひなをぜんぶ殺したあとだった。ぼくはひなを月桂樹《げっけいじゅ》の近くに埋めて、アイスキャンデーの棒二本と針金で十字架を作った。最悪なのは、ひなが死ぬのを目にしたことでも、死骸を草から拾いあげなければならなかったことでもない。空っぽの巣にもどってきた親鳥が、ひなを捜しながら、混乱して跳ねまわるのを見たことだ。一羽は舞いおりてきて、十字架に止まりもした。ぼくはわんわん泣いて、家に帰ってきた父さんがどうしたのか知りたがったけど、顔を見ることもできなかった。話さないほうがいいこともある。

それに、父さんは絶対にそういうことをわからない。

思い出に背を向け、じっと見ているうつろな目を避けながら、家に向かって少しずつ進む。まもなく、入口から数メートルのところにある、かき乱された落ち葉のところに着く。けとばされてひっくり返った葉っぱが、ナメクジの白っぽい腹のようにきらきら輝いている。誰かが、ぼくのような知りたがり屋を捕えるために、わなを掘ったんだろうか。ひょっとして、薄く敷きつめられた落ち葉の下に、くいで留めた粗布があり、急斜面の穴をかくしているのかも。今までに読んだサバイバル本では、落としわなと呼ばれているやつだ。底にとがったくいが取りつけられていて、落ちてくるものを何でも串《ぐし》刺《ざ》しにすることもある。中が空っぽで、落ちた人は自分の運命がわかるまで、わなをしかけた人が戻ってくるのを待つしかないこともある。一番ひどいタイプは、わなをしかけた人が二度と戻ってこなくて、はまった人を、脱水症か栄養失調で死なせるやつだと、いつも思う。そのあいだずっと、安全な場所がすぐ先にあると知りながら。

マジック・アニーが昔、恐ろしい話を教えてくれた。家族の夕食のために狩りをしていて、落としわなに落ちた父さんキツネの話だ。母さんキツネは縄を投げて助けようとしたが、引っぱりあげているうちに足が滑って、転がり落ちた。五匹の子どもたちは、何があったのか気づくと、両親を助けるためにキツネの鎖を作った。長男が木の幹をがっちりくわえ、弟や妹たちが穴の中に下りていく。母さんキツネがつづいて登りはじめ、てっぺんまであと半分のところまで来たときに、父さんキツネが登りはじめた。その重さに長男は耐えられず、木をくわえていたあごがゆるんだとき、家族全員がまた穴の底に転がり落ちた。五日間、長男は穴のふちで待ち、両親やきょうだいが死ぬのを見届けて、自分も死んだ――飢えや脱水症のためではなくて、悲しみのあまりに。

その話を書いた本を見つけたことはないから、マジック・アニーの作り話だったんじゃないかな。よく、もしもぼくがそんなふうにわなに落ちたらどうなるか、想像してみる。父さんは木にしがみつけるかもしれないけど、手伝うのが母さんだけじゃ、どうやって、ぼくを救えるくらいまで手を伸ばすんだろう？

今はそんなことを考えている場合じゃない。この葉っぱの下には、落としわななんてない。ぼくのしていることは「引きのばし」だ。それは、やりたくないけど、やらなければならないことを遅らせるという意味のことばだ。目を閉じて気持ちを鎮め、十まで数え、それから逆に一まで数える。肺を空っぽにして、深く息を吸う。やっとまぶたがぱっと開く。

不思議なことに、家が近づいたように見える。まるで、ぼくが目を閉じているあいだに、ほんの少しこっそり近づいたみたいだ。

うんざりして、首を横にふる。「小才子め」とつぶやく。「メロドラマ風小才子だ」

屋根の上で、カササギが一羽カーカー鳴いて、翼を揺する。

ぼくはそっと入口に近づく。枠の中でふくれあがったドアが、半分開いたままになり、細い長方形の暗闇を見せている。少しのあいだ外でうろうろして、勇気をかき集める。それから中に入る。

（八）

ここでは、目より鼻を使う。家に入ることで、ブラッドハウンドか何かに変身したみたいに。いろいろなにおいが入りまじった中に、家が見えてくる。白カビとさび、じめじめしたモルタルと湿った灰。カビだらけのカーテン、水がしみ出たしっくい、腐った薪《まき》。ぼくの想像力が、その上に重なるもっと前の時代のにおいを感じさせる。薪の煙、吊《つ》るしたベーコン、焼きたてのパンのイーストのにおい。

森のこんな奥に、電気やガスが届く可能性はぜんぜんなかった。水は〈指の骨湖〉の近くの井戸から汲《く》んできた。明かりは獣脂ろうそくや、魚かケロシンかカラシナを精製した灯油ランプによって供給された。少なくとも、父さんはそう言っている。

今、鼻が昔の幽霊たちにくすぐられ、ぼくは廃墟《はいきょ》の奥深くに進む。わが家とまったく同じ作りなことが不安にさせる。未来のある日、何かの大変動が起きたあとの家を見ているようだ。エイリアンの侵略とか、ゾンビの異常発生とか、世界核戦争とか。

壁紙が古い皮膚のように壁からはがれて、黒カビの大きなしみのついたしっくいをさらしている。傷のついた硬材製の食器棚が階段のそばにあり、さびた石油缶が一列、側面に並んでいる。アルコーブのひとつに押しこまれているのは小枝の山で、どことなく壊れたヤナギ細工の人形のように見えるけど、おそらく死んだ鳥の巣だろう。

左側にぼうっと居間が現れる。中にトネリコの木があるけど、あまりにも異様で場ちがいなので、とても現実とは思えない。上の方の枝が天井に押しつけられている。穴をあけるのは時間の問題だ。

キッチンのほうに廊下を進むとき、スニーカーの足音が切れ切れに聞こえる。まるで、これが古い映画館のスクリーンで上映されている映画で、映像と音がずれているみたいに。一瞬、そもそも自分は本当にここにいるのかなと思うけど、よほどイカれているのでもない限り、こんな状況を思いついて、自分をその中に置くなんてことはしない。

家に帰るのが楽しみかい、イライジャ？

さっき、取調室で警官がぼくに訊《き》いた。でも、ここはぼくの家じゃなくて、ただの汚れた影だ。キッチンに足を踏みいれ、もう一度自分に言いきかせる。

ここはぼくの家じゃない。

（九）

ここは、うちのキッチンじゃない。冷蔵庫のブーンといううなりも、壁時計のチクタクという音もしない。ツタが外から侵入してきて、発疹《はっしん》のように天井を這《は》っている。

窓が割れて、空気が自由に循環しているのに、かすかに、前はここになかったもののにおいがする。いやなにおいではないけど、妙にいらいらさせられる。風がツタの葉をそよがせ、さわさわ音がたつと、においはさっと流れていく。

右側には食料品庫のドアがある。取っ手を回しても、ホラー映画のようなギーという音はしないし、ぱっと開けたときに、油を差していない蝶番《ちょうつがい》がキーキー鳴ったりもしない。中の暗闇は、洞くつを思わせる。

懐中電灯を取りだして、スイッチを入れる。その光——弱々しい黄色で、ちょっとした動きにもちらちらする——が、ひびが入ったタイルの床と、ぼろきれのように垂れさがるクモの巣を照らす。奥のほうの、忘れられたジャムの瓶がいくつか載った棚の先には、懐中電灯の光を完全にのみこむ、四角いまっ暗闇がある。それがぼくが彼女を見つけ、まだそこにいてくれたらいいと思ってる、地下室の入口なのだ。

（十）

ここは、ほんとうに勇気を必要とするところだ。警察署や落としわななんて比べ物にならない。記憶にあるかぎりずっと、ぼくは閉所恐怖症で、地下に閉じこめられる夢をくり返し見ている。ここの壁は十分に頑丈だけど、居間のトネリコの木は、その上の天井を変形させてしまっている。もしもぼくが地下室にいるあいだに建物がつぶれたら、救出されるまで生きていられるかどうかは、だれにもわからない。父さんが見にくるだろうから、飢えや脱水症で死ぬ心配はないけど、空気はどれくらい必要なんだろう？それに、懐中電灯の電池がなくなったら、どうすればいいんだろう？

そろそろと地下室の入口に行き、下りはじめる。階段は石でできていて、湿り気で滑りやすい。半分下りたところで折り返しになり、ぼくのうしろのうす明かりはもう見えなくなる。あのへんなにおいがだんだん強くなる。腐敗臭だらけのなかに、洗剤のにおいがする。

すぐに一番下に着く。床はでこぼこで、泥のところもあれば、硬い岩のところもある。片隅に金属製の樽《たる》がひとつあるけど、さびで赤茶色になり、崩れかけている。そこを通りすぎると、すぐに地下室のこちら側の半分と、向こう側にあるものとを隔てる壁に着く。

（十一）

それは、閉鎖された店の窓によく打ちつけられているのと同じ板で造られている――すべすべした黄色で、軟材のかけらでまだらになっている。ここからだと、板が釘《くぎ》で打ちつけられている木材の骨組みがまったく見えない。

まん中に切りとられているのがドアだ。ふたつの頑丈な蝶番が、細い三角形に広がっている。金属が冷たくきらりと光る。ドア枠にぐるりと黒いゴムのパッキンが貼ってある。三つの大きなかんぬきがある。胸の高さのかんぬきには、いつも南京錠がかけられている。ポケットにカギが入っているけど、今日は必要ない。南京錠が消えていた。ぼくはびっくりして懐中電灯をいじってしまい、落としそうになる。とり乱しているあいだ、光がぼくのまわりで反射する。影がコウモリのように壁からひらひら飛びまわる。階段を上って〈記憶の森〉に逃げたいけど、責任がある。ぼくはここの一員なんだ。この地下室で起こったことはぜんぶ、ぼくのせいで起こったんだ。

喉《のど》の奥にいやな味がする。一番上のかんぬきに手を伸ばし、かんぬきを滑らせて開ける。ちょっと動作を止め、首をかしげる。たった今、何か聞こえなかったか？　この地下の暗がりから？　それとも上のどこかから？　トネリコの枝が、居間の天井を圧迫していることが思い浮かび、気が変わる前に、ふたつ目のかんぬきを開ける。

（十二）

ぐずぐずしても意味はない。このドアの向こうにあるものは何も、ぼくを実際に傷つけることはできない。それは確かだ。心配なのはむしろ、すごく恐ろしくて、決して記憶から消せないものを見ることだ。

最後のかんぬきに手を置き、開ける。

ひと息つく。

耳をすます。

沈黙を破る音はない。風のそよぐ音もしない。

取っ手を握り、右回りに回して、引く。ゴムがきしみ、ドアが枠から離れる。ぼくは後ずさりして、現れたまっ暗闇を、まばたきしながら見る。

漂いでてきたにおいは階上《うえ》でかいだのと同じだけど、はるかに強く、鼻につんときて、涙が出てきた。何のにおいかもわかった。家庭用の漂白剤だ。ときどき買うかんきつ系のものじゃなく、標準的なもので、鼻に吸いこむと毛が抜けるような気がするやつだ。

この部屋は、前はこんなにおいがしなかった。ぼくがいないあいだに、とんでもなく恐ろしいことが起こったんじゃないだろうか。中に入り、懐中電灯でまわりを照らす。

やっぱりそうだ。

（十三）

地下室のほかのところと同じく、ここの床はとがった岩のかたまりで覆われている。それがスニーカーを通して当たり、足が痛い。荒削りな石造りの三方の壁は、家の土台部分になっている。今ぼくのうしろにある四番目の壁は、中に入るときに見たのと同じ厚いファイバーボードでできている。

建築には細心の注意が払われていた。開いた出入口から、偽の壁が厚さ三十センチあることがわかる。空洞には防音素材でいっぱいのポリ塩化ビニールの袋が詰めこまれている。だれかが以前に、内側からドアに傷をつけようとした。深い引っかき傷が木材についている。

ほとんど息ができないけど、なんとか声を出す。「グレーテル？」名前が壁に反響する。ここでは声が低く、しわがれて聞こえる。まるで地下室が五十歳も年を取らせてしまうみたいに。

「グレーテル」とくり返し言うと、今度は声がかつてないほど歪《ゆが》んで聞こえる。懐中電灯の光が激しく点滅する。安定させようとして、部屋のまん中に光を向ける。

床石にU字型ボルトが打ちこまれ、鉄の輪がついている。前はグレーテルの鎖がその輪に取りつけられていた。今は鎖もグレーテルも消えてしまっている。

漂白剤のにおいで喉が重苦しい。おなかがごろごろして、吐き気がする。懐中電灯を部屋じゅうに向けると、枕や、バケツや、間に合わせのトイレも消えている。床はごし洗われたようだ。何が洗い流されたのかとか、漂白剤のにおいの意味については考えたくない。

これはぼくのせいだ。ぜんぶ。

ひどすぎる。懐中電灯が、がちゃんと床に落ちて消える。暗黒が押し寄せてきて、ぼくは冷静さも、何が現実で何が現実じゃないかという感覚もすべて失う。むせび泣きが聞こえるけど、それが自分の声だとは信じられず、突然、自分が敵意のある何か、カギ爪と歯を持つ何かとともに、この場所にいるんだと信じこむ。ふり向き、やみくもにドアに向かって走り、場所をまちがえて、ドアの枠に肩をぶつけ、床に倒れこむ。とがった岩の角でひざを切る。その痛みはビリッと電気が走るようで、脚を駆けのぼり、頭の中で爆発する。横ばいで急いで部屋を出て、進みつづけ、ようやく両腕が地下室の一番下の階段にぶつかる。暗黒が灰色になる。影が光になる。つたに覆われた天井と、カビのしみのついた壁が見える。それからまた両ひざをつき、今度は外に出て〈記憶の森〉に戻ると、肺いっぱいに空気を吸いこむ。しとめた獲物に群がるオオカミのように、たくさんの木々がぼくのまわりを囲む。かん高い鳴き声が聞こえる。カササギが戻ってきている。近くの枝に三羽、たわんだ家の屋根に四羽。古い詩を思い出し、ぞっとする。

七羽は永遠に語られない秘密。

どう考えればいいのかわからない。

どうすればいいのかわからない。

グレーテルは消えた。そしてこれはぜんぶぼくのせいだ。

イリサ

一日目（一）

今日は土曜日。ということは、チェスの日だ。実際は毎日がチェスの日だけれど。イリサの頭の中は、いつもチェスのことばかりなのだから。とはいえ、今日はとびきり特別な日だ。はっきり言って別格だ。なぜなら、今日は全英ユース・グランプリ大会で、この日のために、ずっと練習してきたのだから。今までの人生ずっとと思えるほど。総合優勝者への賞金が百ポンドというのは少ないけれど、イリサはお金にはまったく興味がない。すでに、ブラジルのシタン材を使用した、手彫りのスタントン型のチェス駒のセットは持っている。パパがくれたなかで、唯一とっておく価値のあるものだ。ふつうの駒の三倍の重さがあり、柔らかい革の底がついていて、滑るように動く。スタントン型の駒のほかに必要なものといえばチェス盤くらいで、それも一台持っている。硬材のカエデとアニグレの象嵌《ぞうがん》細工の板だ。パパが電話をしてこなくなってまもなく、ママがオンラインショップで買ってくれた。費用をねん出するために、二週間は缶詰の豆を食べて節約した。イリサが手に入れていなくて、世界中でひとつだけ欲しいものといえば、同じクラスのイーサン・バンダークロフトとのデートだけど、そんなことはぜったいに実現しない。たとえ賞金を獲得したとしても。

それはともかく、イリサはグランプリにわくわくしている――わくわくし過ぎて、息をするたびに地面から浮きあがり、運びさられそうだ――だって、勝者は英国代表チームに招かれて、世界ユース選手権か世界カデッツ選手権に参加することになっているのだから。その資格を手にすれば、長年の努力が報われることだろう。

「イリサ？　ねえ。大丈夫？　もう出かける時間よ！」

「大丈夫だよ、ママ！」と叫ぶ。「いま行く！」

スタントン型の駒の入った緑色のビロードの袋をさっとつかむ。今日は必要ない――大会ではトーナメント用のチェス盤と駒を使う――けど、とりあえず持っていたい。詰めこんであるほかのものといっしょに、リュックサックに入れる。チェスの本が二冊入っている。一冊目はアメリカのチェスのコーチ、ジェレミー・シルマンの本で、二冊目はジェニファー・シャヘイドの『チェス・ビッチ――最高の知的娯楽に興じる女たち』だ。本のほかにはランチボックスが入っていて、中にエビアンのボトルが一本と、ラップに包まれたツナサンドイッチがひとつ、温州《うんしゅう》ミカンがふたつ、〈ヨーヨーベア〉のパイナップル味のグミがひとつ、〈マークス＆スペンサー〉のチョコレートブラウニーがひとつ入っている。巻いて収納できるチェスマットと、自分の手を記録するためのメモ帳と、輪ゴムで留めたゲルインクボールペン三本もある。その上にちょこんと収まっているのは、小さな白いTシャツを着た編みぐるみの〈サル〉だ。紅茶の〈PGチップス〉のおまけで、マスコットがわりに持っていっている。これまでに出たトーナメントで、似たようなお守りを見てきた。レゴの人形とか、ポケモンのおもちゃとか、ウサギの足とか。どれもあまり意味がないように思えるけれど、ツアーで出会うかもしれないほかの子どもたちから浮きたくはない。そんなわけで〈サル〉が臨時で使われてきた。「でも、もしもわたしの気を散らしたら」と、すごみのきいた目つきになっていることを期待して、じっと見ながらささやく。「もしもあんたが、うちの家名を汚すようなまねをしたら、家に帰ってから庭に連れてって、バーベキューのグリルにしばりつけて、焼いちゃうからね」

〈サル〉のつやつやした黒い目をにらむ。警告に動揺しているとしても、顔には出ていない。たぶん、イリサと同じように、どうせ口先だけの脅しだと思っているのだ。〈サル〉をリュックサックに入れて、ファスナーを閉め、片腕に肩ひもを引っかける。ドアまで行く途中で、鏡に映る自分の姿を見て、立ちどまる。

このワンピースはママが買ってくれた。深緑色、夏の日の海の色だ。イリサが選ぶようなものではないが、ちょっと気に入っている。かなり女の子っぽく見えるのはべつとして。ふだん着——ジーンズに、Tシャツに、トレーナー——を着てもよかったけれど、今日は服選びで気を散らしたくなかったので、ママに決めてもらったのだ。

ワンピースはノースリーブだ。下に綿の肌着を着ているが、それでも腕が寒い。タンスのところに行き、掛かっているカーディガンをじっと見る。いろいろな色がある。決めやすくするために、黒か白に絞る。

すぐにイリサはまちがいに気づく。黒と白は伝統的なチェス盤の色だ。さらに言えば、その上を動く駒も。カーディガンの選択は、試合に影響するだろうか？　胸がどきどきしはじめる。

落ちついて。大したことじゃない。

でも、その決断について考えると、身体が動かなくなった。ママを呼びたいのに、急にあごが針金で閉じられたように感じる。

黒か白か？　黒か白か？

くろしろ、くろしろ、くろしろ？

頭の中で、複雑なひと組の歯車が動かなくなってしまったようだ。こういうことが、ときどきある。一見、ごくありふれたことのような決断に、お手上げになるのだ。筋肉がこわばり、同じ姿勢のまま静かに揺れ、ついに何かが背中をたたいて、動きだす。

黒か白か？　白か黒か？

まばたきをする。その動きは無意識の、目の乾きに対する反応だ。

「イリサ？」階下《した》からママの声がする。

おかしなことに、むずかしい決断だらけのチェスの試合では、一度もこんな経験がない。おそらくそれが、イリサがチェスを好きな理由のひとつだろう。

「イリサ！」

それから、ふっと元に戻った。あごの緊張がゆるむ。前によろめき、タンスにぶつかりそうになる。「白」とあえぎながら言い、また動けなくなる前に、ハンガーからカーディガンを引っぱる。鏡で最後にちらっと自分の姿を見る。黒い髪はきちんとブラシをかけ、目と同じ色の、プラスチック製のカチューシャで留めてある。目が緑色じゃなくて茶色ならいいのに、といつも思う。たくさんの人が目のことであれこれ言ってくるし、注目されるのを心地よく感じたことなんて一度もない。

階下《した》で、ママが車のカギを握り、玄関に立っている。「大丈夫？」

イリサはうなずく。

「ぜんぶ持ったわね？」

「うん」

「メモ帳は？　ペンは？　ランチボックスは？」

「はい、はい、はい」

「サルは？」

イリサはしかめっ面をする。

ママが笑い、かがんで、キスをする。「立派にやれるわ。大切なのは、楽しむことよ」

「大切なのは、勝つことだよ」

美術館でとくに風変わりな作品を評価するみたいに、ママが首をかしげる。「あなたを誇りに思うわ、イリサ。心から愛してる」と言う。

「わたしも愛してる」イリサは小声で言う。それはほんとうだ。心から愛してる。

リーナ・ミルゾヤンはコートの袖口《そでぐち》を押しあげ、時計を確認する。「行ったほうがいいわね。おしっこは？」

「ママ！」

「わかった、ごめん。悪い癖ね。急ごう」

（二）

ふたりは、車で中央分離帯のある高速道路を走っている。アデルの歌が流れている。『ローリング・イン・ザ・ディープ』。イリサは音楽のことはよくわからないけれど、アデルは知っている。ママがCDを持っていて、年がら年中かけているから。

トーナメントは、車で一時間かかるボーンマスで行われる。登録開始は十時だけれど、七時に家を出た。土曜日の朝のこんな早い時間に、二時間の渋滞に巻きこまれる危険はほとんどゼロだが、リーナ・ミルゾヤンは、娘をがっかりさせるのが怖いのだ。その結果、果、ボーンマスの郊外に、開場のちょうど二時間前に着いた。

〈フィエスタ〉のデジタル時計を見て、リーナはうろたえ、顔をしかめる。「ちょっと早すぎたわね」

「ちょっと？」

「ああ、イリサ、ごめんね。もし何かあったらって思って。わたしは――」

「ママ、冗談だって。ぜんぜんかまわないよ。なんなら朝食を食べてもいいし」

リーナはうなずき、ほっとした顔になる。「たしかに、何か食べたいわね。出発する前は何も食べられなかったから」

「なんで？」

リーナは肩をすくめる。「緊張してるからじゃないの」

イリサが笑う。「どうしてママが緊張するの？」

「この大会が、あなたにとってどんなに大事か知ってるから。勝ってほしいのよ」

「勝つと思わないの？」

「あなたなら、できると思う」

「だったら、緊張する理由なんてないでしょう」

今度はママも笑う。看板を通りすぎる。〝〈ワイド・ボーイズ〉レストラン！　年中無休、早朝から深夜まで！〟「あそこはどう？　行ってみたい？」

いつも行くようなお店ではない。イリサはすぐに、うん、と言う。リーナの気が変わらないうちに。高速道路の出口側の車線に移るとき、窓から外を見ると、左側の車線を銀色のＢＭＷが疾走してくるのが見えた。すんでのところでママが気づき、右に方向転換して、衝突を避ける。

けたたましくクラクションを鳴らし、ＢＭＷが勢いよく通りすぎる。怒りにゆがんだ顔がほんの一瞬見える。車が前に割りこむ。ブレーキライトが赤々と輝く。はっとして、リーナがブレーキをかける。イリサのシートベルトが胸にくいこむ。BMWはジグザグに進み、あおってくる。それから加速して離れていった。イリサは小さくなっていくナンバープレートを見つめる。SNP12だ。

「バカで意地悪なマヌケ《Stupid Nasty Prat》」と、くいしばった歯のあいだから言う。

荒い息づかいで、リーナはミラーを確認してから、〈ワイド・ボーイズ〉に向かう出口を出る。駐車場で、イリサの方を向く。「大丈夫？」

「もちろん。ほんと、非常識なやつ。あんなのに、一日を台無しにされちゃだめだよ」

「今日を？」ママが訊《き》く。「とんでもないわ」

（三）

〈ワイド・ボーイズ〉の中にはべつのアデルの曲が流れている。イリサが目をくるりと動かすと、ママはその表情を見て、にっこり笑う。

レストランは、六〇年代のアメリカのダイナーのような飾りつけだ。チェッカー盤の模様の床、赤いビニールの席、エルヴィス・プレスリーとマリリン・モンローの額に入った版画。レモンの香りの床用洗剤と、焼きたてのペーストリーと、ベーコンの焼けるにおいがする。

リーナは空いているテーブルにさっとつく。「何にしようか——」

「ママが選んで」イリサはすぐに言う。

メガネを取りだして、リーナはメニューをじっと見る。

中年のカップルがとなりのテーブルに座っている。イリサはこっそりふたりを観察し始める。人間観察をして、ほかの人たちがその日にした、あらゆる小さな選択に気づくのが大好きだ。

今朝、となりの女の人は翡翠《ひすい》のネックレスをつけることに決めた。化粧もすることにして、たぶん、さまざまな色がある中からスミレ色の口紅を選んだ。ズボンやスカートではなくてジーンズを、サンダルやスニーカーではなくてブーツをはくことを選んだ。男の人は、出てくる前にひげをそることに決めた。それがわかるのは、右耳のうしろに、泡が残っているからだ。髪もくしでとかして、どうやら何か整髪剤を使ったようで、濡《ぬ》れて、ちょっとだけべとべとして見える。先の丸い指の爪の下に、泥がたまっている。メニューを見ながら、片手をのどに上下させている。まるでかみそりでそり残した場所がないか調べるように。

「やめなよ」と女の人がたしなめる。「いつも身体をさわってるんだから」

男の人は急に背筋を伸ばして、手を脇に下ろす。イリサは顔をそむけて笑いをかくす。

右側の小さなテーブルには年配の男の人が座っている。青緑色のセーターに、カラシ色のコーデュロイのズボン、リンゴあめの色の靴をはいている。小指の認め印つきの指輪がきらめく。ティーポットにぼろぼろのペーパーバックが立てかけてある。トゥキディデスの『戦史』。読みながら口がぴくぴく動き、とがった黄色い歯があらわになる。

そのとき、ウェイトレスが現れる。五十代で、ブロンドの髪をとても華やかなヘアスタイルにしている。セットするのに何時間もかかるにちがいない。Tシャツにピンで留められているのは名札だ。〝アンドレア〟。おっぱいもお尻《しり》もひっくるめて、少なくとも三十キロは太りすぎだけど、よく似あっているので、太っていない彼女は想像できない。

「まあ、すてきな目だこと」アンドレアが歓声をあげて、赤い口紅でにっこり笑う。

「あたしはずっと緑色の目が欲しかったんだけど、何もかも手に入れることなんてできないもんだわね」

「あなたも緑色の目じゃない」

「あら、見るものや聞くものをぜんぶ信じちゃだめだよ。あたしはコンタクトレンズを入れてるだけ」

イリサは驚いて目をぱちくりさせ、ママをちらっと見る。「目の色を変えられるの?」

「あんたね、その気になれば、何だって変えられるんだから。これを通してだと、緑色のクソは見えないけど、とりあえず、緑色の目は手に入れた。ちがう味のミルクセーキを持ってきたとしても〝これ〟のせいだから」アンドレアはいわくありげにウィンクする。「ハロウィーンのあたしを見に来たらいいよ。鮮やかなオレンジ色の目をつけるの、ネコみたいに細長い光彩のやつをね。ぎょっとさせてやるんだ」手をネコの前足のように丸めて、ニャーと言う。ふたりとも笑う。

「ところで」ウェイトレスがつづける。「そのすてきな緑色の目は、お母さんゆずりじゃなさそうだけど。お父さんのおかげ？」

「うーん……そうなんじゃないかな」

「今日はお嬢ちゃんたちと一緒じゃないの？」

「一緒に住んでないから……つまり、うちは……」

イリサのママがせき払いをする。「注文が決まったわ」

「よかった」アンドレアが首をかしげる。にせものの緑色の目が光る。「ご注文は？」

「〈ハウンドドッグ朝食〉をふたつ、お願い」リーナが言う。「わたしはコーヒー。娘にはオレンジジュースで」

それを聞いて、イリサは少しがっかりする。アンドレアがちがう味のミルクセーキを持ってくるのを、ちょっと期待していたのだ。でも、注文を訂正はしない。どのミルクセーキにするか選ぶことを思うと、ぞっとする。

「卵はどうします？」

「ひとつはスクランブルエッグに。ひとつは目玉焼きに」

「すぐお持ちします」

アンドレアはぶらぶら歩いていき、ぴっちりした黒いズボンの下で、お尻がゆっさゆっさと揺れる。

「ありがとう」イリサが言う。

　ママは片方の眉《まゆ》を上げる。「何が？」

「料理を注文してくれて。わたしにできたとは思えない」

「選択肢が多すぎて？」

　おどおどとうなずく。「たぶん、トーナメントに出そこなってたよ」

「それは困る」

「あの人、ほんとに緑色のクソって言った？」

　リーナは目をぐるりと回す。「だから、あなたをこういうところに連れてきたくないのよね」笑顔が本気ではないことを示している。

　すぐにアンドレアが戻ってきて、コーヒーとオレンジジュースをぽんと置く。五分後に、ばかでかい皿をふたつ持って戻ってくる。「目玉焼きはどちら？」

　イリサは手を挙げる。十三歳の女の子には多すぎる量の料理だ。ベーコンの薄切り、卵、ソーセージ、マッシュルーム、フライドポテト、焼きトマト、豆と、油がぎらぎらと光っている揚げた薄切りパン。

「あらら」翡翠のネックレスの女の人が言う。「だれかさんは腹ペコなんだね」

　イリサは、非難されているのかと思い、身体をこわばらせるが、目を向けると、連れの男の人は笑っている。

「育ち盛りの女の子だからな」汚い爪の男の人が言う。

　ありがたいことに、そのときべつのウェイトレスが現れて、となりのカップルの注文を取った。それ以上注目されずに済んだので、イリサはナイフをナプキンで拭《ふ》く。車の中ではそれほどおなかが空《す》いていなかったけれど、今はぺこぺこだ。食べながら、思いがトーナメントに戻っていく。頭の中に広がる黒と白のマスでできた風景の中には、ナサニエル・クックによって有名になった彫像が住んでいる。料理をたいらげる——卵ひとつと、マッシュルームとフライドポテト以外のすべてを——と、すぐに皿を脇に押しやった。

ママがハンドバッグから財布を取りだす。「ちょっとトイレに行ってくるわね。ひとりで大丈夫？」

「もちろん」

リュックサックのファスナーを開けて、イリサはジェニファー・シャヘイドの本をさっと取り、読みはじめる。となりのテーブルのうなり声に邪魔される。顔を上げると、耳のうしろにひげそりクリームをつけた男の人が、書名をじろじろ見ている。

「へんな名前の本だな。どんな内容だい？」と訊《き》く。

イリサは男の人から連れのほうに目を移すと、同情して笑っていた。こう言わんばかりだ。**そうなんだよ、かわいこちゃん。この人は少しおつむが弱くてね。ちょっとあたしのかわりに、あやしといてくれるかい？**

「チェスの本です」

「ふん。おれの趣味じゃないな。昔はちょっとばかしポーカーが好きだったんだがな、こうなる前は」

イリサはうなずく。興味の的を本に戻し、落ちつこうとするが、我慢できない。「どうなる前？」と訊き、ちらっと見あげる。ナイフを指示棒として使い、男の人は自分のパートナーをさし示す。「こうなる前っては……わかるだろう」

女の人の顔に笑みが広がる。そこにメッセージがあるとしたら、こんなかんじだろう。
あたしが我慢しなけりゃならないのがくそみたいなやつだって、わかるでしょう？

イリサは顔を赤らめる。ふたりが、自分たちの関心に応《こた》えてくれるのを期待しているように、じっと見つづけているので、しかたなく話す。「今日、チェスのトーナメントに出るんです、ボーンマスで。グランプリの初日なの」

ふたりがあいまいな笑みを向けて、いつの間にか自分たちの会話に戻ると、イリサはほっとして力が抜ける。ふり向くと、青緑色のセーターの男の人がこっちを見ている。男の人はかるく首を横にふり、読書に戻る。望まぬじゃまが入ったことについての仲間意識を表しているのか、イリサの社交術のおそまつさに対する嫌悪なのかはわからない。

すぐにママがトイレから戻ってきた。次はイリサが行く番だ。レジのところで合流して、勘定を支払う。外に出る途中でさっきのテーブルを通りすぎるとき、となりに座っていたカップルはまだ食べていたが、青緑色のセーターの男の人はいなくなっていた。残された紅茶のカップから、湯気が立ちのぼっている。

（四）

トーナメントは、ボーンマス市のイーストクリフにある〈マーシャル・コート・ホテル〉で開催されている。早く着いたので、駐車場所はすぐに見つかった。

イリサの胃がごろごろ鳴る。油っこい朝食なんて、食べなければよかった。口の中にへんな味がする。まるで歯が油でコーティングされたみたいだ。ふと、頭に映像が浮かぶ。イリサは最初の試合でオープニングの手を打っている。指がチェスの駒から離れるとき、ぎとぎとしたベーコンの油があとに残る。

「ウェットティッシュ持ってる？」イリサはだしぬけに言いだした。「とても大事なことなんだけど」

ママはうなずき、ハンドバッグの中をかき回す。密封された袋を取りだす。イリサはそれを開けて、両手を拭いた。

ふたりはしばらくのあいだ車の中に座ったまま、しっくい塗りの建物を見つめていた。

カモメが頭上を旋回している。ついに、リーナがダッシュボードの時計をかるくたたく。

「用意はいい？」

「いいよ」

「勝負顔になった？」

「え？」

「よくわかんないんだけど——さっきテレビで聞いたの」

「もうママったら」

（五）

〈マーシャル・コート・ホテル〉のロビーには、巨大なホワイトボードがあった。そこに手書きの「チェス会場はこちらです」という文字と、左向きの矢印が描かれている。イリサはそれに従い、ごてごてした幾何学模様の織物のじゅうたんが敷かれた、広い廊下へと進む。片側の壁沿いに、布を掛けた組立式のテーブルがあり、チェスの商品が山積みになっている。Tシャツ、マグ、旅行セット、時計、パンフレットや案内書など。赤紫色のカーディガンを着た白髪の女の人がテーブルのうしろに座っていて、イリサたちが通り過ぎるときに、ほほ笑みながら声をかけてきた。「あとでぜひ寄ってくださいね。幸運をお祈りします、お嬢さん」

廊下のはしの登録受付では、喉《のど》ぼとけの目だつ、鳥に似たかんじの男の人が対応している。骨ばった手首に黒い毛が生えているのが、ピンク色のワイシャツのすり切れた袖口から見えている。うしろに広間があり、テーブルがずらりと並んでいる。

「お名前は？」と男の人が訊く。

「イリサ・ミルゾヤンです」

男の人は長すぎる指の爪で名簿をたどる。「今日の同伴者は誰ですか？　イリサさん」

「母だけです」

男の人はわざとらしく舌打ちする。「もっと応援団がいてもおかしくないでしょうに。入場券はお持ちですか？」

イリサはひるむ。リーナのほうを向いて訊く。「カギをもらってもいい？」

「車に置いてきたの？」

イリサはうなずき、ほおをふくらませて息をひゅーっと吐きだす。

「いっしょに行ってほしい？」

「いい。すぐ戻ってくるから」

カギを持って、イリサは全速力で廊下を戻る。外では、泥のこびりついた白いバンがイリサたちの車の横に割りこんでいた。そのすき間に滑りこみ、〈フィエスタ〉の助手席のドアを開け、からだを半分中に突っこんで、グローブボックスをぱっと開く。入場券は置いたところにそのままあった。車から降りたとき、白いバンが静かに揺れた。イリサは運転席の窓を通してちらっと見たけれど、中にはだれも見えなかった。

雲がのろのろと太陽を横ぎり、駐車場に暗い影を落とす。イリサは鳥肌が立った。入場券を握りしめて、すき間からななめに少しずつ出る。

バンのうしろのバンパー——プラスチック製ではなくて金属製の——には、ひと続きの小さなへこみがあり、小口径のライフル銃の的だったかのようだ。ソフト帽をかぶり、タバコを吸っているドクロの、不気味なステッカーもついている。太いゴシック体で書かれたふきだしの文字はこう書かれている。CHILLAX《チラックス》。だれかがいつか、ドクロのたばこの先を焼いて穴を開けたらしく、赤茶色のさびがサクランボの形に見える。イリサは眉をひそめ、なぜだかわからないけれど、不安を覚えて、急いでホテルの中に戻る。

「災いを回避しましたね」と、毛むくじゃらの手首の男の人が言う。入場券を受けとるとき、目がきらりと光った。イリサは一瞬、どういう意味だろうと思った。

（六）

〈マーシャル・コート・ホテル〉の広間の中では、子どもたちが両親と一緒に、テーブルのそばをうろうろしたり、壁に貼られた組合せ表をじっと見たりしている。ほとんどがふだん着だけれど、何人かの私立校の生徒は制服を着ている。

　イリサの最初の対戦相手はバヴィヤ・ナラヤンだ。握手をすると、バヴィヤの手のひらはべとべとしていた。それでも、とても人なつこそうだ。両親はインド人のカップルで、自分の娘に対するのと同じくらいの明るさで、イリサにほほ笑みかける。

　バヴィヤはマスコットを持っている——手が四本あるサルの小さな彫像だ。「猿神様のハヌマーンなの」と、置きながら説明する。イリサはリュックサックのファスナーを開けて、〈サル〉を取りだす。相手の家族が気を悪くしないといいのだけれど。でも、みな相変わらずにこにこしている。

　まもなく親たちはぞろぞろ出ていき、トーナメントが始まる。バヴィヤは〈クイーン・ポーン・オープニング〉を選ぶ。イリサは同じ手で応じる。〈クイーンズ・ギャンビット〉をかけられる——より良いポジションと引きかえに、犠牲になるポーンをc4に進める——と、それを取って受けいれる。次の二十分間は、中央を支配するための激しい戦いがつづく。イリサの胸はずっとドキドキしているが、緊張はしていない。一度も本気で危機を感じることはなく、バヴィヤが両取り《フォーク》のあいだに集中力を失ったとき、イリサは冷静にクイーンを取る。それは勝負にとどめを刺す手番で、相手はその後すぐにあきらめる。親たちが戻ってくると、バヴィヤのママは、イリサに手作りのバナナチップスがいっぱい入ったポリ袋を手渡した。

「ふう」と、再会したとき、リーナが言う。「外ですごくはらはらしてたもんだから、ちょっともらしたかも」

「ママ！」

「ごめん」

　でも、すまないなんて思っていないのは、見ればわかる。すばやく波打つ胸が、娘を誇らしく思っている何よりの証拠だ。手を伸ばし、イリサはママの手にさわる。どんなことばよりも、それで感謝の気持ちを伝えることができる。

十一時に二試合目が始まる。今度の相手はエイミー・ローズという金髪の少女だ。エイミーはやけにつんとしている。バヴィヤのようにほほ笑んだりはしない。両親もにこりともせず、イリサをじろじろ見ながら、かすかに眉《まゆ》を寄せる。エイミーはお守りを持たずにやって来て、イリサには失礼だと思える目つきで〈サル〉をちらっと見る。その報いとして、イリサは大いに楽しんで彼女を負かす――さっさと終わらせるのではなくて、じわじわと屈辱を味わわせながら、ひとつひとつ駒を取っていき、ついに、盤の片隅に、守る者のない無防備なキングだけを残す。その後、エイミーは何も言わずにテーブルを離れた。

次にイリサが対戦するのは、メガネがコーラの瓶の底くらいぶ厚いアイビー・メイだ。『ペッパピッグ』のマスコットを、戸惑いのかけらもなく、ポンと置く。苦しい戦いで、イリサがふたつ目のナイトを失ったとき、引分けで終わりそうになるところだったが、なんとか切りぬけた。

ランチタイムになると、ママを見つけて、座る場所を探す。イリサはツナサンドイッチと、〈ヨーヨーベア〉のグミと、温州ミカンをむしゃむしゃ食べる。メモ帳をぱらぱらめくって、三つの試合をおさらいする。自分の判断ミスをあまり厳しく責めないように努めるが、なかなかむずかしい――集中がとぎれたせいで、三つの勝利のうちのひとつを失うところだったのだ。

四試合目が始まるのは二時三十分だ。その前に、ママのカギを借りて、車にランチボックスを戻しにいく。広間の騒がしさから離れ、少しのあいだひとりになるのは、リセットに役立つだろう。

助手席に座り、リュックサックから〈サル〉を取りだして、まじまじと見る。彼の存在がイリサの手に影響しなかったのはまちがいないけれど、ふと、初めてちがう考えが心に浮かぶ。もしかして、イリサがやっつけた三人の敵の手には影響したのだろうか？　バヴィヤの彫像や、アイビーの『ペッパピッグ』のことを考える。あのお守りは、わたしには影響を与えず――ちらっと見たあとは、忘れてしまっていた。でも、はたして、無表情な編みぐるみの〈サル〉に出会った対戦相手たちもそうだったと言えるだろうか？　これは興味深い考えだ。とは言っても、イリサは心理的なトリックによって勝とうとは思わない。

次の相手は、このトーナメントの常連の私立校に通っている。今まで、そこの生徒たちは非の打ちどころのない記録を挙げてきた。〈サル〉の耳をつまみながら、イリサは言う。「ちょっとくらい、相手の気を散らしてくれてもいいんだよ」それから食べなかったものといっしょに〈サル〉をリュックサックに滑りこませて、急いで車を降りる。

〈マーシャル・コート・ホテル〉のほうを向いて、午後の試合のために気合いを入れていたら、突然、昼が夜になる。

（七）

　一瞬、混乱しすぎて、頭の整理が追いつかない。ボーンマス市のイーストクリフの灰色の空が消えた。同じように、ホテルのしっくい塗りの正面も。イリサの目と口にいやな圧迫感がある。世界が傾き、自分が倒れつつあるように思うが、倒れはしない、完全には。かかとがアスファルトをこする。

　これはパニック発作なのだろうか？　それか、経験したことのない――睡眠発作とか、脱力発作とか？　首をひねると、耳に当たるのは、まちがいなく上腕二頭筋の曲線だ。同時に、目と口の圧迫が、押しつけられた手によるものだと気づく。非の打ちどころのない記録を持つ私立校の女の子たちと、子どもの好きな残酷な悪ふざけが頭に浮かぶ。

　突然、靴がもうアスファルトを引きずらなくなり、必死にもがく。こぶしを固めて、腕を前に出し、ひじを力いっぱいうしろにぶつける。耳の近くで、うっと息が吐きだされるのが聞こえる。においがつんと鼻をつく。むっとするたばこの煙の苦いにおいだ。イリサの首に回された腕が締まる。

　今日会った女の子のだれかにしては強すぎる。それにまちがいなくだれもヘビースモーカーではない。

　ようやく、何が起こっているのかが、現実としてどっと押しよせてくる。

　連れていかれるのだ。

誘拐。連れ去りだ。

頭が空っぽになり、イリサは野生の動物と化す。身をよじり、蹴《け》り、口を開けて襲撃者の手に嚙《か》みつく。すぐに、たばこよりもひどい後味がのこる。暗く、汚れた、不潔な味で、イリサのパニックが一気に頂点に達する。息ができず、叫ぶことができない。狂ったように血がどくどく流れる音以外、何も聞こえない。頭が銀色でいっぱいになる。まるで頭の中で花火が爆発したかのように。

イリサの足が宙で自転車をこぐように動く。今度はちがう音がする。というよりは、音がしない。車の音やカモメの鳴き声が消え、風もない。足が下の何かに接触する。うつろなバタンという音がした。突然、自分が何か入れ物の中にいるのだと気づく。金属の入れ物――それとも、もしかして乗り物か。

背骨が痙攣《けいれん》してひきつりながらも、白いバンと、不気味なステッカーを思いだす。ソフト帽をかぶり、タバコを吸っているドクロ。

CHILLAX《チラックス》。

イリサは吐き気を催し、こらえようとする。吐いても、汚物の行き場所がどこにもない。嘔吐《おうと》物が鼻から噴きだすところを想像し、その考えにとても衝撃を受けて、筋肉がゆるみ、頭が垂れる。気を失っていたのは、ほんの数秒だろう。意識をとり戻したとき、ほとんど何も変わっていなかったから。目を覆っている手の位置がずれたので、細い三角形の空が見える。キー、ドスンという音がする。ドアがばたんと閉じる。これで、次に起こることが、かなりひと目につかなくなる。

また耳に息づかいが聞こえる。酔っているのだ。ほんの少しだけれど。「まあ、落ちつけ」しゃがれ声で言う。「落ちつけ」

見知らぬ人の手に歯を食いこませたいけれど、彼の血が口に流れこんでくると思うと、とても耐えられない。

「計画があるんだ。おまえが今日死ぬことはないよ」

イリサはそれを聞いて身震いする。イリサの下で、バンが同調して震える。頭がごちゃごちゃになりながらも、エンジンがかかる振動だと気づく。つづいて排気管の滑らかなごろごろという音がする。

その音が、断絶や、大変動を想像させる。駐車場の向こうの、ロビーやじゅうたんの敷かれた廊下の先にある広間では、ママがクッションのついた会議室用のイスに座り、ツナサンドイッチを食べている。すでに、海ひとつ分離れているようなものだ。

頭突きをして、手足をばたつかせ、筋肉が出せるかぎりの力を使い、イリサは締めつける手から逃れ、悲鳴をあげようともがく。これから数秒間で自由の身にならなければ、手遅れになり、あの海を渡れなくなるだろう。見知らぬ人のむこうずねにかかとをぐりぐりと押しつけ、ひじで何度も殴る。すると、思いがけないことが起こる。口を覆っていた手が離れたのだ。

イリサは叫ぶために息を吸いこむ。肺がいっぱいになり始めたとき、濡《ぬ》れたものが顔に当たる――ぽたぽたと冷たい液体が滴る布だ。胸がふくらみ、布からもれ出すにおいを吸いこむ。手遅れだ。もがいたことで救われるのではなくて、破滅に向かってしまったことに気づく。

その化学薬品は、肺を攻撃して、ガスの花のように咲く。身体の力が抜けて、滑る。胸がしぼみ、また息をする。今度はもはや一輪の花ではなくて、牧草地一面に花が咲く。苦悩が消える。幸福を感じる。何か重要なことが起こっていたのだけれど、もうほとんど思いだせない。どこか行かなくちゃならないところがあったんだっけ？　牧草地が呼んでいる。その歌がとても美しいので、持ちこたえて、持ちこたえてと訴える小さな声を無視することに決める。

筋肉の緊張がゆるみ、へなへなとくずれ落ちる。暗闇は恐れるものではなくて、受けいれられるべきものだ。だから、イリサはそうする。

イライジャ

六日目（一）

ぼくはまた〈記憶の森〉を歩いている。まだかろうじて明るいけど、秋の色は次第に薄れてきている。鉛筆で描いたスケッチか、ほかのだれかの夢の中を旅しているような気分だ。この木々のあいだをどんどん進んでいて、どんなときに自分がひとりじゃないことに気づくのかを、正確に言うのはむずかしい。直観するというよりは、徐々にわかり始めるんだ。まわりの森の雰囲気が変化したことを。野生の生物が静かになる——それが最初の手がかりだ。ふと、まさに木々が息を止めたように思えて、ふり向くと、つたに覆われたオークの木のそばに、彼が立っている。何時間もここで、時間をつぶして待っていたかのように。たとえ、ちょっと前にぼくが通りすぎたときには、絶対にいなかったとしても。

ぼくらはずいぶん長いこと見つめあう。カイルの顔は怒りで黒ずんでいる。血が表面に浮き出ているんだ。怒りの強さが伝わってくる。煙のようにカイルから噴きだし、まわりの空気を毒していく。不安になり、後ずさりして、すぐにやめておけばよかったと思う。カイルの前で弱さを見せるのは、いつだってまちがいだ。

ぼくの兄さんは、まわりの森に完璧《かんぺき》に溶けこむ迷彩服を着ている。はっきり言って、あまりに完璧なので、この世のものとは思えない、シダの上に浮かぶ、肉体を離れた顔に見える。

片方の肩にかかっているのは、ライフル銃だ。二十二口径の小さい獲物用だけど、きっちり頭を狙って撃てば、はるかに大きな獲物も十分に殺せるくらいの力はある。前に〈記憶の森〉で遊んでいたときに、ライフル銃のパンという音が聞こえ、しばらくして、森の中から死んだホエジカを引きずってくるカイルを見た。「おい、イライジャ。ここに来て、見てみろよ」とカイルは叫んだ。

一か月前に、ぼくは、その銃じゃシカを撃ちたおせないよ、と言ったんだ。だからそのとき、カイルは、ぼくがまちがっていることを証明するつもりだった。あらかじめ証拠を用意していて――ホエジカの頭を持ちあげたとき、頭皮をはいであるのが見えた。

「ほら、これ」白がかったピンク色の、汚らしいものに開いた穴を探りながら言う。「ここがおれの撃ちぬいた場所だ。で、それからどうなったか見ろや。銃弾の勢いが、頭蓋骨《ずがいこつ》のてっぺんに卵みたいにひびを入れた」汚れた指で、骨の割れ目をたどった。それから、殺した動物になんの敬意も見せずに、頭のまわりを切りさいた。乱暴なので、首の何かがシャンパンのコルクのようにポンと飛びでた。

「射出口をよく見ろ」カイルが言った。

頭蓋骨の大きな断片がはね上げ戸のようにぱっくり開き、中のどろどろの脳の組織がよく見える。それを見ているうちに、気持ち悪くなるだろうと考えていたけど、ならなかった。ただ、シカはどんなふうに感じたんだろうな、と思った。頭の中があんなに突然、大惨事になって。ぼくの頭の中があんなふうになったら、どう感じるだろうと思い、カイルの銃弾が押し流してしまうすべての経験を想像した。

「だいさんじ」って、意味のわりにずいぶんかわいらしいことばだな、と思う。

今、ぼくはカイルが大またで歩いてくるのをじっと見ている。ブーツをはいた足はまったく音を立てていない。きっとサバイバル雑誌で、そういう歩き方を学んだんだろう。黒いかさかさしたものがほおに筋になってついている。いやなにおいもする。人間のにおいではなくて、自分のにおいをかくすために作りあげた、胸の悪くなるにおいだ。それが何なのか、どうやって作ったのかを考えると、恐ろしくて身体がすくんでしまう。

ぼくらを隔てているのはたった二歳の年の差なのに、カイルは子どもというよりは大人に見える。あごが長くなり始めている。眉《まゆ》は濃くて黒く――二、三年のうちにくっつくんじゃないだろうか。その下の目つきは彗星《すいせい》のように冷たく、鋭くて利口そうだけど、完全に思いやりに欠けている。

「なにやらかしたんだ、イライジャ？　どこ行ってた？」とどなる。

こうやって対決するときが来ることはわかっていたけど、ここまで怖いとは思っていなかった。暗くなりかけた森の中で、カイルはぼくを怖がらせている。近づくとひどいにおいがする。腐敗した死体の悪臭で、鼻に吸いこむと、涙が出てきた。

「グレーテルに」ふらつきながらぼくは言う。「何をしたの――」

質問を言いおえるまえに、カイルはこぶしをふり回した。それがほおに当たり、ぼくはよろめく。かかとが木の根にぶつかり、枯れ葉の山に大の字に倒れた。カイルの手がライフル銃の肩ひもに動いたとき、ぼくを撃とうとしているのだと確信して、叫び声をあげた(**ここがおれの撃ちぬいた場所だ。銃弾の勢いが、頭蓋骨のてっぺんに卵みたいにひびを入れた**)が、銃は肩に留まっていて、ひもをぐっと締めているだけだと気づく。カイルはかがんで、ぼくのあごの下の服をむんずとつかむ。

ほおが心臓の鼓動に合わせてずきずき痛む。ひどい傷になるだろう。たぶん、目のふちの黒あざも。

カイルはぼくの服をコルク抜きのようにねじり、息をできなくする。ぼくは頭をのけぞらせて、気道を広げようとする。でも喉《のど》があらわになり、ふいに、カイルがそこに歯を食いこませるつもりなんじゃないかというパニックに襲われる。

むかつくうなり声とともに、カイルはぼくを放す。半分埋まった石に、ぼくの頭ががつんとぶつかる。おかしなことだけど、ぼくはその痛みに感謝していると言ってもいい。

「グレーテルが――」ともう一度言いかけて、口をぎゅっと閉じると、カイルがこぶしを引っこめる。指の関節にすり傷があるけど、今できたものではない。かさぶたがとげとげして黒くなっている。

「あいつをそんなふうに呼ぶな。おまえのくだらねえごっこ遊びは、もうおしまいだ」

ぼくはカイルのことばにすくむ。最悪なのは、カイルがぼくにショックを与えようとしているのですらないということだ。これがカイルの考え方であり、話し方というだけなんだ。カイルの頭の中をさまよったら、悪いことばと、裸の女の子と、剝製《はくせい》にした死んだ動物の頭しかないことがわかるだろう。

どうしてぼくたちがこんなにちがってしまったのか、まったくわからない。アニメの『ザ・シンプソンズ』に出てくる、いじめっ子のネルソン・マンツと、優等生のマーティン・プリンスみたいだ。ぼくはときどき、そのアニメを、マジック・アニーのトレーラーハウスで観ている。とはいえ、カイルの言うことも一理ある。今はほんとうの名前を使って、あの子を尊重することが重要だ。「イリサが」ぼくはまばたきをして見あげる。「イリサがいなくなったんだ」

「バカ言うな」カイルがことばをすごく乱暴に吐きだしたので、つばのかたまりが口から飛んで、ぼくの唇に当たる。電気をはらんだあたたかい雷雲のように、そこでじわじわ動く。「正しいことばを使ったらどうだ。死んじまったんだろう、イライジャ。で、それはだれのせいなんだ？」

ぼくは目を丸くして、はっと息をのむ。ぼくのせいなのか？　あちこちつまずきながら地下室を出てから、ずっと自分に言っていることだけど、ほかのだれかから聞くのは、はるかに悪い。

カイルは、ぼくの目の中に疑いの種があることを見ぬいたようだ。それがカイルを激怒させた。手がライフル銃をさぐると、今度こそぼくの頭の中を大惨事にするつもりだと確信した。後悔でいっぱいになり、ぼくはたじろぎもしなかったけど、兄さんは急に手を止める。「おれはあいつのことが好きだったんだよ、イライジャ」つばを吐く。「あいつのまわりで遊ぶのが好きだった。その気になれば、おもしろいことを言えるやつだったからな」

「ご……ごめんなさい」と、口ごもりながら言う。「こんなこと、望んでなかったんだ。あの人たちが見つけるとは思わなかった」

カイルは身体をまっすぐにする。表情に軽蔑《けいべつ》が込められている。「そうさ、やつらは見つけた。そして今、おまえのせいで、あいつは死んじまった」ポケットから布の切れ端を引っぱりだして、ぼくの顔に投げつける。それをはぎ取ったときには、カイルはすでに背を向けていた。ぼくはカイルが発情期の雄ジカのように、下生えを蹴ちらしながらずんずん歩いていくのを見とどける。

「**あいつのまわりで遊ぶのが好きだった**」

かるい嫉妬《しっと》のうずきを感じる。グレーテルと遊んだのはぼくだけだと思っていた。こんなことで嫉妬を感じるなんて意味がないけど、カイルのことばが忘れられない。あの地下室で、ふたりで何を話していたんだろう? それに、どうしてこれがぼくのせいだと知ってるんだ?

そんなことを一生懸命考えていたものだから、カイルがぼくに投げつけたもののことを忘れるところだった。よく見ると女の子の肌着で、茶色いしみの筋がついている。放りだしたいけど、そんなに簡単にグレーテルを捨ててしまうことはできない。だれかに見つけられるわけにもいかない。肌着をぎゅっと胸に抱いて、しわがれた声で、ぼくがしょっちゅう使いすぎて、ほとんど効果のないことばを言う。「ごめんなさい」

　まわりの光が消えかけている。まっ暗になってから、この森の中にはいたくない。五分後には、ぼくは〈ファロー・フィールド〉のそばの道を、足をひきずり、小走りで急いでいる。さっき見かけた、ごちそうを食べているカラスたちは消えていた。何を食べていたにせよ、食べ尽くされてしまったようだ。

（二）

　夜になり、ぼくはキッチンのシンクのところに立って、夕食の用意をしている。我が家の暮らし方——ほかの家族より野生に近く、土地に根づいている——では、みんなが協力することが絶対に必要だ。ぼくは学校に行っていないけど、本を読み、算数の勉強をする。それが終わると、家事をする。

　家に帰ったとき、水きり台の上にキジが置いてあるのを見つけた。父さんが置いていったんだ、猟銃で射とめたものだから。何日か吊《つ》るして熟成させたいところだけど、家族はどっちでも気にしない。ぼくとしては、できるだけ熟成していない肉が好きだ。丸焼きにはしないので、鳥の羽毛はむしらない。かわりに頭を切りおとし、翼と足を切りとる。包丁で背骨にそって切れ目を入れて、一気に皮をはぎとる。胸腔《きょうくう》を開いて内臓をすくい出し、ゴミ箱に放りこむ。終わるころには指が血でぬるぬるになっていた。ももも肉は明日《あした》の食事用に冷蔵庫に入れる。胸肉はベーコンで包んでオーブンに入れる。焼いているあいだに、ニンジンとジャガイモをゆでる。そのあいだじゅう、キッチンの大きな窓のほうを向いていた。窓ガラスの向こうを通りすぎるものは何も見えないし、自分が映っているのを見ないように気をつける。

なんとなく、ぼくは見はられているという感覚をふり払うことができない。野菜の皮を片づけながら、カイルがのぞいているのだろうかと思う。ライフル銃がぼくの目のあいだに狙いを定めているところを想像し、カイルが撃ったホエジカと、ホエジカの頭の中の大惨事を思いだすけど、ブラインドを下ろす気にはならない。カイルと彼の銃よりもっと悪いものがこの地所にはいくらでもある。いつもの日課に専念して、何も起こらなかったようにふるまうことが大事なんだ。

細かいほこりに覆われた〈ルーファス館〉のワインセラーのワインが一瓶、やかんのそばに置いてある。今朝はなかった。ムニエ家の人はときどきワインをくれる。いつもは父さんに何かしてもらったお礼に。これは何のお礼なんだろう。母さんも父さんも大酒飲みではない。たいていは、うちにあるワインは、ぼくが料理に加えるものだけだ。ラベルを見ると、フランス語だとわかる。ボルドー、サン・テミリオン、一九九八年。父さんが言うには、瓶についたほこりの量が、質の善し悪しの基準になるんだそうだ。

その基準によれば、これはまあまあの品だ。手を伸ばして、瓶の首に指をすっと滑らせると、濃い色のガラスに細い窓が現れる。その中にひどくゆがんだ自分の顔が映っている。あわてて顔をそむけた。火葬の灰のように、ほこりが指から落ちる。

キッチンに肉の焼けるにおいが広がる。皿を何枚か取りだして考える。だれか一緒に食べるだろうか。今はひとりで食べるのが、人と一緒に食べるよりいやなことかどうかわからない。キッチンは暖かいけど、ほかの部屋は寒い。家にはセントラルヒーティングがついていないし、ぼくは火をおこしていなかった。

考えが死んだ友だちに戻る。彼女はぼくをヘンゼルと呼び、ぼくは彼女をグレーテルと呼んだ。ものに新しい名前をつけるのは、ぼくらの遊びの一部だった。あの家――ここではなくて、〈記憶の森〉の中にある、うりふたつの暗い家――は、ふたりの〈お菓子の家〉になった。なぜだか、それはぼくたちの恐怖を和らげた。すくなくともぼくの恐怖は――グレーテルがほんとうに怖がっていたのかどうかは、はっきりわからなかったけれど、ふり返ってみると、怖かったにちがいないと思う。

神さま、もしもグレーテルの家族のだれかが、病気か、年を取っているか、すっかり人生にうんざりしているかなら、どうか今晩、その人を死なせてください。グレーテルがひとりぼっちにならないように、とつぶやく。

これ以上グレーテルのことを考えると、食べられなくなるので、しばらく頭から追いだしておく。ジャガイモの水を切り、つぶす。次にオーブンから肉を取りだして、キジの胸肉一枚を半分に切り、皿に載せる。小さめの一切れだけど、食べきれる気がしない。ニンジンを添えて、コップに水をたっぷりついで、料理をダイニングルームに運ぶ。いつもの自分の席に座り、食べ物に塩をぶっかけるけど、たいしてちがいはなく、フォークで口に入れると、まだ粘土のような味がする。

どういうわけか、食欲があまりないにもかかわらず、ぼくはぺろりとたいらげる。キッチンに戻り、食器を洗う。もうシンクの上の窓ごしに見はられているという気はしない。それでほっとしたのもつかの間、悪い本能のことを思いだす。

階上《うえ》はさらに寒い。風が急に起こり、ぼくの部屋のカーテンをそよがせている。ぼくは服を脱ぎ、丁寧にたたむ。木がさわさわ揺れる音と、〈ファロー・フィールド〉の孤独なキツネのかん高い鳴き声のほかは、静かな夜だ。

窓辺に行き、カーテンを閉める。それからやっと、隅のゆるんだ床板のところにつま先で歩いていき、そっとわきに持ちあげる。

(三)

このクモの巣がかかった穴に、ぼくは〈記念品と不思議な拾いものコレクション〉を隠している。入れ物自体は、自慢するようなところは何もない。前に、ムニエ家のゴミ箱をかき回していて見つけた、ただのプラスチックの箱だけど、それにちょっと自分の印をつけた。ふたに黒いマーカーで、こう書いてある。**極秘。私有財産。無断で開けるべからず。**箱をベッドに持っていき、慎重にふたを取る。すぐに、よく知っている宝物のにおいに迎えられる。ぜんぶがいいにおいというわけではない。いやなにおいの一番の元は、湖のそばで見つけた三本の指関節の骨だ。ほんとうは指関節の骨でもなければ、子どもの身体のほかの部分でもないのは、まずまちがいない。奇妙なことに、軟骨がしなびて、骨自体が乾いても、悪臭はいっこうに薄れない。このごろは、できればさわらないようにしているけど、捨てる気にはなかなかなれない。ぼくはそういうへんなところがある――何かを長く所有すればするほど、ますます手放すのがむずかしくなるんだ。この骨の持ち主になったとき、これがかつてどんな動物のものだったにしても、〝記憶係〟に自分を任命した。それをやめることにしたら、この生き物がまったく生きていなかったようになるだろう。

次に、注意して、コレクションの中のほかのものを取りだす。半分に割れて、化石になったアンモナイトが見えている、すべすべの灰色の石。前はぼくにぴったりだったかもしれないけど、もう合わないメガネ。ローマのコイン。Bの字が刺繡《ししゅう》されている、きちんと折りたたまれたハンカチ。〈パニーニ〉のサッカーのステッカー、タータンチェックのネコの首輪と、小さな金属製の鈴、プラスチックのテレフォンカード、シタン材のチェスの駒。香水の小瓶、切れなくなった〈スタンレー〉のナイフ、鎖がとても繊細で、砂のように指から滑りおちる銀のネックレス。

そのほかに頭蓋骨《ずがいこつ》がいくつか。ほとんどが鳥のものだけど、ウサギがひとつとリスがひとつあり、キツネかアナグマかどっちか――はっきりとはわからないままだけど――の頭蓋骨がひとつある。ぜんぶ漂白剤できれいにしたが、いくつか黒っぽいしみは残っている。いちばん下には、角がすり切れた子どもの日記がある。表紙に書いてある名前は、ぼくのじゃない。

ポケットからグレーテルのうね織りの肌着を取りだす。日記の上にそっと置き、〈お菓子の家〉の南京錠のカギも添える。それから上にほかのものを積みかさねる。ちょうど元どおりにふたをしたとき、階下《した》から掛け金のガタガタという音が聞こえた。

玄関が開く。廊下が騒がしくなり、そのあとに小声の会話がつづく。キッチンの蛇口から水が流れる。ごぼごぼとやかんに水が入る。階段に足音が聞こえると、ぼくはベッドから滑りおりて、コレクションを隠し場所に押しこみ、寝室のドアが開くのと同時にさっと離れた。

母さんがさっそうと部屋に入ってくる。まるでぼくに出くわして驚いたとでもいうように急に止まる。目がきらっと光り、ぼくが立っていた隅のほうへ動くけど、はっきりは見えないはずだ――ベッドが視界をさえぎっているから。母さんはマットレスに腰かけて、一か所をぽんぽんたたく。ぼくは素直にいっしょに座る。

「ごめんね。ひとりで食べさせちゃって」

母さんは羽毛ぶとんの花模様を指でたどる。ぼくはうっとり見ている。母さんの指は傷ひとつない。肌は大理石のようで、濃い栗色に塗られたマニキュアも完璧《かんぺき》だ。母さんのように農業をしながら、こんなにきれいな手を保つなんて、どうすればできるんだろう。

「聖書は読んだの？」

「まだだよ、母さん」

「今晩は『エフェソの信徒への手紙』ね。第六章から始めなさい」

　ぼくはうなずく。とくに十節に集中してほしいのだとわかっている。

最後に言う。主に依り頼み、その偉大な力によって強くなりなさい。悪魔の策略に対抗して立つことができるように、神の武具を身に着けなさい。

　聖書をすぐに引用できる子どもは多くないけど、長いあいだ、聖書がぼくらの持っている唯一の本だった。母さんはずっとイエスさまを敬愛しているから、ぼくにも敬愛してもらいたいと思うのは当然だ。

「イライジャ？　大丈夫？」

　ぼくは手で目をこする。母さんがぼくの涙を見ていたなんて、びっくりだ。「カイルがね、ぼくのせいだって――」と言う。

「あの子にはもっと厳しくしなきゃね。わたしが手綱を締めてやるから、イライジャ。おまえはだまって見てなさい」

　困ったことに、このごろは母さんですら、兄さんに大きな力をふるえるかどうか疑わしい。ぼくは母さんの手を見て、何よりも、両手を広げてぼくを膝《ひざ》に乗せてくれたらいいのになと思う。小さいころにしてくれたみたいに。

ぼくの考えを読みとったかのように、母さんは指をきつく組みあわせる。

廊下で床板がきしむ。部屋のドアがまた開き、父さんが現れる。ぼくたちを少しのあいだじろりと見てから、入ってくる。帽子を脱いで、水を絞るようにねじる。

「イライジャ」父さんの声は緊張していて、疲れているようだ。家に帰ってから、何をしていたのかな――たぶん、道具の修理か、〈ルーファス館〉での使い走りだろう。「何があったのか、話しあわないとな」

一瞬、グレーテルのことを言っているのかと思ったけど、もちろんそうじゃない――〈ムニエフィールズ〉から五キロ離れた田舎道をさまよっているぼくを、警察がどうやって見つけたのかってことを言ってるんだ。

「ごめんなさい、父さん。ちょっと頭が混乱してたんだ」

「逃げようとしていたんなら――」

「そんなわけないって知ってるだろう」

父さんは知ってるはずだ――迎えに来られるように、警察から父さんに電話してもらったのはぼくだと。

「外は危険な世界なんだ、イライジャ。知ってるつもりかもしれんが、わかってないな。この辺りでならいくらでも自由にしていい――走りまわる場所もあるし、やりたいことをやれ。でも、二度とあんなふうに、ふらふら出て行かせるわけにはいかない。みんな、すごく心配したんだぞ」

母さんがマットレスから立ちあがり、父さんのそばに立つ。グレーテルのイメージがふいに頭に浮かび、それを追いはらおうとする。両親がぼくの考えを読みとってしまうのが心配だから。幸い、ふたりは長居せずに、ドアを閉める。そのときになってやっと、ぼくは息を吐きだし、どのくらい息を殺していたかに気づく。

サイドテーブルに聖書が置いてある。あまりに疲れていて、手に取る気にもなれない。すでに母さんが読んで欲しがっていた日課は暗誦《あんしょう》できる。印刷されたことばを見れば、意味がはっきりするというわけでもないし。

悪魔の策略に対抗して立つことができるように、神の武具を身に着けなさい。

電灯のひもが天井からぶら下がっているので、ふとんの下にもぐり込んでから、明かりを消せる。ちょうど消そうとしたときに、枕に載っているものに気づく。

（四）

血が動脈の中を川のように勢いよく流れていく。階下《した》でテレビがつく。その前に座っている両親と、青白い光を浴びたふたりの顔が目に浮かぶ。録音された笑い声が階段を上ってくる。

枕の上に、何時間か前に鋳造されたのかもしれないというくらいぴかぴかの、二枚の銅貨が置いてある。すごく小さい。父さんの小銭入れの皿に入っているペニー硬貨よりも小さい。両方とも同じ絵がついている。帆のふくらんだ古風な帆船だ。頭を動かすと、光が当たらなくなり、暗赤色の海を滑るように進んでいっているみたいに見える。近づいて見ると、半ペニー硬貨だとわかる。古代ギリシャでは、冥界《めいかい》を流れるステュクス川の渡り賃を払うために、死者の目の上に硬貨が置かれた。この硬貨を置いたのが誰だとしても、とてもはっきり主張している。ぼくを怖がらせるつもりだと。

それはうまくいった。ぼくはほとんど考えることができない。心臓が、打ち鳴らされた太鼓のように、胸をたたく。

硬貨はずっとここにあったんだろうか？　部屋に入ってきたときは気がつかなかった。一瞬、頭が混乱して、母さんがここに置いたのかと思ったけど、母さんはそんなことはしない。それにしても、何も言わなかったのは不思議だ——もしかすると、ぼくと同じで、気づかなかったのかもしれない。父さんは一切ベッドの近くには来なかったので、外しておく。そもそも、ふざけたまねをするようなタイプじゃない。

半ペニー硬貨にさわりたくはないけど、そこに置いておくわけにもいかない。枕からつまみ取って、手のひらに載せると、ひんやりと冷たかった。カーテンを引っぱり開け、上げ下げ窓を上げる。月が昇り、月明かりが雲で乳白色になっている。うちの菜園の向こうに、〈ファロー・フィールド〉の西側半分が見える。そよ風が吹きこんできて、鳥肌が立つほど寒い。

腕をうしろに曲げて、硬貨を夜の闇に投げる。暗闇が硬貨を飲みこむ。ぼくは窓辺に立ち、深呼吸をする。起こってしまったことを元に戻すために、ぼくにできることは何もない。この件で、ぼくの手に負えることなんて、ほとんどない。でもひとつできるのは、これから先の自分のふるまいだ。どんなふうに行動して、ほかの人たちに何を見せるのか。〈お菓子の家〉と、地下室から立ちのぼる恐ろしい漂白剤のにおいを思いだすと、おなかの中のヘビがのたくる。何か音がするけど、ぼくからじゃない。何なのかがわかるまでに少し時間がかかる。だって、こんな遅くにエンジンの音が聞こえるなんて思ってもいなかったから。車が一台現れ、騒々しく〈ファロー・フィールド〉のそばの小道を走っていく。遠くてはっきり見えないけど、見たかんじ——そして音が——四輪駆動車のようだ。たぶん、ムニエ家の〈ディスカバリー〉か、〈車の町〉のおんぼろの小型車だろう。

ヘッドライトが暗い。中からはかすかな光も漏れていない。ぼくは車が〈記憶の森〉の東側の境界線に沿って進み、北の〈指の骨湖〉のほうに向かうのを見届ける。車の進路に気を取られていたものだから、部屋の明かりがまだついていて、窓辺のところに立っていると、輪郭がくっきり浮かびあがることを、少しのあいだ忘れていた。

メイリード

一日目（一）

メイリード・マカラ警視が、ボーンマス中央警察署の便器にかがみ込んでいるときに、けたたましく電話が鳴りはじめた。メイリードは邪魔な音の出どころであるバッグをちらっと見る。それから、できるだけ音を立てずに、二度目の嘔吐《おうと》をする。となりの個室は今のところ空いているが、いつほかの警察官がぶらりと入ってきてもおかしくない。胆汁が喉《のど》をひりひりさせる。頭が心臓の鼓動に合わせて脈打つ。片手でホルダーからトイレットペーパーを引きちぎる。もう片方の手で、電話を手探りする。「マカラです」

部長刑事で雑用係のハリーが、内線で電話してきたのだ。「どこですか？」ハリーは息を切らして訊《き》く。「ふり向いたら、いなかったので」

メイリードは、彼の口調に眉《まゆ》をひそめる。トイレットペーパーで口を拭《ふ》く。「何事？」

「子どもの誘拐の可能性です。イーストクリフで。目撃者が、少女がバンに押しこまれるのを見ました」

メイリードはトイレットペーパーを便器に投げこむ。ゆっくり立ちあがる。一瞬、世界がうす暗くなる。意識を失うのではないかと心配になり、個室の壁に腕を伸ばす。事務室でおとなしくしている日が必要だとしたら、それは今日だ。

ハリーの声がまたやかましく聞こえてくる。「――ウィンフリス警察から電話がありました。厄介そうなので、すぐに来てほしいと。あなたが捜査主任《SIO》になるんだと思いますが。とにかく、行かないと」ことばを切る。「行けますか――？」

「すぐ行く」とメイリードは言い、電話を切る。トイレにつばを吐き、嘔吐物を流して、ドアを開ける。鏡で顔を調べる。額に玉の汗が浮かんでいる。湿った髪が頭にヘルメットのようにはりついている。二、三年前なら必死に引きぬいていたであろう白髪が二本、黒い髪に混ざっている。目は血走って、取り乱して見える。「くそ」

蛇口からじゃーじゃー水が流れている。メイリードはそれを両手ですくう。額の汗を洗いながし、ペーパータオル二枚で拭く。また胃が締めつけられるけれど、もう峠は越えた。祝福のような水に生きかえる。

子どもの誘拐の可能性です。イーストクリフで。目撃者が、少女がバンに押しこまれるのを見ました。

深く息を吸いこみ、吐きだす。

ハリーは廊下で待っている。メイリードの様子を見て、口をあんぐり開けるが、何も言わない。外に出ると、共同利用の車の運転席に滑りこむ。いつもなら、メイリードが運転すると言いはるところだ。今日はやめておく。タイヤをきしませて縁石から離れるとき、メイリードは目を閉じて、シートベルトをつける。「わかっていることは？」

「最初の電話が入ったのが十分前です。〈マーシャル・コート・ホテル〉の宿泊客が、窓から外の駐車場を見ていたら、何者かが緑色のワンピースの少女をバンに引きずりこむのが見えたと。制服警官が数分で到着しましたが、その話を裏づける人は見つかりませんでした。ホテルでは少年少女チェストトーナメントが開催されているところで——何百人もの子どもたちとその家族がいるので——現場はかなり混乱しています。

「先ほど、あなたが……取りこみ中に」ハリーはきまり悪そうにちらっとメイリードを見る。「ひとりの母親が、娘が行方不明だと、トーナメントの主催者に報告しました」

「娘さんは、緑色のワンピースを着ていた？」

「ええ」

メイリードの胃が締めつけられるが、今度は吐き気によるものではない。

（二）

〈マーシャル・コート・ホテル〉はしっくいを塗った石造りの、豪奢《ごうしゃ》なヴィクトリア様式の建物で、海の向こう側に見えてきたイースト・オーバークリフ大通りに面して、高くそびえ立っている。メイリードはこのホテルを知っている。スコットと少なくとも二度来たことがある。といっても、何のお祝いだったのかとか、だれと一緒だったのかを思いだせるわけではないけれど。

歩道に人だかりができていて、高視認性ジャケットを着た四人の地域警察補助官《PCSO》が食いとめている。さらにふたりが、ホテルの正面玄関を見はっている。ほかの警察官たちは、ガラスのドアの向こう側に見える。

ハリーは、一列に並んだパトカーのうしろの、二重の黄色い線の上に駐車する。メイリードは助手席のドアを押しあけて、車を降りる。絶壁を越えて巻きあがる、砂まじりの潮風が打ちつけてきて、目から涙が出た。道路を渡って、人だかりの中をゆっくり進み、地域警察補助官《PCSO》にさっとIDを見せる。

中に入ると、ホテルのロビーはにぎわい、騒然としていた。すぐにメイリードは担当警官のニール・カーを見つける。

「行方不明の少女はイリサ・ミルゾヤンです」カーは手札サイズの写真をメイリードに手渡す。「十三歳で、ソールズベリーから、チェスのトーナメントのために訪れていました。それは母親から入手しました。つい最近のものです」

写真には、まじめそうな少女が写っている――黒い髪、青白い肌、目の覚めるほど鮮やかな緑色の目。年齢のわりに幼く、もろそうに見える。おそらくある人にとっては、格好の獲物に見えるだろう。

メイリードはひざの力が抜けるのを感じる。突然、ロビーの照明がひどく明るく見えてくる。警察の無線の引っかくような音がうるさすぎる。恐ろしいことに一瞬、仲間の警察官でいっぱいのこの部屋で、卒倒しかけていると確信する。

カーは、どこか具合が悪いのだと気づいていても、口には出さない。「トーナメントの関係者はみな、当分、広間に引きとめています」と伝える。「身元を確かめるまでは、出ていかせたくありませんので。一方で、この建物の公開捜査をしているチームもいます。イリサが見つかるとは思えませんが、容疑者がここに滞在して、何か残していった可能性がありますから」

メイリードの脇の下から汗が流れおちる。額にまた汗がたまるのを感じる。「バンについての情報は？」

「今のところ、ほとんどありません。唯一の目撃者は、七十代のアメリカ人観光客のチャールズ・カイザーです。たまたま三階から見ていました。イリサが白いバンに引きずりこまれたこと以外、大して話せることはありませんが」──カーは中断して、メモを調べる──「『古くてかなりおんぼろに見えた』と。型やナンバープレートについては何も。目立つ傷などについても何も」

「防犯カメラ《CCTV》は？」

「ホテルの中にはたくさんありますが、外のカメラは何か月も作動していません。駐車場は立入禁止にしました。犯罪現場捜査官《SOCO》が調べているところです」

「それまでは、だれも手をふれないように」メイリードは言う。「最後に姿を確認されたのはいつ？」

カーは天井に固定されたカメラのほうをあごでしゃくってみせる。カメラは正面のドアに向いている「イリサが十四時十分に外に出たときの、時間の入ったビデオ映像を手に入れました。緊急通報が入ったのは十四時十六分です」

「六分後？　どうしてそんなに遅れたの？」

「カイザーはどこに電話すればいいかわからなかったので、エレベーターでフロントに下りて、電話してもらったんです。その二、三分後にイリサの母親が、トーナメントの主催者に、娘について相談に行きました。制服警官が到着したのは、ちょうどみなが見聞きしたことを考えあわせているときでした」

　メイリードは顔をゆがめる。舌先で歯をなでまわし、ブレスミントがあればいいのに、と思う。「了解。警察捜索アドバイザー《POISA》に手伝ってもらう必要がありそうね。ウィンフリス警察に電話して、カレン・ディの居場所を突きとめて。できれば彼女がいい。それと同時に、われわれが緊急事態に対処しているところであり、相応の対応をするよう、全員に周知させておくこと。それから報道各社に、わたしが母親と話したらすぐに、児童救出警戒態勢《CRA》を発動したいと通知しておいて。この写真と、今までにわかっている情報すべてを与えて」

　カーが巡査部長たちを呼び集めているあいだ、メイリードは腕時計をちらっと見る。十四時三十六分。イリサは二十分前から二十六分前のあいだにいなくなった。この最初の一時間は——ゴールデンアワーと呼ばれ——非常に重要だ。すでに半分近く過ぎている。児童救出警戒態勢《CRA》の通達が出て、少女の失踪《しっそう》をマスコミに広めれば、すぐに人々の運動を引きおこすだろう。大勢の民間ボランティアが、ソーシャルメディアを通じてメッセージを拡散するだろう。だが、ただちに児童救出警戒態勢《CRA》を開始することはできない。連絡窓口は電話が殺到することに備えて態勢をととのえる必要があるし、近隣の警察は対応しきれない分をさばくのに組み入れられなければならない。さもなければ、きわめて重要な情報を聞きのがす可能性がある。ウィンフリス警察は迅速にすべてを準備することができる。それでも即座にではない。

メイリードの胃が締めつけられる。今は頭の切れが必要だが、とてもそんな状態ではない。この一時間を切りぬけられさえすれば、この事件の指揮をとるのに、自分が最適な人物だということはわかっている。問題は、イリサ・ミルゾヤンにはもう一時間がないかもしれないということだ。

ハリーに言う。「すでにチェックアウトした宿泊客全員のリストが必要ね。それと、ここはホテルだから、コーヒーがあるはず。手に入れてきて」

カーがフロントに向かっているときに、メイリードの電話が鳴る。ドーセット州警察本部の本部長補のスナイダーが、正式にメイリードを捜査主任に任命した。メイリードはスナイダーに礼を言い、カーのほうを向く。カーは部下への指示をちょうど終えたところだった。「母親はどこ?」

「支配人室で世話をしています」

「父親は?」

「どうも一緒に住んではいないらしいです。父親を突きとめようとしているところです」

「父親の写真も手に入れましょう。それを目撃者に見せて」

メイリードはロビーを見まわす。家に帰って、ふとんに潜りこみたい。そのかわりに、結婚指輪を三度回す。それはほとんど無意識の習慣的な動きだ。ときには頭をすっきりさせる手段にもなる。「母親の名前は？」

「リーナ・ミルゾヤンです」

「母親のところに連れていって」

(三)

支配人室は――天井が高く、背の高い窓があり、息苦しいほど暑くて――ブラックウォッチタータンのじゅうたんが敷かれている。木製の家具はすべてマホガニー材だ。制服警官ふたりが、革張り天板の書きもの机の近くに立ち、無線をいじっている。リーナ・ミルゾヤンは、熱を吐きだしている鋳鉄製の暖房器のそばの、クラブチェアに座っている。致命的な傷はひとつも受けていないのに、死にそうな顔をしている。顔から血の気が引き、肌が包帯のように乾いている。表情から、想像もつかないほどの激しい苦痛がうかがえる。

「リーナさん」メイリードは声をかける。「警視のメイリード・マカラです。イリサさんを見つける責任者です」

　リーナは平手打ちをされたかのようにびくっとする。見あげた目が大きく見開かれ、白目をむいている。「まだ時間があるわ」

　メイリードはすこし近よる。「時間？」

「次の試合は二時三十分に始まったばかりだから。十分も経ってない。きっと主催者は、こういう状況だから……その……」リーナは苦しそうに息をする。全身が震える。「あの子、すごく一生懸命やってたんです」

「リーナさん、お訊《き》きしなければならないことが――」

「だれかがあの子を連れてったって言ってるけど。バンに引きずりこんだって。そんなことあるはずないわ。そうでしょう？」

　メイリードはしゃがんで、相手の手を自分の手で包む。室内の暑さにもかかわらず、リーナ・ミルゾヤンは厚切りの冷蔵肉のようだ。「お聞きになるのはつらいことでしょう。でも、われわれは今のところ、その線で動いています。それだけに集中しているという意味ではありません。万一に備えて、ホテルを捜索している警察官もいます。周囲の通りも。それに地元の交通機関すべてを調べているところで――」

　リーナは両手を引く。「何であの子を連れてく人がいるのよ？　よりによって、今日」

「もしもだれかがイリサさんを連れていったとしたら、顔見知りの人である可能性が非常に高いです。ふたりとも知っている人物ということも大いにあります。それはだれでしょうか、リーナさん。思いあたる人はいますか?」

リーナの目はすばやく部屋を見まわす。出口を探しているかのように。「いません」

「お父さんはどうでしょう? 親子関係はどうですか?」

「関係なんてないわ、もう。それにイアンは知るわけ……絶対にちが……」

メイリードはうなずき、ゆっくりと少しうしろに下がる。リーナ・ミルゾヤンが信じていることとは関係なく、元夫は、何かで除外されるまでは、重要参考人のままだろう。

「この数週間に——イリサさんの行動に何か変化があったと気づいていましたか? いつもとちがうところは何か?」

「思いだせるかぎり、ないわ」

「だれか新しい知り合いができたとか?」

「それはないと思う」

「電話は持っていますか?」

リーナはバッグを開けて、サムスンを取りだす。「預かっててと頼まれたの」

「パスワードはわかります?」

「ええ」

イリサが電話を持っていないのは残念だ——電話を通じて位置を追跡できたかもしれない——でも、少なくとも、データを取りこむことはできる。「よかったです、リーナさん。ほんとうに助かります。イリサさんはほかの機器を持っていますか?」

「iPadとノートパソコン。両方とも家にあるわ」

「すぐにそれを見る必要があります。だれかにあなたをソールズベリーまで車で送って、受けとらせますね。お部屋を調べる必要もあるでしょう——何か、行き先をほのめかすものがあるか確かめるために」

リーナの目がさらに大きく見開かれる。「でも、わたしは家に帰れないわ。ここにいなくちゃ。あの子が戻ってきたときのために、ここにいなくちゃ」

メイリードはひと息つき、相手の気持ちを想像しようとする。「いいですか」と言う。「つらいでしょう。こんなにつらいことはないですよね。でも外では、まさに今、イリサさんを見つけて連れ戻すために、高度な訓練を積んだ大勢の警察官が全力を尽くしています。彼らはとてもよく練られた計画に従って働いています。あなたに勇気を持ってもらう必要があります。われわれを信用してもらう必要があります。重大な影響を与えるかもしれないすべての情報を、確かめる手伝いをしてもらう必要があります。われわれが最良の仕事ができるように。やって頂けますか？」

リーナの胸が波打つ。追いつめられた野生の動物のような声を出す。もうひとつの電話を引っぱりだして、メイリードのほうに向ける。画面にはイリサの写真がある。この写真は、もう一枚の写真のように、まじめな顔ではない。写真の中で、少女はバカ笑いをしていて、赤いボアを首にまいている。年配のカップルが、パーティ用の風船を持って、うしろに集まっている。彼らの目は愛で輝いている。「これがあの子よ」リーナがささやく。「これがイリサ。わたしの娘。わたしの命」

そしてメイリリード——三十八歳で、自分の子どもはいない——は、正確に理解する。

たちまち、イリサ・ミルゾヤンが、さっきまでとはまったくちがうものになる。

ふたたび、リーナの口から、人間とは思えないあの苦痛に満ちたうめき声がもれる。

「あなたが努力するのはわかってる。あなたたちみんな——そうするのはわかってる。でも、あなたたちは成功しなくちゃならないのよ。あの子を連れもどさなくちゃ。そうすると約束して。約束して」

その女の表情は、必死の、陶磁器のように壊れやすい希望のこもったものなので、部屋の空気が乏しくなったように感じる。メイリリードは机のそばのふたりの警察官をちらっと見る。

だれも話せなかった。

（四）

十分後に、警察はリーナの元夫を見つけ出す。彼はバーミンガムの会社にいるので、容疑者から除外する。

そのニュースにまるで腹を殴られたかのようだ。だんだん、怪物めいたものを相手にしているという様相を帯びてくる。見知らぬ人間による子どもの誘拐だ。そういう犯罪は非常にまれで――おそらく全国で一年に五十件くらいだろう。大多数は、両親か、洞察力の鋭い目撃者のどちらかによって、ほとんどすぐにくじかれる。これまでにそれをくぐり抜けたのは、ほんの一握りだけだ。

ボーンマスでは、警察官たちが自治区議会の防犯カメラ《CCTV》管理室に大挙して押しかけ、映像を調べ始める。ほかの者たちは、イースト・オーバークリフ大通りの近隣のホテルに派遣される。大当たりを期待して。制服を着た地域警察補助官《PCSO》が列車の駅にあふれる。交通警察は街を出る主要な道路に回される。でもまだだれひとり、何を捜しているのかわからず、そしてみなが今、時計が止まったように感じている。

メイリードがウィンフリスに要請した警察捜索アドバイザー《POLSA》のカレン・デイが現場に到着して、捜索活動の指揮をとり、メイリードを容疑者に集中させる。児童救出警戒態勢になる。地元のマスコミが最初に訴えかける。全国のマスコミがすぐに飛びつく。まさに世間の人々の注意を引くたぐいの事件だ。

メイリードは、通報したアメリカ人観光客のチャールズ・カイザーを徹底的に調べる。カイザーは十分信用できる人物だが、何も新しいことは話せず、イリサの誘拐犯の人相については、がっかりするほどあいまいだ。厚手の防水ジャケットを着た、がっしりした体格の男。メイリードがカイザーの部屋に行き、駐車場を見おろしたとき、理由がよくわかった。現場で作業をしている犯罪現場捜査官《SOCO》ははっきり見えるけれど、見えるのは頭頂部で、顔はまったく見えない。

ゴールデンアワーの最後の数分が過ぎていく。みなの肩が目に見えてがっくり落ちはじめる。外の通りで、うわさと非難が瞬く間に群衆に広まる。すべての犯罪のなかで最悪なものが町に降りかかった。今は恐怖を避けて通る道はない。

メイリードより重圧を感じている者はいない。落ちつかない胃と、ずきずきする頭が、難局を十倍に拡大する。アドレナリンが支えだ。カフェインと、解熱鎮痛薬のパラセタモールも。

以前に一度だけ、この手の事件に取り組んだことがある——ブライオニー・テイラーという少女が、ドーセット州の境界のすぐ先にある町、ヨービルの学校から家に帰る途中でさらわれた。エイボン州とサマセット州の警察が捜査を指揮し、メイリードは支援に駆りだされた。一年経っても事件はまだ捜査中だが、どの方面からも、見こみのある手がかりは調べつくされたように感じる。すでに、あの失踪《しっそう》と今度の失踪のあいだには、不穏なほど類似点がある。どちらの少女も、まっ昼間に、おんぼろの白いバンを運転する男にさらわれた。両方の事件は、八十キロ以内の範囲で起こっている。警察官たちが、リーナ・ミルゾヤンをソールズベリーまで車で送り、イリサのノートパソコンとタブレットを回収した上で、手がかりがないか、部屋を捜した。メイリードはボーンマス中央警察署に戻る。そこでならもっと能率的に、作戦を指揮できる。

七十分後。署にいるだれもが悲観しているようだ。それから十五時二十一分に、メイリードは最初の休憩をとる。

イリサ

二日目（一）

目は開いているのに、見えない。それが、目が見えないからなのか、まっ暗闇のどこかにいるからなのかはわからない。熱い針の球が頭蓋骨《ずがいこつ》の中を転がっている。少しでも動くと、転がるのが速くなるので、じっとしているよう努める。

嘔吐《おうと》物のにおいがして、イリサは自分の吐いたものだとわかる。そうこうするうちに胃がぎゅっと締めつけられ、また吐き気がこみあげてくる。それが喉《のど》に水だけが消せる火をつける。胃酸だけではなく、未消化のツナの味がして、すごく胸がむかむかしてきて、もう一度吐く。見えないけれど近くに感じる床に、嘔吐物が飛びちる。

わたしは横になっているのだろうかと、イリサは考える。そうだ、身体の右側全体に圧迫感がある。冷たくて、硬くて、でこぼこしている。不思議なことに、頭は支えられているかんじがする。

頭蓋骨の中の転がる針の球は、スピードを落とす気配がない。イリサは呼吸を落ちつかせる。記憶をたどり、何があったのかを知ろうとする。出あうのは無だけ——目覚めたときのことも、食事も、会話も、人も思いだせない。事故に遭ったのだろうか？　ここはまちがいなく病院ではない。呼吸が反響している。どこかで水の滴る音がする。

動作をゆっくりするように気をつけて、場所がわかるものが見つかることを期待しながら、左手の指を身体の前に少しずつ動かす。床は固まった土と岩だけれど、完全に自然のままというふうではない。手が届くぎりぎりのところで、指がよく知っているものにふれる。リュックサックの肩ひもだ。

たちまち記憶がどっとよみがえる。イリサの頭は今にも爆発しそうで、針の球が暴れ狂っている。胃がまたぎゅっと締めつけられる。吐くものは何も残っていないというのに。収縮がすごく激しいので、目の血管が破裂するんじゃないかと怖くなる。こんな経験はしたことがない。ものすごい痛みと恐怖が凝縮して、大きなこぶになる。

〈サル〉、車の旅、〈ワイド・ボーイズ〉での朝食、アデル、〈マーシャル・コート・ホテル〉、バヴィヤ・ナラヤン、〈ヨーヨーベア〉のパイナップル味のグミ、エイミー・ローズ、アイビー・メイ、ランチボックスを置いて、それから、ああ、どうしよう、どうしよう、どうしよう、あの白いバン、へこんだバンパー、ソフト帽をかぶり、タバコを吸っているドクロ。

CHILLAX《チラックス》。

叫びたいけれど、そうしたら頭のファスナーが開いて、解きはなたれたぐちゃぐちゃの脳みそが、冷たい岩にこぼれるだろう。記憶が次々によみがえる。かかとがアスファルトの上を引きずられたこと、口に当てられた汚い指、湿った布、頭の中に広がる花のイメージ。

動くことができず、考えることができない。しばらくのあいだ、遠くで水の滴る音だけが、時の流れが遅くなり止まったのではないと安心させてくれる。

声がしたよね？　いくつかことばが話された。怖すぎて、捜す気になれないけれど。

まあ、落ちつけ。落ちつけ。計画があるんだ。おまえが今日死ぬことはないよ。その中には、わかりきっていること以外に手がかりはない。誘拐犯は男の人だということだ。なまりは覚えていないし、ささやき声だったので、年齢や素性の手がかりをさらけ出すことはなかった。それほど背は高くはないように思えたけれど、イリサをつかんだ握力は容赦なかった。傷んだ鳥肉のむかつく甘いにおいに似た、男の人のにおいを思いだす。

ママはどこだろう？　リーナ・ミルゾヤンの苦しみを思うと、とても耐えられない。イリサはそのとき、心に誓う。これを切りぬけて生きのびることを――これがなんであろうとも――たとえどんなことに耐えなければならないとしても、生きのびる。ママに娘を失う苦しみを背負わせることなど、絶対にできない。

その誓いは、いったん立てると、驚くほど効果があった。頭痛は残っているけれど、急にずっとしのぎやすくなる。筋肉に力がみなぎり、心臓の音が力強くなったのを感じる。

イリサはリュックサックを引きよせる。やみくもに指を動かし、一番大きなポケットのファスナーを探す。片手ではできないので、できるだけそっと頭を持ちあげる。その動きによる痛みは拷問のようだ。世界がぐるぐる回るのを感じて、歯を食いしばる。

だんだん頭の中のとげとげした針の球が動かなくなる。こすれる音やカチャンという音を立てながら体を起こして座る。そうしてイリサは手錠を発見する。

（二）

この新しくわかった事実は、これまでで最悪のものだけれど、イリサは打ち負かされまいとする。でも泣きじゃくるのは止められない。いったん歯止めがきかなくなると、わっと泣きだし、その声は聞きおぼえのない、他人のもののようだった。

穴あけ加工の鉄製らしい手錠が、右手首にはまっている。そこから重い鎖がぶら下がっている。手探りで鎖を固定しているものまでたどると、滑らかな金属の輪がU字型ボルトに取りつけられていた。ボルトを強く引っぱったが、びくともしない——太さが五センチあり、コンクリートに埋めこまれているのだ。

この辺でちょっと止まって、考えをまとめるときだ。今までのところはうまくやっているけれど、いつ来てもおかしくない次の精神的打撃で、ほんとうに再起不能になるかもしれない。だれかがこんなふうに、まるで檻《おり》に入れられ、忘れられた動物のように、イリサを置き去りにしたなんて、受けいれがたい。

左手を使って、すりむけやこぶ、そのほかの傷跡がないか調べる。ワンピースにところどころいやなかんじの湿り気があるが、その原因は嘔吐物で、血ではない。気持ち悪いけれど大丈夫だ。脚を開くと、まだ下着をつけているのがわかる。その発見がまた激しい泣きじゃくりを引きおこすが、それも大丈夫だ。いや、大丈夫以上だ。なくなったのは、家で大いに悩んだ白いカーディガンだ。トーナメントで脱いだのかな？　そうだとしたら、思いだせない。足にはさっきと同じ靴を履いている。かかとの革にひどくすり減った跡があるのに気づき、もう前ほどすてきには見えないだろうと思い知らされる。靴が惜しいのではなくて、ママが一生懸命がんばって貯《た》めたお金で買ってくれたものだということが大きいのだ。

ここで、生きぬくもうひとつの理由ができた。復讐《ふくしゅう》だ。

ばかげた考えだ。イリサはそう思いながら泣き笑いになる。リュックサックに手を伸ばし、大きなポケットのファスナーを開ける。最初に手にふれたのは〈サル〉だ。引っぱりだして、顔に〈サル〉のおなかを押しつけ、においを吸いこむ。家やベッドや、あらゆるよいもののにおいがする。何より、〈サル〉がいるということは、もうひとりぼっちじゃない。

「ここから逃げるつもりだから」まだ顔をやわらかい身体にうずめたまま、ささやく。

「まあ見ててよ」

〈サル〉をひざに乗せ、イリサはリュックサックの中を調べる作業に戻る。今度は〈エビアン〉のボトルをつかむ。引っぱりだして、指でキャップを回す。キャップはぴゅっと暗闇に飛んでいった。むせながら水をごくごく飲むうちに、喉が滑らかになる。どんなに喉が渇いていたのか、今までよくわかっていなかった。イリサはボトルを飲みほしそうになって、ようやく失敗に気づく。よろめきながら、口を離す。貴重な水がワンピースにこぼれる。また飲めるまで、どれくらい待たなければならないのだろう？　先のことをまったく考えずに、蓄えを飲みつくすなんて、まったくなんてバカなんだろう。これが最初のしくじりとはいえ、重大だ。ボトルをふり、重さを量ると、せいぜいひと口分の水しか残っていないのがわかる。左手を伸ばして、ボトルのキャップを捜す。跳ねて飛んでいったことを思いだす。ひょっとすると、鎖の届かないところに転がったのかもしれない。

チェスでは、イリサがひとつミスをすれば、敗北という結果になるので、自分を厳しく罰しすぎたり、欠点を深く分析しすぎたりしないことを学んできた。そうすべき時もあるが、それはもっとあとのことだ。今は、自分ならうまくやれるという自信を持ちつづけることが最も重要だ。もしかすると、この状況をチェスの試合の理論に置きかえれば、切りぬける方法が見つかるかもしれない。だから、自制心が欠けていたことで自分を叱るかわりに、誤りを認めたうえで、いったん忘れる。慎重にボトルを床の平らなところに置く。

両手が自由になったので、イリサはリュックサックの調査を再開する。〈スタントン〉の駒の入った袋にふれて、引っぱりだす。その下にある本二冊と、メモ帳やゲルインクのボールペンも見つける。自家製バナナチップスの袋の下のいちばん底に、つぶれているけれど丸ごとの温州《うんしゅう》ミカンを見つける。ミカンを食べたい誘惑はほとんど抵抗できないくらいだが、その衝動を抑えて、元に戻す。リュックサックのうしろポケットから最後の贈り物が現れ、それはうれしいものだった。まだビニールの包みに入ったままの〈マークス&スペンサー〉のブラウニーだ。

イリサには食料があり、水分補給をする手段がある。すでに状況は、最初に思っていたよりは、はるかによくなっている。次に重要なのは、周囲を細かく調べて、床の隅々までの地図を作ることだ。鉄の輪を中心点として使い、指先で捜索を始める。とがった岩のこぶがひざに当たる。でもいまはやるべきこと、集中すべきことがある。

頭の中に、イリサは空っぽのチェス盤を作り、それぞれのマスをひじから中指の先までの距離で測る。それらに伝統的な方法で名前をつける。鉄の輪をd4とe4とd5とe5で作られた十字の中央にする。順番に、中央の四つのマスの中で左上にあるd5から始めて、見つけたものをマスに入れていく。その四マスには土と、のみで刻んだような岩のほかは、まったく何もない。そこから外側をとり囲む十二マスへと移動する。f5に冷たい嘔吐《おうと》物がたまっているのを見つける。頭を支えていた枕はf4にあった。みじめなほど薄っぺらく――羽毛は押しつぶされて、固いかたまりになり、枕カバーはカビのにおいがぷんぷんする。それでも何もないよりはましなので、大切にすることに決める。その一周ののこりの十マスは空っぽだ。近づいて調べたくはない、c4の悪臭のするぬるぬるしたもの以外は。

二段目のマスを捜して、中身を仕分けると、三段目に移り、b7から始める。六つのマスから成る上の列に沿って、コンクリートのような感触の平らな土の部分を見つける。横になる場所としては、最初に目覚めたところより良さそうだ。

この広がった格子の右上の側面、g7からg5までは、中央の四つのマスと同じく、空っぽだ。g4にまた乾いた嘔吐物を見つける。b2からg2までの列には役に立つものは何もないが、b3に意外なものを見つける。

（三）

最初の品は硬いプラスチック製のバケツだ。ふちの一部がゆるやかな曲線を描いて口を形づくり、そこから中身を注ぐことができる。持ち手はハンガーよりすこし太い針金。円柱状の十センチの管もプラスチック製で、持ち手のまん中あたりに通してある。バケツは乾いていて、新品らしいにおいがする。底にトイレットペーパーをひとつ見つける。胃がぎゅっと締めつけられる。これは監禁者がイリサをしばらく置いておくつもりだという最初の明らかな証拠だ。もう一度、打ちのめされまいと気を強く持つ。まもなく〈エビアン〉の水が身体を通過する。そのときが来たら、出す場所はわかった。動物のように檻に入れられているかもしれないが、動物のようにふるまわなくてもいい。

b3にあるふたつ目の品はまったく同じバケツだ。こっちはバケツいっぱいに、冷たい液体が入り、表面のふちが泡だっている。洗浄液のようなにおいがする。〈フェアリー・リキッド〉よりきついけれど、漂白剤ほどつんとくるかんじではない。たぶん、床用洗剤か一般的な用途の消毒薬だ。

b3から、イリサは縦の段ののこりを、鎖を引きずり、目の前の作業以外はなにも考えないようにしながら、ゆっくり進んでいく。その段のいちばん左上の角にあるb7でもう一度止まる。鉄の輪からここまで離れると、鎖の長さが限界になる。身体をいっぱいに伸ばして、足を使い、自分が作成した盤のいちばん遠い場所を探る。

a8で、足が壁にふれる。靴のたてる音から、石だとわかる。腹ばいでずるずる滑りながら、壁づたいにh8まで行くが、まだ届かない範囲はつづく。その列を、突きだしたぎざぎざの岩にひざをこすらないようにしながら、徐々に縦に下りていき、h7に着く。そこで、足が小物の山を発見して、もっとよく調べることのできるg7にかかとで引きよせる。

最初の品は、うわ薬をかけた陶磁器でできていて、何なのかさっぱりわからない。底はふちがせり上がっている丸い小皿に似ていて、そこからはちみつの壺《つぼ》のような形の部分が盛りあがる。いちばん上は外に向かって朝顔形に開き、最初の皿よりも小さなふたつ目の皿を形づくっている。まん中に、突起した高いろうそく差しがある。曲線を描く取っ手が上と下の部分をつないでいる。

イリサは表面を手さぐりして、さらなる手がかりを捜す。底面は唯一うわ薬がかかっていない場所だ。ひっかいた跡があるようだ――おそらく陶工のイニシャルだろう――が、とてもかすかなので、さわってても何かわからない。

それを置いて、h7から持ってきたほかの品物を調べる。マッチ箱がひとつと、ディナー・キャンドルの入った大きめの箱がひとつ。すぐに、うわ薬のかかった壺の用途がはっきりした。あれはロウソク立てで、上の皿はロウの滴を受け止めるためのものなのだ。

イリサはロウソクを鼻まで持ちあげ、においを吸いこむ。ロウのにおいがクリスマスの記憶を呼び覚ます。去年は、家にこんな箱があって――深緑色のロウソクを、マントルピースの両端にある白目の燭台《しょくだい》で燃やした。クリスマスの日にはテーブルに置いた。おばあちゃんやおじいちゃんと一緒に食べた夕食と、会話と、笑い声を思いだす。

すると、あの日の思い出が心の中にふくらんできたので、頭を抱えて、背中を丸める。しくしく泣きはじめるが、その涙はすべて、ママと祖父母のため、そして、イリサを誘拐した変質者のせいで三人が耐えなくてはならないことのためのものだ。ある時点で、イリサは胎児のように丸まったまま、横むきにぱたんと倒れる。最後の疲れきった身震いが鎮まると、目を閉じ、眠る。

（四）

おしっこがしたくてたまらなくなり、目が覚める。初めは何が起こったのか、自分がどこにいるのか、どうしてこんなに暗いのか思いだせなかった。たちまち意識がどっと戻り、同時に新しい世界の記憶も戻る。手錠、鎖、バケツ、マッチとロウソク。眠っているあいだにここの何かが変わったけれど、何なのかがわからない。

夜になったのかな？　監禁者が見回りに来たの？　さっきはなかったそよ風が、今は吹いている？

よろめきながら、イリサは思う。わたしは監視されているのだろうか。完全なまっ暗闇なので、もしもだれかが見ているとすれば、特殊な装置を使っているにちがいない。呼吸をゆっくりにして、一生懸命耳を澄ます。静けさは地下納骨所を思わせる。さっきの水の滴る音もしない。

膀胱《ぼうこう》の不快感が大きくなる。やがて、そのことしか考えられなくなる。頭の中のチェス盤を思いだして、b3のトイレ用バケツのところに這《は》っていき、しゃがむために立ちあがる。おそるおそる背筋を伸ばす。立とうとしたのは初めてだ。十分な高さがあることを知って、ほっとする。

拘束されていないほうの手をワンピースの下に入れて、下着を引っぱりおろす。暗闇をにらみつける。だれかが見ているのなら、好きなだけ見させてやろう。バケツにおしっこをする少女をひそかに見て興奮している男より哀れなものなんて、ほとんど思いつかない。

　一瞬、怒りにかっとなる。「この変態男」とイリサは毒づく。「バカで役立たずの変態男」それは知っているなかで一番ひどい侮辱というわけではないけれど、もっと汚いことばで自分の品位を落としたくはない。

　全体重をかけるとバケツが滑るかもしれないので、トイレットペーパーを取りだしたあと、ワンピースをたくしあげて、束ねる。それからしゃがんで、息を止める。

　最初のうちは、膀胱がうずくのに、出すことができずにいた。ちょうどあきらめかけたときに、筋肉の緊張がゆるみ、尿が硬いプラスチックに当たる、勢いのいい音が聞こえる。種か石つぶてを飛ばしているような音だが、においに涙が出てきたので、まちがいない。そのままにしておくと、においがひどくなるだろうから、下着を引きあげたあと、ふたつ目のバケツのところに行き、ひとつ目のバケツに洗剤を少し注ぐ。これだけのことを、イリサは何も見えない状態で行った。イリサを床につなぎとめている鎖はこすれる音がしたり、チリンと鳴ったりして、ずっとついてくる。

　地図を思いだして、f5の冷たい嘔吐物の水たまりを避けながら、床を這って横ぎり、g7に行く。そのうち、あれを片づけなくてはならないだろう、悪臭がもっと強くなる前に。でもまずは、ささやかな光だ。

イリサは目的地からひとマス手前のf6でちょっと止まる。もしもロウソクとマッチがなくなっていたら、眠っているあいだにだれかがやって来たことになるだろう。ふいに、もっと怖い考えが浮かんだ。手を伸ばしたときに、誘拐犯のどこかにふれたらどうする？ ひょっとして温かい足とか。それとも手とか。

肌がむずむずする。イリサはたくましい想像力の持ち主ではない。ここはそんなものを養うのには、世界中で最もふさわしくない場所だ。ぐずぐずしていたら麻痺《まひ》状態になるのではないかと心配になり、イリサは腕を伸ばして前に突きだす。その動きはぎこちない発作的なものだった。げんこつがロウソク立てにぶつかり、ロウソク立ては床をかすめて飛んでいく。

バカ！

自分を抑えて、イリサはもう一度、手を伸ばす。もしもロウソクかマッチにぶつかって飛ばしてしまったら、ほんとうに感情を抑えられなくなってしまうだろう。幸い、置いたのとまったく同じ場所に両方の箱を見つける。ロウソクをふって出し、鼻のところに持っていく。あんな軽率な行動をしなかったら、どこかに置けただろうに。かわりに、ひざのあいだにしっかりはさむ。それから手錠のはまった手でマッチ箱を持ち、マッチを取りだす。

イリサは手を止め、ひと息つく。この火をつけた瞬間、事態の深刻さがはっきりわかるだろう。恐ろしいものを見つける可能性も十分にある。すでに、奇妙な直感が、イリサがこの土牢《つちろう》の最初の住人ではないことを告げている。ひょっとするとこの火が、前にいた人の運命を何かしら見せるかもしれない。今までのところは、小さな希望の炎をなんとか維持してきた。次に自分が造りだすものがそれを消すとしたら、皮肉なことだ。

それでも、知らなくてはならない。知識は力なり。イリサの力はここでは存在しないも同然だけれど、努力して、その力を強くする義務がある。今は息を切らしているので、火がつくまえにマッチを消してしまうかもしれない。落ちつくために、それぞれの箱の中身を調べることにする。三十秒間、呼吸を整えたあとで、イリサは十本のロウソクと、三十七本のマッチを数えた。

クリスマスに、ママが買ったディナー・キャンドルの箱から学んだことを思いだす。大きさがこれとほとんど同じロウソクは、一本燃えるのに八時間かかった。つまり、今から八十時間は明かりを灯《とも》しつづけられるということだ。ロウソクはイリサが望むなら、ほかにも役に立ってくれるはずだ。時間を計る手段として。

ガリガリ、シュッと音を立てて、マッチに火がつく。初めは光がとてもまぶしくて、目を覆わずにいられなかったが、火を無駄にするわけにはいかない。すぐにロウソクの芯《しん》につける。

炎がとても小さくなったので、消えるだろうと思った。用心深い青い目が上下に揺れ、それから火がついた。黄色い光が大きくなる。暗闇が後退する。

イリサはロウソクを持ちあげ、まわりを見る。

（五）

最初に確かめたのは、自分ひとりしかいないということだ。

鎖の届く範囲の外にはだれも潜んでいない。前の住人の残骸《ざんがい》も何も見えない――さっきまでは、その可能性が心配でたまらなかったので、なかなか認められなかったけれど。

目の前に石の壁がある。腹ばいになっているあいだに見つけたものだ。まわりを見回すと、この監禁部屋を形作るほかの壁が見える。ふたつは最初の壁とまったく同じだ。四番目はベニヤ板でできている。そこにドアが作られているけれど、こちら側には取っ手がなく、わざとつけたような深い引っかき傷がいくつかあるだけだ。頭上の天井のマツの厚板張りは、石の壁より新しく見える。

結局、監禁部屋の大きさは、地図を作るために考えだした仮想チェス盤よりそれほど大きくはない――縦三列と横四列が余分に必要なだけだ。新しく見えてきた床の場所に合わせて盤の寸法を変えるか、拡張したマスに新しい縦と横の列を当てはめるかすればいい。

イリサは後者を選ぶ。それはイリサの名づけ方のせいで、多少風変わりなものになるだろう。hの右側の新しい縦の列はiになるが、aの左の列をyとzと呼ぶことにする。同様に、1の下の新しい四列は0、マイナス1、マイナス2、マイナス3になる。これにより、角の場所はy8、i8、yマイナス3、iマイナス3という結果になる。座標で位置を決める方法としてはむだに複雑だが、少なくともイリサの頭のトレーニングにはなるだろう。

証明する術《すべ》はないけれど、イリサは自分が地下にいると思っている。床は掘られたように見えるし、壁は頭上のもっと大きな建物の土台のように思われる。

初めて、暗闇で見つけたものの色がわかる。ロウソクは白で、転がってi8にある、b3のトイレ用バケツはサクランボ色。掃除用バケツは黒。ロウソク立ては、濃い緑カビの色だ。うわ薬を塗った陶磁器のロウソク立ては、濃い緑カビの色だ。

イリサがなるべく見たくなかったものは、c4のぬるぬるしたもので――茶色がかった赤の、どう見ても臓器だ。それはイリサになんの自信も与えてくれない。ゆっくりと顔をそむけて、f5の嘔吐《おうと》物の水たまりふたつを見つける。そばに枕がある。いかにも湿っぽく、みすぼらしい。色あせた枕カバーの模様は、オレンジ色の背景に黄色い花がいくつも描かれている。最近のデザインではない――四十年前くらいのものにちがいない。

空腹で胃が締めつけられる。立ちあがり、ぎこちなく鎖を引きずりながら、床を横ぎってリュックサックのところに行く。とけたロウの滴が指の関節に転がり落ちる。その痛みは強烈だが、イリサはロウソクを落としはしない。自由なほうの手でリュックサックを空にして、持ち物を積み重ね、〈サル〉を一番上に置く。「心配しないで。計画があるの」と〈サル〉に言う。

空っぽのリュックサックを魚網のように投げて、ロウソク立てを手の届くところまで引っぱり、ロウソクを差しこむ。それからやっと、固まったロウを関節からむしり取り、はがれたかけらをマッチ箱の中にしまい込む。この部屋にあるものにはすべて価値がある。何ひとつ無駄にはしない。

さあ、ブラウニーだ。イリサは崩さないようにゆっくりと気をつけて、包みを開ける。チューブに入った歯磨き粉のようにブラウニーを押しだし、小さくひと口――全体の八分の一くらい――かじって、残りをしまい、できるだけ水分を保つためにセロファンを折りまげる。

がつがつとかんで食べる。もうひとかじりしたくてたまらないけれど、我慢して、ブラウニーを底に入れ、リュックサックを詰めなおし、鎖が許すかぎり遠くに移動する。イリサは立って、脚を曲げたり、足を持ち上げたりして、できるだけ筋肉を動かす。

ふいに、嘔吐物をなんとかしようと決心して、掃除用バケツを引っぱってくる。スポンジも雑巾《ぞうきん》もないので、優柔不断で身動きが取れなくなる前に、ワンピースのファスナーを開ける。きれいにしたいという衝動で頭がいっぱいで、ほかのすべてが引っこむ。

必死にもがいて、もう少しでワンピースを引き裂きそうになりながら、綿の肌着を脱ぐ。イリサを鉄の輪につないでいる鎖から肌着を外す方法はないけれど、それはかまわない。肌着をバケツにちょっと浸して、洗剤を床にぽとぽとこぼす。空っぽの頭で洗剤をかけ、ごしごしこすり、絞り、すすぐ。終わるころには、思っていたよりずっと多い洗剤を使ってしまったうえに、ワンピースの前がびしょ濡《ぬ》れになっていた。

さらに悪いことに、震えている。ここは最初に思っていたより寒い。肌着がないと、寒さがいっそう身にしみる。熱中の霧が晴れるにつれて、自分のバカさ加減に気づく。基本的な暖かさよりも、清潔な部屋のほうが上だなんてよくも思えたものだ。乾くまで、肌着をまた着ることなんてできっこないし、ここだとそれにはうんと時間がかかりそうだ。自分で自分の足を引っぱるようなまねをしてしまったことにうろたえながらも、肌着の水分をできるだけ絞る。

みじめになり、イリサは膝《ひざ》をかかえて丸くなる。両手をロウソクの火にかざし、震えがおさまりはじめるまで、意識を呼吸に集中させる。イリサのまわりで、影がこっそり歩くオオカミのように踊る。

そのとき、この部屋の中ではなくて、向こう側から、何かの音が聞こえる――紛れもなく、金属製のかんぬきが引かれる音だ。

(六)

一瞬、イリサは思考が完全に停止する。野生の動物のように、ドアから遠くへ突進する。片足がロウソク立てを蹴《け》って倒したので、部屋がまっ暗になった。鎖がぴんと張る。

手首に手錠が食いこみ、ぐいと引っぱられて、足がすくわれる。

すさまじい痛みだ。身もだえしながら、イリサは身体をボールのように丸める。目をぎゅっと閉じて、自分に言いきかせる。わたしが眠っているとあいつが思えば安全だ。わたしを傷つけはしないだろう。

ゴムパッキンがきゅっときしり、ドアが開く。閉じたまぶたを通してピンク色がかった光が見えるので、懐中電灯の光が、モップがけをするように部屋を動いているのがわかる。イリサの顔の上で止まる。イリサは、呼吸が荒くなっているけれど、眠っているふりをしようとして、長くゆっくりした動きで肩を上下させる。

ついに、暗闇を切り刻むような監禁者の声がする。前と同じささやき声だけれど、それでもやはり鋭い。「起きてるのはわかってるんだ。ここでの生活で、おれに隠しておけることなんて、ぜったいに何もない。その教訓を学ぶのに、必要なだけ時間をかければいいが、楽になりたけりゃ、急ぐことだな」

つづく沈黙のなかで、イリサには、自分の血のどくどく流れる音以外、何も聞こえない。初めてにおいに気づく。傷んだ鳥肉の、吐き気を催す甘いにおいではなくて、料理した食べ物の濃厚なにおいだ。

「客が来たら、あいさつするのが礼儀だろう。それとも、おまえの母さんは、そういうことを全然教えてくれなかったのか？」監禁者が訊《き》く。「そろそろ目を開けるときだ、イリサ・ミルゾヤン、何が真実か見ろ」

監禁者はだまされないだろうから、寝たふりをつづけてもむだだ。でも、目をこじ開けることができない。

「食べ物を持ってきてやったんだがな」長い沈黙のあとで監禁者が言う。「飲み物も」声の調子が変わっている。さっきまではなかった不快そうな響きがある。「黙ってるってことは、欲しくないということだな。いいだろう。どれくらいで行儀を思いだすか見物だ。たぶんちょっとばかし断食すれば、記憶の戻りが早くなるかもな」

イリサは監禁者のかかとがこすれる音を聞く。少して、防音装置を施したドアがドン、シューと閉じる。かんぬきがカチャッと元の場所に戻る。

すぐに、イリサの目がぱっと開く。

どれくらいで行儀を思いだすか見物だ。たぶんちょっとばかし断食すれば、記憶の戻りが早くなるかもな。

それって、一時間いなくなるってこと？　一日？

一週間？

イリサは暗闇で背筋を伸ばして座る。右手首がずきずきする。さわると、激しい痛みに思わずもれた悲鳴が、壁に当たって跳ねかえる――とんでもない痛さで、まるでむきだしの神経にブラシをかけたかのようだ。濡れてぱっくり開いているところがあり、恐ろしい。ついさっきドアから這《は》って離れたときに、手錠のとがったふちが肉に食いこんだ。その傷は、思ったよりずっとひどい。

鉄の手錠を支えながら、ひっくり返したロウソク立ての場所を捜そうとする。アドレナリンのせいで頭が回らない。しばらくはいらいらしすぎて、頭の中のチェス盤を呼び起こすこともできない。筋肉がひきつり、極度の興奮のため乱れる脈拍によって痙攣《けいれん》する。目の前にホタルが舞う。方向感覚を失って、鉄の輪のところに這って戻る。そのときでさえ、自分がどこを向いているのか判断できずにいた。ドアはイリサの左側にあっただろうか、それとも右側？　明晰《めいせき》さが欠けて、無力な状態になっている。長いこと、イリサは埋まった留め具の前にひざまずいていた。まるでそれが、手引きを授けるトーテムであるかのように。

ようやくひとつの考えが、混沌《こんとん》とした思考を突きぬける。輪を囲む四つのマスには何もないかもしれないが、f5からg4までの濡れた床が見つけられれば、自分を立てなおせる。すぐにそのとおりになる。ゆっくり少しずつ落ち着きが戻ってくる。ケガした手首から離して手錠を持ち、徹底的な床の再調査を始める。

b7に、ひっくり返っているけれど、奇跡的に壊れていないロウソク立てを見つける。ロウソク自体は外れて転がってしまったので、g7まで這っていき、新しいロウソクに火をつけ、皿にねじ込む。

もう一度、影が引っこむ。今度は上下に揺れる黄色い光が、ぞっとするものを見せる。右腕の指先からひじにかけてが、完全に血の袖《そで》になっている。手錠が骨に達するくらいまで手首を切り、肉が赤い唇のように裂けてしまったのだ。その傷口から血が大量に流れて、床にぼとぼと落ちている。

映画では、だれかがケガをすると、服を細長く引きさいて傷に包帯をする。でもイリサにはワンピースを引き裂くことができない。布が強すぎるのか、イリサの力が弱すぎるのかどちらかだ。

肌着は鉄の輪の近くにあるが、汚れているし、濡れている。それを包帯として使う勇気はない。代わりになるものを探しているとき、今まで見のがしていた事実に気づく。食料と最後の水をしまっておいたリュックサックが消えている。

寒くて、おなかがすいて、痛くて、自分の境遇はこれ以上ひどくなりっこないと思っていた。それがいま、さらにひどくなっている。果てしなく。食料や飲み物だけではなく、スタントンの駒や、本や、メモ帳やボールペンも失った。何よりも最悪なのは、〈サル〉を失ったことだ。どんなに一生懸命、ただの編みぐるみだと自分に言い聞かせようとしても、〈サル〉が意味していたものを忘れてしまうことはできない。命があろうがなかろうが、〈サル〉はここでの友だちだった。今や〈サル〉がいなくなってしまったので、イリサはほんとうにひとりぼっちだ。

ロウソクの近くでからだを丸め、血がゆっくり滴る音と、胃が空っぽでぐうぐう鳴る音を聞いている。ほんとうは明かりを吹きけして、必需品を蓄えておくべきだが、あとどれくらい自分のものにしておけるかなんて、だれにもわからない。さっきは、水をたくさん飲んだ自分を叱った。いまは飲んでおいてよかったと思っている。ママのことを思いだし、それがつらくなると、〈サル〉のことを思いだす。それがつらくなると、目を閉じ、まったく何も思いださない。

（七）

結局、監禁者は一週間も経たないうちに戻ってきた。たぶん一日も経っていないが、二、三時間よりはずいぶん長かった。そのあいだに、イリサの舌は水ぶくれになっていた。かんぬきのカチャッという音を聞くころには、燃えのこりのロウソクはほんの一センチになっている。ドアがきいっと開くと、炎が揺れる。

今度は、心臓がドキドキしているのにもかまわず、イリサは監禁部屋の遠い隅っこに急いだりはしない。かわりに今にも消えそうなロウソクのそばに残り、頭を上げる。意思の力をふりしぼらなくてはならないが、自分がくじけていないことを、監禁者に知ってほしい。生まれてからずっと、ママはイリサに強くなれと教えてきた。この変質者はイリサの自由を盗んだかもしれない。でも、精神まで踏みにじらせはしない。

開いた戸口から、黄色い円錐《えんすい》状の懐中電灯の光が差しこむ。イリサは目を細めて、その向こうを見ようとするが、光の弧の外側はすべて、夜と同じくまっ黒だ。監禁者の足がでこぼこの床をこする。y3のどこかで止まる。イリサの鎖が届くちょっと外側に。

一瞬、イリサは不思議に思う。イリサが監禁者を怖がっているのと同じくらい、監禁者はイリサを怖がっているのだろうか？　それはばかげた考えで、すぐに捨てる。今、この関係で力を持っているのはひとりだけだ。

光はしばらくのあいだ、イリサのところでぐずぐずしている。それから部屋のあちこちに動き、b3のバケツと、f5からg4の嘔吐《おうと》のしみと、枕と、火のついたロウソクと、マッチと、汚れた肌着のところに止まる。

すこし経ち、イリサはこれまでになく動揺して、頭がくらくらしてくる。なぜなら、どういうわけか——予想に反して——次に聞こえる声が監禁者のものではなくて、別人のものだったからだ。

口ごもっていて、かん高い声なので、一瞬、頭が混乱して、学校のイーサン・バンダークロフトと、決して実現することのない恋が思い浮かんだ。もちろん、イーサンのはずはない。この声は甘ったるいけれど、はるかに自信がなさそうだ。

なんとなく引っかかるところもある。トイレに行きたくなる感じがするのだ。

イライジャ

六日目（一）

寝ころんで、床におなかを押しつけたけど、すでに手遅れだ。もしも四輪駆動車の運転手が窓を見あげていたら、ぼくの輪郭がくっきり浮かびあがっていたことだろう。この地所の人はみな、ここがぼくの部屋だと知っている。運転手はぼくがずっと見ていたと気づくだろう。

ぼくは枕の上の半ペニー銅貨を思いだす。ふたつの監視する目。そのメッセージは明らかで、すでにぼくはそれを無視してしまったようだけど、時計を巻きもどすことはできない。窓辺にいたことについても、〈お菓子の家〉の地下で起こった出来事についても。

心臓が床板に当たり、どきどき響く。それが、ぼくもいつかは死ぬ運命にあることをまざまざと思いださせ、グレーテルと、あの哀れな子が耐えたすべてを、生々しく思いだす引き金となる。外から、小道を走る四輪駆動車の、排気のゴロゴロという音が聞こえる。音がだんだん遠ざかっていく。

ゆっくり立ちあがり、ベッドの上にぶら下がる電気のひもを引っぱる。いきなりまっ暗になる。目が慣れるとすぐ、窓のところに急いで戻る。もう外の世界はしんと静まりかえっている——人も、人らしいものの形跡もない。

　ぼくが見た車は、ムニエさんのランドローバーだったんだろうか？　ムニエさんが地所のあの辺を、遅くなってから訪れる理由はまったく思いつかない。〈記憶の森〉以外に、あの方角にあるのは〈指の骨湖〉くらいだ。

　夜遅くの旅人がムニエさんじゃないとすれば、たぶん〈車の町〉の流れ者のひとりだろう。この季節にちょっとした密猟をする人がいるのは知っている――森の中で、エサを仕かけたわなや落とし穴を見つけたことも一度や二度じゃない。そのうちどれくらいがカイルのものなのかは知らないけど、ぜんぶがカイルの仕業のはずはない。最後にマジック・アニーのところに行ったときに、四輪駆動車は一台も止まっていなかったけど、〈車の町〉の車の何台かは防水シートを掛けられている。カイルが、止められるまで射撃練習に使っていたバンも含めて。このあたりのたいていのものと同じように、たくさんの車が隠されたままだ。

　グレーテルの代わりはそんなにすぐに見つかったんだろうか？　そう思うとむかつくけど、ほとんど同じくらいにむかつくのは、ぼくが否定しようもなく、ひりひりする興奮を感じていることだ。グレーテルがいなくなった深い悲しみ――そして、また捕獲が行われた嘆き――は、新しい友だちができるという期待に相殺された。最悪なことになったとしても、少なくとも、ぼくにはまた目的ができる。この前の友情がどうして失敗に終わったのかを、くよくよ考えても意味がない。だって、いつもそうなんだから。マジック・アニーが前に教えてくれた物語を思いだす。それは穴に落ちたキツネの話ほど残酷じゃない。一三〇六年にスコットランド王になったロバート・ザ・ブルースの話だ。ブルースはイングランドと六度戦って負けたあと、ラスリン島に逃げた。洞窟《どうくつ》に身をかくした彼は、クモが巣を張ろうとして何度もがんばり、七度目の挑戦で成功するのをじっと見ていた。それに感激したブルースは、自国に戻り、次の戦いで勝利した。

ぼくはスコットランドの王さまではないけど、〈記憶の森〉の下で目覚める人たちのために、自分にできることはする。今は、外に潜むものにびくびくしているくせに、そうせずにはいられない。

悪魔の策略に対抗して立つことができるように、神の武具を身に着けなさい。

いつもながら、聖書ってやつは、従うより読むほうが簡単だ。今晩は〈記憶の森〉に戻りたくない。〈お菓子の家〉にはぜったいに。でも、戻らなければならないのはわかっている。

〈記念品と不思議な拾いものコレクション〉から、南京錠を取りだす。パジャマのポケットに滑りこませて、懐中電灯を手探りで捜す。すぐに見つけられなくて、心臓がどきどきし始める。だれかがぼくのコレクションを発見して、引っかきまわしたのかな？ 宝物の中で、よりによってあの安いプラスチックの懐中電灯に、だれかが興味を持つなんて想像できない。そのとき、森の中の地下室への最後の訪問を思いだす。懐中電灯が手から滑りおちたとき、ぐるぐる回った影たち。暗闇と、ぼくの突然のパニック。

あそこに置いてきたんだな。落としたところにそのまま置きざりにしたんだ。しばらくのあいだ、その記憶に凍りつく。なんでそんなにうかつだったんだろう？　証拠を隠すために学んだすべての教訓を、無視するなんてことがよくできたな？　前にあの家に戻る理由があったとしたら、今はその二倍の理由があるけど、なかなかベッドから立ちあがる気になれない。

手探りで服を捜して、気が変わるまえに着る。

（二）

廊下に出て、つま先で歩いて階段に向かうけど、音を立てずに動くのは無理だ。どの床板も、死人を目覚めさせようとでもしているように、きーきー鳴る。

両親の部屋を通りすぎるとき、ふたりのいびきが聞こえたので、ちらっと中をのぞく。なんてすきだらけに見えるんだろうと驚く。寝ているあいだに、だれかがそっと忍びこんで、のどをかき切るのなんてめちゃくちゃ簡単だ。それは恐ろしい考えだけど、ふり払うことができない。ふとんの下に滑りこんで、こっそりふたりのあいだに入りたいけど、危険が多すぎる。

ドアを過ぎて階段に向かうときに、よろめいて気がつく。なぜかくるりと向きを変えて、自分の部屋に戻っていっている。その発見に心が乱れる。壁に片手をつき、めまいが消えるのを待つ。

それから、べつの考えが浮かぶ。どうして父さんと母さんは、あんなにすぐに眠りこんだんだろう？　ぼくの部屋に来てから少ししか経っていないのに、ぐっすり眠っている。身体を洗い、パジャマに着がえて、ベッドに潜りこむ、というすべてを、こんな短い時間でどうやってこなしたんだ？

ぼくがぐっすり寝ていたのか？　ふたりが出ていったすぐあとに、枕の上のコインを見た。コインを取って、庭にほうり投げたのを覚えている。その直後に四輪駆動車を見た。

頭皮が縮む。こういう時間の空白に苦しんだのは初めてじゃない。首を横にふり、急いで階段を下りる。玄関のドアを開け、まばたきをしながら明るい日の光の中に出たとき、ほとんど息ができなくなる。なぜか、昼が夜に取ってかわっていた。それだけじゃない。ぼくはちがう服を着ている――セーターとジーンズのかわりに短パンとTシャツを。唯一変わらないのは、ポケットに入っているカギ――〈お菓子の家〉の地下のドアの錠を開け、ぼくをグレーテルと初めて会ったときに、たちまち連れもどしてくれるカギだ。

メイリード

一日目（一）

急展開というほどではないが、潮目が変わった。〈マーシャル・コート・ホテル〉から二、三百メートルのところにある〈ロイヤル・プリンセス〉は、一九三〇年代に建てられた優雅なホテルだ。そこの防犯カメラのひとつがイースト・オーバークリフ大通りの景色をまっすぐ捉《とら》えていることに、派遣された警察官たちが気づいたのだ。

警察官たちはすぐにその映像を調査する。十四時十分から十四時十八分のあいだ――イリサが最後に目撃されてから、最初の緊急通報の二分後まで――に、十四台の白いバンがホテルを通りすぎた。ほとんどはぴかぴかの新車だ。ほんの数台が、確実に〝古くてかなりおんぼろ〟と言えるかもしれない。カメラの角度のために、警察官たちはナンバーを見わけることはできないが、バンの写真を撮って、〈マーシャル・コート・ホテル〉にいる同僚に転送する。数分で、チャールズ・カイザーはその中の一台を、絶対にこれだと確認した。

その車は、古い〈ベッドフォードCF〉という、一九六九年から一九八八年のあいだに製造された英国製の小型のバンだ。八〇年代に、CFは囚人の移送用や、機動隊のバンとしてよく使われていた。この車は一九八〇年に売りだされた型のようだ。今も使用されているのは、せいぜい数百台だろう。

議会には、イースト・オーバークリフ大通りの稼働中のカメラがないため、ボーンマスのCCTV管理室の警察官たちは、今までのところ、むだ骨に終わっていた。しかしこれで追跡する車が特定できたので、十分経たないうちに初めて報われた。十四時十五分に、セントスウィザンズ通りのカメラが、北のほうに向かうバンを記録していた。すぐにナンバープレートもわかった。ただちに、自動ナンバープレート認識カメラ《ANPR》に入力される。即刻、システムが怪しいバンを検出して、ルートを示す。A三三八号線をソールズベリーから南に十キロのところにある繁華街にまっすぐ向かい、そこで消えた。ボーンマスからだと、その道程には三十七分かかる。最後のカメラがバンを捉えたのは、十四時五十二分だ。

捜査チームの中の空気がはっきりと変わる。三十七分間の運転は、その間イリサ・ミルゾヤンがおそらく危害を加えられず、おそらく殺されていなかったのだと、みなわかったのだ。

今は十五時四十分だ。ふたたび遅れは一時間以内だが、その四十八分間のリードは、バンが一万六千平方キロメートルに及ぶ円のどこにいてもおかしくないということを意味する。そして一分過ぎるごとに、円の範囲はどんどん広がっていく。

近隣の警察署が先を争い支援を申し出る。ANPRを車に装備した交通警察が、周辺の幹線道路にどっと押しよせる。国家警察航空隊《NPAS》のヘリコプターが、ボーンマスと、アルモンズベリーと、ベントンから飛び立つ。そのあいだに、運転免許庁《DVLA》データベースの照合で、〈ベッドフォードCF〉のナンバープレートが、まったくちがう車のものであることが判明する。ハンプシャー州ウォータールーヴィルの七十八歳の女性に登録された〈ボクスホールコルサ〉だ。地域警察補助官が平屋の小さな家に行くと、困惑した女性と、彼女の車を見つけた。

　国じゅうの空港と、駅と、船着き場は厳戒態勢を取らされている。ソールズベリーでは、リーナ・ミルゾヤンを家に送った警察官たちが、イリサのパスポートを捜しだす。

　十六時に、メイリードは最初の記者会見を行う。あらかじめトイレに行って、吐いておく。ひどい顔をしていることに気づいて、顔におしろいをはたき、目のまわりの赤みを、ペンシルタイプのアイラインで消す。

　報道関係者で記者会見室がいっぱいだ。カメラがビービー鳴り、フラッシュがたかれる。メイリードは時系列を説明し、追加のイリサの写真と、バンの引きのばされた写真を共有する。バンの通った道筋や、判明している最後の場所を説明して、一般の人々に直接、情報を求める。あとで質問を受け、できるだけ多く答える。

　イリサが失踪《しっそう》してから、もう二時間近くが過ぎた。そのことが何を意味するかをみな知っている。メイリードはそれを集まった報道関係者たちの目に見て、その後、自分のチームの者たちの顔に見る。あの画像――イリサが赤いボアを身につけ、はしゃいでいる――が、ずっと頭から離れない。

十八時十分に、ふたたびマスコミに最新情報を与える。そろそろ、ニュース記事が惰性的になってくる。記者会見は『スカイニュース』とBBCで生放送される。いいえ、イリサは見つかっていません。いいえ、バンについてのさらなる手がかりはありません。ええ、運転免許庁の記録を広く集めていますが、ずっと前に廃止になった型のデータベースは、あてになりません。

一時間が過ぎる。さらに二時間。すぐに二十二時になる。

大捜査本部が設置される。みな見捨てられたように見える。士気を維持するのはメイリードの責任だが、それは絶望的にむずかしい。当初の勢いはほとんど失われてしまった。これは相変わらず行方不明者の捜査だ。あとどれくらいで殺人事件になるのだろう？

（二）

午前一時に、メイリードは睡眠が必要だとしぶしぶ認める。ウィンフリスに要請した警察捜索アドバイザーのカレン・ディと最新情報を共有したあと、正式に部下に申し送りをして、外の自分の車のところに行く。胃が痙攣《けいれん》しているし、疲労で頭ががんがんする。虫の大群が皮膚の下を這《は》っているように感じる。

二十四時間営業の薬局に寄ってから、家に向かう。スコットは起きていて、行ったり来たりしている。メイリードがよろよろ入っていくと、スコットは首を横にふる。

「わたしがやらなくちゃならないの」メイリードは静かに言う。「やらなくちゃ」夫はメイリードをしばらくじっと見つめてから、応《こた》える。「ねえ。こんなの、無理だよ。きみには」その口調は、メイリードにはもったいないくらい寛大だ。「引きうけられる状態じゃないだろう」

メイリードは喉《のど》が締めつけられるようなかんじになる。「あの子は十三歳なのよ、スコット。母親に会ったわ。あのひと、気が変になりかけてる」

スコットの肩ががっくりと落ちる。そして、今はすっかりいらいらして、みじめに見える。「きみはどうなんだ?」と訊《き》く。「きみは――」

「わたしは何とかやれるわ」

「そういうことじゃなくて――」

「何とかやれるってば!」

叫ぶつもりはなかった。それが急にもう、スコットの顔を見られなくなる。コートを放りだし、急いで階段を上る。バスルームに入り、ドアのカギをかけ、トイレに腰をおろす。目を閉じると、赤いボアを身につけた少女が見える。ホテルの支配人室でリーナ・ミルゾヤンが言ったことばを思いだす。これがイリサ。わたしの娘。わたしの命。

メイリードの口が唾液《だえき》でいっぱいになる。くるりと向きを変えて、トイレの便座をぐいと引っぱりあげるのに、ぎりぎり間にあった。水っぽい胆汁が便器に飛びちる。胃が何度も痙攣する。目玉がとび出しそうだ。

その後、バッグを開いて、薬局で買ったものを取りだす。妊娠検査薬の〈クリアブルー〉十箱だ。

メイリードはバスルームの戸棚を開ける。中に九箱を積みかさねる。十箱目を開ける。下着を引っぱりおろして、便器に座る。初めはなかなか尿が出ない。ようやく膀胱《ぼうこう》がゆるむ。尿の流れの中に〈クリアブルー〉の先を置き、五つ数える。それからふたをはめる。それから〝待機〟だ。説明書によれば、三分。

息ができないくらいだ。浴槽のはしに、落ちないようにバランスを取って、キットを置く。立ちあがり、バスルームの鏡を見る。幽霊が見つめかえす。血走った目と、土気色の肌。

胃が痛くなるが、もう吐き気のせいではない。今度は混じりけのない恐怖だ。

二分。

リーナ・ミルゾヤンが言ったほかのことを思いだす。あなたが努力するのはわかってる。あなたたちみんな——そうするのはわかってる。でも、あなたたちは成功しなくちゃならないのよ。あの子を連れもどさなくちゃ。そうすると約束して。約束して。

メイリードは危険をよくわかっていた。だからだまっていたのだ。でも、その約束は、決して口から出なかったとしても、暗黙のものだ。

外では、一陣の風が、近くの木の枝を揺する。

メイリードは息を吸いこみ、吐きだす。リーナ・ミルゾヤンは、今何をしているのだろう。ドーセット州警察本部の家族連絡担当係が家まで同行して、ウィルトシャー州警察が地元のだれかを任命するまで、そこにいるだろう。でも、どんなに多くの人がいっしょにいても、リーナは今、孤独を感じていることだろう。

一分。

メイリードは腕時計を見る。一時二十六分。すでに日曜日の朝だ。イリサが連れされてから十一時間以上経っている。捜査チームが何か見つけたら、共有されるだろう。〈クリアブルー〉検査薬を確かめる。液晶ディスプレイに、小さな砂時計が点滅している。胸がからっぽに感じる。何もかもえぐり取られてしまったかのようだ。

砂時計が消える。メッセージが現れる。

妊娠　三週目以上

メイリードは震える息を吸いこむ。もう一度メッセージを読む。見まちがいではないか確かめるために、今度は近くに持ちあげて。三週目以上というのは、検査薬が正確に測れる限度だが、メイリードは九週目に近いことを知っている。

バスルームの隅に、足踏みペダル式のゴミ入れがある。メイリードは、それをつま先でつつく。ふたがパッと開き、カササギの巣を思わせる、捨てられた〈クリアブルー〉のキットの山が見える。窓台にさらに積み重なっている。

お金とプラスチックの恐ろしいむだ遣いだ。でも、赤ちゃんを求めて努力してきた八年間で、メイリードは十二回流産しているのだ。

今までだれも、理由を教えられずにいる。ホルモンのせいではない。遺伝子のせいではない。子宮に問題があるわけでも、子宮頸管《けいかん》部に弱さがあるわけでもない。前に、診てもらった多くの高給の専門医のひとりが、単に不運だっただけだと言った。しかし、メイリードにとっては――そして、スコットにとってもだと知っているが――不運を通りこしているように感じる。悲劇に感じる。

十二回の失敗した妊娠の中で、三回だけ六週を超えた。今までに八週目を過ぎたことは一度もない。ということは、メイリードの子宮の中で、花びらのように丸くなっているこの命は、メイリードが見つけようとしている少女と同じくらい、絶望的な可能性に直面しているのだ。

メイリードは、スコットのことを、メイリードが引きうけたばかりの任務の規模を知っている彼がどう感じているかを思う。でも、もしもイリサ・ミルゾヤンを救わなければ、この小さな細胞のかたまりにどんな機会を提供できるだろうか？　たぶん、ひとつの家族を元に戻すことができれば、自分の家族を築けるだろう。

それは恐ろしい考えだ。忘れようとするが、むだだ。

階下《した》でテレビがつく。銃声と悲鳴が階段に響く。

メイリードは恐ろしい胸騒ぎにわしづかみにされながら、〈クリアブルー〉のキットを見つめる。

イライジャ

三日目（一）

　イリサに初めて会った日の午後のことだ。ぼくは〈記憶の森〉を歩いていた。自分の人生が、もうすぐどれほどがらりと変わることになるか、知りもせずに。

　とくにどこに行くともなく進んでいると、偶然、見つけたんだ。四本の黒い溝が、木のあいだを曲がりくねって続いているのを。タイヤの跡だ。どこに通じているかは、はっきりしている。普通じゃないことが起こったのもはっきりしている。

　ぼくが着いたときは、廃屋の外に止まっている車は一台もなかったけど、わだちがそこに集まっていた。ひと組は到着したときにつき、ひと組は出発のときについたものだ。カササギが家の屋根でカアと鳴く。その鳴き声が、誘っているように思える。イライジャ、**見に来て、見に来て、見に来て**。

　木々とそのあいだにあるものをじっと見ても、ほかのだれかの気配はない。カイルが見ているかもしれないけど、カイルが近くにいることをときどき知らせる、肩甲骨のあいだの奇妙なむずがゆさを感じない。

　空き地に足を踏みいれると、右のほうが騒がしくなる。やぶからホエジカが跳びだし、ぼくの前をジグザグに走っていく。目は白く見える。兄さんのライフル銃の音がするんじゃないかと身がまえるけど、聞こえるのは、木々の中に姿を消すシカの、ひづめがこすれる音だけだ。今や心臓の鼓動が抑えきれないくらい速く鳴っている。少しして、ようやく家の玄関に近づけるくらいに落ちつく。

あのタイヤの跡についてのぼくの予感は正しいんだろうか？　地下室にほんとうに新しい住人がいるのかな？

建物の死んだ目が敵意に満ちているように見える。屋根の上のカササギの鳴き声は、さっきほど誘っているふうには聞こえない。ぼくの心が錯覚を起こさせているのは知っている。調べたい気持ちと、調べたくない気持ちが戦っている。

敷居のところで、いつものように、好奇心が勝つ。獲物の運命がぼくにかかっていることを知りたいという欲求は抑えられない。父さんが手当をして健康に戻してやった、翼の折れたカラスが頭に浮かぶ。たぶん地下室で、ぼくなりの救出の機会を見つけるだろう。前のときと同じように。そしてそのまた前のときとも。

この場所の最後の住人のブライオニーがぼくの許《もと》を去ってから、何か月経ったんだっけ？　ずいぶん経ったから、わからなくなってしまった。

廊下は暗い。トネリコの木が床をつき破って生えている居間を通りすぎ、古い食器棚を横歩きで過ぎる。床を歩いているというよりは、滑っているような感じだ。キッチンにはびこるツタにはほとんど目もくれずに、食料品庫のドアを通りぬけ、石の階段を暗闇の中へとゆっくり下りていく。最後に見たのは棚に並んだピクルスの瓶と、博物館の収蔵物の胎児を思わせる、どろどろした瓶の中身だ。

階段が折りかえす。すぐに一番下に着く。懐中電灯を引っぱりだして、スイッチを入れる。目の前に強化ドアのついた防音の壁がある。三つのかんぬきはすべて閉じてあり、まん中のかんぬきには南京錠がかけられている。ドアの反対側からは何も聞こえない。

床の土に足跡がひとつある。ぼくの靴をその上に浮かせると、サイズが同じなのが不気味だ。鳥肌がたつ。これは地下室に新しい客がいる証拠だろうか？　この六か月間、毎週来ているけど、人がいた形跡を見かけたのはこれが初めてだ。

足跡から得られる情報はほかにほとんどないので、踏んづける。ドアのところで、一番上のかんぬきのところに手を上げ、引きもどす。一番下のかんぬきでもその手順を繰り返し行う。そこでちょっと止まり、懐中電灯をぱっとうしろに向ける。もしも光がカイルの顔を照らせば、心臓が止まって即死してしまうところだけど、兄さんはどこにも見えない。

それから、ぼくの勘は正しいと確信して、カギを取りだし、南京錠に差しこむ。一度回すとカチャッと音がする。カギをポケットに入れて、最後のかんぬきを引きもどす。

さあ、着いた。また冒険の始まりだ。いつも最後は同じになるけど、始まりは――今のように――たいてい希望に似たものがある。

咳《せき》ばらいをして、心の中であいさつのリハーサルをする。第一印象が重要だ、こんな暗い地下でも。ゴムパッキンがきしんで、ドアがぱっと開く。息を殺して、足を踏みいれる。

（二）

最初に気づいたのは、女の子ではなくてロウソクの——ちらちら揺れる黄色い炎だ。気をつけないと、ぼくの姿が見えてしまうので、急いで懐中電灯を上げて、その子の目に光を当てる。意地悪だけど、仕方がない——この新しく来た人とその性質についてもっとわかるまでは、自分の身をちゃんと守らないと。ここで攻撃されたときのことはまだ覚えている。鉄の輪を取りつける前のことだ。

その子はぼくの光にひるむ。それから落ちつくと、キッとあごを上げる。まぶしい光に狭めた目は、磨きあげたエメラルドのように、とても鮮やかな緑色だ。思っていたような子とはまったくちがう。

あの目は。

ぼくは黙って、その子のほかの部分に光を向ける。光を目で追うにつれて、肌がひりひりしてくる。話すまえのこの小休止は、魔法をかけられたようだ。破るのは気がすすまない魔法を。最初は、女の子についてぼくが知っていること——おたがいについてぼくらが知っていること——は、純粋にぼくらが見ているものに限られる。そして今のところ、懐中電灯で目をくらまされたあの子には、まったく何も見えていない。

あの緑色の目がぼくを引きつける。それを考えると、今度はちがうと信じたくなる。何もかもうまくいくと。あの子に与えられた未来から、ぼくが救ってやれると。女の子の黒い髪はくしゃくしゃで、肌にふれているところが湿っている。マジック・アニーならケルト族と呼ぶような顔だちだ。高い額、とがった鼻とあご。肌は青白いけど、生まれつきなのか、この子の身に起こったことのせいなのかはわからない。ぼくよりすこし年上だ。たぶん一歳か、ひょっとして二歳。

手首の手錠を見つけたとき、胸がつぶれそうになった。手錠のすぐ上の深い傷のまわりに、血が乾いてかさぶたになっている。血の塊のあいだに、さらに新しい血がきらめきながらしみ出している。この子は自分で外そうとしていたんだろうか？　そうだとすれば、成功しないだろう――手を骨の髄まで叩《たた》きつぶして、濡《ぬ》れてだらりとしたところを手錠から引きぬくんじゃないかぎり。

「だらりとした」というのは、ふにゃふにゃ、あるいはぐにゃぐにゃにぶら下がっている身体の一部にぴったりのことばだ。とくに気味悪く見えるときには。

もう少し黙ったまま、部屋じゅうに光を投げかける。バケツと、新しいロウソクと、マッチ箱が見える。床に濡れた場所がある。臭い枕の近くだ。空気中にいやなにおいが漂っている。ぼくは鼻にしわをよせながら、見なかったことにしようとする。そうじゃないと、失礼だろう。

「やあ」と言い、懐中電灯の光を女の子の顔に戻す。「名前はなんて言うの？」

女の子の緑色の目がぱっと輝く。口がぽかんと開き、起きあがる。ちがう声を予想していたのは明らかだ。

「イリサ」と女の子はしわがれ声で言う。「イリサ・ミルゾヤン。お願い――助けを呼んできて。あの人があなたを見つけるまえに」

この最初の時点で、いくつかのことは秘密にしておくのが賢いとわかった。ぼくはもともとうそつきじゃない――少なくとも、母さんはそう言う――でも、信頼というものはだんだんと築かれるか、全く築かれないかだ。

「だれがぼくを見つけるまえに？」と聞き、一歩前に出る。まだ安全地帯だ。もしもイリサが光のほうに突進してきたら、鎖がすぐに止めるだろう。そんなことはしないでもらいたいけど。手首の傷が恐ろしいものになるだろうから。さらに重要なのは、ぼくはこれが――ぼくたちが――うまくいってほしいんだ。

イリサの喉《のど》が上下に動く。「わからない。わたしはボーンマスにいたの。チェスのトーナメントで。あの人がわたしをバンに引っぱりこんで。麻薬を吸わせて、ここに連れてきて、手首にこんなものをつけた。お願い――危険なの。あの人が戻るまえに行かないと。警察に電話して、わたしがここにいるって言って。わたし、イリサ・ミルゾヤンよ。わたしは生きているって。バンパーにドクロのステッカーのついた、白いバンを運転する男の人に連れてこられたの、帽子をかぶってタバコを吸ってるドクロよ」

イリサはがっくりと肩を落とす。震える息を吸いこむ。

CHILLAX《チラックス》だな、とぼくは思い、ひるむ。

「けがしてるの？」

イリサは首を横にふる。「まだ。でも何か悪いことが起こりそう。あなたがここから出してくれないと」

ぼくは懐中電灯の角度を調節する。「手首が――」

「なんでもない。ちょっと切れただけ」

「切れたどころじゃないだろう。そんなに血が――」

「まじめな話、もっと悪いことはたくさんある。あなたが――」

「ぼくの名前はイライジャだよ」と言い、たじろぐ。こんなに早く教えるつもりはなかった。「年はいくつ？」

イリサがまばたきして、あの緑の炎が消え、それからまたつく。ぼくに、伝言を持って〈記憶の森〉を走って行ってもらいたいんだ。でも、イリサはパニックにはなっていない。まだ。

「十三歳」と答える。「十三歳で、名前はイリサ・ミルゾヤン。ミ・ル・ゾ・ヤ・ン。ソールズベリー市クロイスターズ・ウェイ六番地に住んでるの。ママの名前はリーナ・ミルゾヤン。ぜんぶ覚えられなくても問題ないから。お願い、ともかく行って。警察に電話して伝えてよ、イリサ・ミルゾヤンを見つけたって、生きてるって」

ぼくはうなずく。たとえイリサには懐中電灯の光の先が見えなくても。「きみはぼくより一歳上かもしれないけど、マジック・アニーは、ぼくのＩＱはかなり高いって言うんだ。きみの言ったことは忘れないって約束するよ。ぜったいに」

イリサの反応から、しくじったことがわかる。イリサの表情がいくぶん変わる。けがした手首を胸に引きよせる。

「わたしはどこにいるの？」と訊《き》く。

「地下だよ」

「それは知ってる。どこの？」

「地下室さ。〈記憶の森〉の」

「〈記憶の森〉？」

「ぼくはそう呼んでる。ほんとの名前があるとも思えない。ともかく、だれでも覚えてるようなのはない」

イリサはそれを聞いて眉《まゆ》をひそめる。整理しようとしている。「どうやってわたしを見つけたの？」

「遊んでたんだ。外で。ここに下りて、探険したいなと思って」

「近くに住んでるの？」

「すぐ近くさ」

イリサはまぶしくて顔をしかめる。「懐中電灯を消してくれる？」

イリサの質問は、この出会いの大半と同じく、ぼくの不意を突く。言うとおりにしたら、ロウソクの光がぼくを見せるだろう。そんなことはさせられない。イリサには救われてほしいけど、ぼくは自分を守らなけりゃならないんだ。

「ぼくは……暗いのが好きじゃないんだ」と言い、ほおが熱くなる。それは本当だけど、気が進まない一番の理由ではないので、やっぱり一種のうそだ。ぼくはごまかしが嫌いだ。とくにこの地下では。でもときには、物事の真実を避けるのが一番いいこともある。とりあえず少しのあいだは。

イリサの胸が波打つのが見える。そういうことがすべて、とても繊細にバランスを保っているように感じる。

「助けてくれるの？　イライジャ」とイリサが訊く。

「そうしたいな」

「じゃあ、行ってくれる？　警察を呼んで。ここに連れてきてくれるかな、わたしを解放できるように」
二、三週間前の〝今週のことば〟は「ねばり強い」だった。イリサにぴったりだ。もしもぼくがお姉さんに恵まれていたなら、まさにこんなお姉さんが欲しかった。うっとり見とれてしまうので、しばらくのあいだ目をそらしていないと。ロウソクの炎が上下左右に揺れるのに集中する。
いったん感情を抑えてから、鎖につながれた女の子に注意を戻す。「来たばかりだったら、なんで出ていきたいの？」と訊く。

イリサ

三日目（一）

イライジャの質問はあまりに異様だったので、少しのあいだ頭が働かなかった。

イリサは口を開き、ことばを探す。この会話をふたたび軌道にのせるためのことばを。まだ考えているときに、イライジャが訊いてきた。「あの人はルールを説明した？」

質問の意味が完全にわかるまで、ふた呼吸分の時間がかかる。イリサは足をばたつかせ、急いで後ずさる。半分ほど床を進んだときに、鎖がぴんと張り、手首に手錠が食いこむ。痛みで吐き気を催す。悲鳴が部屋に響きわたる。崩れるように横向きに倒れて、車にぶつかったネコのように、身をよじり、じたばたする。手の上を血がどくどく流れる。激しい苦痛のなかで、イライジャのことばが何度も繰りかえされる。

あの人はルールを説明した？

胸にこれまでに経験したことのない圧迫感がある。心臓がいまにも破裂しそうなかんじだ。ちょっと前までは、命綱を投げこまれたように思えた。もうそうは思えない。

イリサは歯を食いしばり、空吐きをするかもしれないと思う。なんとか、はあはあ息をする。「何のルール？」

懐中電灯の陰にいるのでよく見えないが、イライジャは座る。痛みと涙で視界がぼやけているにもかかわらず、イリサは——光の位置から——イライジャがc6に座っていることに気づく。鎖が楽に届く範囲の中だ。イライジャはそれを知っているのだろうか。たぶん、知っているだろう。

それはほとんど問題ではないのだ。イリサは戦える状態ではない。それにどっちみち、戦って何になる？　イライジャは自分が関わっていることを暴露したけれど、意図については何ももらしていない。

「きみはブライオニーと同じ年なんだな」とイライジャが言う。「でもあの子とは似てない」

手首の痛みは波のようにやってくる。ピークのときには、感覚を抑えこむ。時が過ぎていく。もしかして五分かもしれないし、一時間かもしれない。イリサは慎重に背筋をぴんと伸ばす。「ブライオニーって」声が枕を通して話しているように聞こえる。「あなたのお姉さん？」

「いや。ブライオニーは友だちだったんだ。まる六か月間。かわいかったよ、きみと同じように。泣いてたとき以外はね、最後のほうは泣いてばかりだったけど」

イリサの目が、c4の茶色がかった濃い赤のしみのほうにさまよう。「ブライオニーはここにいたの？」

イライジャの懐中電灯が、ドアの傷んだ防音壁にさっと動く。「あれ、ブライオニーがやったんだ。やめなよ、って言ったんだけど。たいへんなことになるって。そのときに、あの人が輪を埋めたんだ。そのあとは、いろいろひどいことになった。ぼくは怖くて、ほとんど来られなかった」大きな音を立てて、喉《のど》を詰まらせる。「ぼくは弱虫じゃない。でもそのころには、ブライオニーは……ちょっと頭がおかしくなってて。だれの言うことも聞こうとしなかった。ぼくの言うことも。それでも、自分の木を手に入れたよ。それはちゃんとしてあげたんだ。ほかには何もしてあげられなかったけど」

「自分の木？」

「高い木を選んだんだ、頼まれたとおりに」

イリサは自分の考えに集中しようとする。ここではまだ友だちがいないけど、これは小さくても、友だちを作るチャンスだと感じる。「どうしてあの人はわたしをここに連れてきたの？　どうするつもりなの？」と訊く。

（二）

すこしのあいだ、イライジャは黙っている。それからこう言う。「悪いことじゃないよ、ルールに従ってさえいれば」

イリサは突然、めげずに顔をあげているのが大変になる。「ルールって何？」

「それは変わるんだ」

「あの人がだれなのか、教えてくれる？」

「教えられない」

「わたしを助けてくれる？」

「できるだけね。誓うよ」

イリサはにっこりする。自分のがんばりに、涙が出てくる。「ほんとうに親切なんだね。ほんとうに勇敢でもある」

イライジャの肺がふくらみ、枯れ葉の上を吹きわたる風のような音を立てる。「あの人はきみにテストをするよ。たいていの人はまちがえるけど」

「どういうテスト？」

「知らない。でもきみは正解しなきゃならない。二度目のチャンスはないんだ」

イリサは唇をなめる。手首をちらっと見ると、深紅に光っている。あんなことしなければよかった。「もしもぜんぶ正解したら、わたしは生きのこれるの？」

光のうしろで、イライジャはじっとしている。まるで何かに耳を澄ますように。急に立ちあがる。

「どうしたの？」

「行かなきゃ」

「どうして？」

「もう時間だから」

イリサの胃が締めつけられる。「戻ってくる？」

「できるだけ早くね」

イライジャはロウソクのところに行き、蹴って消す。

「何するの？」

懐中電灯の黄色い光が近くで揺れる。でも、疲れすぎていて、縮こまることもできない。それから光が消え、部屋が完全な暗闇になる。

イライジャの靴が、固まった土の床をこする。何かが外される音がする――ベルトか、それともひょっとして肩ひもか。金属製のファスナーが引っぱり開けられる。指がイリサの髪にふれ、頭のうしろを支える。心臓が激しくどきんどきんと鳴っていて、胸を引き裂き、ばらばらになりそうだ。そのとき、唇に固いものが当たる。そして、荒い息づかいが耳の近くでする。

「ほら」イライジャがささやく。「飲みな」

イリサは感触から、その物体がボトルの飲み口だとわかる。バンの中の湿った布を思いだして、悲鳴が出かかる。パニックに襲われ、うしろに下がる。「それは何？」

「ただの水だよ」

次にイライジャがそれを唇に持ってきたとき、イリサは飲みたいという欲求を抑えられなかった。水はきれいで汚染されていない味がする。こぼれるのもおかまいなしにがぶがぶ飲んだので、ワンピースがびしょ濡《ぬ》れになる。イライジャがボトルを傾けて離したとき、イリサはもっとほしいと思う。イライジャがまた口に押し当ててくれた。

満足して、イリサは身体を傾け、離れる。イライジャはあわてて立ちあがる。ドアのところで懐中電灯が点滅して、またつく。

イリサはまぶしい光から顔をそむける。「そのボトル、置いていけない？」

「ごめん」

イライジャはまた動かなくなる。まるでイリサには聞こえない何かに集中しているかのように。

「何なの？」イリサが訊《き》くが、答えはない。「イライジャ？」

名前を口にすると、イライジャを襲っていた不安が何であれ、通りぬけて届いたようだ。懐中電灯の光がイリサの顔にさっと動いたとき、イリサは言う。「約束して」

「約束って、何を？」

「わたしをここで死なせないって約束して」

「戻ってくるよ」とイライジャは言う。「約束する。ルールに従いなよ、そしたらまた会えるから」

そう言うと、監禁部屋のドアがぱたんと閉まる。

(三)

イリサの本能が最初にやるべきだと告げたのは、消えかけているロウソクのかわりにべつのロウソクに火をつけることだ。でも、最初の十本のうち、八本しか残っていない。すでに光を利用できる時間は八十時間から六十四時間に減ってしまった。もう一本燃やしたら、五十六時間に減る。さらにもう一本燃やしたら、四十八時間になる。それ以上監禁されるのは耐えられないけれど、その可能性を考えておかなくてはならない。

ロウソクを燃やすか。取っておくか。暗闇を消すか。暗闇に耐えるか。

あごの筋肉がこわばる。顔が暗くなっていくのを感じる。と同時にほてってくる。さらにあごに力が入る。

今、明かりをつける理由はない。新しく発見するものなどないのだから。とはいえ、ロウソクは明かりだけではなくて、熱も与えてくれる。それでも……それでも、あの残り八本は貴重な資源だ。むだ使いをするわけにはいかない。

じゃあ、使わないで節約しなさいよ。

ブラウニーを節約したようにね。それで失ったんだっけ。

麻痺《まひ》状態になる。暗闇にうずくまり、肺から息が勢いよく出たり入ったりするのを聞く。身体じゅうに震えが走り、握っているロウソクがポキンとふたつに折れる。動くことができず、考えることができず、暗闇を選ぶしかない。

やっと徐々にうっ血が引きはじめる。あごの筋肉がゆるむ。頭蓋骨《ずがいこつ》の中の圧迫が和らぐ。指がまっすぐになると、切断されたロウソクが床に落ちる。

戻ってくるよ。約束する。

でもイライジャは、わたしを生かしておくとは約束しなかった。お願いしたのに。

ルールに従いなよ、そしたらまた会えるから。

イライジャを信用する理由はない。信用しない理由なら山ほどある。イライジャは明らかに欠陥を抱えた子だ。でも、見せかけよりずっと抜け目ないのではないかと思う。

きみはぼくより一歳上かもしれないけど、マジック・アニーは、ぼくのIQはかなり高いって言うんだ。きみの言ったことは忘れないって約束するよ。ぜったいに。

そのことばにぞっとする。そう言ったときの陽気な声の調子を思いだして、うんざりする。イライジャがもらしたほかの情報も思いだす。イリサは彼が〈記憶の森〉と呼ぶ場所の地下にいることと、イライジャは近くに住んでいること、外で遊んでいて、探険するためにここに下りてきただけだということ。

最後の部分はまちがいなくうそだ。なぜなら、イライジャは、イリサがブライオニーを思いださせるということも、もらしたから。まる六か月間イライジャの友だちで、この土牢《つちろう》の前の住人で、泣いているとき以外はかわいかったこと。最後のほうは泣いてばかりだったこと。

それでも、自分の木を手に入れたよ。それはちゃんとしてあげたんだ。ほかには何もしてあげられなかったけど。高い木を選んだんだ、頼まれたとおりに。

空っぽなのに、胃がぎゅっと締めつけられる。手錠を支えながら、トイレ用バケツのところへ、床を少しずつ進む。吐き気を催して、細くだらだらと胆汁を吐く。

頭の中にひとつのイメージが花開く。突然、イリサは〈ワイド・ボーイズ〉に舞い戻っている。ベーコンの油のにおいがして、レストランのスピーカーから流れるアデルの曲が聴こえる。ウェイトレスのアンドレアが、脱色したブロンドの髪と緑色の目をいかにも得意がっていたのを思いだす。**見るものや聞くものをぜんぶ信じちゃだめだよ。あんたね、その気になれば、何だって変えられるんだから。**

そのことばは気味が悪いほど先見の明があって、その後に起こったことを暗号にしたメッセージのような気がする。あの人は関係しているのだろうか。アンドレアの茶目っけのある笑顔と、ハロウィーンのためにとってあるという偽の目のことを思いだす。**鮮やかなオレンジ色の目をつけるの、ネコみたいに細長い光彩のやつをね。ぎょっとさせてやるんだ。**たとえあのウェイトレスが、おもしろいことや、罪のないいたずらしか考えていないように見えたとしても、監禁者を生んだのと同じ邪悪で恐ろしい世界の一部・なのだから、彼女を関係者から外すことはできない。

それどころか、あの日出会った人はだれも、関係者でないとは言いきれない。つまり、トーナメントや、その直前の出来事の記憶も、価値があるかもしれないということだ。監禁部屋の中にある現実の品物と同じくらい、蓄えておく必要がある。注意深く再現すれば、見落としていた手がかりが見つかるかもしれない。ちらっと見えた顔とか、会話の断片とか。潜在意識から掘りかえしたそういう宝石が、どうして自分がここにいるのか、説明してくれるかもしれない。命綱をさし出してくれるかもしれない。

問題は、ロウソクやマッチが監禁者の気まぐれに左右されやすいのと同じように、イリサの土曜日の思い出が、記憶の不確かさに左右されやすいということだ。

ありがたいことに、イリサには記憶を保存するやり方がある。

（四）

ゆっくり呼吸をして、イリサはこの部屋の地図を作るために描いたチェス盤を思いだす。さっき拡張したおかげで、いまは縦十一列、横十二列ある。今までは、盤を上から眺めていた。今度はそれを傾けて、壁を作る。

それぞれのマスに、真鍮《しんちゅう》の取っ手をつける。試しにb3に精神を集中させる。ふたつのバケツがある場所だ。まばたきをすると、引きだしが開くように、マス目の前面が前に転がりだす。その動きは油が差されていて滑らかだけれど、まったく音がしないわけではなく、ボールベアリングか、溝を走る車輪の小さな摩擦音がする。もう一度まばたきをすると、引きだしは小気味いいカチッという音とともに閉じる。イリサは、暗闇を苦労して進むためだけではなく、最近の記憶を保存して調べるための装置を手に入れた。

チェス盤の一番左上のマスはy8だ。その引き出しに、〈ワイド・ボーイズ〉のアンドレアについて、覚えていることをすべて詰めこむ。入れれば入れるほど、あの出会いが思いだされる。ウェイトレスのTシャツ、名札、アンドレアがネコの前足のように手をあげてニャーと言ったこと、一本調子の話し方。これを通してだと、緑色のクソは見えないけど、とりあえず、緑色の目は手に入れた。ちがう味のミルクセーキを持ってきたとしても〝これ〟のせいだから。

アンドレアが言った、ほかのことも思いだす。そのすてきな緑色の目は、お母さんゆずりじゃなさそうだけど。お父さんのおかげ？

ふり返ると、あのウェイトレスのせんさくは、ずいぶん押しつけがましく、悪意のあるものに感じる。質問はそこで終わりもしなかった。

今日はお嬢ちゃんたちと一緒じゃないの？

ちょうどそのときに、リーナ・ミルゾヤンがアンドレアをさえぎったのだった。

今はあの出会いについて、ほかに何も思いつかないけど、もしも思いついたら、このほかの記憶はしばらく放っておけばいいだろう。引き出しにそっとふれると、なめらかに閉じる。

次にイリサはz8を開く。記憶を時間の流れの順に詰めこむことが重要なので、時計を前に進めて、ママが〈マーシャル・コート・ホテル〉の駐車場に車を入れたときに……と、そこで止めて、きちんと座り、〈ワイド・ボーイズ〉までわざわざ巻きもどす。なぜなら、次に移ろうとしたときに、やっと、レストラン滞在中のことで、もう少しで忘れるところだったけれど、きわめて重要かもしれない細部に気づいたから。

メイリード

二日目（十）

メイリードは五時四十分に目覚める。ベッドに入ってから四時間の短い睡眠だ。暗い中で着がえて、スコットを起こさないようにする。すでに胃が痙攣《けいれん》しているけれど、吐かなくてもいいくらいだ。今はまだ。

階下《した》へ降り、やかんを火にかけ、最新情報を求めてボーンマス中央警察署に電話する。ニュースはすばらしいものではない。自動ナンバープレート認識《ANPR》カメラは、昨日の午後以来、白い〈ベッドフォードＣＦ〉のバンの写真を撮っていない。

しかし、児童救出警戒態勢により、見こみのある目撃情報が殺到している――イリサ・ミルゾヤンと怪しい車の両方とも。すべてが捜査されているところだ。

前の晩のもうひとつの優先事項は、〈ベッドフォードＣＦ〉が誘拐の前にした〈マーシャル・コート・ホテル〉への旅をつなぎ合わせることだった。今までのところ、ボーンマスから北に十七キロのリングウッドまで突きとめている。そこから先で最も可能性が高いのは、ソールズベリーかサウサンプトンだろう。十中八九、前者のように思われる。昨日バンが姿を消したダウントン村は、南に十キロのところある。ソールズベリーにはイリサの家もある。それは偶然かもしれない。偶然ではないかもしれない。

メイリードはいくつか指示を伝えて、電話を切る。それから紅茶を一杯淹《い》れて、冷蔵庫を開け、牛乳をつかむ。大きなまちがいだった。棚に調理したパスタがひと皿ある。昨日の夕食をスコットが食べのこしたものだ。チョリソのにおいをちょっと嗅《か》いだだけで十分だった。トイレに間にあわず、かわりにシンクに吐く。

これまでの十二回の妊娠では、一度もこんなに激しいつわりはなかった。「あなたは小さな戦士ね」おなかをさわりながらつぶやく。そしてあえて、これは良い徴候なのだろうかと思う。

紅茶を携帯マグに注ぎ、メイリードは外の車に向かう。

（二）

六時三十分に、メイリードはこの日最初の戦略会議を開く。捜査の優先順位が決められ、再検討される。適切な人員が配置される。

誘拐事件以来、捜査官たちは〈マーシャル・コート・ホテル〉内部の防犯カメラ《CCTV》の映像を再調査して、怪しいものを捜している。しかし、大勢の客がいるので、進展は遅い。ふたりの警察官は、ホテルの従業員と、チェストーナメントの主催者の素性の調査を進めている。今のところ、興味深いことは何も出てきていない。

一年前のブライオニー・テイラーの失踪《しっそう》との類似点がいくつもあるので、メイリードはウィルトシャー州警察の知りあいに頼んで、事件の記録を送ってもらうよう手配する。国家犯罪対策庁の専門業務センターとも連絡を取る。比較事例分析と、行動調査のアドバイスを提供してくれるだろう。

ブライオニー・テイラーをさらった男は、少なくとも五件のそれ以前の誘拐事件に関連している。被害者は全員、おんぼろの白いバンに引きずりこまれている。全員がひとり親家庭だ。その六件はそれぞれ、すぐあとに、被害者のビデオがＹｏｕＴｕｂｅに投稿された。メイリードは内容を思いだすと、また吐き気がこみ上げてくるのを追いはらわなければならなかった。

今までのところ、イリサのビデオはネット上に現れてはいないが、それで過激なマスコミの推測が止まるわけではない。今朝の『デイリー・エクスプレス』紙の見出しは、こう書きたてている。「またＹｏｕＴｕｂｅ異常殺人者の犯行か？」タブロイド紙も似たようなヒステリー調の反応を示している。

リーナ・ミルゾヤンは、あれを見て、どう対処するのだろうか？　ブライオニー・テイラーの母親はどんなふうに反応するだろう？

七時三十分に、メイリードは警察本部長に最新情報を報告する。一時間後に、エイボン州とサマセット州の警察から電話を受ける。ダウントン村のすぐ近くの一時駐車場で、配送車の運転手が、〈ベッドフォードＣＦ〉が捨てていったナンバープレートを発見した。

予想された展開ではあるが、望ましいものではない。自動ナンバープレート認識カメラ《ANPR》はすでにバンを見失った。もうネットワークが再びバンを捉《とら》える可能性はない。ナンバープレートから採取された指紋は、全国データベースのどれとも一致しない。

十時に、メイリードはクラッカーを四枚食べて、どうにか吐かずに胃の中におさめておく。その後、ソールズベリーに直行する。

（三）

ウィルトシャー州警察の〈フォード・フォーカス〉が一台、イリサ・ミルゾヤンの家の外に配置されている。通りののこりの部分は車でいっぱいで、駐車場所を見つけるのがむずかしい。二台の中継放送用のトラックを含めて、少なくとも八台が、張りこんでいるマスコミの車だ。スーツ姿のハンサムな男性が道路に立ち、トヨタ〈RAV4〉の運転手と雑談している。話しながらタバコを吸っているが、灰には細心の注意を払っている。『スカイニュース』で見たことのある顔だ。メイリードは助手席の窓から、イリサの家をじっと見る。

老朽化した一九三〇年代の二軒一棟の家だ。ひびの入ったといと、ひどく反った屋根の下で、しみのついたしっくいが、はげかけている。それでも、前庭はきちんと手入れされていて、通りに面した窓はしみひとつなく磨かれている。リーナ・ミルゾヤンにはお金はないかもしれないが、誇りを失ってはいないのだ。

制服を着た巡査が歩道に立ち、戸別訪問業者を食いとめる仕事をしている。メイリードはIDカードをちらっと見せて、小道を歩いていく。家族連絡担当係《FLO》に任命されたジュディー・ポレットが、玄関のドアを開ける。ふたりは険しい表情の中で笑みを交わす。

リビングルームで、リーナ・ミルゾヤンはきつく腕を組み、暖炉のそばに立っていた。メイリードがこれまでに何度も見てきた表情を浮かべている。人生はなんと残酷に変わることがあるのかと、信じられない思いで茫然《ぼうぜん》としているのだ。

ソファーにイリサの祖父母が座っている。メイリードはふたりを〝赤いボア〟の写真で見た。自己紹介をして、リーナのほうを向く。「どうぞ——お座りください。いくつかお訊《き》きする必要があります。前に訊かれたこともあるでしょうが、それでも、直接あなたの答えをお聞きしたいので。よろしければ、最初から始めましょう。昨日あったことを、目覚めた瞬間からすべて、ざっとおさらいします」

深呼吸をして、リーナは几帳面《きちょうめん》に答える。イリサのお弁当に詰めるために作ったツナサンドイッチのことや、どうしてばかばかしいほど早く家を出たかや、途中で朝食を食べに立ちよったことを。

「それはどこですか？」

「〈ワイド・ボーイズ〉というところよ」

メイリードはその店を知っている——A三三八号線への進入路にあるアメリカン・ス

タイルのレストランだ。「そこにいるあいだで、とくに記憶に残っていることは？　目立ったことはありませんでしたか？」

リーナは首を横にふる。それから目をぱちぱちさせる。「実は、ウェイトレスが……ちょっと変だったわ。なんていうか、人なつこいんだけど……今思うと、やけにイリサに興味を持っていたの。緑色の目はお父さんゆずりなのかって訊いたりもして」

「どんな人でした？」

「大柄な女の人で、五十代前半、ブロンドの髪。はっきり覚えてるわ。コンタクトレンズをつけてて——本人がそう言ってたんだけど。緑色で、イリサの目と同じだった」

メイリードはそれを書きとめる。警察官を〈ワイド・ボーイズ〉に行かせて、ウェイトレスを取り調べ、入手できる防犯カメラ《CCTV》の調査もしよう。「朝食のあと、まっすぐホテルに行ったのですか？」

「ええ」

「時間はどれくらいかかりました？」

「さあ。十分かな。十五分？」

「その途中で、イリサさんと、どんな話をしました？」

「トーナメントのことね、おもに。どんな気分かとか」

「どんな気分だと言っていました？」

「緊張して。わくわくしてたわ」

「その道中について、何か覚えていますか？」

「とくには」

「そのあと――」

リーナが前によろめく。「バカで意地悪なマヌケ《Stupid Nasty Prat》！」

「は？」

「レストランに行くのに車線変更をする前に、内側からわたしたちを追い越そうとしたやつにぶつかるところだったの。忘れてたなんて、信じられない！　前に割りこんできて、ブレーキをかけたのよ。ぶつかってほしがってるみたいに。バカで意地悪なマヌケ《Stupid Nasty Prat》っていうのは、イリサが言ったの。ナンバープレートの文字から考えたのよ。SNP12、それともSNP16だったかも。BMWだったわ――それだけは覚えている」

「すばらしいです、リーナさん。とてもすばらしい」

　メイリードは中座して、捜査本部に連絡し、警察官を〈ワイド・ボーイズ〉に行かせ、ハリーにBMWを突きとめるよう指示する。その後、リーナに、階上《うえ》を見る許可を得る。

（四）

　イリサの部屋に立っていると、感情的にならずにいるのは不可能だった。この場所の平穏――風通しがよく、きちんと整頓《せいとん》された――は、恐ろしい沈黙と闘っている。ベッ

ド と、タンスと、机と、本がきちんと並べられた幅のせまい本棚。壁にはきらきら輝く長針のついたチョウの形の時計。ベッドの上には、コバルト色の空を背にした富士山《ふじさん》の、枠に入った版画が掛かっている。前景には満開の桜の木の枝がある。イリサの机の上には、真珠層をはめ込んだ、アンティークのクルミ材の宝石箱がある。メイリードはふたを持ちあげる。中には、赤いビロードの底に、貝がらのブレスレットと、〈キャドバリー・クランチ〉がある。

メイリードはタンスのところに行き、開く。掛かっている服を見ると、手をふれずにはいられなかった。手編みのセーターの袖《そで》は温かく、たった今、脱ぎすてられたばかりのようだ。その温《ぬく》もりは錯覚だけれど、それでも心を揺さぶる。メイリードは、リーナ・ミルゾヤンがここに入るとき、どんなふうに感じるのか、想像もつかない。常々、母親というのは自ら恐怖に飛びこんでいくもののように思えていた。しかし、階下《した》に座っているリーナは、理解の及ばないショックに対処しているのだ。

メイリードはベッドに座る。片手でふとんをなでる。外でタバコを吸っている報道関係者たちを思いだす。ドーセット州警察本部のチームや、近隣の署の警察官たち、国家犯罪対策庁《NCA》の職員や、慈善団体や外部の機関からのスタッフを思いだす。スコットを思いだす。彼の愛や、やさしさや、並はずれた忍耐力を。そして最後に、あえて自分の子宮の中の小さな命のかけらのことを考える。

おなかに両手を置く。視線がタンスと、イリサのハンガーラックにさまよう。もう、このふたつの命がからみ合っているという感覚から逃れるのはむりだ。がんばって、と思う。お願いだから、がんばって。

ポケットの中で、電話が鳴りはじめる。

立ちあがると、メイリードのまわりで部屋が揺れる。胆汁の味がして、吐くのではないかと怖くなるが、少しするとその感覚が消える。電話を引っぱりだして、大股《おおまた》でイリサの部屋を出る。

イライジャ

三日目（一）

イリサ——ぼくらの名前は似てる！——の鼻先でドアを閉め、かんぬきを引き、南京錠をかける。それから地下室の階段を急いで上る。陰になった廊下でちょっと止まり、半分開いた玄関ドアの先に目を凝らす。外にはだれの姿も見えないけど、まる五分間警戒してから、出発する。

たそがれ時に、葉の落ちかけた木々の下を、気をつけて家に向かう。あの荒れはてた家から離れれば離れるほど、たった今起こったことを信じるのがむずかしくなる。

「イリサ」とつぶやく。

あの子は謎だ。ちょう結びのリボンで包まれたパズルの箱だ。古代ローマのモザイクの隅っこを発掘して、それぞれのタイルは見えるけど、全体の模様はわからないというかんじだ。それはこの辺でよく抱く感覚だけど、今ほど強く感じたことはない。わくわくする——読んだことのある冒険の本のようで——けど、怖くもある。ぼくが賢ければ、イリサ・ミルゾヤンにはかまわず、放っておくんだろう。

イリサをあそこに放っておけるのか？　いや、こう聞いたほうがいいか——そんなことをして、平気でいられるのか？　さっき、おたがいを知るなかで、イリサの勇敢さと決断力に驚いた。イリサはぼくも勇敢だと言ったけど、本気だったとは思えない。イリサは利口だ。もしかすると、ぼくより利口かもしれない。つまり、危険だということだ。

約束して。わたしをここで死なせないって約束して。

ぼくは約束したけどそれとはちがうことだった。そしてイリサの表情から、だまされていないことに気づいた。

ぼくはイリサにさわった。自分があんなことをしたなんて、いまだに信じられない。水を持っていったのは、最初に訪れるとき、あの子たちはいつも、喉が渇いているからだ。でも、いつもは手の届くところにボトルを置いていくだけだ。ブライオニーとは時が経つにつれて、もっと親しくなったけど、こんなことは一度もなかった。ぼくは半ズボンで手を拭《ふ》く。肌にイリサの跡が残っているんじゃないか――ぼくの手を見ただけで、何をしていたか、だれかにわかるんじゃないかと心配になって。

イリサにさわったことだけが、ぼくのまちがいというわけではなかった。あそこでずいぶんたくさん口を滑らせた――イリサがしゃべったら、十分にぼくを破滅させられるようなことを。ブライオニーの木のことまで話に出した。

顔を上げると、ずっとその木のことを考えていたにちがいないと気づく。だって、「思考」――深く考えるという意味のことばだ――にふけっているあいだに、〈記憶の森〉の、その木が生えているところに歩いてきていたから。

イチイの木はぽつんと一本立っていて、下のほうの枝が広がっている。父さんが前に、大ブリテン島で一番古いイチイの木は、十世紀以前に生えたものだと教えてくれた。つまり、ロビン＝フッドや、ヘンリー八世や、征服王ウィリアムよりも前からあったということだ。ブライオニーは豪華さや威厳を欲しがったけど、何よりも望んだのは長生きすることだった——まさしくそれを手に入れたんだ。

幹がぱっくりと裂けて、洞窟《どうくつ》のような内部を見せている。上のほうの大枝についているのは——折りたたんだ紙に手書きの、ブライオニーと過ごした日々の思い出だ。ブライオニーも、助けてとぼくに頼んだ。イリサのときとはちがって、ぼくは約束した。ぼくにはどうすることもできない出来事のせいで、破ったけれど。

ふたたびイチイの幹に手を置いたとき、木の皮が本来より温かく感じた。まるで樹液のかわりに、ブライオニーの血が中に流れているみたいだ。

突然、もうたまらなくなる。くるりと向きを変えて走り、枯れたシダをけ散らしていく。〈記憶の森〉から飛びだすと、行く手に〈車の町〉を構成するみすぼらしい車の輪が見える。少し離れたところに、酔っぱらいのように傾いたトレーラーハウスがある。それがぼくの親友のマジック・アニーの家だ。

(二)

ぼくはいつも〈車の町〉に歓迎されるとは限らない。アニーは気にすることはないと言う——たいていの人にとって、ぼくはよそ者で、やり方に従わないほかのみんなと同じなんだからと。

アニーは、自分が受け継いだ伝統について多くを話そうとしない。一度、ロマニーと、その歴史について、午後ぜんぶをかけて教えてくれたけど、ぼくがアニーもそのひとりなの、と訊《き》くと、ドアのところに行って、草につばを吐いた。ときどき、アニーは自分が憧《あこが》れる文化のカッコいいところを盗んで、自分のものにしているだけなんじゃないかと思うことがある。

およそ十五軒の家が町を構成しているけど、どれが家で、どれが乗り捨てられた車なのかを見わけるのは簡単ではない。不変のメンバーのうち、八台は幌馬車《ほろばしゃ》で、四台が改造された観光バスや路線バス、二台が馬に引かれるタイプの明るい色の荷馬車、一台が古いトラックだ。すべてに人が住んでいるわけじゃない。〈車の町〉のコミュニティは、季節とともに小さくなったり大きくなったりする。

ブリキの煙突や、だれかがゴミを燃やしている炉から、煙がもくもく出ている。地中にねじこんだ金属の棒に鎖でつながれた二匹の犬は、ぼくが近づくと吠《ほ》えはじめる。トラックに住んでいる臭いおじいさん、ノックスさんの犬だ。

犬がノックスさんの飼っている唯一の動物ではない。ノックスさんのトラックは、ニワトリやフェレットを閉じこめておく檻《おり》でいっぱいだ。少しだけどミンクもいる。柵《さく》がぐらぐらする手作りの小さな放牧地で、しばらくブタを何匹か飼っていた。ムニエさんは、ブタが逃げて、自分が〈記憶の森〉に持ちこんだイノシシと異種繁殖をするのではないかと心配して、ノックスさんにやめるよう言った。その後の何週間か、〈車の町〉にはベーコンの油のにおいがぷんぷんしていた。

見まわしても、ノックスさんの姿は見えないけど、ニワトリのやかましい鳴き声は聞こえる。近くで、むっつりした顔の見知らぬ男の人が、おんぼろのフォルクスワーゲンのエンジン室に身をかがめていて、パートナーらしき女の人が見守っている。男の人の口からは手巻きタバコがぶら下がっている。女の人の腰からは赤ん坊がぶら下がっている。ふたりは、たった今ミュージックビデオから抜けだしてきたような服を着ている。男のほうは白いベストと、後ろ前にかぶった野球帽。女のほうは古いソファーによく使われているのと同じビロードの生地で作ったピンク色のスウェットスーツ。背中に黒いゴシック体で印刷されていることばは、「HUSTLIN《ハスリン》」だ。

このカップルに今まで会ったことはないので、避けながら、ぼくはマジック・アニーのトレーラーハウスのほうにとぼとぼ歩いていく。女の人がなにかつぶやくと、パートナーがシリンダー・ブロックから頭を上げる。ふたりを無視するのはむずかしいけど、なんとかじっと前を見つづける。

（三）

ふたつのさびたアクセルの上でバランスを保っているアニーのトレーラーハウスは、怪物っぽく見える。でたらめに積まれたレンガが両端で支えているけど、この辺の土地はぬかるんでいるので、家は地面に沈んでいっているように見える。鳥のフンやコケが屋根をフェルトのように覆っているものの、窓はぴかぴかだ。ドアの下のアルミニウムの踏み段は、磨かれたばかりのように光っている。

そばには〈ジュース農園〉がある。何でそう呼ぶのかはわからない――それは果樹園なんかじゃないし、果物なんてひとつもないんだから。そのかわりに、南を向いたつやつやのソーラーパネルが一列並んでいて、すべてが中の巨大なリチウム・イオン電池につながっている。〈ジュース農園〉が、アニーの冷蔵庫や、音楽プレイヤーや、ノートパソコンや、ぼくを何度もここに引きもどす、すばらしいものを動かしている。二十四インチのサムスンのフラットスクリーンテレビのことだ。

踏み段でバランスを保ちながら、ドアをとんとんたたく。テレビの大きな音が聞こえるから、中にいるはずだ。トレーラーハウスがゆらりと揺れる。それからドアが大きく開く。

アニーはお気に入りのカウチンセーターを着ている。カウチン族はカナダ西部のバンクーバー島の先住民族で、とりわけ編み物で有名なんだと前に教えてくれた。セーターの特徴は黒と白と灰色の大胆な幾何学模様だ。アニーのゆらゆら揺れるふたつの胸の上に、山のクマがシルエットで描かれている。足にはタッセルのついたバッファロー革のモカシンを履いている。首にはトルコ石のネックレス。それがアニーの目を引きたたせて、つねに、いかつい顔が連想させるより、はるかに若く見せている。耳には銀の鈴がぶら下がる。髪はつけ根以外はカラスの濡れ羽色。つけ根は灰色で、首の石と色が同じ青緑色のふさが一本ある。肌はたるんできているものの、その下のとがった骨格からして、かつては美人だったのがわかる。時の流れは残酷だけど、マジック・アニーは見た目と合っていて、ほかのアニーは想像できない。

ぼくを見ると、アニーの目にちりめん紙のようなしわが寄る。「Anoki《アノキ》」と叫ぶ。今日は〈ネイティブ・アメリカンの日〉で、マジック・アニーと呼ぶときではないという何よりの証拠だ。

「Kamali《カマリ》」とぼくは応《こた》えて、低く頭を下げる。それは〈スピリットガイド〉という意味だと前にアニーが教えてくれた。アニーにぴったりだし、気に入っているのを知っている。ドアのうしろに下がり、アニーはぼくを喜んで迎えいれる。

「スニーカーが濡れてるんだ」とぼくは言う。「靴下も」

「じゃあ、お脱ぎ。乾かそうね」

アニーのあとから中に入り、靴を手渡す。灰色がかったもや——カビ臭いけど甘い香りの——が空中に漂っている。窓辺のテーブルで灰皿の両切り葉巻がくすぶっている。シンクの上の窓枠では、線香が絹のような渦を放つ。

「窓を開けるよ」とアニーが言うけど、ぼくは首を横にふり、テーブルをとり囲むU字型のベンチシートに滑りこむ。煙で涙が出るけど、くつろげるから。

テレビはキッチンのカウンターにあり、ぼくのほうに向いている。人のけんかを解決する裁判官の番組が映っている。アニーはリモコンを持ちあげ、音を消す。「このゴム底のズック靴は、ばらばらになりかけてるね」薪《まき》ストーブのところに持っていきながら言う。「そろそろお父さんに新しいのを買ってもらう時期だよ」

「かもね」

「その音はおなかがぐうぐう鳴ってるのかい？」

食器棚を開けて、アニーがクッキー入れを取りだし、皿にピーカンナッツクッキーを三枚並べる。それから牛乳をコップに注ぎ、すべてぼくの前に置く。

「あたしが知りたいのはね」青緑色の髪のふさを吹いて目からよけながら、アニーはつけ加える。「あんたが上着もセーターも着ずに、濡れた靴下と靴とむきだしの脚で、あの森の中で何してたのかってことだよ」

伸ばしかけたぼくの手がぴたりと止まる。アニーは直感で、ぼくの〈記憶の森〉での発見を知ったんだろうか？　アニーが単に服装がふさわしくないことを心配しているのだと気づいて、やっと心臓が再び鼓動を始める。

ぼくはクッキーをさっと取る。だれもアニーのようには作れない。甘くもっちりして、ほろほろと砕け、よいものがたくさん詰めこまれている。アニーがやかんをいっぱいにして、自分のマグを下ろす前に、ぼくは二枚目に取りかかる。

気むずかしい裁判官の番組が終わる。〈ボールド〉の粉末洗剤のコマーシャルを見て、次に〈プチ・フィルー〉ヨーグルトのコマーシャルがつづく。ぼくが三枚目のクッキーをつかみ、かぶりつこうとしたとき、テレビの画面からイリサ・ミルゾヤンがこちらをじっと見た。

（四）

イリサに少なくとも三秒間見られて、やっとすべてが結びついた。ぼくが地下室で会った女の子は、この映像とはほど遠い。ぼくのイリサは汚れがついていて、ぶるぶる震えているかもしれないし、血だらけで怯《おび》えているかもしれないけど、しっかりしていて、強い。そう、鎖につながれてはいるが、それでもドラゴンだ。

それに比べてこの少女は、青白い偽ものだ。写真は肩から上の証明写真だ。その中でイリサは制服を着ている——青いブラウスに縞《しま》のネクタイ。居心地が悪そうだ。笑顔を作るのは気がすすまないけど、礼儀正しいので、いやだと言えないというかんじ。その結果、不自然な作り笑いになっている。それでもイリサの目はやっぱり人目を引く。

約束して。わたしをここで死なせないって約束して。

ぼくは約束しなかった。できなかった。

でも約束したくないという意味じゃない。

約束して。

アニーがマグを置く音が聞こえる。カウンターからだとテレビは見えないけど、ちょっと近づけば、完全に見えるだろう。アニーがこっちにくる寸前に、イリサの写真が消えて、しっくいのビクトリア様式の建物が、画面いっぱいに映る。正面に大きな黒い文字で書かれているのが名前だ。〈マーシャル・コート・ホテル〉。それから、映像がまた変わる――長いテーブルでいっぱいの、だだっ広い部屋。テーブルは小さな彫像がたくさん載ったチェッカー盤に覆われている。子どもたちがその上に身を乗りだして、考えこんでいる。

部屋がべつの部屋に切り変わる。今度はテーブルがひとつだけだ。三人がそこに座っている。まん中の、イリサと同じ口とほお骨の女の人が泣いている。女の人が紙に書かれたことを読むあいだ、もっと年を取った男の人が背中をさすっている。映像が白くちらちらして見えるので、ぼくは自分が気絶しかけているのかと思う。それから、その部屋にぼくには見えないほかの人たちがいることに気づく。カメラを持った人たちが写真を撮っているんだ。

アニーはリモコンに手を伸ばす。チャンネルを変えるつもりなんだろうと思ったけどそうじゃなくて、アニーはミュートを解除する。ぼくの耳が、聞きたくないことばでいっぱいになる。

「――娘に戻ってきて欲しいだけです」泣いている女の人が言う。つづくことばは聞きとれない。「……大切な」しゃくりあげる。「……とても才能があって、美しくて」カメラのフラッシュが一斉にたかれる。電話番号が画面上に現れる。

「この地球には、地上を歩く権利のないやつらもいるんだよ」アニーが言う。

イリサがまた現れると、ぼくらは黙って見つめる。

「魔法をもらいに来たのかい？」目をまだテレビに向けたまま、アニーは聞く。

ぼくはごくりとつばを飲みこむ。

画面では、イリサが天気予報に取って代わられた。黒いものが渦を巻き、不毛の地を駆けぬけていく。嵐が来るまでにどれくらいかかるだろう。

イリサ

三日目（一）

〈ワイド・ボーイズ〉のアンドレアをy8の引きだしに入れたあと、〈マーシャル・コート・ホテル〉の記憶を調べようとしたところで、イリサは中断して、ひとつ前に戻る。あのウェイトレス――緑色の目と、大きな胸と態度の――がほかのみんなを色あせて見せたが、あの日レストランにいたのは彼女だけではない。となりのテーブルにはカップルが座っていて、イリサを話に引き入れ、その後、イリサは本に逃げこんだのだった。まっ暗なのに目を閉じて、イリサは〈ワイド・ボーイズ〉に自分を運ぶ。席に座ると、ママとアンドレアが現れはじめるけれど、わざとふたりの細部はぼんやりさせておく。レストランも木炭の濃淡でごくうっすらとスケッチされる。すべての色を、左側のテーブルと、そこに座っていたカップルのために取っておく。

これはむずかしい。アンドレアがとても多くの光を奪っていたから。カップルは〈ボダッハ〉――イリサが前に読んだ怪談に出てくる影のような生きもの――みたいだ。顔がぼやけている。〈ボダッハ〉のひとりが喉に片手を持ちあげ、なでたりさすったりしている。ふと、イリサはひげそり用クリームのついていた場所と、その男の人の汚い指の爪を思いだす。

その場面に色がどっとあふれだす。てかてかになでつけられた髪、泥汚れのついた靴が見える。女の人は翡翠《ひすい》のネックレスとスミレ色の口紅をつけている。やめなよとたしなめる。**いつも身体をさわってるんだから。**

イリサのママがトイレに行ったとき、カップルといくつかことばを交わしたけど、詳しい内容はぬけ落ちてしまっている。女の人のすまなそうな笑顔は覚えている。チェスのトーナメントについて話したんだっけ？　たぶんそうだ。

右側にはもうひとりの〈ボダッハ〉がいる。こっちはひとりで座っている。服装ははっきりしている――青緑色のセーター、カラシ色のコーデュロイのズボン、リンゴあめの色の靴――けれど、顔は子どもの黒い落書きのようで、顔の造作がまったくない。くるりとイリサの方を向くと、目がないのに、イリサを値踏みしているのだとわかる。わずかに首を横にふる。はっとして、イリサはこの〈ボダッハ〉が表す年配の男の人を思いだす。本を読んでいた――大昔のギリシャの戦争の歴史についての。そのとき、男の人が首を横にふったのは、非難を示していたのだろうか、それとも仲間意識だったのだろうか、と思う。今、あの黒く汚れた顔からもっと詳しいことを引きだそうとしていると、ぱっくり割れて、とがった黄色い歯が見える。

その映像に動揺して、イリサはまばたきする。〈ワイド・ボーイズ〉が暗闇に包まれる。y8の引きだしは、アンドレアのオーラで輝いている。イリサがそこに入れるほかのものもより明るく輝きそうだ。かわりにz8を開き、〈ボダッハ〉を入れる。詰めこんでいるあいだも、汚い爪の男がイリサの本を身ぶりで示したことを思いだす。

「どんな内容だい？」

「チェスの本です」

「ふん。おれの趣味じゃないな。昔はちょっとばかしポーカーが好きだったんだがな、こうなる前は」

「どうなる前？」

ナイフが女の人のほうに向く。「こうなる前ってのは……わかるだろう」

イリサはぶるっと震える。引きだしをばたんと閉じる。どこかの時点で中身を見直さなければならないかもしれないが、今は、毒があり、危険に感じる。

〈ワイド・ボーイズ〉の記憶を出しつくして〈マーシャル・コート・ホテル〉に移ろうとしたとき、小さいけれど、よく知っているかんぬきのカチャッという音を聞く。

（二）

この監禁部屋の最初の訪問者は悪鬼《グール》で、二番目の訪問者はさらに理解しにくい生き物だった。どっちも怖いけれど、ふたりのうちでは、名前を知らない人のほうが恐ろしい。ドアが開いて、イライジャのよりはるかに強い懐中電灯の光が見えると、戻ってきたのはグールだと、イリサは知る。

あのにおいも同時にする。腐った甘いもののにおい。それが鼻に入ってきて、どうしても離れない。光が手錠と鎖を捉《とら》える。それから、注目すべき品でいちいち止まって確認しながら、床をさっとひと回りする。

また食べ物のにおいがゆっくりと広がる。足を引きずり、床をこすりながら近づいてくる音が聞こえて、イリサは縮こまり、じっと動かずにいる。近くの床に何かが置かれる。沈黙がつづく。イリサが三十まで数えたとき、ようやくグールが沈黙を破る。

「客が来たら」とささやく。「礼儀として――」

「わたしがここに来て、どれくらいになりますか?」

声が思ったよりしっかりしている。勇敢だけど哀れなこの試みが、裏目に出るのが恐ろしい。もっと恐ろしいのは、おとなしく従っていると、確実に破滅に向かって、ゆっくり歩いていくはめになることだ。ネコは、抵抗するネズミが相手のほうが、長いあいだ遊ぶものだ。

グールが息を吸い、ゆっくりと吐く。その瞬間、イリサは初めて会ったときの、彼のことばを思いだす。ここでの生活で、おれに隠しておけることなんて、ぜったいに何もない。その教訓を学ぶのに、必要なだけ時間をかければいいが、楽になりたけりゃ、急ぐことだな。

調理した食べ物のにおいが強くなる。胃がぐうぐう鳴り、口が認めようとしない弱さを、身体が認めている。

「なるほど、それが挨拶《あいさつ》ってわけか」グールがいらだたしげに言う。「多少なりとも。行儀はよくなってないようだ。たぶん、お前の母さんがぜんぜん教えて――」

「わたしがここに来て、どれくらいになりますか？」

今度は質問しながら、イリサは震えの発作に襲われる。あごの筋肉が痙攣《けいれん》して、舌をかむ。その痛みは強烈だ。もっと悪いことに、グールに逆襲される予感がする。

グールの呼吸は落ちついてゆっくりしている。「今日は月曜日だ」

その口調にはあざけりといらだちと、イリサには完全には読みとれない何かがある。

月曜日のわけないでしょ？　もしもグールがほんとうのことを言っているのなら、少なくとも三十四時間、ことによると五十八時間もの長いあいだ、イリサは行方がわからなくなっているということだ。警察はママをなぐさめるために、だれかを派遣しただろうか。子どもが行方不明になると、そういうことをするものだけれど。

一瞬、苦しみが冷たい怒りになる。よくもこの変態は、わたしの家族をめちゃくちゃにしておいて、ただで済むと思えるものだ。イリサはこれまで暴力をふるったことがないけれど、もしも今ナイフがあれば、彼に突き刺し、ずたずたに引きさいて抜き、また突き刺して、肉の切れ端のほかは何も残らなくなるまで、切りきざむことだろう。

「食べ物だ」グールがささやく。「だが、ただでもらえるのはこれが最後だぞ。これからは、食べ物のために働くんだ。わかりましたと言え」

イリサはイライジャとの会話を思いだす。

「どうしてあの人はわたしをここに連れてきたの？」

「悪いことじゃないよ、ルールに従ってさえいれば」

「ルールって何？」

「それは変わるんだ」

イリサは頭を上げる。「わかりました」

懐中電灯の光がイリサの顔からすっと外れて、傷ついた手首で止まる。「この地下じゃ、いつも清潔にしておかないと、そういう傷にはバイ菌が入ることがある。最初に感じるのは、肌がかゆくなって、ひりひりしてくること。肉が腫《は》れて、化膿《かのう》する。だれかが踏んで、日の当たるところに置きざりにした果物のようにな。果樹園で、すっかり茶色く、ぐじゅぐじゅになったリンゴを見たことあるか？　腐った肉はもっとひどいにおいがするんだ、まちがいない。それにハエやらウジやらいろんな種類の汚いものの季節に遅すぎるってわけでもない、とくに暗い地下じゃな。めまいがして、混乱しはじめるだろう。自分の考えを信用することもできなくなるさ」咳《せき》ばらいをして、痰《たん》を吐く。イリサは痰のかたまりがどこか近くに落ちるのを聞き、痰に潜む何百万もの細菌のことが頭に浮かんで、身をすくめる。「おれは消毒薬や抗生物質や——ありとあらゆる医療用品を持ってる。でもただではやらないよ」

「どうすればいいの？」

「トレーの上に食べ物がある。布もある。今のおまえは汚らしく見える——腹がすいて、汚れて、魅力がない。食べて、身ぎれいにして、見苦しくないようにしろ。あとで、おまえとおれで――おまえを有名にするぞ」

それを聞きながら、イリサは息をするのがやっとだった。有名？

「食べろ」グールがささやく。「見栄えをよくするんだ」返事を待たずに監禁部屋を出て、イリサを暗闇に残していった。

（三）

彼のことばをくよくよ考えているわけにはいかない。この地下室で目覚めたとき、イリサは自分に誓ったのだ。どんなことが起ころうとも、生きのびると。いまは食べ物がある。生きのびる手段だ。ずっとここにはないかもしれない。

イリサはg7まで這《は》っていく。マッチを置いたところに。両手がひどく震えていて、最初にすったマッチは指から滑りおちて消える。

きゃっと叫ぶ。べつのマッチを取りだそうとする。しまいには、すったマッチの山が散らかる。涙をぽろぽろ流しながら、ようやくすったマッチに火がつくと、安定するまで手で覆う。新しいロウソクに火をつけ、ロウソク立てにねじ込む。

火がちらちら揺らめく。すぐにどうしてかわかった。今回は、グールが出てから防音装置つきのドアを閉じなかったのだ。手錠がなければ、監禁部屋からこっそり出て自由になれるだろうに。

a6に木のトレーがある。その上にプラスチック製の皿がのっている。色あせたディズニーキャラクターたちがふちを行進している。そのそばにはプラスチック製のスプーンと〈サーモス〉の魔法瓶があり、ふたが外されている。飲み口から湯気が渦を巻く。

空腹なのに、グールが調理したものを食べるという考えは、ほとんど耐えがたい。考えるのを――自分が何をしようとしているのかとか、何が起ころうとしているのかとか――拒否することによって、やっとできるようになる。

できるかぎり手錠を支えながら、イリサはじりじりと床を横ぎる。とがった岩のこぶが尻《しり》をひっかく。けがしていない方の手で〈サーモス〉を傾けて中身を注ぐ。赤くて濡《ぬ》れたものが皿にぴちゃぴちゃ跳ねる。上下に揺れるロウソクの光の中で、それは殺された動物の内臓のように見える。イリサはひるむが、においが強くなり、何かはっきりしてきた。身をかがめると、トマトソースの中にマカロニが見える。

いそいでスプーンを取り、食べ物を口に放りこむ。思ったより熱くて、舌をやけどするけれど、かまわずに飲みこむ。

マカロニは『ペッパピッグ』のキャラクターたちだ。ペッパとジョージと、ウサギと、ゾウ。食べ物の混じりけのない陽気さは、この不潔な地下室では、嫌になるほど場ちがいだ。スプーンが皿の底をこすり取ると、〈サーモス〉に残っているものを注いで、それも食べる。それから皿をきれいになめる。スプーンは取っておくべきだろうか？　ものすごく薄っぺらい。ぽきんと半分に折れば、先がとがるかもしれないけれど、監禁者の目に突っこむのでないかぎり、たいして危害を加えられそうにない。それに、彼はまちがいなくそんなことは考えているだろう。

ここでの生活で、おれに隠しておけることなんて、ぜったいに何もない。

ろうそくの火が縦横に揺れ、同時に何かが動く音がする。グールが戻ってきた。

（四）

スプーンを落として、イリサはいそいでドアからできるだけ遠くに行く。g2で終わりになり、手錠を胸のところでしっかりつかむ。

グールが入口に現れるとともに、氷のように白い光が、針のごとくイリサの目を突く。イリサは顔をしかめ、グールがヘッドライトを着けているのだと気づく。光が壁からはね返り、グールをシルエットで浮かびあがらせる。動きに引っかかりがあり――動きはじめと止まるときにぎくしゃくする――それが彼を人間以下のもののように見せている。あたかもイリサが昔の悪夢の糸で彼をつくりあげたかのように。

そのうえもっと悪いことには、やたらとたくさん、くっついているものや、とげとげしたでっぱりがあり、シルエットの意味がわからない。まる一分かかってやっと、大きな三脚による錯覚だと気づく。グールはそれをz5に設置する。三脚に何かを取りつけているとき、ヘッドライトの光で、画面切り替えスクロール式のビデオカメラだとわかる。話さなければ、グールに挑戦しなければ、彼の計画がどんなに邪悪であれ、共犯になるだろうということはわかっている。さっきはアドレナリンがイリサに声を与えてくれた。今は話すことや、彼の注意を引きつけることを思うと、怖くてたまらない。でも、尻ごみしている場合ではない。もしも生きのびるとしたら、この先の長い年月を、ここでした決断とともに生きていくことになるだろう。

手錠をひざにのせ、イリサは頭を上げる。ロウソクの箱が近くにある。うまく狙って当てれば、三脚をひっくり返して、カメラを破壊できるかもしれない。でもそんなことをして何になる？　すでに直面している厳しい試練がもっと残酷になるだけだろう。やるべきことは――以前に見た人質に関するテレビ番組で覚えているのは――こちらを人として認識させることだ。人間であり、ものではないと。グールが前にイリサの行儀について口にしていたのを思いだす。そこから始めるのがいいかもしれない。

イリサは咳ばらいをする。「食べ物をありがとうございます」

グールは聞こえたかもしれないが、そんなそぶりは一切見せない。トレーのところに行き、中身を注意深く調べて、監禁部屋から運びだす。スプーンを盗もうとしなくてよかったと、今になってイリサは思う。記憶の断片が心に浮かぶ。出て行く少し前に、イライジャが言っていたことだ。**あの人はきみにテストをするよ。たいていの人はまちがえるけど。**

グールがまた現れる。シルエットに新しいでっぱりがたくさんついている。何かをz4に置く。その上にかがみこんだとき、カメラを支えているのとそっくりな二つ目の三脚をライトが照らしだす。

「『ペッパピッグ』を観てから二、三年経つかな」イリサが言う。

何も言わずに、グールは台をいじっている。

「最近はいろんな種類のマカロニスパゲッティが手に入りますよね。一度ママが『ミニオンズ』のスパゲッティを買ってきてくれたの。あんなの作るなんて、信じられます？ママは映画も観に連れてってくれたんです。すごく面白かったけど、最初のほどよくなかったかな。『怪盗グルーの月泥棒』は映画館では観なかったんだけど、ブルーレイを持ってて。わたしはチェスオタクだから、映画なんて好きじゃないだろうって思う人もいるけど、好きなの。『トイ・ストーリー』はずっとお気に入りの映画のひとつ。たぶん『トワイライト』みたいなのを好きになるべきなんだろうけど」

三脚の台の作業を終えると、グールはまたしても監禁部屋を出ていく。ドアの向こうにある小部屋がどんなものかはわからないけれど、がちゃがちゃやっているのが聞こえる。グールはすぐに戻ってきて、カニのように背を丸くする。大きくてかさばるものを運んでいるが、細かいところまでは見えない。グール自身のことも、ほんの一瞬、部分的に見える以外は何も見えない。外から持ちこんできた何かで濡れている黒い長靴、大きな両手はエンジンの油か、似たようなものでてかてかしている。

『ミニオンズ』の映画、第三作目が出たの」イリサが言う。「わたしはまだ観てないんだけど、観たいんです」

グールはうっとうなり、三脚の台に箱を持ちあげる。

「ママが言ってたけど、アマゾンならストリーミングで見られるって」間を置く。「観られるといいな」

グールはうしろに下がり、自分の作業のできを確かめる。ようやくイリサにも、グールがずっと組みたてていたものが見える。高価そうな照明装置だ。グールはまた監禁部屋を出て、大きなバッテリーパックを持って戻る。

「いつも映画を観ながらポップコーンを食べるんだけど。ママは塩味が好きで、わたしは甘いのが好きだから、たいてい塩味と甘いのが半々のを買うの」

グールがこっちを向く。

あの非情な白い光に捉《とら》えられ、イリサは震えだす。こうしてグールの注意を引いてみると、それを望んでいるのかわからなくなる。

「正直言うと」と口ごもる。「映画よりテレビのほうがよく観るかな。ママはドラマは好きじゃないけど、いわゆるオーディション番組にはまってる。いったんああいう人たちを知ってしまうと、追わずにいられないんですよね。『Xファクター』はちょっと残酷だと思うけど、踊る番組は好きだな」

グールが近づいてくる。彼の呼吸がすこし速くなったのが聞こえる。

イリサはごくりとつばを飲みこむ。あごを動かさないようにする。決しておしゃべりが得意なほうではない。沈黙を取りつくろうのに、こんなにたくさんことばを見つけられたなんて、信じられない。「あといくつシリーズを作るのかな、って考えたことあります？　つまり、ふつうはどこかの時点で、出場者が出つくしちゃうって思うでしょう。今まで、歌ったり、踊ったりするタレントショーしか作ってこなかったのは残念ですよね。わたしが興味あるのはそれよりも——」

トカゲのようにすばやく、グールはイリサを殴る。

イリサは最初、何が起こったのかわからなかった。きちんと座り、強烈な後光に目を細めていたのに、次の瞬間には倒れていて、手首は叫ぶ憎悪と化し、顔の片側がふたつ目の心臓のように脈打っていた。口の中に血の味がして、耳がわんわん鳴っている。部屋がもやいを解かれて、くるくる回りはじめる。

イリサは身をよじり、痙攣《けいれん》して、痛みに苦しむあまり、動きをコントロールできずにいた。

「言われるまでしゃべるな」グールがささやく。「わかりましたと言え」

グールの声が戸棚の中からするように聞こえる。答えるとき、自分の声が同じようにひずんでいた。「わかりまひた」

「これから映画を作る。おまえは、言われたとおりのことをするんだ。わかりましたと言え」

イリサはしくしく泣きだす。

また感情のないささやき声がする。「わかりましたと言え」

イリサは口いっぱいの血を飲みこむ。「わかりまひた」

なんてバカだったんだろう――なんて単純だったんだろう――グールに挑戦できると思うなんて。手首の痛みで息をするのがやっとだし、涙でほとんど何も見えない。

ママはどこにいるの？　警察はどこ？　わたしは二日間もここにいるのに。どうしてだれも見つけてくれないの？

視界が断片的な無数のガラスの破片になる。少しのあいだ、何かの発作だと思うが、ようやく、照明装置のスイッチが入れられたのだと気づく。

まばたきして涙を抑えているうちに、ゆっくり目が慣れてくる。毒気の中から細部がじわじわ見えてくる。e4の鉄の輪の上に置かれているのは、前はなかったイスだ。今にも壊れそうな――細い木の脚と、曲線を描く飾り気のない背もたれのついた。

見えないが、グールがカメラのうしろに引っこむ。赤いLEDの光が点滅する。

「イスに座れ」とグールが言う。「わかりましたと言え」

（五）

こんなことは期待していなかった。イスも、座れという指示も。どう解釈すればいいのかわからない。「わかりまひた」咳《せ》きこみ、血があごにこぼれる。

突然、光が色とりどりに輝きだし、あまりに美しい虹《にじ》のスペクトルに、イリサははっと息をのむ。少しのあいだ、もしかして神さまが存在を知らせているのだろうかと思う。宗教にはまったことはないけれど、宗教学の授業で、神は存在を信じない人にも慈悲深くしてくれると教わった。それはすばらしい考えだが、もっと邪悪な人間もそういうことになる。たぶん、これは神さまなどではない。たぶん、イリサの身体が停止しかけているだけだ。たぶん、単に死にかけているのだ。

その考えはとてもショッキングだったので、イリサは足を蹴《け》り、起きあがろうとする。こんな不潔な監禁部屋で死ぬわけにはいかない。浅い息をして、身体を押しあげる。よろめきながら這《は》って、イスのところに行く。虹色がまわりで渦を巻いている。〈スキットルズ〉のテレビコマーシャルか、奇妙なアニメの中にいる気分だ。座面にあごを置き、やっとのことで脚を広げる。何かがおかしいのだが、それが何なのかがわからない。視界がぶるぶる震えて、万華鏡のようだ。肌がふわふわ――ちくちくして気持ちい。胸がどきどきしているけれど、もう恐怖のせいじゃない。

イスによじ登る。頭を上げておくのがひと苦労で、三秒間に三度、あごが胸についてしまい、イリサは急に笑いだす。

何もおもしろくないのに、どうして突然、こんなに楽しくなるのだろう？　グールがちらちらとトカゲのように、装置のうしろから出てくる。「わかりましたと言え」グールのことばは豊かで音楽的だ。まるで声が世界最高級の木で作られた木琴であるかのように。

「わかりまひた！」イリサは叫ぶ。げっぷをすると、スパゲッティソースと、その下にほかの何かの味がする。チョークのような、苦い何かの。薬物を入れたんだ、とイリサは思う。何かの幻覚剤を、食べ物に混ぜて。

グールがイスのところに歩いてくる。近くに身をかがめる。

わたしにキスをするつもりなんだ。そんなことしたら、口のなかに吐いてやるから。

イリサはけたけたと笑う。でも、グールはキスはしない。かわりに、片方の親指でイリサのまぶたを持ちあげる。

イリサはまばたきする、いや、しようとする。グールの顔は黒いポリッジで、ふたつの固まっていない卵のような眼が浮かんでいる。ひどくいやなにおいがして、胃が締めつけられ、またげっぷをする。

グールはイリサには聞きとれないことをぶつぶつ言う。左の手首を上げる。光のリボンが腕時計から飛びだす。

「何時れすか？」イリサは叫ぶ。「何時れすか？　まぬけ野郎」

イライジャ

四日目（一）

ぼくは地面から浮いているみたいに〈記憶の森〉を歩く。まるで地球の引力が完全になくなってしまったかのように。頭の上には雲が低く垂れこめて、まだ雨が降りそうだけど、空気は新鮮で清潔な味がする。ぼくはブライオニーのイチイの木を通りすぎるときにそっちを見ず、ほかの〈記憶の木〉も見ない。やがて気がつくと、この森を十字に走るシカの足跡を追っている。わかっていたことだけど、それは廃墟《はいきょ》となった家に導く。アニーの魔法がまだ身体の中を駆けめぐっているので、ぼくはいつもの警戒心もまったくなく、空き地に足を踏みいれる。

悪い本能だ。

カイルは建物の正面の壁に寄りかかっている。ぼくの不注意のせいで、カイルを避けることはできない。

兄さんは、いつもの威張りくさった態度をほとんど見せない。それどころか、打ちひしがれているように見える。顔には自分のにおいをかくすために使うべたべたしたものを塗りたくっているけど、その筋の下の肌は青白く、疲れきっている。少しのあいだ、カイルを見ながら、そもそもほんとうにここにいるのだろうかと思う。太陽は雲の覆いのかげに隠れ、カイルは地面にまったく影を落としていない。

カイルは身体の前でライフル銃を握りしめている。まるで最後の抵抗をしているように。目が合うと、胸が波打つ。

それから武器を持ちあげて、ぼくの顔に向ける。

（二）

もっと普通のときなら、ぼくは降参して両手を上げただろう。でもここで起こっていることは、普通にほど遠い。ライフル銃なんて気にしない。兄さんが正確な一撃でぼくの頭の中を大惨事にできることも気にしない。ぼくは今、正のエネルギーで輝く超新星なんだ。下級の衛星——カイルのような——は、ぼくの質量に吸収されるだろう。

ほほ笑みながら前に歩き、両腕を広げる。もしかすると、カイルを抱きしめることによって、ぼくのいい気分をいくらか伝えられるかもしれない。

「ふざけんな、イライジャ」とカイルはどなって、壁から離れる。

「あの子に会いにきたんだ」と言い、ぼくはイエスさまがするように両手の手のひらを上に向ける。「イリサに会いにきたんだよ」

「うるせー。引っこんでろ」

ふたりの距離が縮まるにつれ、ぼくの幸福感が消えはじめる。「下にいる？」

カイルはぼくのうしろの森をじっと見る。それからうなずく。

「生きてるの？」

「たぶん」

「痛い目に遭わせたの？」

「だまれ、イライジャ。ほんと、マジで――こっから離れて、戻ってくんな。こいつはやっかいだ。お前の手には負えねえよ」

「イリサと戦いたいわけじゃないもん」とぼくは言う。「助けたいだけなんだ」

「ブライオニーを助けたようにか？」

「あれはぼくのせいじゃない」

「てめえのせいじゃないだと」

ぼくはカイルの前で立ちどまる。「そんな悪いことばを使っても、もう怖くないよ。ちっとも困んないし」

カイルは地面に茶色いものを吐く。「マジかよ？」

カイルの目をまともに見ながら、ぼくは言う。「通して」

それに応《こた》えて、カイルはライフル銃を上げて狙いをつける。ぼくの顔と銃口とを隔てているのは、広げた手の親指から小指までの長さだ。

「殺すぞ、このガキ」怒った声で言うので、本気だとわかる。

でも、今日はそんなことにはならないのもわかっている。ぼくは手を伸ばし、銃を手で包む。それから引き金にかけたカイルの指を邪魔しないように注意して、銃口をぼくの口に導く。

自分のしていることがよくわかっていないながらも、大事なことだと感じる。金属は酸性の味がする。九ボルト電池の端子をなめているみたいに。武器を口にくわえていると話せないけど、話さなければならないことは何もない。カイルの権力に対するこの挑戦には、言葉なんて必要ない。

カイルの目が怒りに燃える。弟がはむかうことを認めていないんだ。ひょっとして偽者なんじゃないかとおびえているのかもしれない。今ぼくは、カイルがやっつけられると考えている男の子とはちがうと感じる。アニーの魔法が関係しているのは確かだけど、おもにイリサのせいだ。

引き金にかけたカイルの指が安全装置の中でぴくぴく動く。この角度で発砲したら、銃弾は脳みそには入らないけど、舌のうしろの軟かい組織を引き裂いて通りぬけるだろう。もしかすると、首の動脈に傷をつけるか、脊椎《せきつい》の致命的な部分を粉々にするかもしれない。舌の根元を切断するかもしれない。

銃が歯にぶつかり、ぼくらのどっちが震えているのか判断できなくなる。すぐ、兄さんはぼくの口から武器を引きぬく。「くそばか野郎」兄さんが言う。「サイコ野郎」

ぼくはまた手のひらを開く。あの昔からある平和のジェスチャーだ。

「あいつはほかのやつらとはちがう」カイルは言う。

「知ってるよ」

「おれたちみんなを厄介事にまみれさせるつもりなんだな」

ぼくが前に出ると、カイルはうしろに下がる。これ以上後退したら、家の入口を明け渡すことになるだろう。

兄さんはもうひと呼吸待つ。それから無言で、ライフル銃を肩にかけて、ずんずん去っていく。すぐに森の中に消える。やがて、聞こえるのは、小枝や大枝のぽきぽき折れる音だけになる。

ぼくは〈記憶の森〉のもっと穏やかな音がカイルを飲みこむまで待つ。それから家に入り、廊下をキッチンへと進んで、食料品庫のドアを開け、階段の下に消える。

（三）

ぼくが入ったとき、イリサは眠っていた。

女の子たちは眠ったふりをすることがある。とくに初めのうちは。でも、ぼくはだれかがぼくをだまそうとするときに、見破るのがかなり得意になった。イリサは絶対にそうではない。

懐中電灯の光がイリサの顔に当たると、額に少ししわが寄る。まぶたの奥で目がきょろきょろする。どんな夢を見ているのだろうと思わずにはいられない。

しばらくのあいだ、まぶたを裏返して、初めて会ったときに見たエメラルド色の炎をもうひと目だけ見ようと考えたけど、それは「冒とく」になるだろう。冒とくというのは、本人の許可を得ずに、その人に何かをすることだ。

手で懐中電灯を覆いながら、そっと近づく。イリサは横向きに寝て、傷ついた手首をかばっている。左ほおの打撲の傷は新しいものだ。口のはしに血が固まっている。強いパンチを二発受けたのか、それとも、もしかして一発だけで、頭を床にぶつけたのかも。ルールに従うよう言ったのに。どうして言うことを聞かなかったんだろう？

しゃがんで、手の甲をイリサの口の近くに置く。イリサの吐く息が、肌をくすぐる。

イリサは天使か、羽根を奪われた妖精《ようせい》のようだ。傷や汚れた服には、イリサの魅力をかすませることはできない。汚れの下の肌は母さんと同じくらい完璧《かんぺき》だ。抑えきれずに、ぼくは手をイリサの髪のところに持ちあげ、柔らかさを感じる。前に水を飲むのを手伝ったときにさわったから、厳密には冒とくではない。手の下に頭皮の温《ぬく》もりと、頭蓋骨《ずがいこつ》のなめらかな曲線と、その下の脳みその複雑な奇跡すら感じる。灰色のひだのまわりを勢いよく進む思考を想像する。希望も恐怖も記憶も、小さな電気のスパークによって運ばれる。

こんなふうに眠っていると、イリサはひどく無防備だ。だれかがイリサを傷つけるのなんていとも簡単だろう。即座に、十個くらいちがった方法を思いつける。首の脈がぴくぴくするのがとてもはかなげで、ぼくの喉《のど》が詰まったようになる。指をそっとほおへ滑らせる。肌は熱く湿っている。きっとなめたらしょっぱい味がするだろう。

イリサの口が急に開く。うめきながら、眠りに忍びよる怪物と戦っている。下の歯が唾液《だえき》で輝いているのが見える。その山にそって指を滑らせ、鋭さを感じたい——でもそれはほんとうに冒とくだろうな。

かわりに、イリサの胸にじかに手を置く。ワンピースを通してだけど、安心させるリズムを感じ、どんな音がするのか想像する。規則的にどっくん、どっくん、どっくんと弾んで手のひらに当たるにつれて、それがいつかは音を立てなくなるということを受けいれるのがむずかしくなる。でもそれは、ぼくたちみんなの心臓に起こることだ。とくに〈記憶の森〉の下の地下室では。

「こんな目にあって、かわいそうに」ぼくはつぶやく。

イリサが眠ったまま動き、床の上で位置を変える。

ぼくは懐中電灯を消して、暗闇の中に座る。

どっくん、どっくん、どっくん。

しばらくのあいだ、ぼくはとても安らかな気分で、自分が泣いていることに気づきもしない。

イリサ

四日目（一）

冷たい指が首に押し当てられる。イリサの脈が速くなる。

心臓の鼓動がすっかりおかしくなっている。さっきはものすごく速かった。今ははるかに遅く感じる。上り坂をとぼとぼ歩く農耕馬のようだ。監禁部屋の鮮やかな色が白に変わった。監禁者——グールと呼んでいるほう——の声が一点の染みとなり、広がる。

「カメラをのぞき込んで」とささやくような声がする。「そのセリフを読むんだ。わかりましたと言え」

イリサは頭を揺すり、目を細める。

「カメラをのぞき込む」と強調する。「セリフを読め。世界にメッセージを発信すれば、おまえの母さんは、おまえが死んでないことを知るだろう。わかりましたと言え」

グールの命令を整理するのにしばらくかかった。彼は信用できない——それは、はっきりしている——でも、イリサの心をぐらつかせそうなことがひとつあるとすれば、ママの苦痛を和らげるチャンスだということだ。

でも、どのセリフ？　何のことを言っているの？　片目を開けると部屋が回転するので、イリサはうめく。だんだん落ちついてくる。カメラの近くにホワイトボードが置いてあった。セリフはそれに活字体で書かれている。ぐるぐる回って焦点が合ったり合わなかったりする。

　イリサは歯を食いしばる。

「母さんに、自分は死んでないって知ってもらいたいだろう？」

　イリサは深呼吸をする。うなずくと、あごがかくんと胸につく。「ふぁい」血を吐く。

「はい」

「カメラをのぞき込め。セリフを読むんだ。わかりましたと言え」

「わかりまひた」

　グールが悪態をつく。

　突然、固いものが口に押し当てられる。プラスチック製の広口コップの縁だ。イリサはひるんで離れる。

「飲め」

　これで二度目だ、グールがイリサに薬物を使ったのは。でも冷たい水が唇にふれると、抵抗なんてできっこない。むさぼるようにごくごく飲んで、とうとうワンピースの前がびしょびしょになる。

「セリフを読め。わかりましたと言え」

「わかりました」

　グールはイリサの焦点が合う前に引っこんで、またカメラのうしろでつまみを調整している。赤いLEDの光がふたたびつく。イリサはそれが合図だと知る。ホワイトボードの、くっきりした黒い文字がちらちら光り、安定する。「わたしの名前は……」ひと息つき、ごくりとつばを飲みこむ。「わたしの名前はイリサ・ミルゾヤン。今日は十月二十三日です」

ＬＥＤは夢に出てくる恐ろしいものの目のようだ。イリサはそれを避けて、ホワイトボードに注意を戻す。水を飲んだのに、もう喉がからからだ。「わたしは危害を加えられてはいません。わたしは見つけられたく……捜してほしく……」

のこりの文は声に出さずに読む。イリサのあごが震え始める。口の中で、歯がかちかち鳴る。

「もう一度」グールが言う。「始めから。今度は止まるな。わかりましたと言え」

「わたしは……」イリサは始める。もうそれ以上ほとんど聞こえない。目はくっきりした黒い文字から動かない。そのメッセージは衝撃的で、悲惨としか言いようのないもので、肺から空気が抜ける。部屋がさらに速く回転する。グールは絶対に、カメラのうしろで浮かれている。手足が飛びでたつむじ風だ。まるでイリサがおとぎ話に出てくる王女で、彼がランプルスティルスキン(ドイツ民話のこびと)のように。

ぐるぐると部屋が回る。イリサの手足から力が抜ける。手錠をしっかり握ろうとするけれど、どうすることもできず、イスからくずれ落ちるとき、まぶたがコウモリの翼のようにぱたぱた動く。スタジオ用のライトや、カビ臭い監禁部屋や、グールの耳ざわりな息づかいが、底なしの穴に消えていき、戻ってこない。

（二）

前のときと同じく、膀胱《ぼうこう》がイリサを目覚めさせる。つかの間の残酷なひととき、自分の部屋にいるのだと思う。でもどんなに一生懸命、暗闇を探しても、目覚まし時計の青い数字は見えない。あっけなく、現実がどっと戻ってくる。

監禁部屋、手錠、金属の鎖。

グール、ビデオカメラ、赤い光。

イリサはうめき声をあげて、脚をそっと動かす。数えきれないほど、あちこちの痛みに襲われる。今はさっきより寒い。ということは夜なのだろうか？　手錠を支えながら、きちんと座る。その動きが、肺の奥深くから、どろっとしたものを追いはらう咳《せき》の発作を引きおこす。鎖を道しるべとして使い、少しずつ鉄の輪のところに進む。そこで方角がわかると、b3に向かう。トイレ用バケツのある場所だ。

バランスを崩さずに下着を下ろすのはむずかしいが、なんとかできた。すぐにプラスチックに尿がぱらぱら当たるのが聞こえる。ひどいにおいだ。身体に入った薬物が汚したかのように。さらに悪いことに、バケツの上にしゃがんでいるうちに、むしょうにうんちがしたくて、どうしようもなくなる。そのにおいはもっとひどくて、すぐに消えるものでもない。トイレットペーパーを見つけて、お尻《しり》をきれいに拭《ふ》く。そのあとで、洗剤のバケツに左手をさっと入れて、ワンピースで手を拭く。においをごまかすためにトイレ用バケツに洗剤をすこし注ぎたいけれど、挫折《ざせつ》する。

かわりに足をひきずって部屋を横ぎり、g7に行く。ロウソクとマッチの場所だ。火をつけるのはもう慣れたものだ。ロウソクの炎が大きくなると、リュックサックがf7に置かれているのがわかる。

イリサは思わず叫んだ。このささやかな慈悲に喜ぶあまり、明かりを消してしまいそうになる。リュックサックを引きずってきて、中を調べる。

最初にふれたものは〈サル〉だ。涙で目がちくちくする。たかが編みぐるみにそんな感情を持つなんてばかげている。〈サル〉のおなかに鼻をくっつけて、においを吸いこむ。顔をじっと見つめると、ぴかぴかの黒い目は同情にあふれている。これもばかげた考えだけれど、追いはらうことができない。「またわたしを置いていったりしたら承知しないから」と言う。「承知しないからね」

〈サル〉を置いて、リュックサックの中身をよく調べる。スタントン型の駒、メモ帳、ゲルインクのボールペン、温州《うんしゅう》ミカン、チョコレートブラウニー、バナナチップス。本が戻ってきた。水のボトルは補充されている。

今度は同じまちがいをしない。キャップを外し、落ちついてひと口飲む。それからあぐらをかいて、〈サル〉をひざに置き、ロウソクの炎の上にかがんで熱を吸収する。

今日は月曜日だ。少なくとも、グールはそう言っていた。もしかすると、もう火曜日になっているかもしれない。もしそうなら、ここにまる三日いることになる。チョコレートブラウニーをひと口と、〈ペッパピッグ〉のスパゲッティだけで生命を維持して。ふらふらするのも当然だ。頭を動かすたびに、部屋が追いつくのに少しかかる。優柔不断で麻痺《まひ》状態になる前に、イリサはバナナチップスの袋を開けて、がつがつとたいらげる。そのあとでチョコレートブラウニーを見つけだし、大きくふた口かじる。グールがまた没収する前に、ぜんぶ食べてしまおうという気になる。でも、そうはせずに、残りを包みの中に密閉して、ワンピースの下に手を入れ、下着の中に包みをかくす。

月曜日、それか、ひょっとして火曜日。

ということは、ママは少なくとも四十八時間、もしかすると七十二時間、地獄に耐えていることになる。パパはもう知っているだろうか？　おそらく、ママはパパと連絡を取ろうとするだろう。支えになってくれるのを期待してのことではなくて、あくまで義務感から。願わくは、パパが連絡のつかないどこかに隠れていて、この事件を知らなければいいんだけど。なぜなら、もしもパパが知ったら、ママを責める機会をむだにはしないだろうから。

家でどんなことが起きているのか想像してみる。祖父母はバーミンガムから車で来ているだろうか？　警察官が捜査の最新情報を知らせるあいだ、ソファーの娘のそばに座っているのだろうか？

手がかりはまったくありません、ミズ・ミルゾヤン。残念ながら、お嬢さんは戻ってこないようです。

いつもの平日の日課を思いおこす。月曜日は、ママの仕事が六時まで終わらないので、放課後イリサは、通りの向こう側にあるミセス・マクラスキーの家に行く。アイルランド人のマクラスキーさんは、ほんとうは子どもが好きではないけれど、二時間の保育でもらうお金は好きなのだ。そのお金を、イリサがチェスで遊んでいるあいだ、オンラインのカジノにつぎ込んでいる。

火曜日はラッセ・ハーゲンセン先生を訪ねる。ラッセ先生はデンマーク人のグランドマスターで、学校のチェスクラブを運営している。水曜日のクラブには少額の月謝がかかるけれど、イリサとのマンツーマンには、ラッセ先生は一切お金を請求しない。それは先生がママを好きだからだと、前は思っていた。最近はよくわからなくなった。ラッセ先生のアパートには、風変わりだけどすてきな、切手や絵ハガキなど、興味をそそられる短命の収集品がいっぱいある。異常な収集家で——ヴィクトリア朝時代のマスタードスプーンから、ヴィンテージものの〈ガーベッジ・ペイル・キッズ〉のステッカーまで、何でもある。おもに集めているのはチェスセットだ。イリサはそのほとんどを使ったことがある。稀少《きしょう》な木や大理石や骨を彫刻した優美な駒。ブロンズやアルミニウムを鍛えて作ったもっとずんぐりしたデザインのもの。『スター・トレック』や、『ロード・オブ・ザ・リング』や、『不思議の国のアリス』などの、キャラクターの顔を模したセット。なかでもイリサのお気に入りのセットは——セイウチの牙《きば》を彫った、ルイス島のチェス駒の複製コレクションだ。

たいていのグランドマスターは、最も基本的なスタントン型以外を使うのを避ける。何の駒かということに一ミリワットでも頭脳を無駄に使うと、試合にマイナスの影響があると信じているのだ。ラッセ先生はそんな心配をものともしない。そこが、イリサが会ったほかのグランドマスターたちよりはるかにおもしろいところだ。イリサがどうしても使う気になれない唯一のセットは『羊たちの沈黙』の配役を模したもので、クラリス・スターリングが白のクイーン、ハンニバル・レクターが敵のクイーンだ。

ラッセ先生が前にその映画を見せてくれたのは、主としてまちがいを指摘するためだった。クラリスが、チェスをしているふたりの昆虫学者を訪ねた場面では、チェス盤がまちがえてセットされている。手前の右側のはしが白ではなくて黒のマスになっているのだ。その上、学者たちがチェスの駒の代わりに甲虫を使っていたりして、全体がかなり風変わりだった。

グールが〈ペッパピッグ〉スパゲッティでイリサに薬物を飲ませる前、イリサは〈ワイド・ボーイズ〉での記憶を保管しているところだった——ひとつの引き出しはアンドレア用で、もうひとつは三人の〈ボダッハ〉用。そろそろトーナメントのところまで早送りして、何か手がかりになるものがあるかを見る時期だ。もしなければ、方向を変えて、さらに過去に旅することになるだろう。

もちろん、グールが純粋に行き当たりばったりで、イリサを誘拐したということもありそうだが、その場合でも、この作業は役に立つはずだ。なぜなら、イリサが誘拐されたのは〈マーシャル・コート・ホテル〉の駐車場の中なのだから。ここでの記憶はすべての中で一番、重要かもしれない。ほんのささいなことや、忘れかけていた断片が、重要な影響を与えるかもしれない。

目を閉じ、三日前に自分を運ぶ。

（三）

その男の人の手首は毛深くて、それがすり切れた袖口《そでぐち》に隠れていた。でも、顔は〈ワイド・ボーイズ〉の〈ボダッハ〉たちと同じく、がっかりするほどぼんやりしたままだ。「入場券はお持ちですか？」と訊《き》かれて、イリサは車から取ってくるはめになった。その少し前に、こうも言った。「もっと応援団がいてもおかしくないでしょうに」

白いバンはそのときには着いていた。バンパーを見たこと、タバコを吸ってにやにやしているドクロを見たことを覚えている。それと太字のゴシック体のＣＨＩＬＬＡＸ《チラックス》という文字も。

〈フィエスタ〉の助手席のドアを開けたとき、バンが揺れた。きっとグールがよく見るために位置を変えたのだと思うと恐ろしい。バンのバンパーには、小さなものがぶつかったようなへこみが、かたまってついていた。

思いだせるのはそれだけだ。

ホテルに戻ると、チケットを見せた。毛むくじゃらの手首の男の人に何か言われて、どういう意味かと不思議に思ったのだった。

「災いを回避しましたね」

あとで思えば、あのことばは、その後に起こったことの皮肉な前ぶれのような気がするが、何もないところに意味を与えるべきではない。ふり返ってみれば、あの日だれかが――〈ワイド・ボーイズ〉のアンドレアや、三人の〈ボダッハ〉の客たちや、受付の男の人が――言ったことやしたことはどれも、その後を予知していたように思える。でもイリサの誘拐が集団で共謀したものだったはずはない。あの人たちみんなが共犯とは限らない。

トーナメントまで早送りして、イリサは対戦相手を思いだす。ハヌマーンの小像を持っていた笑顔のインド人、バヴィヤ・ナラヤン。対戦のあと、バヴィヤの両親は、イリサに手作りのバナナチップスの袋をくれた。あの人たちが誘拐したと考えるのは、ばかげている。

次の相手はエイミー・ローズだった。エイミーの両親は娘と同じくらい不愉快な人たちだったけれど、どうみても誘拐犯ではない。エイミーのあとはアイビー・メイ。コーラの瓶の底みたいなメガネをかけて、〈ペッパピッグ〉のマスコットを持っていた。あの出会いにも何も注目すべきものはなかった。ため息をついて、イリサは頭の中のチェス盤の引きだしをさらに二つ開ける。a8に毛深い手首の男の人が収まる。b8にはバヴィヤ・ナラヤンと、エイミー・ローズと、アイビー・メイを詰めこむ。

イリサは引きだしをごろごろと閉じる。それからc8を開く。ぽっかり空いた暗闇にとりわけ心が乱れた。なぜならここが、誘拐そのものの記憶をしまうところだから。ちょうどその作業に取りかかろうとしていたときに、ドアの外に、小さな物音が聞こえる。

（四）

ロウソクを吹き消して、イリサは横になり、目を閉じる。たとえむだでも、寝ているふりをする本能は抑えられない。グールが最後に来たとき以来、ホワイトボードに書かれていたことについて考えるのを避けてきた。もしもあのせりふをカメラに向かって話したら、イリサがもたらす苦しみは想像もつかない。

でも、拒否したら、どうなるの？

床の黒ずんだしみを思いだす――あれは、この監禁部屋の前の住人、ブライオニーが最後にのこした形跡だとイリサは信じている。

ドアがきーっと開く。

イリサの胸は太鼓のように大きく鳴る。

今度は足音と同時に、懐中電灯の光がむちゃくちゃに飛びまわる。グールの持っている氷のように白い光ではない。この光は黄色くてとぎれとぎれだ。必死にモールス信号の通信を送っているように見える。

イライジャだ。

目を開けて、イリサはふうと息を吐く。初めて会ったときから、イライジャがどんなにもろい人かを知っている。イライジャがこの出来事の一部だということも知っている。それなら彼を敵とするべきだが、信用はできないにしても、ひとつのチャンスを感じている。正しい戦略を練りあげられさえすれば。イライジャは真っ向勝負にはよい反応を示さない。この地下の暗闇では、もっと遠まわしに攻める必要がある。

懐中電灯がトイレ用バケツのところに動くと、イリサは鼻にしわを寄せる。「ごめんなさい。片づけるつもりだったんだけど、手首が……」ひと息つき、口を閉じる。手錠をかけられ、傷を負っているとはいえ、弱さを認めるのは性に合わない。

光がケガを見つける。イライジャは大きな音を立てて、つばをごくりと飲む。「ただの切り傷だって言ったじゃないか。そんなにひどくないって」

「思ったよりひどいの。かなり深くて、血が止まらない」

「ここは何もかも、こんなにじめじめして腐ってるから——そういう傷はあっという間に重症になるんだ」

「あの人がそう言ってた」

グールのことを話に出したのはまちがいだったという気がする。イライジャの注意をそらす必要がある、大急ぎで。「救急箱は持ってないよね」

「残念ながら」

イライジャは足を引きずり、近くに来て、懐中電灯の光をイリサの手首に向ける。傷はぱっくり開いた黒い口で、そこから血が絶え間なくぽたぽた落ちている。膿《うみ》もきらめきながら流れている。

こんなに近づくと、イライジャが鼻をぐずぐずさせて息をするのが聞こえる。何となく変な、どろっ、ずるっという音。顔に奇形があるのではないだろうか。外観を醜くするような。もしかすると、だから隠れたままでいようとするのかもしれない。

「包帯をつくればいいのに」イライジャが思いきって言う。

「何で？」

「ワンピースで。下のほうをちょっと切ってさ」

「布を引き裂けないもの」

「ぼくがしてやってもいいよ」

「あなたが？」

「きみがそうしてほしいんなら」

身体的な接触があると思うと、吐きそうになるけれど、傷の手当は必要だ。「わたしを傷つけない？」

イライジャは、はっと息を止める。わざとらしいほど大きな音で。「ぜったいに、傷つけたりしないよ」すり足で少しずつ近づいてきて、懐中電灯の光が点滅する。イリサは目をつぶらずにいられない。イライジャは——グールとちがって——憎悪を抱かせはしない。それでも、近づくのは耐えられない。ワンピースのすそを持ち上げるのを感じたとき、じっとしているのは、ものすごく大きな意志の力を必要とした。

冷たい空気がひざのあいだに染みこんでくる。片目をこじ開けると、イライジャが懐中電灯を消すのが見える。イリサのワンピースを切っているのが聞こえるが、予想していたような引き裂く音ではないので、心臓の鼓動がもっと速くなる。「それはナイフ？」

イライジャが動かなくなる。その時間が長くなるにつれて、イリサの口の中の水分がなくなっていく。

「ぼくがきみを切るんじゃないかって心配してるの？」とイライジャが訊く。

その質問はいかにも罪のないものだけれど、こんな光の届かない監禁部屋では、不穏なニュアンスを帯びる。イリサがつばをごくりと飲むと、その音がやけに大きく響き、口に出せない不安を表す。

イライジャは気づいたはずだが、ほかには何も言わない。彼の質問は、答えのないまま、ふたりのあいだに宙ぶらりんになる。永遠にも感じられる長い時間のあとで、ナイフの刃は、布を切るじょきじょきという音を立てながら、仕事をつづける。

イライジャの靴から、ローム質の肥沃《ひよく》な腐葉土のにおいがする。この前来たときに、ふたりがいるのは〈記憶の森〉と彼が呼ぶ場所の下だと言っていた。それはたぶんほんとうなのだろう。湿った土と森のにおいが唯一のにおいではない。イライジャの服はカビ臭い。まるでずいぶん長いこと洗わずにいるような。最後に身体を洗ってから、どれくらい経つのだろう。

「ひざをついて立って」ナイフが半周すると、イライジャは言う。イリサは黙って尻《しり》を上げる。少しして、イライジャは満足げにうなる。「できた。ほら、包帯ができたよ」

「ありがとう」

イライジャは懐中電灯をつける動きはしない。「傷口をきれいにしないとね」

「そうだね」

「痛いよ」

「うん」

イライジャはしばらく黙りこむ。それから訊《き》く。「ぼくに手伝ってほしい？」

それを聞いて、イリサは叫びたくなる。あなたに、わたしをここから連れだしてほしいの！　警察に電話してほしいんだってば、イライジャ。頼んだように、警察をここに連れてきて！　でも叫ばない。かわりに、目を閉じて、小声で同意する。

イライジャはイリサのそばからいなくなる。ドアのあたりでせかせか動くのが聞こえる。たぶんa3かa4だ。暗闇をものともせずに動くことにイリサは面食らう。イライジャの頭の中にある監禁部屋の地図は、イリサの地図に引けを取らないようだ。硬いプラスチックが石をこする音を聞き、イライジャがバケツをこっちに滑らせているのだと気づく。洗浄液のつんとするにおいが、イリサの鼻に届く。ふちからこぼれた液体が床に跳ねる。

「これをどうしてほしい？」イライジャが訊く。

イリサは頭が働かなくなってきたのを感じる。あわてて小声で言う。「あなたが決めて」

イライジャは責任を与えられて喜んでいるようだ。仕事を評価する職人のように。イリサはぜんぶ演技なのだろうかと思う。

「腕を伸ばしてくれれば」イライジャは言う。「これを上からかけてあげるけど。でもたぶん濡《ぬ》れちまうし、そしたら寒くなるだろうな。ぼくらがやらなきゃならないのは、腕全体を中につけることだ。きちんと沈めて。傷口を洗って、バイ菌をぜんぶ殺すんだ」

イリサは歯を食いしばる。それはもっともだけれど、どんなに痛いことかと考えるだけでも耐えられない。

「ぼくがブレスレットを持っててあげるから」とイライジャが言う。「やりなよ、イリサ。それしかない」

それを聞いたとき、イリサはうめき声がもれて、それがとても哀れな――弱気でやけっぱちな――声だったので、新たな涙がこみ上げてくる。

「大丈夫だよ」とイライジャはつぶやく。そんなの、もちろん大丈夫なはずがない。イライジャの手が手錠のまわりにすっと動くのを感じる。光が奪われているので、心の中で見えない少年の絵を描く。口蓋破裂《こうがい》により、ゆがんでふくらんだ歯茎と伸びた歯の、奇形になった口の上で、ランプのような目がじっと見ている。その姿が真実のわけはないと知りながらも、イリサをぞっとさせる。イライジャはまったく言語障害に苦しんではいない。もしも彼が醜い外見に悩んでいるとしても、その絵よりはるかに目だたないはずだ。

ブレスレット、彼はこれをブレスレットと呼んだ。罪のないアクセサリーみたいに。

「準備はいい？」イライジャが訊く。

「待って」イリサは首を横にふる。「むり、まだ。準備ができてない」

「やらなきゃ」

「もしも……」と言いかけるけれど、ほんとうは質問なんてない。手首の傷口はほぼ骨までぱっくり開いている。洗浄液がむきだしの肉にふれるときの痛みは、恐ろしいものだろう。

「ひざをついて」イライジャがせきたてる。「さっきみたいに」イリサのひざから手錠を少し持ち上げる。それが傷にふれるのが心配で、イリサは従う。空いているほうの手でバケツをつかむ。イライジャが腕をバケツのふちのほうに導く。鎖がかちかち鳴り、ぐいと引っぱられる。すぐに手がちょうどいい位置につく。

「すばやくやりたい、それともゆっくり？」イライジャが訊く。

「すばやく。入れたら、わたしを離れさせないで」

「ベストを尽くすよ。バケツをひっくり返さないようにして」

イリサは歯をきつく食いしばっているので、返事がしっとという音になる。

「準備はいいかい？」イライジャは訊き、イリサの返事を待たずに、手首を悲鳴の海に突っこむ。

（五）

世界がゆっくり元に戻ってくる。徐々に時間と空間の認識が。しばらくたって、イリサは自分がどこにいるのか、いや、自分がどうなったのかに気づく。手首が心臓と同じリズムでずきずきするけれど、血管の中に有刺鉄線があるかのような、以前の激しい苦痛とはちがう。

横向きに寝ていた。鼻に枕のカビのいやなにおいがする。左手で調べると、けがをした手首に、ワンピースを切った布が結びつけられているのがわかる。イライジャはよい仕事をしてくれた。

暗闇の中で起きあがり、イリサは静寂に耳を澄まして、自分がひとりなのかどうかを知ろうとする。のどがひりひりする。悲鳴のなごりだ。床に鎖をひきずりながら、もぞもぞとf7まで行く。リュックサックを見つけると、〈サル〉を押しのけないように気をつけて、水のボトルを取りだし、ごくごく飲む。「さて」と言い、編みぐるみに話しかける。「真相を確かめなくちゃね」

ロウソク立てはリュックサックの近くにある。すでに使いのこりが挿してあるので、マッチを探す。ちょうどマッチをすろうとしたときに、反対側の壁の近くから光が瞬く。はっと息をのみ、マッチを落として、急いでうしろに下がる。その光は強烈ではないけれど、イリサを混乱させるくらいには明るい。イリサは目を覆い、吐き気とともに、ずっと客がいたことに気づく。

「うわごとを言ってたよ」イライジャがやさしく言う。「気絶してから」

心を落ち着かせるのに少し時間がかかった。口を開いたとき、イリサの声はわずかにしわがれていた。「何て言ってたの？」

「気味の悪いこと」

イリサが気を失っているあいだ、イライジャが監禁部屋にいたことや――目覚めたとき、すぐに自分から知らせなかったこと――は、よっぽど異様な侵入行為に感じる。でもそれを言ったところで得になることはないだろう。「どんな？」

「『ハロウィーンの目。ハロウィーンの目が監視してる、わたしを監視してる』って。そういうの、好きじゃないな」

イライジャが好きか好きじゃないかなんてどうでもいいけれど、夢で発したことばを聞いて、イリサはぶるっと震える。突然、どんなに寒いかに気づく。「ありがとう。手当してくれて」

「どうってことないよ」

「本気で言ってるの、イライジャ。助ける義理なんてなかったのに。あなたが危険を冒してここに来てるの、知ってるから」

「ぼくらの秘密にしてもいいよ。ゲームだ」

「うん」とイリサは応《こた》える。イライジャが盛りあがっているのを感じて、言い足す。「わたしたち、物語の登場人物みたいだね」

「それ、気に入った」とイライジャが言う。「それいいな。ほんといい」床から何かをさっと取り、いじり始めるのが聞こえる。「だれになりたい？」

「うーん、わかんないな。でも絶対に正義の味方でしょ」

「そうだな、ぼくは悪役じゃない」

「当たり前だよ、悪役なんかじゃないよ、イライジャは。わたしを助けてくれたんだもん、覚えてる？」唇が大きく広がり、本物の笑顔に見えることを願う。「わたしたち……きょうだいになろう」

イライジャが床からつかみ取ったものが、指の中でさらさら鳴る。「ふーん。ぼくにはお姉さんがいなかったんだ」

「きょうだいって、ほら……ほら……」そのとき、名案が浮かぶ。「あのおとぎ話の子どもたちみたいな。『ヘンゼルとグレーテル』の」

イライジャが大喜びで笑う。「ぼくがヘンゼルで、きみがグレーテルだ！　てことは……ってことは、ここは……〈お菓子の家〉だ！」

彼がおもしろがっているのは——イリサの状態とはあべこべで——ぞっとするけれど、いいことを思いついたような気がするので、ぐっとこらえる。「ここの地上はどんなかんじなのかなって、ずっと思ってたの。もう、頭からジンジャーブレッドの壁のイメージが離れなくなりそう」

「上はぜんぜんそんなふうには見えないよ」とイライジャ。「そうだったらいいんだけどね。居間には木が生えちゃってるし。勘弁してほしいけど」

「ジンジャーブレッドの壁、アイシングの窓と、チョコレートでできた屋根が、ねばねばしたタフィーできちんと留められているの」

イライジャはくすくす笑う。「壁は石で、窓はぜんぶ割れてて、父さんが屋根からほとんど瓦《かわら》をはがしちゃったんだ」

イリサは話しつづけるべきだと知っているけれど、その最後のひと言が声を凍りつかせてしまった。ゲームをしかけてイライジャを油断させたから、彼がもらしたことが鍵《かぎ》になるかもしれない。

父さんが屋根からほとんど瓦をはがしちゃったんだ。

咳《せき》ばらいをすると、激しい咳の発作が起こって、あまりにひどいので、イリサは自分が吐くんじゃないかと心配になる。

「どうかした？」イライジャが訊《き》く。懐中電灯の光がとぎれとぎれに動く。彼の不安に合わせるかのように。

「何でもない。ちょっと……わかんないけど。風邪でも引きかけてるのかな。ここ何日か、ほとんど何も食べてないから」

「ピーカンナッツクッキーは好き？」

「ここはほんとうは〈お菓子の家〉じゃないでしょ」

「そんなことは知ってるよ、バカだな」

暗闇からパラフィン紙の包みが飛んできて、イリサの足のそばに落ちる。包みを開けると、いびつなクッキーだとわかる。オオカミが生まれたての子羊をむさぼり食うように、イリサはがつがつ食べる。

そのあと沈黙がつづき、かなりうちとけた雰囲気になる。「きみのバッグの中を調べたんだ」ときまり悪そうにイライジャが言う。「メモ帳を見つけた。秘密の暗号みたいなのでいっぱいの」

「暗号だよ」パラフィン紙を丸めてボールにしながら、イリサは言う。「でも秘密じゃない」

「秘密を守るためじゃないんなら、何のための暗号だい？」

「簡潔にするため」

「何のため？」

「物事を簡単にするため、そうすれば速く記録できるから」

イライジャは、においをかぐように鼻をふんふんさせる。「ぼくには秘密があるんだ。たくさん」

「たいていのひとはそうでしょ」

「たぶん、ぼくのほど悪くはないよ」

イリサは何と言えばいいのかわからないので、黙っていた。

「いちばん悪いことは」とイライジャは言う。「ほとんど思いだせないんだ」

「思いだせないなら、どうしてそんなことがあったとわかるの？」

イライジャがそわそわと足をこする。その話をしたくないのは明らかだ。かわりに、さっき調べていたものを持ちあげる。「これ見つけたんだ」と言う。「袋ごと」

イリサは体を起こす。懐中電灯の黄色い光の先にあるものは何も見えないけれど、スタントン型の駒がカチカチ鳴る音が聞こえるので、イライジャが巾着袋《きんちやく》を見つけたのだとわかる。

「これ、何なの？」イライジャが訊く。

「それはわたしのものよ」

「そんなのわかってるさ、バカだな。それはいいけど、何なの？」

「チェスの駒」

「きれいだな。きれいなんてもんじゃない。美しい」イライジャは深く息を吸い、ため息まじりに言う。「ほとんど……魔法でできてるみたい」

「ブラジルのシタン材で作られてるの」とイリサは教える。「ダルベルギア・ニグラ──っていうのがラテン語の名前。今は絶滅危惧種《きぐしゅ》になっちゃったから、もう作られていないけど、それが彫られたときはそうじゃなかったの」

「温かみがあるね」

　イリサはうなずく。イリサもいつもそう思っていた。「においをかいでみて」

「甘いにおいがする」

「そのにおいはずっと薄れないの。それがブラジルのシタン材の特徴のひとつだって言われてる」

「これで何をするの？」

「言ったでしょ。チェスの駒だって」イリサは頭をこころもち傾ける。「チェスって聞いたことないの？」

　怒ったように吐きだされる息を聞き、イリサは自分の不注意を呪う。イライジャはとても簡単に傷つく。とても簡単に怒りもする。

「もちろん聞いたことはあるさ」イライジャがつぶやく。「本物の駒を一度も見たことがなかっただけだよ。だれもルールを説明してくれなかったし」

　それは絶好のオープニングで、むだにする手はない。今は手首に包帯が巻かれたので、もっと動きに自信を持てる気がして、イリサは正座する。「じゃあ、よかったら、教えてあげようか」

「そんなことしてくれるの？」

「こんな地下で、ほかに何かすることある？」

イライジャがうなるように言う。「あまりないだろうね」

傷ついているようだが、どうしてなのか、イリサにはわからない。それがやっかいなところだ。わからないということが。

「逃げようとするかもな」とイライジャが指摘する。

イリサは唇をなめる。それに対する安全な答えはないので、完全に無視する。

「どれくらい時間がかかる？　ぼくにチェスを教えるのに」

「基本ってことなら、せいぜい一時間かそこら。上手にできるようになることを言ってるんなら――たぶん一生かかるかな」

「ぼくのＩＱは、かなり高いんだ」

「すごいね。それならもっと早くできるようになる。いくつなの？」

イライジャは少しのあいだ黙っている。「いくつって、何が？」

「あなたのＩＱ」

また間があく。「どれくらい賢いかってことだろう」

イリサは目をぱちくりさせる。「それはそうだけど、得点は何点？」

「得点？」

「ＩＱテストの」と言う。「得点を教えてよ。得点が高ければ高いほど、能力があるってことだから。何点だったの？」

「えーと……九十九点」

イリサは両眉《りょうまゆ》を上げる。「なるほど、わかった。じゃあ、チェスをやるのに問題ないでしょう」

イライジャは急いでことばを吐きだす。「いつ始められる？」

「思い立ったが吉日」

「つまり……今ってこと？」

「もちろん」

「ぼくは……今まで……まあ、いいか」

「ほんとに？」

イライジャは少しのあいだ黙る。「ああ。やる気満々だ。百パーセント」

「その駒をわたしにくれたほうがいいかな」

袋が暗闇から曲線を描いて、イリサの前にどさっと落ちる。スタントン型の駒を手荒に扱われて、イリサはいやな気分になった。袋の引きひもをほどいて、中を調べる。

「これが」と、よい香りのするシタン材のチェス駒を取りだしながら言う。「キング」

イライジャは息を吸いこむ。「ぼく、それがいいな」

「ふたりともキングを持てるよ」

「キングをふたりで持つことなんてできやしないよ」

「チェスではできるの」

「キングは絶対にひとりだけだ。国で一番力のある人だから」

「このゲームではちがうの」イリサが言う。べつの駒を取りだして、光に向けて掲げる。「このゲームでは、一番力があるのはクイーンなんだよ」

(六)

次の一時間、イリサはゲームの初歩的な原則をひととおり話す。イライジャに六つのそれぞれの駒について、動き方と、どこに置かれるかを説明する。最後の部分はチェス盤がないと大変だけれど、イライジャは飲みこみが早く、ときどきテストすると、ぜんぶ覚えている。

イリサは自分の仕事にとても集中してきて、しばらくのあいだ、ほかのすべてが遠ざかる。イリサは先生で、イライジャは生徒、それがすべてだ。それから右手を動かすと、鎖が床でガチャガチャ鳴って、空想が消えてなくなり、どこまでも残酷な悪夢がどっと戻ってくる。

「ナイトはどうやって動く?」イリサは涙を流し、まばたきしながら訊《き》く。

「前後左右に二つ進んで、その左右に一つ」

「ビショップは?」

「斜めにどの方向でも、好きなだけ遠くに進める」

「ポーンは？」

「最初以外は、駒を取るんじゃなければ、前に一歩。最初は二歩でもいい。取るときは斜めに進む」

「例外は……」

「アンパッサン」

「最高点」

声の調子から、イライジャがにこにこしているのがわかる。「こんなにかっこいいゲームは聞いたことないや」

「世界一のゲームへようこそ」

イライジャの目は見えないけれど、きっと輝いている。呼吸も速くなっている。こんなに興奮しちゃって。本物のゲームをやってみたこともないのに。

イライジャが言う。「ゲームをするのが待ちきれないな」

すっかり信じきっている。

残念そうな笑みを浮かべて、イリサは巾着袋を閉じる。「きっと、いつか機会があるよ」

イリサは空気が変わるのを感じる——沈黙の質がどこかちがう。「どうかした？」と訊く。

その声はちょっと猫なで声っぽい。それでも正直そうに聞こえることを願う。

「ぼくと遊ぶつもりがないんなら、こんなこと教えて何の意味があるんだ？」イライジャが迫る。

「わたしと、ゲームをしたいの？」

「もちろん、きみとゲームしたいさ！　でなけりゃ……いったいほかのだれと遊ぶんだよ？」

「ルールを知りたいんだとばかり思ってた」

「ちがうよ！　そんなのどこがおもしろい？　何の意味がある？　覚えるだけでいいわけないだろう。遊びたいんだ。ぼくらは遊ばなくちゃならないんだよ」

「ぼくら？」

「きみとぼく。きょうだいで」

「ああ」ひと息つく。顔じゅうに笑みが広がる。「ヘンゼルとグレーテルね」

「うん。そのとおり。ヘンゼルとグレーテルは、チェスで遊ぶ――」

「――〈お菓子の家〉の中で――」

「――〈記憶の森〉の奥の」

イリサは笑顔を一呼吸分長く保つ。それから笑顔が失《う》せる。「残念だけど、できない」

「え？」

「いや、その、あなたはルールをぜんぶ知ってるんだけど。駒だってぜんぶあるし」

「じゃ、何が問題なんだ？」

「それははっきりしてると思ってたけど」イリサは息を殺す。イライジャをこんなふうにいらだたせるのは危険だけれど、その価値はあると思う。

「ぼくにははっきりしてないよ」声が大きい。立っていたなら、たぶん足を踏みならしていることだろう。やっぱりイライジャはヘンゼルではないようだ。おそらくランプルスティルスキンなのだろう。

「イライジャ？」

「何？」

「チェス盤がないでしょう」

懐中電灯の光が動かなくなる。それから監禁部屋じゅうをかすめるように走る。「ないの？」

「今はもう。持ってたんだけどね、リュックサックの中に。チェス盤というよりは、マットだけど、まったく同じ働きをするやつを。ここで目覚めたとき、なくなってたの」

まばたきをして、光をじっと見つめる。「あのひとが取ったんだよ」

ふた呼吸の間があく。それから明るくイライジャが言う。「床でやってもいいだろう」

「この駒は手彫りで、底が本革なの。この床だとだめになっちゃう。チェス盤が必要なの」

イライジャはため息をつく。「なのに、ないのか」

イリサは頭を傾ける。「わたしのプレイマットを取ってきてくれる？」

「盗んでほしいの？」

「あれはわたしのものだもの。だから盗むことにはならないでしょう」

「もうきみのものじゃない」

「わかった。でも取ってこられる？」

「できない」

「どこにあるかは知ってるの？」

「何でぼくが？」

イリサは肩をすくめる。

「ほんとに床は使えないのか？」

イライジャの声に希望が透けて見える。イリサはそれをぺしゃんこにするのを大いに楽しむ。「絶対に無理」チェスの駒を取りだして、くるくる回す。木が滑って手に当たる。シュル・シュル・シュル。

懐中電灯の震える光に、イライジャの挫折《ざせつ》が感じられる。イリサが期待でいっぱいにさせてしまったから、今度はがっかりした気持ちをどうしたらよいかわからないのだ。

シュル・シュル・シュル。

「ひとつ、遊べる方法がある」ぼんやりとイリサは言う。ほとんどひとりごとのように。光が動かなくなる。「あるの？」

「ほんとうのところ、一番いい方法のひとつ――わたしが家でよくやってる方法なんだけど。それだと、世界中のだれとでも、どこにいる人とでも、いつでも自分の好きなときに戦える」

「そんなの不可能だ」

「それがほんとうに可能なの。あなたが西アフリカのティンブクトゥにいても、わたしが南極大陸の観測基地にいても。インターネットが接続されているかぎり、試合ができるの」

「何の接続だって？」

これは思った以上にうまくいっている。「気にしないで。向かいあってやるんなら、それは必要ないから。『パス・アンド・プレイ』を使えばいい」

「パス・アンドって……何のことを言ってるんだ？」

〈チェス・ドット・コム〉のアプリなんだけど。べつに、好きなチェスのアプリのどれでもいいよ。でもそれが一番いいかな」

「アプリって何？」

「ふざけてるの？」

「意地悪だな」イライジャが言う。「意地悪はしないほうがいいよ」

「ごめんなさい。そんなつもりじゃなかったんだけど。ただ……わかった。〝アプリ〟っていうのは〝アプリケーション〟を縮めたことばなの。ソフトウェアのひとつで、ゲームやなんかの、タブレットとかで使ってる――」

「タブレット？」イライジャが混ぜっかえす。「錠剤のこと？」

「ちがう。コンピューターのこと。ｉＰａｄみたいな。フラットスクリーンで、指で操作する。そういうの見たことある、イライジャ？」

「ない……かも」

「見たことなくても、どうってことないよ。前みたいに、たくさんの人が使ってるわけじゃないから。それにどっちみち、わたしはわざわざタブレットで〈チェス・ドット・コム〉のアプリを使ってるわけじゃないし。携帯電話で使うほうが好きだから」

イライジャが鼻を鳴らす。「電話でチェスができるって言うのか？」

「そのアプリがあればね」

「どうやって手に入れるの？」

「無料だから。ダウンロードするだけ」

イライジャは応《こた》えない。

「ボタンを押すの、イライジャ。それだけ」

「そんなに簡単なの？」

「そんなに簡単なの」

「どんな電話でも？」

「ええと、ほんとに古いのはだめかな。でもスマートフォンなら、だいたいどれでも。最近は、たいていそれだけど」

「ぼくは電話を持ってないんだ」イライジャが言う。イリサはこれまでのいつよりも今、彼の表情が見えればいいのにと思う。

イリサは肩をすくめる。

少しのあいだ、しんとする。それからイライジャが笑う。

さっきと同じ笑い声ではない。今度のは楽しげではない。イリサの肌がちくちくする。

何かがへんだ。どこかおかしなところがある。「何がおかしいの？」

「ぼくをだまそうとしてるんだね。ぼくに電話を持ってこさせたいんだ。そうすれば、だれかに電話して、ここに連れもどしにきてもらえるもんな」

「ちがう、わたしは――」

「いや。そうだ。ぼくをだまそうとしてるんだ――」

「イライジャ――」

「――そして、ぼくをだませると思うんなら、あの人をだませると思うだろうから、テストに失敗して、そしたらもうここにいられなくなって、ぼくはひとりぼっちになるんだ」

「わたしは、あなたがチェスをしたがってると思っただけなの」

「きみは危険をわかってないんだ」

「あなたをだまそうとなんてしてないよ、イライジャ」

「きみには死んでほしくない」

「どうしてわたしが死ぬの？」

「軽々しく危険を冒そうとしてるから。軽々しく危険を冒す人たちはそうなるんだ。しくじって、死ぬ」のどをごくりとさせる。「カイルは正しかった。きみは危険だ」

「カイル？　それがあの人の名前なの？　わたしをここに連れてきた人の？」

思ってたよりはるかに急ぎすぎているけれど、いざ始めると、抑えられなくなった。

「あの人が何を計画してるか知ってるの？　何かわたしにできることは――」

「やめろ、ともかくやめろ」

「お願い、イライジャ、わたしのお願いは、ただ――」

「やめろ！」

イライジャの声が小さな空間にはね返って戻ってくる。

イリサはうしろによろめく。手首が手錠にぴんと引っぱられる。長く激しく叫ぶ。まにあわせの包帯をしていても、痛みはとんでもなく激しい。オオカミが歯で食いつき、肉を嚙《か》みちぎっているようなかんじだ。

イライジャがごそごそ立ちあがる。イリサは彼の手が肌にふれるのを待つ――口を覆うか、喉《のど》のまわりに。そうではなくて、見えたのは、イライジャが監禁部屋から飛びだすときに、めちゃくちゃに点滅する懐中電灯の光だけだ。ドアがばたんと閉じる。三つの重たいかんぬきが、すばやく元の場所に戻る。

痛みと沈黙が空間を占める。

おもに痛みが。

イライジャ

四日目（一）

頭にいくつもの声が響いている。ぼくは騒がしく〈記憶の森〉を駆けぬけ、必死に静けさを求める。ぼくがグレーテルに向かってどうなったなんて信じられない。あの子があんなに愚かに――とても勇敢に、むこうみずに、まったく見事に――ぼくをだまそうとしたことも信じられない。

木々のあいだでつまずき、スニーカーが濡《ぬ》れたシダの茂みをなぎ倒していくあいだ、ブラジルのシタン材の甘いにおいだけがしている。

このゲームでは、一番力があるのはクイーンなんだよ。

マジック・アニーがぼくの知ってる唯一の魔法使いだと思っていたけど、イリサ・ミルゾヤンは想像以上に強い魔法をぼくにかけた。

やかましい声の中で、カイルのことばが際だって聞こえる。**おれたちみんなを厄介事にまみれさせるつもりなんだな。**

カイルが正しいんだろう。ぼくはそうするつもりなのかもしれない。なぜなら、心に決めたことがひとつあるとしたら、それはこれだ。イリサ・ミルゾヤンは死んじゃいけない。あの穴の中では。ぼくの心臓がまだ動いているあいだは。

あいつはほかのやつらとはちがう。

カイルに正しいところがあるとしたら、そこは正しい。

地下室でたった今、何が起こったのかをまだ考えながら、顔を上げると、いつのまにか、〈記憶の森〉の最も神聖な木立ちの中に迷いこんでいた。すこし離れた〈記憶の木〉の陰に、母さんが立っている。

（二）

秋の光が消えかけ、ぼくらを取り巻く濃淡入りまじった落ち葉色があせていく。でも、母さんは色あせない。母さんの髪は黄金の糸のようで、とても温かみがあり、きらきらしていて、ぼくのおなかのあたりをもやもやさせる。母さんが昼間より明るく見えるのは髪だけじゃない。母さんは、胸の中にある太陽の光が肌からもれているみたいに、生き生き輝いている。母さんを見ているうちに、ぼくは魔法にかけられる。昨日の朝はアニーと過ごし、今日の午後はイリサと過ごしたあとなので、ぼくは魔法を過剰摂取しているような気がする。

ぼくはときどき、大好きな人たちに対してこんな気持ちになる。前に読んだことばがある。「神聖視」。これがぴったりなのかどうかはわからないけど、かなり近い。ぼくにとって母さんは、ふつうの人間には手が届かない清らかさの持ち主なんだ。

母さんはすそが広がったブルージーンズを穿《は》き、チェック柄のワークシャツの上に〈ノース・フェイス〉のベストを着て、泥の跳ねたデザートブーツを履いている。まつげにマスカラをつけ、口には栗色の口紅を塗っている。もしもぼくがいつか結婚するとしたら、奥さんはこんな人がいいな。

ここで母さんに出会うのは珍しい。母さんが危険を冒して〈記憶の森〉に入ることはめったになく、せいぜいハーブやキノコを採ったり、火をたく薪《まき》をいくらか探しにくるくらいだから。

小枝がぼくの足の下でぽきんと折れ、母さんはびくっとしてふり向く。

「イライジャ」と母さんが言う表情から、びっくりさせてしまったのがわかる。肩になんとなく見覚えのある、日光で色あせしたオレンジ色のリュックサックをかけている。側面には手縫いのワッペンがついている。NASA（米国航空宇宙局）の派遣団のようなやつだ。母さんは肩ひもを調節して、背骨にぴったり沿わせている。「この森に入っちゃだめでしょう。ここで何してるの？」

ぼくは〈お菓子の家〉と、グレーテルと、あの子がどうやってぼくをだまして電話を持って来させようとしたかを思いだす。「遊んでただけだよ」

「カイルに会ったの？」

「さっきね」

母さんは首をかしげる。「カイルはやさしくなった？」

「だいじょうぶだよ。兄さんは怖がってるんだと思う」

「みんな怖いのよ、イライジャ、それなりにね。お兄ちゃんだってかわりはないわ」ぼくのうしろに目を向ける。母さんがぼくの通ってきた木々のあいだの道を計算しているのだと気づいて、ぼくの身体がこわばる。「ここにどれくらいいるの？」

「長くはないよ」

「本は読んだの？」

「うん、母さん」

母さんの肩の力が抜け、説教が終わったのだとわかる。

母さんがベストのえりを少しきつくかき合わせて言う。「空気が重たいと思わない？今日は嵐になると思ったのに、降ったのはこんなぽつりぽつりの雨だけだったわね」

「本格的などしゃ降りが必要だ」

「そうね。クモの巣をぜんぶ吹きはらって、空をすっきりさせてくれるから。イライジャ、あなたをここで二度と見つけたくないの、わかった？　この場所は、この森は……」

母さんがためらい、目が曇る。「約束して」

「誓うよ、母さん」

約束するのは簡単だ。ここから離れていてくれと言っているのではなくて、ぼくを見つけることがないようにしろというだけだから。問題は、母さんといっしょだと、ちょっとしたごまかしも、うしろめたく感じることだ。「母さんはここで何してるの？」ぼくは訊《き》く。

「考え事よ」

「何のこと？」

「あなたのこと、カイルのこと。父さんのこと」

「ぼくらの何を？」

「イライジャ、ここに住むのは好き？　ここにずっといたい？」

ぼくはびっくりして母さんをじっと見る。地所、家、〈記憶の森〉、それがぼくの知っているすべてだ。閉じこめられた感情に圧迫されて、喉《のど》がうずく。好きじゃないよ！と叫びたい。大きらいだ！　街なかの家に住みたいんだ、歩道と街灯と近所の家のあるちゃんとした学校に、おない年のほかの子たちといっしょに通いたい。携帯電話が欲しい、アプリつきの。自分のチェス盤と、自分のチェス駒が欲しい。グレーテルのみたいな、バターのような甘いにおいがぷんぷんするやつが欲しい。そしてグレーテルにとなりに住んでもらいたい、いつでも好きなときに会えるように。

かわりにぼくは言う。「ここが大好きだよ」

母さんはポケットに両手を突っこむ。「じゃあ、また家でね、イライジャ。これからは、決してこの森に来てはだめよ」

今度は、母さんとの約束を認めたら、困った立場に追いこまれるだろうから、だまっている。母さんはぼくをじっと見ている。それから向きを変えて、森の中をゆっくり進んでいく。〈記憶の森〉が母さんを包みこむのに、長くはかからない。

ようやくぼくはまたひとりきりになる。一時間もすれば、まっ暗になるだろう。やけに寒い気がする。見下ろすと、スニーカーがびしょ濡れだ。歩きながら、足の下にある秘密の世界のことを考える。じめじめした地下室と、貴重な住人。グレーテルの手の中で回転しながら、シタン材がささやくように滑る音が聞こえる。

このゲームでは、一番力があるのはクイーンなんだよ。

グレーテルはクイーンじゃないけど、力を持っている。あの子が力をふるうようになるのも時間の問題だ。そのときは、ぼくらみんなに予期せぬ影響があるだろう。みんながぼくのことを、利口ぶってるとか、頭がいいとか言う。でも、次にどうすればいいのか、さっぱりわからない。ひとつわかることは、ぼくには悪い本能があって、つまり、何が起こっても、まちがった道を選ぶ可能性が十分にあるということだ。

まだそんなことを考えているときに、強力なライフル銃の音が、〈記憶の森〉の沈黙をずたずたに引き裂く。

(三)

ぼくのまわりで、キジや、カラスや、カササギや、カケスが、一羽のこらず、一気に空に集まる。カーカー、キーキーという鳴き声と、羽根をばたばたさせる音の、ぎょっとする交響楽団だ。

ぼくはまだ立っている。ということは、撃たれてはいない。あれはカイルの二十二口径ライフル銃の音ではなかったが、超音速の弾丸が空気を圧縮するパーンという音だった。

母さん。

口から心臓が飛びだしそうになる。もしも母さんが撃たれたんだったら？　母さんがうつぶせに横たわる姿が頭に浮かぶ。脳みそが大量の灰色のスパゲッティ・ボロネーゼのように散らばる。ぼくの頭の中の何かが震えるのを感じる。まるで壁が崩れようとしているかのように。ものの数秒で、鼓動がゆっくりになってくる。もしも母さんが撃たれたら――母さんの思考や記憶が土に散らばったなら――ぼくにはわかるだろう。自分の頭に穴が開いたように感じることだろう。それで目を閉じ、精神を集中すると、母さんは大丈夫だとわかる。目を開けると、思ってもみなかった人が下生えから現れた。〈ルーファス館〉の主人で、この地所の所有者――レオン・ムニエさんだ。

（四）

「おい」ムニエさんは怒った声で、枯れ葉をがさがさ踏みながら、ぼくに手を伸ばす。

「まったく、言わんこっちゃない」ぼくの腕をひっつかんで、ぐるりと向きを変えさせたうえで、あくまでぼくの想像だけど、銃弾の穴が開いていないか調べている。「さんざん言ってあるはずだぞ、この森は立入禁止だと。どれくらいここにいる？　いったい何をしていたんだ？」

遊んでいただけだと言いそうになるけど、それから、そのことばがどれほどムニエさんをいらだたせそうかを思いだす。フェイマーハイズの領主にとっては、仕事があり、流血を伴うスポーツがあり、そのあいだにはほとんど何もないのだ。

ツイードのジャケットの下のチェック柄のシャツは、小さなカワセミが刺繍《ししゅう》されたオリーブ色のネクタイとおそろいだ。ジャケットの上には狩猟用ベストを着ている。母さんのリュックサックと同じ色合いのオレンジ色だ。たぶん、母さんがそれを身につけていたのも同じ理由からだろう。目だつ色で安全を確保するのだ。ムニエさんの白髪は、ローマ人の胸像のように滑らかにウェーブして垂れ、布の帽子に一部が隠れている。鼻は肉づきがよく、毛穴があばたになっている。唇は男の人にしては大きい。黒っぽい血がぎっしり詰まった、丸い果物のようだ。それに比べて、目はほとんどといっていいほど色がない。

「耳が聞こえないのか、口がきけないのか、それとも両方なのか？」とムニエさんは銃を肩にかついで迫る。「え？　白状しなさい」

「ぼく……ぼく、何も悪いことはしてません。散歩してただけです、サー」

「弾で撃ち抜いてたかもしれないんだぞ。そうしたら、われわれはどうなっていただろうな？」

ムニエさんはじっとぼくをにらむ。それから急に気が変わったようだ。険しい表情がゆるむ。ふっくらした唇を突きだしていて、ナポレオンフィッシュのようにも見える。

「わたしといっしょに来たほうがいいだろう」と、ぼくの腕を放す。大股《おおまた》で木々を通りぬけていくので、ぼくは遅れずについていく。

「何を狙って撃ったんですか？」だまって何分か歩いたあとで、ぼくは訊く。

初めは、ムニエさんは答えない。一番古い〈記憶の木〉が生えている空き地のまわりを歩いているときに、泥にくっきりついた足跡のそばにしゃがむ。「これがわかるかね？　蹴《け》爪《づめ》がこんなにうしろについているだろうか？」

「イノシシですね。しとめたんですか？」

「いや。わたしが引き金を引く寸前に、やつはさっさと逃げちまってね」

ムニエさんはずっと前に、この森にイノシシを持ちこんだ。天敵が――ムニエさんのほかには――いないので、数が増えてしまっている。イノシシはとんでもなく恐ろしい。もしも下生えから音がしたら、ぼくは大急ぎで反対の方向に逃げる。

ムニエさんはぼくの考えを読んだようで、こう言う。「凶暴なやつらだからね。やつら――とくに子どものいる母親――を驚かすと、おそらく逃げるよりは攻撃してくる。牙《きば》を突きさしてきたら、もうおしまいだ。だから、どんな事情があろうとも、この森をぶらついてはだめなんだ。わかったと言ってくれたまえ」

「はい」

「ちゃんと言いなさい」

「わかりました」

「よかろう」

ムニエさんはゆっくりと立ちあがる。また出発するので、ぼくはつまずきながらそばを歩く。五分後に、〈ファロー・フィールド〉の先にのびる小道に出る。ムニエさんの〈ランドローバー・ディフェンダー〉が道の途中に止めてある。「乗りなさい。家まで送ってやろう」と言う。

ぼくは断れない。たとえそれを思うと吐き気を催すにしても。頭の中の圧迫が再発する。壁が崩れようとしているみたいに。壁の向こうに何があるかはわからないけど、良いものでないことはまずまちがいない。

〈ディフェンダー〉は柑橘《かんきつ》系のにおいがする。つい最近掃除したみたいだ。ぼくは汚れたスニーカーを床に下ろす勇気がない。

「心配するな」ムニエさんはうしろの席にライフル銃を置きながら言う。「毎週、掃除する者がいるから。きみが汚せば、少なくとも彼らは金を稼げるだろう」唇がさらに開いて広がると、ぼくはつい、この人にキスされるのはどんなに恐ろしく感じることだろうと、考えずにはいられない。かわいそうなミセス・ムニエ。たぶん、ぼくらが一度もこの人の奥さんに会ったことがない理由のひとつは、それだろう。

ムニエさんは四輪駆動車を後退させて、猛烈な三点方向転換をする。ぼくらのあいだのセンターコンソールには、大量のカギの束や、折りたたんだ『デイリー・テレグラフ』紙や、黒い携帯電話や、〈ツァイス〉のナイトスコープがある。縫い目がほどけかけている茶色い革の札入れもあり、お金と銀行のカードとレシートがぎゅうぎゅうに詰めこまれている。それ以外は、この車はショールームから運転してきたばかりのように見える。

ムニエさんは加速して道を進む。前輪がこぶに跳ねあがったとき、四つ折りにした新聞紙が落ちて開き、第一面の半分が見える。

グレーテルがぼくを見あげている。

大きなショックを受けて、ぼくは座席にどんと背中をぶつける。ムニエさんがこっちを向くので、ぼくはまっすぐ前を見て、ムニエさんが下を見ませんようにと祈る。気をそらさなくてはならない、早く。〈ファロー・フィールド〉を指さして訊《き》く。「来年の計画はどうなってるんですか？」

ムニエさんは急に突きだされたぼくの指の先を見る。「わたしとしては、バイオ燃料を試してみたいんだが。でんぷん料作物をエタノールに変えられるんだ。その方面のことだな」と言う。

ムニエさんの注意がそれたので、ぼくは思いきってもう一度、新聞を見る。見出しはふらふらと焦点が合ったり合わなかったりするが、二つのことばは見まちがえようがない。希望が薄れる……

家の外に車を停めると、ムニエさんはぼくのほうを向く。「わたしの言ったことを覚えておきなさい。二度とあの森の中できみを捕まえたくない」

「わかりました」

ぼくはその約束も守ることにしようと心に決める。カイルに音を立てない歩き方を教えてもらうか、臭い迷彩柄スプレーを貸してもらおうかな。ランドローバーから這《は》いおりて、ドアをバタンと閉める。

希望が薄れる……

ムニエさんはすこし待ってから車を出した。ぼくが庭の小路《こみち》をとぼとぼ歩いていくのをじっと見ているのを感じる。

メイリード

五日目（一）

誘拐から、もう百時間近くが経過した。捜査チームへの重圧は大きい。イリサの運命が、子どもを学校に送り迎えする親たちによって、ラジオの電話参加番組や、ソーシャルメディアで討論されている。イリサの顔はどのニュースサイトにも、新聞の一面にも載っている。目撃情報がひっきりなしに、ウィンフリスの捜査本部や、英国じゅうの警察に入りつづけている。それを記録し、優先順位をつけ、調査したり、無視したりする任務は、なかなかの難事業だ。

電話の多くはドーセット州の海岸で犬の散歩をしていた人たちからだ。捜索アドバイザーのカレン・デイが、警察官と、消防隊員と、民間ボランティアの巨大なチームを調整している。彼らは協力して、広大な海岸地域を捜索する。王立救命艇協会《RNLI》と沿岸警備隊員が、水上輸送方面の支援をしている。

一方で、何百台もの〈ベッドフォードCF〉バンが追跡され、持ち主が聞きこみされては、除外されていく。リーナ・ミルゾヤンに急ブレーキをかけさせたBMWを運転していたのは、スチュアート・ニコラス・ピアソンであることが確認された。四十代の鼻もちならない財務顧問で、自動車運転に関する有罪判決が連続している。彼は容疑者ではない――自動ナンバープレート認識カメラ《ANPR》）のデータが、誘拐事件のあいだ、彼が八十キロ離れていたことを示している。それにもかかわらず、警察官たちは、彼を空いている取調室に引きずりこみ、何時間か厳しく尋問して、みなに奇妙なカタルシスを与えた。

　水曜日の朝の記者会見中、集まった報道陣からの質問をさばいているときに、メイリードは下腹部に鋭い刺すような痛みを感じた。すこしのあいだ、話せなくなる。部屋じゅうのカメラがカシャカシャ鳴り、フラッシュがたかれる。ジャーナリストたちが席で身を乗りだし、冷やかすような目になる。メイリードは彼らが何を考えているのか知っている。重圧が手に負えなくなってきたのだろうか？　亀裂《きれつ》が現れはじめているのか？　感情的になり過ぎているのか？　もろい人なのか？　この件で彼女を信用できるのか？　メイリードに考えられるのは、一面に並ぶ無表情なレンズや大声のマイクを見つめながら、**がんばって、お願いだから、がんばって、わたしといっしょにいて、お願い、行かないで、**ということだけだ。

　何でもいいから何か言おうとするが、もう一度、下腹部に刺すような痛みを覚える。身体を折り曲げたいけれど、そんなことはできないと知っている。メイリードの耳はどなり声の質問でいっぱいになる。部屋に背を向けると、記事がボツになるのを認めない報道関係者たちが、オオカミのように吠《ほ》える。側に立っているハリーが、見るからにうろたえて、メイリードを見ている。メイリードは、足取りを乱さずに、ハリーを押しのけて通りすぎる。

一分後、メイリードはトイレの個室で、仕切りの壁に寄りかかっている。すでに痛みはひいた。でも頭の中は混乱しきっている。正常な呼吸を回復できず、心臓の鼓動を遅くすることができない。

やっとのことでスカートを持ちあげ、下着を引っぱりおろす。証拠がある。血のしみがふたつ、正真正銘、責めるように、わびしくついている。がっくりと肩を落とす。それから座り、手に携帯電話を持って、スコットに電話する。

「ちょうどテレビで見てたんだ」とスコットが言う。「どうした？　大丈夫か？」

深呼吸をする。「やっちゃったと思う」メイリードは言う。「赤ちゃんのことよ。この子も失うのかも」

メイリードは満足している――哀れにそう思う――ドライな口調を。ふたりのどちらにとっても、最も必要としないのは、ヒステリーを起こすことだ。

「わかった」スコットが言う。「ぼくがついてる。聞くよ。ぜんぶ話して」

「あの……ちょっと痛くなって」ごくりとつばを飲みこむ。「そうしたら、しみがついていて」

電話中に、二呼吸分の沈黙。

「ねえ、よく聞いて。怖かったろう、わかるよ。それに、自分の身体は自分がよく知ってるよね。それ以上の判断はない。でも……でもさ、それだけで――必ずしも、流産ってことにはならないんじゃないか。そうだろう。五分で出られるから。迎えに行くよ。

医者に行こう。マイケル先生に診てもらおう。妊娠初期相談窓口《EPAU》に連れていくから。それでもし――」

「スコット、ちがうの」メイリードは首を横にふる。「そんなことしなくていい」

「ちゃんと調べてもらわないと」

「わかってる。そうね。すぐにお医者さんに電話するわ。でも、あなたがわざわざここに来て、連れてってくれなくてもいい。ほんとうに。子どもじゃないんだから」メイリードはむりに笑う。そんな気分じゃないのに。実を言うと、もしもほんとうに最悪なことが起こったら、彼がそこにいないほうが、立ちむかいやすいだろう。

たぶん、ある程度、スコットにはそれがわかっている。あまり抵抗しないから。「ほんとうかい？」

「まかせて。ねえ、これから電話して、診断が出たら、どうなったか知らせるわね。スコット……ごめんなさい」

メイリードは返事を待たずに電話を切る。それから医者の連絡先を探す。両手がひどく震えていて、電話帳を調べるのが難しい。

がんばって、お願いだから、がんばって、わたしといっしょにいて、お願い、行かないで。

番号を見つけて、まさに電話しようとしたときに、電話が鳴りだす。ハリーだ。

「どこにいて、何をしていようとも。いますぐやめてください。連絡がありました」

イリサ

五日目（一）

イライジャが出ていったあと、イリサはとても疲れていたので、リュックサックを抱えるようにして眠った。目覚めると、岩だらけの床のせいで身体が冷えきっているし、あちこちが痛かった。新しいロウソクに火を点《つ》けてから、さっきの会話をふり返る。いくつか気づいたことがある。とくに頭の上の建物について、イライジャがさりげなく言ったひとことから。**壁は石で、窓はぜんぶ割れてて、父さんが屋根からほとんど瓦《かわら》をはがしちゃったんだ。**

イライジャの父親がこの家の持ち主なのだろうか？　その人が修繕しているの？　イリサがここに来てから、大工仕事の音を聞いたことはないけれど、監禁部屋の仕切りの壁や天井は、音を消すために念入りに設計されている。もしもその人がここを改装しているのなら、きっと地下室で起こっていることを、見て見ぬふりはしない。ということは、「父さん」がグールだという可能性がある。それが真実なら、彼の息子について、イリサが気づいたことの多くに説明がつく。イライジャはまずまちがいなく、かなり問題を抱えた人物だ。

イライジャの父親のことはあとでもっとしっかり考えることになるだろう。でも今は、ほかにやらなければならないことがある。目をぎゅっと閉じて、頭の中のチェス盤を呼び出し、c8の引き出しを開ける。

この作業はつらいものになるとわかっている。自分が恐怖におののいているのを認めつつ、イリサは時間と空間を超えて、〈マーシャル・コート・ホテル〉の駐車場へと、はるばるさかのぼる。

（二）

イリサはママの〈フィエスタ〉の助手席にいる。〈サル〉がひざに載っている。〈サル〉をリュックサックに突っこんで、急いで車を降りる。そのすぐあとに、昼が真っ暗になる。

あの最初の数秒間は一番思いだすのがつらい。初めは、何が起こっているのか混乱していたけれど、怖くはなかった。イリサの人生はすでに変わっていたのに、現実が飲みこめていなかったのだ。パニック発作だとばかり思っていた。あるいはもっと変わったもの――居眠り病とか、ひょっとして脱力発作とか。靴が舗装された道をうしろ向きに進んだときは、トーナメントで会った、非の打ちどころのない記録を持つ私立校の女の子たちが、いたずらをしているのだろうかと思った。それから誘拐者の傷んだ鳥肉のようなにおいがして、手にかみついたら暗くて汚れた、不潔な味がした。そのとき、わかったのだった。

今、イリサの身体はバンの中にある。かかとはうしろのバンパーの上でもがいている。ドアが閉じるドスンという音がする。そしてあの声が。**まあ、落ちつけ。落ちつけ。計画があるんだ。おまえが今日死ぬことはないよ。**

それからイリサは戦う。追いつめられた野良猫のようにうなり、憎しみを込めて戦う。努力の甲斐《かい》があって、男の人の手が離れたとき、チャンスだと思ったのもつかの間、すぐに布が口を覆い、チョウと牧草地のにおいを吸いこむ。イリサはどんどん沈みこんでいく。バンが身体の下で震える。

ＣＨＩＬＬＡＸ《チラックス》。

このエピソード全体はわずか二十秒ほどのものだが、記憶がひどくごちゃごちゃになっている――恐怖と喪失感に染まっている――ので、それが正しい順序なのか保証できない。苦痛にめげずに、イリサは最後のところを再生する。それから三度目はさらにゆっくりと。

きちんと座る。額に汗が噴きだす。今でも正確な順番になっている自信はない。でもひとつ、確かなことがある。エンジンがかかり、振動が床を揺らしたとき、グールはまだ濡《ぬ》れた布をイリサの口に押しつけていた。その驚くべき新事実が、明らかになっていくと同時に不安を募らせる。イリサの監禁者は、ひとりではなくて、ふたりなのだ。

（三）

悪魔のような人がのうのうと地上を歩いているということは、世界にとって十分に悪いことだ。これ以上悪いことがあるだろうか？　突然、この悪夢について理解していると思っていたことすべてがぼろぼろに崩れる。残骸《ざんがい》の中で、仮定をひとつひとつ再検討しなければならないだろう。けれども、この発見は容疑者のリストを少しも減らしはしない。今のところ考えているすべての人――ウェイトレス、三人の〈ボダッハ〉、トーナメントで会った人たち――が、見えないところでこっそり共謀していたかもしれない。

白いバンの記憶を仮想チェス盤に詰めこむと、イリサは監禁部屋のドアが初めて開いたときまで早送りする。

（四）

あわてふためいたりさえしなかったら。野生の動物のように反対側の壁に這っていったりさえしなかったら。あわててグールから逃げようとしたために、手錠のことを忘れていた。鎖《くしざ》がぴんと張ったとき、手首に手錠が食いこんだ。少しして、グールの白い光がイリサを串刺しにした。

起きてるのはわかってるんだ。ここでの生活で、おれに隠しておけることなんて、ぜったいに何もない。その教訓を学ぶのに、必要なだけ時間をかければいいが、楽になりたけりゃ、急ぐことだな。

イリサはだまったままでいた。胃がむかつくほど怖くて、寝たふりしかできなかった。

客が来たら、あいさつするのが礼儀だろう。それとも、おまえの母さんは、そういうことを全然教えてくれなかったのか？　そろそろ目を開けるときだ、イリサ・ミルゾヤン、何が真実か見ろ。

監禁部屋の寒さの中で——あのときではなく、今——リュックサックのところまで這っていき、急いで中に残っているものを確認する。〈サル〉、水のボトル、メモ帳、ゲルインクのボールペン、温州《うんしゅう》ミカン、本。

食べ物を持ってきてやったんだがな。飲み物も。黙ってるってことは、欲しくないということだな。いいだろう。どれくらいで行儀を思いだすか見物だ。たぶんちょっとばかし断食すれば、記憶の戻りが早くなるかもな。

イリサはメモ帳を確かめる。表紙の裏と厚紙の裏表紙を調べる。それから本を引っぱりだして、それも調べる。

目を開けるときだ、イリサ・ミルゾヤン、何が真実か見ろ。

グールはフルネームでイリサのことを呼んだ——でも、持ち物にも服にも、名前はいっさい書かれていない。グールは誘拐する前に知っていたのだろうか？　だとしたら、そこから何が探りだせる？　もしもあとで知ったのなら、誘拐事件が大々的に報道されているということだろうか？　今までは、ママの救済のこと以外は、ほとんど外のできごとを気にかけていなかった。今、初めて考えはじめる。

空腹でおなかがぐうぐう鳴る。ピーカンナッツクッキーを食べてから何時間経ったのかわからないけれど、ずいぶん経ったように感じる。温州ミカンを探してリュックサックを引っかきまわしていると、もう聞きなれたかんぬきのカチャッという音が、外で聞こえる。

（五）

イライジャではない。光の質でわかる。イライジャの光は黄疸《おうだん》がかかったような色で、不安定だ。この――白くて、ぐらつかず、まったく情け容赦のない――光は、グールのヘッドライトのものだ。光がモップをかけるようにイリサの上を動き、とくに手錠と鎖に注意を払っている。まにあわせの包帯の上を漂っているあいだ、イリサは息を殺している。それから、光は監禁部屋のほかのものへと、上下に揺れながら離れていく。

グールは口笛を吹きだす。その音はひどく調子はずれで、空気がもれている。最後に来たときと同じ機器を運びこみ始める。三脚、カメラ、スタジオライト、イス。

会話を始めるべきだろうか？　この前はもう少しで意識を失うほどぶたれたけれど、

だからといって、あれがまちがった戦略だったということにはならない。イリサは今でも、言いなりになりすぎると、助かる機会をつぶすことになると確信している。それでも、起こりそうな結果を考えると、この前の命令を無視するのはむずかしい。**言われるまでしゃべるな。わかりましたと言え。**

イリサは設備が整っていくのをじっと見る。スタジオライトがつくと、あまりの明るさに目がちかちかする。イスが引きずられて位置につく。

それから、沈黙が訪れる。

しばらくそのままなので、イリサが座るのを待っているのだと気づく。抵抗する機会だけれど、イリサはそうしないと決めた。反乱のリズムというものがあるとしたら、これは型破りのオフビートだと本能が告げる。手錠をぎゅっと握り、脚を開く。立ちあがるときに初めて、筋肉がどれほど硬くなっているかに気づく。

鎖をカチャカチャ鳴らしながら、イリサは足を引きずって歩く。イスは床より何倍も座り心地がいい。それが反乱を延期するもうひとつの立派な理由だ。もしかして、グールの求めに応じれば、イスを置いていってくれるかもしれない。

そのとき、床をこする足音が、こっちに向かって来る。シルエットが前を横ぎるとき、白い光が暗くなる。イリサは膝《ひざ》をくっつけて、目をぎゅっと閉じる。顔のすぐ近くに息づかいを感じる。それから、新しい何か、まったく不可解な何かを感じる。女の人のにおいだ。

（六）

甘いけれど土くさく、かすかに温めたアップルシナモンのにおいがする。思わずイリサは目を開け、肺に息を吸いこみすぎてあえぐ。だって、女の人がこの汚い穴に来るなんて、思ってもみなかったから。それなのに今、まぎれもなく、女の人が近くにいて、身体を近づけている。

やわらかくて湿ったものがイリサの額にふれる。イリサはたじろいでうしろに離れるが、イスの背もたれがあるので、それ以上遠くには動けない。その物質がまたふれると、イリサはおとなしく受けいれる。それはお湯で湿らせた布にすぎない。布で顔を拭《ふ》かれはじめたとき——おだやかな、円を描くような動きで、だんだんと鼻やほおやあごを包みこむにつれて——かすかなキュウリのにおいがするのに、イリサは気づく。かさぶたをとんとんたたいたときは、ちょっと消毒薬のひりひりするかんじがした。それ以外は、女の人はいかにもやさしく洗ってくれる。まったくのところ、とてもやさしいので、イリサの目から涙があふれる。身震いして泣きじゃくると、円を描く動きが止まる。一瞬、女の人が抱きしめるのではないかと怖くなる。そんなことは起こらず、おだやかな清めがふたたび始まる。

悲痛な気持ちと裏腹に、イリサの頭はめまぐるしく動く。これまでの十分間で、この場所について信じていたことがすべてひっくり返った。自分の調子まで狂わないようにしなければ。

やわらかい指があごにふれ、イリサの顔を上げさせる。布が注意深く汚れをこすり取る。その後、ブラシが髪のもつれを取る。女の人は前と同じようにやさしく、からまっているところを見つけるたびにほどいて、あまりしたことのない形に髪を整えていく。今さらながらイリサは、グールが最後に来たときに負わせた傷を隠そうとしているのだと気づく。仕事を終えると、シルエットになっていた女の人は去っていく。

スタジオライトがイリサの顔を照らし、最後に残った湿り気のあとを乾かす。三脚にもたせかけてあるのは、グールが前に来たときのホワイトボードだ。そこに同じセリフがあるのが見える。

赤い光が瞬く。

「カメラをのぞき込め」グールがライトのうしろの暗闇からささやく。「セリフを読んだ。わかりましたと言え」

（七）

グールに最後に会ってからというもの、イリサはずっとそのボードに書かれたメッセージを忘れようとしてきた。今は立ちむかわざるを得ない。「わかりました」

咳《せき》ばらいをして、顔を上げる。「わたしの名前はイリサ・ミルゾヤン。今日は十月二十四日です」あごが震えはじめる。「わたしは危害を加えられてはいません。わたしは見つけられたく……捜してほしく……」

ホワイトボードのセリフが涙で見えなくなる。

「目をふけ」グールがささやく。「もう一度始めるぞ」

イリサは涙を拭《ぬぐ》う。「どうしてこんなことをするの？」

「カメラをのぞき込め。セリフを読むんだ」

歯を食いしばる。「わたしの名前はイリサ・ミルゾヤン」今度は声にささやかな抵抗を込める。あのセリフを言わされるのなら、世界中の人たちに、本心ではないことをわかってもらいたい。「今日は十月二十四日です。わたしは見つけられたくありません。だれにもわたしを捜してほしくありません。やすらぎの場所を見つけたので。わかったのです――」今度は食いしばった歯のあいだから言う。「リーナ・ミルゾヤンは、わたしが思っていたようないいお母さんではないと」

赤いライトがすこし長めにイリサを観察する。

それから消える。

イリサはごくりとつばを飲む。このテープを見る人はだれも、イリサが本気でこんなことを言っているとは信じないだろうが、それで傷つける力が減るわけではない。あの録画機器のうしろにいるグールは見えないけれど、そこにいるのは知っている。あの女の人は彼の横にいるのだろうか？

リーナ・ミルゾヤンは、わたしが思っていたようないいお母さんではない。

スタジオライトの光がまぶしいけれど、まっすぐ前を見つめて言う。「どうして？　どうしてこんなことをするの？　わたしが何をしたと――」

「これはおまえを罰するためじゃない」グールがささやく。

「じゃあ、だれを――」

「自分で言っただろう。リーナ・ミルゾヤンはおまえが思っていたようないいお母さんではないと。だれが娘よりよく知っているっていうんだ？　だれがおまえよりよく知ってるっていうんだ？」

「わたしがそんなこと思ってないって、知ってるくせに。ほかのだれも信じないでしょう」

「人は、言われたことを信じるものだ」

「そんなことない」

イリサは自分の勇気あることばがどこから来るのかよくわからないが、初めてうまくグールの注意を引いている。危険だけれど、止めてはいけないとわかる。「こんなのまちがってる。わたしを解放しなきゃだめだよ」

「もしもおまえを資格のない母親のもとに戻したら、おれはどうなる？」

「どうして資格がないって思うの？」

「ルールに従えば、痛い目に遭うことはないんだ」

「どうして？　わたしにはわからない！　どんな変態よ――」

ことばが口をついて出てしまい、もう取り消すことはできない。それは沈黙の中に漂い、耳を澄ましているだけで、ひどく踏みはずしてしまったことがわかる。

『『だれであろうと、そしてどこにいようと』』グールがささやく。『『無礼であれば、常にまちがっている』』しばらく待って、つけ加える。「モーリス・ベアリングがそう書いてる。イギリスの劇作家で、偉大な文学者だ」

自分の口が信用できないので、イリサは唇をぎゅっと結ぶ。

「これはうまくいってほしいんだ」グールが言う。「みんなうまくいくことを望んでる。個人的には、おまえはちょっと強情すぎると思うが。つまり、おまえのチャンスは大きくはないってことだ。だがひょっとすると、そのうちおれたちを驚かしてくれるかもしれないな」

スタジオライトが点滅して消える。急に暗闇が訪れる。金属のふたを回して外すガリガリという音がする。強いにおいがイリサの鼻をつく。〈ペッパピッグ〉スパゲッティだ。

胃がむかむかする。

「ルールに従え」グールがささやく。「食べるんだ。ルールを破ったら、おしまいだ。わかりましたと言え」

イリサは勇気のつづくかぎり、時間を引きのばす。「わかりました」

「今までの生活は忘れるんだ、これがおまえの生活だからな。おまえが協力すれば、状況は変わる。六か月も経てば、そこまでいければの話だが、おまえはどうしてこれが必要だったかわかるだろう。もう一年経てば、おれたちに感謝するようになる」グールはビデオカメラを台から外す。「こういうのをもっとやるつもりだ、おまえとおれでな。協力しつづければ、いろんないいものがもらえるぞ。ところで、おまえの母さんがおまえをがっかりさせたことを、洗いざらい思いだして欲しいんだ。どんな小さな意地悪でも、どんな怠慢でも、どんな身勝手な行いでも、ひとつ残らず」

イリサは口を開くが、リーナ・ミルゾヤンについてのグールの性格描写は根拠がなさすぎるので、だまっていることにする。女の人は歯みがき粉のキュウリの香りの息を吐き、〈ペッパピッグ〉スパゲッティと、手作りのアップルシナモンのにおいがする。これに何か関連性があるとしても、イリサには見つけられない。

個人的には、おまえはちょっと強情すぎると思うが。つまり、おまえのチャンスは大きくはないってことだ。

それについて、グールは正しい。イリサは洗脳されるつもりはない。グールにも、だれにも。つまり、イリサにとっての時間は、きっとなくなりかけているということだ。

残された時間を浪費しないことが、きわめて重要だ。

イライジャ

五日目（一）

あの子にぼくが作ったものを見せるのは、明日に取っておくつもりだったけど、すごくわくわくして、とても待ちきれない。

夕食のあいだずっと、ぼくは秘密を隠していた。ぼくをじろじろ見ていたカイルは、すぐに何かあったなと気づいた。ぼくはいつも、食事をしているときはかなりおとなしいのに、今晩はおしゃべり女みたいにしゃべりまくったから、母さんと父さんは、横で戸惑って見ていた。ついに父さんがフォークを置いて、大丈夫かとぼくに訊《き》いた。そのときぼくは、困ったことになったとわかった。これ以上しゃべったら、ぼくの口は完全に暴走してしまうだろう。

ぼくは罪を犯してはいない。正確には。でも、だからといって、ぼくのしていることが正しいというわけじゃない。

食事のあとで、父さんは手巻きタバコを吸いに外に出る。母さんはリビングルームに座り、針仕事をして、ぼくは皿を洗う。シンクのところに立ち、窓から、父さんが夜の闇に煙をすぱすぱ吐きだすのを見る。

布きんを取るために食料品庫のドアを開けたとき、カイルが――どこからともなく現れ――ぼくを中に押しこんだ。

食料品庫の中にはまったく明かりがなくて、缶詰でいっぱいの、ペンキを塗っていない木製の棚があるだけだ。兄さんはすごく静かに話すので、母さんにも聞こえないだろう。叫んでもよかったけど、ナイフがおなかに押しつけられていた。カイルはもう片方の手でぼくの喉《のど》を絞めつけ、頭をのけぞらせる。

「何か企《たくら》んでやがるな、くそったれ」と言う。息がひどく臭くて、車にはねられて死んだ動物をずっとくちゃくちゃ嚙《か》んでいるみたいだ。「オレたちをだまそうとしてるんだろ、そうはさせねえぞ」

ぼくのシャツがめくれあがっている。カイルのナイフの先が深く押しつけられる。じんわりと温かさが広がるのを感じて、刺されたにちがいないと思うけど、恐ろしさのあまりちびったんだと気がつく。

昨日、〈記憶の森〉でぼくらが出会ったことを思いだす――ぼくはどういうつもりでカイルの二十二口径の銃口をくわえたんだっけ。どうして今は、あのときよりずっと怖いんだろう？

「まったくの誤解だよ」とつぶやく。「ぼくは何も企んでなんかいない」

「うそつきめ」

刃先がぎりぎり身体を切らない程度に、強く押しつけられている。ぼくは刃が肉を切ってしまい、内臓がタイルの床に飛び散るところを想像する。

裏口のドアががたんと開く。父さんが戻ってきた。ヘビのようなすばやさで、カイルはナイフを引っこめて退散する。

（二）

一時間が過ぎて、ようやくこっそり家を出ても安全になる。〈ファロー・フィールド〉のふちに沿って進んでいると、風が急に吹きつけてきた。〈記憶の森〉の中では、怒ったほうきの柄のように、木がたわんだり、ひゅーひゅー音を立てたりしている。いやな気分になる音で、ぼくはぜんぜん好きじゃない。

空き地のまん中に、〈お菓子の家〉はぽつんと建ち、石の壁は雨でつるつるしている。うす暗くなった一階をそっと通りぬけて、地下室の入口に着いてから、ぼくはやっと懐中電灯を使う。カイルがまた待ち伏せしていることを半ば覚悟していたけど、階段を下り、仕切りの壁まで行く旅はじゃまされなかった。南京錠を外し、かんぬきを引きもどして、ドアを勢いよく開く。

（三）

「ぼくが来るなんて思ってなかったんだろうね」と言いながら入っていく。

グレーテルは鉄の輪のまわりに身体を丸め、頭をカビの生えた枕に乗せている。ゆっくりともがきながら身体を起こす。懐中電灯の光に細めた目が、血走ってぼんやりしている。

「こんにちは、イライジャ」

沈んだ声だ。暗い考えで頭がいっぱいになっているみたいに。

その声を聞いて、わくわくした気持ちがすっかり消えうせる。終わり近くのブライオニーはこんなふうだった。グレーテルはもっと強い人であることを期待していたけど、人がいやなことにどう対処するかなんて、それに直面するまで、決してほんとうにはわからないものだ。

「何かあったの？」ぼくは訊く。「具合が悪いのかい？」

グレーテルが笑うと、音が切れ切れに飛びだす。その声に楽しげなところはまったくなく、みじめさしかない。足の近くの床にプラスチック製の皿がある。いくつかオレンジ色のしみがあるのを別にすれば、きれいになめ尽くされている。グレーテルの髪は、ぼくが前に来たあとに整えられている。この新しい髪型はグレーテルに似あってると思うけど、ぼくは気を遣うほうなので、何も言わずにおく。

グレーテルがとてもふさぎこんでいるようで、ぼくはがっかりした。ぼくの秘密を見せるのにふさわしいときではないので、向かい側に座る。

「ここは寒くって」グレーテルは低い声で言う。「凍えちゃうよ、ほんとに」

「上はすごく強い風が吹いてるんだ」

グレーテルは天井を見る。「何も聞こえない。昼なのか夜なのかもわからない」

「夜だよ」ぼくは言う。「ちょうど十一時をすぎたところ」

元気なく、グレーテルはうなずく。

「手首はどう？」三十秒間の沈黙のあとで、ぼくはつけ加える。「グレーテル？」

「え？」

「手首はどう？」

「熱い……かんじがする」

「ほんとう？」

「というか……腕全体が熱い。ひりひりして」

「治りかけてるのかも」

「そんなかんじじゃないよ」

「包帯は役に立った？」

グレーテルは息を吸い、ぜいぜいと吐く。「イライジャ？」

「何？」

「いつもとちがう音がしたんだけど。あなたが入ってきたときに」

「そう？」

「靴を履いていないような」

ふいをつかれて、ぼくはもう少しで足を懐中電灯で照らして、自分の姿をさらしそうになる。だまされたと思いむっとして、立ちあがって出ていきかけた。でも、つま先を曲げると、その下に冷たいでこぼこの岩を感じて、グレーテルの言っていることが正しいとわかる。ぼくは裸足《はだし》だ。「ぼく……ぼく、きっと靴を履かないで家を出てきちゃったんだ」と言う。でもそんなことがあるのか？

「近くに住んでるの？」

頭が混乱する。「うん。それにしても……」

「どれくらい？」

「五分、走ればね。ぼくん家《ち》は……ことまったく同じなんだ」

「そこも一軒家なの？」

「雇い人用住宅って呼ばれてる。この地所の家はぜんぶそうさ」

グレーテルは唇をなめ、唾液《だえき》をきらっと光らせる。「なに住宅？」

「つまり、家は地主のもので、地主が雇い人たちに貸してるってこと。少なくとも、昔はそういう意味だった」

「今はちがうの？」

ぼくは肩をすくめる。「ぼくは専門家じゃないからな」

「この地所はなんていうの？」

たとえグレーテルの質問に答えたとしても、ぼくの言ったことを覚えているとは思えない。そもそも、たいしたことじゃないから、ブライオニーやその前に来たほかの子たちみんなに話さなかったんだし。「ムニエフィールズだよ。レオン・ムニエさんが所有している。貴族なんだ。世襲貴族ってやつ。つまり、子どもがいれば、その子が爵位を継ぐってわけ。子どもはいないけどね。まだ。奥さんはいるんだけど……」肩をすくめる。ムニエ家にどうして子どもがいないのかは、ほんとうのところわからない。「おなかすいてる？」

答えはない。ぼくはすっかりなめつくされた皿を見て、次にどうしたらいいのか、途方に暮れる。ようやく、ポケットからハンカチを引っぱりだす。「たいしたものじゃないんだけど」と言いながら、グレーテルのひざに放る。「夕食にカリフラワーチーズを食べたんだ。それを持ってくることはできなかったけど、チーズおろし器にちょっとチーズが残ってたから。チェダーチーズだけだけど、それでもおいしいよ」

グレーテルはハンカチを開こうとしない。「あなたを信じてもいいの、イライジャ？」懐中電灯をじっと見つめながら訊《き》く。

「もちろん、いいよ」

「そのチーズは吐き気を催させる？」

その質問はとても信じられない。「そんなわけないだろう」

「どうしてここに通ってきてるの？」

「きみが好きだからさ。きみを助けたいから」

「わたしを助けたいんなら、ここから連れだしてくれるでしょう。だれかに伝えてくれるでしょう。どうにかできるだれかに。警察に言ってくれるでしょう」

「そんなことしたら、きみを失うだろう」

「ううん。そんなことない」

「そうだよ。あの人たちにばれるから。そしたら、だれかが来るまえに、あの人たちはきみを殺す」

「あなたがどうにかしてくれない限り、どっちみちわたしを殺すつもりよ」

「そんなのわからないだろう」

「あの人たちはブライオニーを殺したんだもの」

「それとこれとは話がちがう」

「彼女が最初じゃなかったそうなんでしょう。」

ぼくはグレーテルを見つめる。「どういう意味だい？」

「そのとおりの意味。まさかブライオニーが、このクソいまいましい場所で目覚めた、最初の人間ってわけじゃないでしょう！」

グレーテルは片手をさっと出して、空っぽの皿を床の向こう側に飛ばした。罰あたりな行為に、ぼくの耳がかっと熱くなる。カイルがここにいたら、たぶんめちゃくちゃ興奮してただろう。

グレーテルの鼻から鼻水が垂れている。ぼくは礼儀正しいので、言わない。礼儀正しいので、赤いバケツからにおう悪臭のことを言わないのと同じように。

いいタイミングではないけど、もう待てない。「作ってみたんだ」Tシャツを持ち上げて言う。「ぼくらのために作ったんだよ」

(四)

ぼくはベルトから、巻いた紙を外す。懐中電灯の光の陰に隠れているよう気をつけて、それを鉄の輪のそばに置き、反対側の壁に引っこむ。「何だかわかるかい?」

グレーテルはぼくの作品を、今までで一番どんよりした目で見る。しばらくのあいだ、ぼくはがっかりして、グレーテルが無視するつもりなんだと思う。グレーテルがようやく拾いあげて、巻物のように広げる。

父さんの道具箱から盗んだ定規で線を引いて、マス目をかくのに二時間かかった。黒いマスを塗るのには鉛筆を使い、出来上がるまでに六回削った。今、懐中電灯の光の中で、紙は黒鉛で輝いている。「縦八マス、横八マス、きみが言ったとおりだろう」得意げに言う。「どう?」

「ちょっと……汚れてるね」

ぼくのおなかが、蹴《け》られたみたいにぎゅっと締めつけられる。「たくさん色を塗らなきゃならなかったから。指紋がいくつかつくのは仕方なかったんだ。一生懸命やったんだよ」

そこで、グレーテルの顔の何かが目覚めたようだ。「よくがんばったね」と言う。「ほんとによくがんばったよ。ひとりでやったわりには」

「そうだね、助けは一切借りてないよ。父さんからも母さんからも、だれからも」懐中電灯の光が監禁部屋を動きまわり、グレーテルのチェス駒の袋に止まる。シタン材のささやきが聞こえてきそうだ。唇をなめながら言う。「もう盤もある」

「たしかに」

「じゃあ……遊べるってことだね？」

ぼくの質問は、沈黙の中に漂う。すでにグレーテルの指は、粉状の黒鉛で光っている。

「うん、イライジャ。できるよ。ありがとう。これを作ってくれて、ありがとう」と言う。

ぼくの胸がふくらむ。グレーテルがまにあわせの盤を床に置くのを見守る。手のひらでしわを伸ばして、それから……それから……

一瞬、恐怖に打ちのめされて、息ができなくなる。懐中電灯の角度のせいで、手遅れになるまで、汚れた水たまりに気づかなかった。紙はスポンジのように水を吸収する。グレーテルが紙をさっとずらそうとしたとき、尖《とが》った岩のこぶでずたずたに破れてしまった。

「どうしよう」グレーテルは取り乱して言う。「どうしよう、イライジャ。わたし……ごめんなさい」

ぼろぼろの汚いものから水がぽたぽた落ちる。

グレーテルのせいじゃない。

ただの、ばからしいへまだ。

「いいよ」ぼくは言う。

頭の中が圧迫される。まるで何かがどっと解き放たれたかのように。もっとグレーテルを安心させたいけど、歯がこすり合わさって、ぎしぎしというやな音を立てている。

グレーテルの緑色の目が揺らめく。少しずつ後ずさりする。まるでぼくの声の何かが怯《おび》えさせたかのように。「ほんとに、イライジャ、ごめんなさい。せっかくあんなにがんばったのに……この場所が……わたしはただ……」

指が曲がったり伸びたりする。ぼくはずっとグレーテルを見ている。だんだん頭の中の圧迫がゆるみ始める。「また作ればいいさ。問題ないよ」と言う。

あのマス目に色を塗るあいだに、前腕が痙攣《けいれん》したことは言わない。それがどんなに痛かったかも。どんなにわくわくしてここに持ってきたかも。もうちょっと慎重にしてくれればよかったのに、ということも。

グレーテルはワンピースで手を拭《ふ》く。「どうしても盤がほしいんなら、FIDE《フィデ》に手紙を書いたらいいよ。少なくとも、鉛筆で書く手間が省けるから」

「フィデ？」

「フランスのフェデラシオン・アンテルナショナル・デ・エシェック。国際チェス連盟のこと」

「そんなのに使うお金ないよ」

「お金はかからないの。フィデはチェスを普及するためにあるから。ちゃんとした手紙を送ってきたどの子どもにも、基本セットをくれるの」

ぼくは目をぐるりと動かした。たとえグレーテルには見えなくても。「そんなわけないよ」

「ほんとだって、約束する」

「ただで？」

「百パーセント」

ぼくはしばらく考える。「どんな手紙を書けばいいの？」

「どうしてセットが必要なのかっていう理由と、チェスで興味のあることを少しだけ。好きな選手とか、オープニングの方法とか。そんなようなこと」

「好きな選手なんていないもん」

「まだいないでしょうね」

「それにオープニングについては、何にも教えてくれてないじゃないか」

ぼくの鼻にしわが寄る。甘やかされたガキみたいだけど、自分を抑えられない。突然、何よりも、フランスからはるばるチェス盤と駒を送ってもらいたくなる。「本気で食べないつもりかい？」

グレーテルはぼくの捧《ささ》げものをどうしようか、じっくり考える。それからハンカチを開き、チーズを口に詰めこむ。しばらくのあいだ、しんとした中に、くちゃくちゃと噛《か》む音が響く。「手紙を書くのを手伝ってあげてもいいよ」と、飲みこむあいだに言う。「あなたはポストに入れればいいだけ」

「セットが届くのにどれくらいかかるかな？」

グレーテルは肩をすくめる。「一週間か。二週間ってとこかな」

「チェス盤はシタン材でできてるの？」

グレーテルは笑う。「ちがうでしょうね。たぶん、標準的なトーナメント用のマットだと思う。でもとりあえず、防水性だよ」

「駒はどうかな？」

「プラスチック製」

グレーテルのみたいな、手彫りの駒をもらえるんじゃなくて、残念だ。その上、グレーテルの助けがなければ、ぼくはまったく何も手に入れられないんだ。「じゃあ、一緒にやってくれる？」

グレーテルは頭を傾けて、光をじっと見つめる。ふと、最初に思ったのと同じくらい、具合が悪いのか、へこんでいるんじゃないかという気がしてくる。「あなたは、わたしに何をしてくれるの、イライジャ？」と訊《き》く。

ぼくらは急に黙りこむ。綱わたりの綱の上でバランスをとっているみたいだ。「何をして欲しいの？」

「わたしを守って欲しい」とグレーテルは言う。「これを切りぬけて、生きのびる方法を教えて欲しい」

「誓うよ、グレーテル。悪いことが何も起こらないように、ぼくにできることは何だってやる」

グレーテルの頭はまだ傾いている。ゆっくりとまっすぐになる。「あなたがわたしをグレーテルって呼ぶの、好きだな」

「きみがぼくをヘンゼルって呼んでくれたら、ぼくも気に入るだろうね」

「わかった……ヘンゼル」

「じゃあ、やってくれるかい？　フィデに手紙を書いてくれる？」

グレーテルはリュックサックをさし示す。「あの中にメモ帳が入ってる。ペンも。でもわたしが書けるとは思えない。手首がこんなじゃ」

「口述すればいいよ」

「あの人たちがこれを知ったら、わたしたちが何をしてるか知ったら。あの人たち……」

「喜びはしないだろうな」とぼくは言う。「でもきみができるなら、ぼくは秘密を守れるよ」

それからぼくは懐中電灯のスイッチを切る。まっ暗闇の中で、ぼくはこっそりグレーテルのほうへ床を横ぎる。

「ヘンゼル？」

グレーテルはおびえている。鎖が床をこする音がするので、後ずさりしてるのだとわかる。悲しいことだ、ほんとうに――それにまったく意味がない。もしもぼくがグレーテルを傷つけるつもりなら――そんなこと、ぜったいにしないけど――逃れることはできないだろう。グレーテルに信用されていないことを無視して、ぼくはリュックサックを取ってきて、中を探す。メモ帳を見つけて、表紙を曲げる。それからペンのふたを取る。

ぼくはまっ暗闇の中でも字を書ける、問題なく。

「始めて」ぼくは言いながら、カイルが撃ちぬいたシカを思いだす。シカの頭の中の大惨事を、ぼくの頭の中の大惨事を。そして兄さんが今ぼくらとここにいたら、何て言うだろうと考える。

ぼくはつま先を曲げる。靴はどうしちゃったんだろう。人生ってやつはときどき、めちゃくちゃ奇妙で、とても現実とは思えないことがある。

(五)

遅くなった。裏口の外に出ると、足がすごく冷たくて、感覚がない。思っていたよりずいぶん長くグレーテルといっしょにいた。こっそり外に出たときには、明るくなり始めていた。ぼくが家に帰ったのは、グレーテルが疲れてきたからってだけだ。

ぼくは疲れていない。眠るには頭が忙しく動きすぎている。グレーテルのことばがぐるぐる回っている。頭の中の壁が震えるのを感じる。まるで壁全体が、がらがらと崩れようとしているかのように。

わたしを助けたいんなら、ここから連れだしてくれるでしょう。だれかに伝えてくれるでしょう。どうにかできるだれかに。警察に言ってくれるでしょう。

グレーテルを助けたいんだ。ほんとうに。でも……

あなたがどうにかしてくれない限り、どっちみちわたしを殺すつもりよ。

必ずそうなるわけじゃない。

だけどそういうものだと知っている。

グレーテルのことをどうしても助けたい。でも、そんなことをしようとしたらどうなるのか、怖くてしょうがない。

壁が震える。それを支えるために、見えない手を伸ばす。

ぼくは気が変になりかけているんだろうか？　どうして靴を履かずに家を出たんだろう？　自分が、胸が痛くなる場面ばかりの芝居の俳優のような気がし始めている。アニーはそれをデジャヴュと呼ぶ。そのことばを知っているからといって、怖さがいくらか減るわけじゃない。

裏口を開けて、暗いキッチンに入る。家には暖房がついていないけど、外よりは暖かい。凍りついた足をドアマットで拭いて、忍び足で廊下に行く。

上るとき、階段がきいきい鳴る。父さんのいびきと、母さんの静かな寝息が聞こえる。カイルの部屋を通りすぎて、自分の部屋に入り、ドアを閉める。そのとき初めて明かりをつける。ベッドの近くにスニーカーと濡《ぬ》れた靴下が見える。部屋はへんなにおいがする——湿っぽいいやなにおいだ。枕の上に銅貨はないけど、だからといって、だれも来なかったということにはならない。何かがおかしいという感じがふり払えない。

ベッドのところに行き、腰かける。グレーテルのメモ帳から引きちぎった紙を取りだして、あの子が書きとらせた手紙を読む。

ご担当者様

無料の入門チェスセットを送って頂きたく、これを書いています。完全にルールを覚えたのに、今のところチェス盤と駒がないので、実際にチェスをするすべがありません。

エイドリアン・フィスターは今のぼくのお気に入りの選手です。キャス・アレクサンドルも不屈でいいです。彼らはよく、望みがないように見える状況で、うまく形勢を逆転させます。フィスターの試合にはとくにわくわくするものがあります。彼がジョージアでジェイコブ・ニュルバークを負かした方法は、ほんとうに驚くべきものでした。

ルールを覚えたのは遅いほうだけれど、自分のチェス盤と駒を使って、有能な選手になれるはずだと信じています。この手紙の一番上に書いてある住所宛に送ってください。

敬具

カイル・ノース

グレーテルはディートマー・フィスターについてちょっと教えてくれたので、その部分はうそではない。ほかにうそがあるのかどうかはわからない。文章は自分のものではないので、信用できないということになる。

でも、ぼくはどうしてもあのチェス盤が欲しい。ほかには何も考えられないくらい、欲しくてたまらない。この紙の一番上にはふたつ住所がある。右側はレオン・ムニエさんの住所で、その上に兄さんの名前が書かれている。左側のはわからない。イングランドのどこかだ。グレーテルが、フィデはどの国にも連盟の支部があると説明してくれるまでは、心配だった。幸い、ぼくはまだ、初めて会ったときにあの子が教えてくれた住所を覚えている。**十三歳で、名前はイリサ・ミルゾヤン。ミ・ル・ゾ・ヤ・ン。クロイスターズ・ウェイ六番地に住んでるの。**

手紙の住所はそれとはちがう。疑い深くなるのはいやだけど、自分を守らなけりゃならない。さっきグレーテルはぼくを信じてもいいかと訊いた。ぼくが訊く必要のある質問は、グレーテルを信じてもいいのかということだ。グレーテルはすでに一度、ぼくをだまそうとしたことがある。

またあの壁がぐらつき始めるときの、めまいのような感じがする。ベッドの上で揺れて、バランスを保とうとする。回復すると、手紙をもう一度読んで、わなを捜す。

今必要なものは封筒と切手だけだ。道を三キロほど行ったところに郵便ポストがある。すべてうまくいけば、一週間以内に新しいチェス盤を手に入れられるだろう。

枕の上に半ペニー銅貨はないけど、だから安全というわけじゃない。チェスセットは、ほかのすべてのことと同じように、幻想だ。ぼくには悪い本能があるけど、ありがたいことにそこまで悪くはない。部屋の隅に行き、ゆるんだ床板を持ち上げて、〈記念品と不思議な拾いものコレクション〉を回収する。フィデへの申しこみの手紙を中に置く。朝までそこに置いておいてもいいだろう。朝になったら、破り捨てよう。

イリサ

五日目（一）

七本目のロウソクの光の中で、イリサは下着の中に隠したチョコレートブラウニーのかけらを食べる。六本のロウソクがすでにないということは、四十八時間燃やしたのと同じだけれど、それよりずっと長くここにいることはわかっている。我慢の限界に近づいていることも。けがをした腕は、ひじから指先にかけて、ずきずき痛む。勇気を出して見てみると、まにあわせの包帯から、いやなにおいの膿《うみ》が浸《し》みでている。監禁部屋の中の温度がさらに下がってきた。汚れた肌着はまだ濡れている。そうでなければ、また着ていただろう。さっき、ロウソクの炎にかざして、ほんの少しだけ乾かしたけれど、ゆっくりこつこつするしかない仕事だ。

頭の中のチェス盤の、e8の引き出しが開いている。その中に、イライジャとのことばのやりとりすべてと、彼の性格についての洞察すべてをしまっておくつもりだ。

それは簡単なことではない。なぜなら、今は彼のことを少しは知るようになったけれど、イライジャはだれよりも、イリサをぞっとさせる人だから。

まず第一に、イライジャは矛盾している。助けたがっているようにふるまうのに、イリサの必死の訴えにもかかわらず、ずっと通報してくれない。完全に正直というわけでもない。話をする中で、高いＩＱのことを二度口にした。ところが、点数をしつこく聞いたとき、テストを一度も受けたことがないのがはっきりした。
「九十九点」とイライジャは言った。まるでその数字が感心させることを期待しているかのように。イリサは大人のＩＱの中央値が百だと説明したいくらいだった。イリサのＩＱは百三十八だ。
たとえイライジャがテストを受けたとしても、その結果が感心させるものかどうかは疑問だ。フィデへの手紙の走り書きにかかった時間は驚くほど長かった。イライジャは明らかに情緒不安定だ。イリサは彼が一種の精神障害を患っているのではないかと疑ってもいる。もしかして、高機能自閉症かもしれない――チェスの巡業トーナメントで何度か対戦したことがある。リサが裸足《はだし》だと指摘したときは、ほんとうにまごついていた。でも、携帯電話のことでは、イイリサの策略がわかるくらいには賢かった。でも、
イライジャはあきれるほど現代社会に疎い。インターネットについて聞いたことがなかったし、アプリやタブレットという言葉も聞いたことがなかった。過保護な生活を送ってきたからなのだろうか？ それともイリサにウソを言っているのだろうか？ それにどうして、あんなに注意深く隠れていようとするのだろう。イリサが裏切ることを心配しているのだろうか？ 前に一度、イライジャが子どもの大きさの怪物で、ランプのような目と、ひどく変形した口をしているのを想像した。今はひとりでに、新しいイメージがわいてくる。目ではなくて、すべすべした肌と、チューリップの花びらのように

ふっくらとした湿り気のある唇の少年だ。こっちのイライジャが最初のと同じくらい不確かなのはわかっている——もしも奇形によって目が見えないのなら、どんな理由があって懐中電灯を持つのだろう？

たぶんイライジャはいまだに、イリサが生きのびるための一番のチャンスをくれる相手だろうが、彼を友だちのように扱おうと努力するのは、ひどく疲れることだ。イリサのことを親愛を込めて「バカだな」と言ったり、ヘンゼルとグレーテルというあだ名に喜んでいることを思うと、吐き気がして、胃が痛くなる。あの声——時に怒りっぽく、時に思慮深い——にはうんざりだ。声質にいらだたせるものがあり、何かがおかしいとはっきりわかる。イライジャがやってくると、イリサはハンニバル・レクターといっしょにいるクラリス・スターリングか、シェロブといっしょに洞窟《どうくつ》にいるフロド・バギンズになったような気がしてくる。もっとひどいのは、イリサがイライジャに助けてもらうことを期待しているのにもかかわらず、彼はすでにブライオニーを救えなかったと認めていることだ。

それでも、自分の木を手に入れたよ。それはちゃんとしてあげたんだ。ほかには何もしてあげられなかったけど。高い木を選んだんだ、頼まれたとおりに。

ひょっとすると、それでこの場所を〈記憶の森〉と呼んでいるのかもしれない。地上の滴のしたたる森の風景を想像する。木の根元には、子どもの骨が埋められている。そう思うと、歯がきいきい鳴ってしまう。

監禁部屋の外から、かんぬきが枠の中でカチャッと鳴る音が聞こえる。

(二)

グールだ。

悪臭と、ヘッドライトのどぎつい白い光でわかる。イリサは黙ったまま、グールが機器を設置するのを待つ。完成すると、グールは赤いトイレ用バケツを外に運びだし、きれいなバケツを持って戻ってくる。

おまえの母さんがおまえをがっかりさせたことを、洗いざらい思いだして欲しいんだ。どんな小さな意地悪でも、どんな怠慢でも、どんな身勝手な行いでも、ひとつ残らず。

イリサはそのことをずっと考えていた。イライジャが来るのを除いては、することもほとんどないから。グールが話してくれと言うのなら、がっかりさせるつもりはない。おとなしくなりすぎることや、尊厳を失うことのないよう用心しているけれど、それと同じくらいに、また攻撃されるのを恐れている。

「今日は何日ですか?」ちらちら揺れるロウソクの炎を見ながら訊《き》く。それに応《こた》えてグールは歩いてくる。

イリサは目を閉じ、殴られるのに備えて身がまえる。殴られはせず、目の前に何かが置かれる。勇気を出して見ると、〈エビアン〉のトラベルボトルが見える。たちまち、どれほど喉《のど》が渇いているかに気づく。ボトルをさっと取って、中身をがぶがぶ飲む。スタジオライトが点《つ》き、明るい光がイリサの目を焼く。イスが入り、いつもの場所に置かれる。イリサは苦労して立ちあがり、足を引きずって歩く。その動きに、ぼろぼろの身体から、とめどなく悲鳴がもれる。座るときに一瞬めまいがして、意識を失うんじゃないかと心配になる。

グールが近づく。イリサのあごをつかみ、頭を自分のほうに傾けさせる。光が何もかもまっ白にする。グールの顔はまったく見えない。臭いにおいがイリサの気道に入ってくる。とても下品ないやなにおいで、胃の中の水分が跳ねまわり、吐きそうになる。

「髪が台なしだ」とグールは言い、イリサのひざに、ヘアブラシを押しつける。「元どおりにしろ」

イリサは従い、顔の傷ついた側を覆う。

グールは機器のところに引っこむ。「話せ」とささやく。「おまえの母さんのことを、前に言ったように。わかりましたと言え」

「わかりました。でも……何を言って欲しいんですか？」

「おまえしか知らないエピソードだ。身勝手さを表す例とか。まず、父さんと離婚したんだろう――それ自体が母親として、義務怠慢の豊かな鉱脈だからな」

この変人は、わたしの家族の生活や、別れる前に両親のあいだにどんなにひどいことがあったかを、何も知らないくせに。それとも知ってるの？

「わかりましたと言え」

「わかりました」

赤いライトが点滅してつく。「話せ」

(三)

イリサの独白につづき、カメラは三十秒間の沈黙を録画する。それからスタジオライトが消える。

イリサはうなだれる。この録画がネットに流れても、ママがわかってくれることを願う。

「たしかに、そんな母親のところに戻りたいとは思えねえよな」グールがささやく。

「だれだってまちがいを犯すから」

「ほかの人間より残酷なやつらもいる。たぶん、おまえはおれを監禁者だと思ってるんだろうが。それどころか、ひょっとして、救済者だと思うべきなのかもな」

けがをしていないほうの手で、イリサは手錠を指す。「これを救われたというの?」

「協力すれば、いろんないいものをもらえるぞ」

「たとえばどんな?」

すこしのあいだ、沈黙が訪れる。それからドアのゴムパッキンがきしむ。ロウソクの炎が上下に揺れる。

グールが監禁部屋に再び入ってくると、イリサは目を凝らす。彼はかさばるものを運んでいる――シルエットでしか見えないものを。心臓がどきどきし始める。ふたりのいいものの定義が一致するという保証はまったくない。

グールが持っているものを下ろす。それは床に当たると静かに滑る。かさばっているが、軽いらしい。グールは何も言わずに背を向けて、ドアがまたきしむ。今度は戻ってくるときに、トレーを運んでくる。それを置いたとき、ヘッドライトの光が、ついさっき届けたものに当たる。空気でふくらませるマットレスだ。グールはその上に汚いタータンチェックの毛布を投げる。

「イスから離れろ」とささやく。「その上に乗れ」

これは協力のごほうびなの？　それとも何かぞっとすることの前兆なの？

震えながら、イリサはイスから滑りおりる。マットレスはとても柔らかくて、痛む手足にやさしいので、泣きじゃくってしまう。何とかして毛布を肩のまわりに引っぱると、涙がぽろぽろこぼれる。

鼻には温かい食べ物のにおいが入ってくる。トレーに、目玉焼きふたつといっしょにカリカリのベーコンが載っている。ベイクドビーンズの浅い湖から、湯気がいく筋も立ちのぼっている。

イリサはトレーを近くに引き寄せる。ナイフやフォークはなしですませ、手で食べる。ベーコンは焦げているし、熱いというより室温と同じくらいで、卵はかなり前に調理されたものだった。ベイクドビーンズだけがちょうどいい温度だ。おそらく魔法瓶から注がれたからだろう。

胃が満たされるにつれて、まちがった相手に対するものだと強く感じながらも、同じくらい強い感謝の気持ちがわいてくる。「ありがとう」と口いっぱいに食べ物をほおばりながらつぶやく。「ありがとう」

協力すれば、いろんないいものをもらえるぞ。

たったひとつの話で、ベッドと、毛布と、調理された食事を獲得できるなら、もっと劇的な話をしたら、何を得られるのだろう？　イライジャは友だちのふりをしていたかもしれないけれど、今までに持ってきてくれたのは、ピーカンナッツクッキーと、チーズ一片だけだ。簡単なエピソードのお返しに、グールはこれだけのものを与えてくれた。グールに人間性を与えたことに気づいて、イリサは骨の髄までぞっとする。すでに良いことと悪いこと、何が本物で何が偽物かを判断する力を失いかけている。気をつけないと、完全に自分を見失ってしまうだろう。

「ひょっとしておれはまちがってたかもしれないな」グールは空っぽの皿を集めながらささやく。「ひょっとしてこれはうまくいくかもしれん」

ひょっとしてこれはうまくいくかも、とイリサは思う。

それはまちがいなく、これまでで最も恐ろしい考えだ。

メイリード

五日目（一）

リーナ・ミルゾヤンの家の外の通りは、メイリードが最後に来たときよりも、さらに車でごった返している。車を降りるとすぐに、メイリードは興奮した報道関係者たちにもみくちゃにされる。門のそばにいる地域警察補助官《PCSO》が、全力で食いとめてくれる。

「気分はどうですか？」だれかが叫ぶ。不運な朝の記者会見のことを言っているのだ。

「捜査が行きづまっているんですか？」

その質問を無視して、メイリードは大股《おおまた》で小道を進む。家族連絡担当係《FLO》のジュディー・ポレットが、玄関に出てくる。

「知ってるの？」メイリードが訊く。

厳しい顔で、ジュディーは首を横にふる。「テレビから遠ざけていますから」

キッチンは廊下の突き当たりにある。制服警官がシンクのところでうろうろして、紅茶入れをいじくっている。まるで紅茶をいれようと思っているかのように。メイリードを見ると、家族連絡担当係《FLO》とおなじくらい沈んだ表情になる。みな、メイリードがここに知らせにきたニュースを知っているようだ。

リビングルームでは、イリサ・ミルゾヤンの祖父母が、ソファーの両はしに座っている。ふたりのあいだの布地に、くぼみがひとつある。

リーナ・ミルゾヤンは、窓のところに立っていた。顔はさながらホラーショーだ――むくんだ肌、ポーチドエッグのような目、額じゅうに表れたストレスによる吹き出物。

「見つかったんですか?」リーナがうっかり口に出して、すぐに口を覆う。まるでことばを取り消すことによって、悪いニュースから自分を守れるとでもいうように。

これはつらい。メイリードにとって、つねにこの仕事の最悪の部分だ。ブライオニー・テイラーの母親を思いだす――彼女が苦しんだ、そして今もなお苦しんでいるトラウマを。「見つかっていません」と言う。「でも、イリサさんが生きていることを信じる理由は、十分にあります。見てもらいたいものがあるんです。お座りになったほうがいいかもしれません」

目を大きく見開き、まばたきをせずに、リーナ・ミルゾヤンはソファーに戻る。

メイリードはノートパソコンを開く。「これはつらいものになるでしょう。あとで、おそらくたくさん訊きたいことが出てくると思います」

急に適切なことばを見つけるのがむずかしくなるが、こういう立場にあるどの母親にとっても、いちばんひどい苦痛は、知らずにいることだ。だから、あいまいな表現を避けたいと思いながら、仕事を進める。「ひとつ連絡がありました――二、三時間前にYouTubeにアップロードされたビデオです。イリサさんが話しているところが映っています」

リーナの喉《のど》が痙攣《けいれん》する。両親に手を伸ばす。両親は彼女をしっかりつなぎとめる。まるでソファーから浮きあがる危険があるとでもいうように。「あいつね」小声で言う。「なんてこと。そうなんでしょう？　新聞が言ってる男」

「そう思われます」

今度は、リーナの声は震える息にすぎない。「見せて」

メイリードはノートパソコンの画面の向きを変えて、プレイボタンを押す。

リーナは両親を放し、ひざを抱える。ノートパソコンの画面に、ゆっくりとイリサ・ミルゾヤンが現れる。『ザ・リング』の映画の女の子のように、頭が下に向いている。

（二）

リビングルームでは、だれも息をしていない。

リーナ・ミルゾヤンが両手を上げる。目を覆いかけて、ためらう。耳を覆いかけて、またためらう。

画面上で、イリサが顔を上げる。肌が死人のように青白い。カメラを見つめ、咳ばらいをする。話すと、十三歳という年齢よりはるかに年上に聞こえる。「わたしの名前はイリサ・ミルゾヤン。今日は十月二十四日です」

「ああ」リーナがささやく。「ああ、わたしの子だわ」

女の子の注意が画面の外の何かにちらっと動く。左手で口を拭う。顔の半分にかかるようにブラシをかけられている髪を、ひじがちょっと押すと――ほんの一瞬――血のついた傷のはしが見える。この場面を二十回見たあとで、メイリードはその動きが意図的であることを確信した。

「わたしは見つけられたくありません」目をカメラに戻しながら、イリサは言う。「だれにもわたしを捜してほしくありません。やすらぎの場所を見つけたので、わかったのです……」ここでためらい、歯を食いしばってつづける。「……リーナ・ミルゾヤンは、わたしが思っていたようないいお母さんではないと」

突然、イリサの顔が、もう五秒間、コマを埋める。それから画面が暗くなる。

突然、リビングルームが真空室のように感じられる。

「脅迫されて話したのはわかっています」メイリードが言う。「イリサさんが本心から言ったのでないことはわかっています」

リーナはまばたきをしながら、目はまだノートパソコンを見ている。たった今、胸を切り開いて、心臓をもぎ取られたばかりの人のように見える。「あの子を行かせたの」と小声で言う。「あの日、ホテルで。イリサが車のカギをちょうだいって言って、わたしはただ手渡した。いっしょに外に出てもよかったのに、そうしなかった。ただ、言われたとおりにした。それで今、それで今……」

「あなたのせいじゃありません、リーナさん。ちがいますよ」

「ほかに話せることは？」

話せるよいニュースはない。イリサの電子機器は、役に立つ情報を明かさなかった。身近な人たちへの聞きこみ捜査では、何も新しい発見はなかった。周辺の人々――〈ワイド・ボーイズ〉のウェイトレスのアンドレア・トムリンのような――が取り調べられ、考慮からはずされた。何千時間分もの防犯カメラ《CCTV》の映像が再調査されているのにもかかわらず、チームは白い〈ベッドフォードCF〉のバンを再び捉えていない。そして一般の人々の反響は驚くほど大きいのに、今のところ、ひとつの手がかりも、可能性のある目撃情報も、実を結んではいない。

「以前の事件に照らすと」とメイリードは言う。「これからさらなる連絡があると思われます。ご覧になるのは容易なことではないでしょうが、判断するのに、あなたの助けが必要になるでしょう」

リーナの顔に落胆が表れる。首の筋肉が弱ってしまったかのように、頭がだらりと垂れる。「彼はこんなことを……何回やったんですか？」

「六回です。われわれの知るかぎりでは」

「六人の子どもがＹｏｕＴｕｂｅに？」

「そのとおりです」

「どれくらい前から？」

「十二年前ごろからです」

「YouTubeは何年からでしたっけ？」

「二〇〇五年からです」メイリードは言う。

「じゃあ、もっと多くの子どもがいるかもしれない」

「おっしゃるとおりです。はっきりしたことはわかりませんが、可能性はあります」

リーナは目を閉じ、開ける。「あなたが言った六人のうち、何人見つけたんですか？」

メイリードはブライオニー・テイラーと、彼女の母親の懇願するような目を思いだす。

「今までのところ、全員まだ行方不明です。でもだからといって……生きていないということではありません。進行中の事件というだけのことです」

「進行中の……事件ね」リーナはそのことばを舌の上で転がす。判読しようとするかのように。「彼は何者なの？　どうしてこんなことをしているの？」

「明確にお答えすることはできません。でも、ほかの女の子たちに言わせたことから判断すると、ひとり親――とくにシングルマザー――に何らかの恨みのようなものを抱いている可能性があります」

「恨み？」

緑色のセーターにネクタイをつけた温厚そうなイリサの祖父が、娘の両手を自分の手で包む。「この男は、わたしたちの知り合いだとお思いですか？」

「その可能性はありますが、おそらくあまりよく知らない人物でしょう。これまでの誘拐からわかっていることに基づくと、犯人は自分から見て、資格がないと思える母親から子どもを奪っているようです」

　イリサの祖父は、自分が殴られたかのようにたじろぐ。「刑事さん、わたしの娘は、決して資格がないなんてことはないと、保証しますよ」

「それはわかっています。みんなわかっていますよ。でも、われわれは道理をわきまえた人物を相手にしているのではありません。この人物の頭の中では、イリサさんにテレビを見させ過ぎるとか、しょっちゅうマクドナルドに行かせているとか、そういうごくありふれたことが、正当な理由なのかもしれません。朗報と言えるのは、道理のわからない人たちはしばしば過ちを犯すということです。先ほど申しあげたように、大勢の警察官がこの件に取り組んでいます。彼らは百パーセント、イリサさんを見つけることに集中している。わたしも、百パーセント、イリサさんを見つけることに集中していま す」

　リーナは前後に揺れる。「あなたは、こういうのが得意なんですか?」と訊く。「仕事でっていうことよ」

　この場面で、慈悲深い答えはひとつだけだ。「ええ、得意ですよ」

「あなたは……お母さんなの?　自分の子どもがいるの?」

　メイリードの息が胸で凍りつく。〈クリアブルー〉のキットがたくさんあるバスルームと、下着についたふたつの血のしみと、二時間前にスコットにした約束を思いだす。まっすぐ医者に行くと。「わたしは結婚しています」と、やさしく言う。「今はそれで充分でしょう」

「また娘に会える？」

「そう願っています、リーナさん」

「願っています、か」

リーナはごくりとつばを飲む。その顔は、ガラスと同じくらい、もろく見える。沈黙が一分近くつづいたあと、携帯電話の震える音が沈黙を破る。着信音は『レット・イット・ゴー』のコーラスだ。ハンドバッグをさっと取り、リーナは電話を見つけて応答する。「イリサ？」

メイリードは、ジュディー・ポレットと視線を交わし、しかめ面をしないようにする。

「ああ」リーナがつぶやく。「ラッセ先生。ええ、すみません。こんにちは」額をぬぐう。「連絡してませんでしたね」またひと息つく。「ちょっと——すみません、ラッセ先生、わたし……とにかくテレビを見てください、いいですか？　もう切らなきゃ」電話を切り、首を横にふる。「イリサのチェスの先生の、ラッセ・ハーゲンセンさんです。昨日のレッスンをキャンセルするのを忘れてて」

「生徒が現れないと、いつも電話をしてくるんですか？」

「そうだと思いますけど。イリサは一番優秀な生徒なんです」

メイリードはゆっくり立ちあがる。「ありがとうございます、リーナさん。さしあたり、ジュディーを残していきます。どんな質問でも彼女が答えますが、いつでもわたしに電話くださってけっこうですよ。行く前に、最後にひとつだけ申しあげておきます。われわれの要請により、ＹｏｕＴｕｂｅはビデオを公開しつづけていますが、あのサイトは見ないよう、強くお勧めします。コメント欄が表示になっていて、われわれはリアルタイムで監視しているのですが、この手のことが引きつける人間のクズは、想像がつくでしょう。そんなのを見る必要はありませんし、何の役にも立ちません」

リーナはうなずくが、心はすでにどこかほかのところに行っている。

「その方法で突きとめられるんですか？」イリサの祖父が訊く。「ＹｏｕＴｕｂｅを通して？」

「残念ながら、できません。目下のところ、さらなる連絡を待つあいだの優先事項は、例の白い〈ベッドフォードＣＦ〉のバンの捜索です。必要な方策はすべて取っていますので、その点についてはご心配なく。ドーセット州だけじゃなく、近隣のすべての州から、何百人という警察官が加わっています。英国家犯罪対策庁もです。一般市民の反響は大きくて――何千人もの人々が国じゅうで捜してくれています。わたしは次の六時の記者会見のために、副本部長と合流します。それが終わったら、すぐに電話します」

リーナは鈍い反応で見つめている。

既視感が半端ではない。ブライオニー・テイラーのときのくり返しだ。

車に戻ると、メイリードは、おなかに両手をあてて、運転席に座る。朝の記者会見以来、さらなる痛みはなかったが、だからといって、赤ちゃんが無事だということにはならない。病院に電話して、妊娠初期相談窓口《EPAU》に紹介してもらう必要がある。今すぐ超音波画像を診てもらいたい。心臓の音を聞いて、お医者さんが、すべて問題ありません、と言うのを聞きたい。けれども、先にすることが山ほどあるのだ。

電話を取りだし、ボーンマスのハリーに連絡をする。「何かわかった？」

「ナンバープレートのDNA鑑定の結果が出ましたが」とハリーが報告する。「まったく何も出てきませんでした」

「大したものね」

「まだ家にいるんですか？」

「出てきたところ」

「リーナはどんな様子です？」

「くそ、ジェイク。どうかしらね。良くはないでしょう」

「ええ。ホラー小説が展開しているような感じでしょうね」

メイリードは横の窓からミルゾヤン家を見る。「チェスの先生のラッセ・ハーゲンセンを、もっと詳しく調べてほしいんだけど。終わってるのは知ってる。でも、今度は彼の全人生を洗いざらい調べて」

メイリードは助手席に電話を放る。ブライオニー・テイラーに関しては、三度の連絡があり、それから音信不通になった。イリサ・ミルゾヤンを救うための窓は、一時間ごとに狭まっている。

イリサ

六日目（一）

グールは、寝ているあいだにやってきた。

目覚めたとき、イリサは自分がどこにいるのか、すぐにはわからなかった。初めて、肌を押すとがった床がなかったから。それから、カメラに向かって語った話と、二枚舌の報酬として得たほうびを思いだす。ベッド、毛布、温かい食事。外の世界では、こんなのはごく当たり前のものだ。この地下では、最も大切なものになる。

目を開けるとすぐに、状況が変わったのだとわかる。監禁部屋を飛びまわるグールの懐中電灯の光には、躁病《そうびょう》っぽいところがある。息を切らしてもいる。シルエットから、大きな息のかたまりが渦を巻き、吐きだされる。

グールはすべてを確かめると、床に懐中電灯を置き、イリサのほうに光を向ける。イリサはまぶしい光に眼を狭める。毛布を肩までかけているので、前ほど寒くはないけれど、今は怖い。ただ事ではない気がする。

グールは鉄の輪の上に身をかがめる。何かの錠が開くようなカチッという音がする。鎖がカチャカチャという鋭い音を立てる。

「立て」とグールがささやく。

さっきまで、イリサはふたりの関係が前進したと思っていた。今は、グールが発する脅威に、血の気が引いていく。

そのことばが思わず口をついて出て、もう取り消せない。言われるまでしゃべるな。わかりましたと言え。これ以上怒らせるのが心配で、良いほうの手で手錠を支えながら、必死に立ちあがる。

そのとき、グールが飛びかかってきた。暗闇の怪物が。イリサは悲鳴を抑えることができず、監禁部屋の壁に響きわたる。グールはイリサの首をひっつかみ、自分の前に押しやる。

「お願い」イリサはうめくように言う。「お願い、やめて」

「もうたくさんだ」とグールが怒鳴る。「言われたとおりにしろ、動け」

イリサはつまずきながら前に進む。鎖の長さを超えたときにようやく、グールが錠を開けたのだと気づく。自由だけど、自由じゃない。つながれていないはしが床を引きずらないということは、グールが持っているにちがいない。

グールが懐中電灯を取りあげると、光がイリサを斜めに照らす。影が長くなって揺れる。あと三歩で、開いたドアをくぐり抜ける。

恐ろしくて、イリサはほとんど息ができない。暗がりからうっすら見えている、弓形に曲がったものの意味を理解することもできない。グールはわたしを殺すつもりなんだ、まちがいない。これがわたしの生きている最後の時間になるのかもしれない。

イリサの喉《のど》で息がひゅーひゅー鳴っている。家族は遠く離れたところにいる。目の前には石の階段があり、うしろから押されている。イリサはなんとか上る。自分の前にあると思っていた、たくさんの時間。生きられなかった、たくさんの年月。グールがまた押す。こんどはもっと強く。それに応《こた》えて、イリサは早く上る。自分の運命に向かって急いで。

頭の中でいいことを考えつづける。家族のこと、愛情や笑い声が思い浮かぶ。でも、心がものすごい速さで動いているので、満たすことができない。パニックの中で、舌をかむ。その痛みは、口の中にガラスのかけらがあるかのようだ。

グールの懐中電灯が、階段の折り返しを照らす。イリサはそこに寄りかかる。

「上れ」とグールが言う。「上れ、上れ」

突然、イリサは〈ワイド・ボーイズ〉の外に停めた、ママの〈フィエスタ〉の中に戻っている。ママが何か言っている——ちょっとした、さりげないことばだけれど、愛情がいっぱいに満ちている。それからその場面が消えて、イリサは階段に戻り、昔はキッチンだったのかもしれない、汚らしい部屋に出る。最後のときを、最も愛する人たちから引き離されて、だれにも手を取ってもらえずに過ごすことになるなんて、あらゆる運命の中で最悪だ。

外は明るい。午後の日が暮れかかっている。暗闇に長いあいだ閉じこめられたあとなので、感覚が圧倒された。がんばって歩いたせいで、筋肉がひりひりする。足が湿り気で反った床板につまずく。

前のほうに、影が斜めに差しこむ廊下がある。ここの空気はいっそう冷たい。肩や顔に当たる。「お願い」イリサはささやく。「あなたの言うとおりにしたでしょう。したでしょう」

グールはうしろにいる。ふり返って見たいくらいだけれど、怖すぎてそんなことはできない。怖すぎて、もしも彼がそれを許したなら、それはどういう意味なのか、考えられない。今でもイリサは、希望を捨てきれずにいる。

外に出ると同時に、靴がやわらかい落ち葉の中に沈む。まわりの水の滴る木々は、雲で覆われた空に向いている。

〈記憶の森〉だ、とイリサは思う。

とても美しい。世界のすべてが美しい。涙が目にしみる。

そのとき、左手に停めてある白いバンが目に入る。あのステッカー。ソフト帽をかぶり、タバコを吸っているドクロ。

CHILLAX《チラックス》。

バンのドアが開く。グールに押され、イリサはバンパーにひざをぶつける。

乗るのは自殺行為だけれど、どんな選択肢がある？　戦うのは無理だ。筋肉が弱っていて、走ることすらできない。なんとかして右のひざを持ちあげ、荷台にふり上げる。

グールが、もう片方の脚をつかんで、ひょいと投げいれる。

イリサはころんで、手首をかばうことができなかった。その痛みが強烈な悲鳴になる。胃が締めつけられて吐くが、胃液が噴きだすだけだ。うしろでグールがバンに跳び乗る。イリサはまばたきするけれど、目がよく見えない。へんなにおいがして、ぼんやりとした花の記憶がよみがえる。唇に濡《ぬ》れたものが当たり、急にとても怖くなって、とにかくこれが、すぐに終わってほしいと思う。

人生の残り時間はあと何秒だろう？

何秒？

「ごめんなさい、ママ」イリサはささやく。

そして暗闇がイリサを消す。

イライジャ

六日目（一）

夜だ。ぼくはずぶ濡れになって、全力で〈記憶の森〉を駆けぬける。頭上では、まっ黒な空から激しく雨が降っている。木々が震える骨みたいにかたかた鳴る。とても寒い。走りながら、最後にグレーテルに会ってから起こったことを、すべて思いだそうとする。あの子が書き取らせた手紙と、自分だけのチェスセットの約束を思いだす。それが問題を引きおこすことは知っていたから、自分の部屋に戻ってから、破りすてることを誓った。昨日の夜、手紙は〈記念品と不思議な拾いものコレクション〉の中に隠しておいた。今朝になって、マッチ何本かといっしょにここに持ちだした。

でも、ぼくは燃やせなかった。

あの地下室で、グレーテルは、ぼくがまったく存在を知らなかった世界を見せてくれた。ぼくはどうしてもその一部を手に入れたかったので、可能性を信じることにした。家に戻ると、父さんの持ち物を探して、ついに封筒と切手を見つけた。それから、〈記憶の森〉の西の境界線に向かって出発した。通りに接する鉄条網をよじ登ったのを覚えている。郵便ポストを見つけるまで、どれくらい歩いただろう？　三キロか？　四キロか？

手紙自体はたいした問題じゃない。そのあとに起きたことが問題なんだ。ポストに入れるまでは、境界線の向こうにいる理由があった。恐怖から気をそらすものが。でもいったん任務が完了すると、ぼくは取り乱した。

道に迷ったことと、意味のわからないものをいろいろ見たことと、ぼくの名前を聞く人たちの声を覚えている。気がつくとパトカーの中にいて、警察署に向かっていた。そこには窓のない部屋があって、警察官が買ってくれたコカ・コーラがあった。あの人たちはテレビで見るような制服を着ていなかった。

わたしたちはふだん着を着ているんだ。

からかっているんだと思った。ぼくはからかわれるのが得意ではない。

父さんがあそこから連れだしてくれたとき、ぼくはほっとして泣きだしそうだった。

今日の午後早くに家に帰り、父さんがタバコを吸いに庭に出るまで待った。それから忍び足で階下《した》に下り、脱出して、〈記憶の森〉に行った。〈お菓子の家〉の外で、落ち葉がかき乱された場所があるのを見つけた——車が出入りした跡だ。見たわけじゃないけど、すぐにわかった。その車がぼくの友だちを連れていったのだと。地下室で、ぼくの靴と、形はちがうにしても大きさが同じ足跡がひとつあるのを見つけた。

ドアを開けるとき、かんぬきがカチャッと鳴ったことや、漂白剤のにおいが強烈で、鼻がひりひりしたことを思いだす。空っぽの監禁部屋、鉄の輪、何か恐ろしいことがあったのだと知ったことも。

ぼくが家に逃げ帰ったのは、そのときだ。今日の夜、ぼくの部屋で、母さんは『エフェソの信徒への手紙』を読むよう促した。**最後に言う。主に依り頼み、その偉大な力によって強くなりなさい。悪魔の策略に対抗して立つことができるように、神の武具を身に着けなさい。**でも、悪魔はカギ爪を深く食いこませ、ぼくの自分勝手さによって、悪魔の手助けをしてしまった。

母さんが出ていってすぐ、ぼくは枕の上にコインを見つけた。窓辺に立ち、夜の闇の中に投げとばすと、四輪駆動車が〈ファロー・フィールド〉のそばの道を走っていくのが見えた。ムニエさんだろうか？〈車の町〉のだれかだろうか？そんな遅くにだれかがここにくる理由はなかった。

そのとき、空っぽの地下室で起こったことを思いだした。グレーテルを失った恐怖で、手から懐中電灯が滑りおちた。それを拾いもせずに、ぼくは向きを変えて逃げた。それだけではなく、監禁部屋のドアを開けたままにしてきた。

もしもぼくののぞき見が気づかれていないのなら、証拠を消さなくてはならない。木々の向こうに、雨に濡れた家の輪郭が浮かびあがっている。外に車は止まっていないし、ほかのだれかの気配もない。雨がぼくの頭皮にたたきつける。背を丸くすぼめて、茂みから飛びだす。

（二）

やみくもに、手さぐりで地下室の階段を下りるときに、ぼくは二度、落っこちそうになった。濡れた泥がくっついたスニーカーは、すべり止めが利かない。指紋を残してしまうけど、それについてはどうしようもない。

階段の一番下に着くと、両手を前に上げて、すり足で進む。今日の午後早くにイリサの監禁部屋から逃げたとき、立ちどまってドアをバタンと閉めはしなかった。今ぼくは、ドアの縁に頭がぶつからないよう用心している。

腕を左右に動かし、手探りで障害物を探す。漂白剤のにおいは前ほど強くはないけど、まだ涙が出るくらいには強い。ついに手がドアにふれる。

閉まっている。

表面に手を動かしたとき、かんぬきが引かれているのを発見する。外れていた南京錠が、元の場所に戻っている。

その意味がすっかり飲みこめるまでに、少し時間がかかった。ぼくのまわりで、暗闇が息をしているように思える。

（三）

あの人たちは知っている。

それは何よりも明らかだ。

今までぼくはずっと、すごく用心深く自分の痕跡《こんせき》を隠してきた。最初から、ルールを破る者が、どんな危険にさらされるかはわかっていた。両親は、その罰からぼくを守ることはできない。だれにもできっこない。

また頭の中で何かが動くのを感じる。ぼくが建てた壁が、それを押してくるものとの戦いに負けかけている。倒されたらどうなるか、わからない。

まわりの暗闇が重く感じる。水深一キロメートルの黒い水がのしかかる海の底に、閉じこめられているようだ。その水圧に押しつぶされて、ほとんど息ができない。

階上《うえ》に戻ったら、あの人たちが待っているのだろうか？　汚れた白いバンの光に照らされた、建物の外壁を想像する。

CHILLAX《チラックス》。

身震いして、何か音がしないか耳を澄ます。でもしんと静まりかえっている。地下納骨堂を思わせる死の静けさだ。ポケットを探ると、南京錠のカギの硬い曲線を感じる。

寝室の窓辺に立ち、車が〈ファロー・フィールド〉のそばの道を走っていくのを見てから、三十分も経っていない。きっとあの運転手がここに来ていたのだ。監禁部屋からはすでにイリサの存在が消されてしまっていた――洗われて、ごしごし磨かれて、消毒されて。ドアはメッセージとして、再び封じられたのだろうか。それともほかに理由があるのか？

両手がひどく震えていて、南京錠を外すのに、うんと時間がかかる。まん中のかんぬきを引きもどす。つづいてほかの二つも。取っ手をしっかりつかんで、暗闇の中でひと呼吸おく。

立ちさって、あの警察署を探すべきだ。今度こそ本当のことを話すんだ。

ぼくは顔をゆがめて、ドアを開ける。

(四)

監禁部屋の外には、前と同じように、漂白剤のひどいにおいが漂っている。ぼくは敷居でちゅうちょして、それに自分を洗い清めさせる。それからこぶしを固めて、つま先で道を探りながら、一歩前に出る。

まっ暗なのに目を閉じて、ぼくは足で床を探りながら、監禁部屋を動き回る。慎重にやる必要がある。一ミリも見落とす余裕はない。鉄の輪のところに半分進んだ――いや、そう思った――とき、何かが聞こえる。

身動きできなくなりながらも、耳を澄ます。自分の呼吸が大きく響き、心臓が激しくどきどき鳴っている。「こんにちは」と思いきって言い、ハンマーの衝撃か、切りつけるナイフに備えて身がまえる。

暗闇が生き物のように脈打っている。まるで黒い肺だ。「こんにちは、イライジャ」と返事が返ってきた。

メイリード

六日目（一）

ソールズベリーで、メイリードは、この四日間で三度目のミルゾヤン家のリビングルームにいる。リーナ・ミルゾヤンと彼女の両親が向かいに座っている。ジュディー・ポレットが近くをうろうろしている。昨日、リーナは死体のように見えた。今はもっとひどく見える。

メイリードの具合もあまり良くない。今朝はなんとかしっかり朝食をとったけれど、五分ももたずに、ぜんぶ吐いてしまった。ありがたいことに、昨日の記者会見以来、下腹部の痛みはもうないし、出血もない。昨日の夜は疲れきっていて、妊娠初期相談窓口《EPAU》への紹介を手配できなかった。最新の発見があったからで、その後、時間を見つけられずにいる。

「また連絡がありました」メイリードは説明する。「ウソをつくつもりはありません。動揺されることでしょう。でも見ていただく必要があります。あなたなら、われわれが気づいていないことに気づくかもしれませんので」

ジュディーをちらっと見てから、メイリードはノートパソコンを開いて、プレイボタンを押す。イリサ・ミルゾヤンが現れる。まるで悪夢の中から現れたように。

少女は恐ろしげに見える——やつれて、おびえ、具合が悪そうだ。リーナ・ミルゾヤンは娘を見ると、糸が切られたかのように前に傾ぐ。

画面上で、イリサは何度か呼吸をして自分を落ちつかせた。それから、ぬれた砂を思わせるざらついた声で言う。「この前の夏、こんなことがありました。ママはわたしをロンドンに連れていくって約束したんです。わたしはずっと地下鉄に乗りたかったので、ロンドンの地下鉄で、いろんな有名な場所に行こうとして——〈マダム・タッソー〉とか、〈リプリーズ・ビリーブ・イット・オア・ノット〉とか、〈ベーカー街二二一番地B〉とかを調べたの」

「行ったのか？」

この二分間のビデオを三十回見ても、メイリードはその声を聞くと、身体がこわばる。

ソファーの上で、リーナ・ミルゾヤンがうしろに下がる。

「はい」イリサが答える。「わたしが言ったところにはひとつも行かなかったけど。『レオン』の再上映を観て終わり。その古い映画が、ママは好きだから。映画館に行って、わたしはきらい、ぜんぶきらいだった」

「そいつはおもしろくなさそうだな」

「そう。そのあとで、どこかにケーキを食べにいくつもりだったの。ブラック・フォレスト・ガトーを、約束どおりに」

「ケーキは食べなかったのか？」

「パブに行ったの。ママはウォッカを五杯飲んで、それから列車で家に帰ってきた」

「おまえの母さんは、ほんとうにいやな女らしいな」

イリサ・ミルゾヤンは、カメラをたっぷり五秒間見つめる。ノートパソコンの画面が暗くなると、メイリードはふたを閉じる。「すみません。見るのはつらいでしょうね。それがこの男の動機のようです――少女たちに、カメラの前で母親をけなさせるのが」

リーナは足をよろめかせながら、立ちあがる。目に怒りをあらわにして、部屋から駆けだす。ジュディー・ポレットがあとを追うが、メイリードは片手を上げて止める。

「時間をあげて」

一分も経たずにリーナが戻ってくる。「イリサは」息せききって言う。「わたしたちにメッセージを送っているのよ」

（二）

リビングルームの空気が静電気を帯びる。

メイリードは急に立ちあがりすぎた。部屋が色を失っていく。歯を食いしばり、めまいが収まるのを待つ。「説明を」

「たしかにイリサの誕生日にロンドンに行ったけど、地下鉄は一度も使わなかったんです。絶対に乗らないとイリサが約束させたから――地下を走るっていうのがいやなのね。

ウォータールー駅まで列車で行き、そこからは、あの子の行きたがったところへ、どこにでもバスに飛びのって行ったわ」

「メッセージがあると言いましたね」

リーナは力強くうなずく。「それがその一部なのよ、分からない？　どうして話のそんなささいな部分を変えるの？　あの子を拘束している男――彼にはわかるわけがないわ。そのささいな部分は、わたしたちだけのものだから。あの日はバスを使ったのに、イリサは地下鉄を使ったと言う。自分は地下にいると知らせているんだと思うわ」

メイリードは口を開く。ジュディー・ポレットをちらっと見てから言う。「それはかなり飛躍していますが」

リーナは首を横にふる。「娘を知っていれば、そうではないの。それに、それが唯一のメッセージだとは思わない。あの子が挙げた場所は――どれも行かなかったのよ。午前中は大英博物館で過ごし、午後はずっと科学博物館で過ごしたんだもの」チケットの束を差しだす。「ね？　まだ半券を持っているの」

メイリードの心臓の鼓動が速くなってくる。すでにジュディーは猛烈な勢いで走り書きしている。「いいですよ、リーナさん。すばらしいです。ほかに何かわたしたちに教えられることはありますか？」

「そのほかの場所だけど。それもメッセージの一部なのかもしれない。イリサは話の一部だけを変えている。その置きかえたもので、わたしたちに手がかりを与えるつもりなんだと思うの。〈マダム・タッソー〉、〈リプリーズ・ビリーブ・イット・オア・ノット〉、〈ベーカー街〉——何を言おうとしているのかはわからないけど、何かを言ってるのはわかる」

「ベーカー街二二一番地Bには」イリサの祖父が言う。「シャーロック・ホームズの小説に出てくる家がある」

メイリードはうなずく。「そして〈マダム・タッソー〉は蠟《ろう》人形館です。おそらく、それとなく仮面とか、何らかの変装を教えていると思われます。〈リプリーズ・ビリーブ・イット・オア・ノット〉はピカデリーにあった娯楽場ですが、閉鎖されました。奇妙なものがたくさん集められていました。縮んだ頭とか、五本足の子羊とか、ありとあらゆる風変わりなものが」

ほんの一瞬、リーナから力が抜けたように見える。それから姿勢を正す。「ケーキを食べには行ったけど、キャロットケーキで、ブラック・フォレスト・ガトーじゃなかったわ」

「自分が地下の……森の中にいると教えていると思うのですか？」

「きっとそうね」それからリーナは、ごくりとつばを飲みこむ。その恐怖が耐えがたくて。「わたしが好きだと言った映画——『レオン』って。観たことがないの」

「『レオン』はリュック・ベッソン監督の映画です。両親が殺されたあと、殺し屋と親しくなる少女の話ですが」

リーナ・ミルゾヤンはソファーに座り、両ひざを抱えこむ。

「あなたはとても利口な娘さんをお持ちですね」メイリードが言う。「もう一度いっしょにビデオを観ていただけますか？　ほかに気がつくことがあるか、確かめるために」

リーナがうなずくと、ジュディー・ポレットはメモの新しいページを開く。

外では、雨雲が空を覆っている。イリサ・ミルゾヤンは、ほんとうにせんさく好きな目から遠く離れた、森の中の地下に閉じこめられているのだろうか？　そうだとしたら、すでにクモの糸のように細い生存の可能性は、実質ゼロだ。

がんばって、お願いだから、がんばって。

ふいに、圧倒的で逃げられない喪失の感覚とともに、メイリードは、吐き気が完全に消えたことに気づく。

イリサ

六日目（一）

イリサは頭の中にすさまじい音がして、目を覚ます。防波堤が激しく波に打ちつけられているみたいな音だ。顔に何か……糊《のり》か、嘔吐《おうと》物か、血か——わからないものがくっついている。胃は空っぽだけれど、膀胱《ぼうこう》はいっぱいで、破裂しそうだ。

これはわたしの棺《ひつぎ》？　だから頭がこんなに閉じこめられているように感じるの？　肺がしめつけられる。息をするのにひと苦労だ。わずかに脚を動かそうとすると、でこぼこした冷たいものの上を滑る。身体の下の床は平らではない。しかも、よく知っているものだ。どういうわけか、イリサは監禁部屋に戻っていた。

一番驚いたのは、自分がほっとしていることだった。知っている環境に戻ったことにほっとして、状況が安定したことにほっとしている。さっきはもうすぐ死ぬのだと思いこんでいた。そうではなくて、死刑の執行猶予をもらったようだ。どうしてグールがバンに避難させたのかは、よくわからない。もしかするとテストだったのかもしれない。あるいは悪趣味な娯楽か。

膀胱がぱんぱんになってくる。頭を上げると、冷たくてねばねばしたものが顔から落ちる——部分的に消化された、卵とベーコンだ。けがをしていない方の手で拭《ふ》く。

次に手さぐりで手錠を捜し、元の場所に戻っているのを見つけて、うめく。腕全体が濡《ぬ》れているのは、きっと血だろう。傷口がまた開いたところには痛みを感じず――かすかに脈打つだけだが、においがある。だれかが、汚れた服の入った洗濯かごの中に、死んだ生物を放りこんだような。

カチャッという音が、イリサの思考のカオスを切り開く。少しして、ゴムパッキンのきしむ音が聞こえる。冷たい空気に洗われる。それから、ためらいがちで、自信のなさそうな声がする。

（二）

「こんにちは、イライジャ」イリサは言う。

イライジャは、聞こえていたとしても、返事をしない。床を横ぎるのも感じないし、懐中電灯のちらちらした光も見えない。

浅い呼吸。ほかには何もない。

「ヘンゼル？」

その名前が宙を漂うが、知らんぷりだ。足をひきずり、近づいてくるのが聞こえる。ロウソクの光がないので、イライジャがナイフを持って忍びよってきていても、イリサにはわからないだろう。

イリサは座って、こみあげる吐き気に歯を食いしばり、じりじりうしろに下がる。鎖が床にガチンとあたり、後退していることをばらす。

「グレーテル」イライジャが言う。感情的になり、声を詰まらせているので、泣いているのだろうかとイリサは思う。「ぼくは……ぼくはてっきり……」

イリサはごくりとつばを飲みこむ。「わたしもそう」

「きみは、ここにいなかった。ぼくは来たのに、きみは消えていた。ほかのものもぜんぶ。漂白剤のにおいがするだけで。まるで……前にあの人たちがやったのと同じように」

イリサは、乾いた舌で唇をなめる。「あの人たちがブライオニーにやったように？」

イライジャが喉《のど》でいやな音を立てる。

「懐中電灯はどこなの？」

「ぼくは……ぼくはパニックになって、落としちゃったんだ。それから走って逃げた。だから戻ってきた。きみは死んだとばかり思ってたよ、イリサ。何があったの？」

イライジャは、ふたつの名前のあいだを行ったり来たりしている。イリサとグレーテル。それがどういう意味なのかはわからないが、良いことだとはイリサには思えない。

「あの人が来たの」と教える。「ささやき声の人。わたしがグールって呼んでる人。彼がわたしを外に連れだして、バンに乗せたの。それから……薬を吸わせた——顔に布を当てて、ホテルのときと同じように」

イリサはまた釘《くぎ》を突きさされたような痛みに襲われて、しかめ面をする。脳みそが頭《ず》蓋骨《がいこつ》じゅうで飛びはねているみたいなかんじだ。さらに動く音がする。イライジャがずるずると監禁部屋を歩きまわっている。ゾンビのように足を引きずって。「何をしているの？」

「懐中電灯を捜してるんだ」何分か捜したあとで、イリサに近いところにどさっとへたりこむ。「ここにはないな」

「じゃあ、きっとあの人が持ってるんだね」

イリサは、自分のことばがどんなにひどくイライジャを怖がらせるか、わかっている。こうなったら、かまうものか。

咳《せき》ばらいをして、イライジャは言う。「ちょっと訊《き》いてもいいかな？」

「もちろん」

「笑わないって約束する？」

「約束する」

「ばかみたいに聞こえるだろうな。それにぼく……今までだれかに訊いたことは一度もないんだけど……これって……」ためらっている。「こういうことぜんぶ、現実なのかな？」

イリサはまばたきする。「現実って？」

「ときどき……ときどき、思うんだ……現実じゃないんだって」

「どういう意味？」

「ぼくはヘンゼルじゃない」

「そうだね」イリサは言う。「あなたはヘンゼルじゃない。イライジャだよ」

「そうなの？」

イリサはイライジャがつづけるのを待つが、だまったままだ。しばらくしてイリサは言う。「これは現実だよ、イライジャ。ぜんぶ。あなたは現実だし、わたしも現実。わたしのママも。わたしの家族も。この場所も現実。わたしがいたい場所じゃないし、ここで死ぬことにならないよう願ってる。何よりも、わたしがここから生きのびるのを、あなたが手伝ってくれることを願ってる――でもこれは現実だよ、約束する。手に入れられるものと同じくらい現実なの」

イライジャが洟《はな》をすする。泣いているように聞こえる。「きみはここにいたくないんだね」

「うん。家に帰って、家族に会いたい。ママの手料理を食べて。ママとソファーに座って、ネットフリックスを観たい」

「ぼくに、外に出してほしいんだ」

「何よりも、そうしてほしい」

暗闇にこするような音がする。たぶん、害のないものだろう。それとも害のあるものか。イリサは自分が創りだしたイライジャの究極のイメージを追いはらおうとする。チューリップのつぼみのような口が、目のない顔を異様に際だたせる少年だ。

イライジャが次に話すときは、イリサにぐっと近づいていた。「死が怖いの?」と訊く。「それとも実際に死ぬことが?」

イリサはたじろぐ。奇妙な質問だ。今は、イライジャのふるまいのすべてが不安にさせる。息づかいは聞こえるけれど、居場所を正確に当てるのはむずかしい。会話をつづけなくてはならないことはわかるので、本当のことを言う。いちばん心配なのは、ママがひとりぼっちになることだと。

「お母さんにとりつけばいいじゃないか」とイライジャが指摘する。

「そんなこと言わないで」

「ぼくにとりついてもいいよ」

その口調に、イリサは鳥肌が立つ。「あなたはすでにとりつかれているの?」

「ときどき、そう思う」

「ブライオニーに?」

「あの子じゃない。ブライオニーは友だちだったから」

「あの人たちが殺したんだね」

「そう。あの人たちがやった」

「どうしてなの、イライジャ? どうしてあの人たちはそんなことをしたの? どうしてこんなことをしてるの?」

「どうしてって……」あの、どこかちがうところから聞こえるような、恐ろしい声で言う。「それが正しいことだからだよ」

（三）

それは、イリサが期待していた答えではない。はっと息を吸うと、咳の発作を引きおこし、止まらなくなる。

「だいじょうぶ？」イライジャが訊く。「病気みたいだな」

「どうしてあの人たちはそんなことをしたの？　どうしてこんなことをしてるの？」

「どうしてって。それが正しいことだからだよ」

イライジャはそう信じているのだろうか、それとも単に教えられてきたことをそのまま言っているだけなのだろうか？

「手首は」とイリサは言う。「バイ菌が入ったんだと思う。ほんとうに悪い状態だと思うの」

しばらく沈黙する。それから、イライジャは手さぐりをして立ちあがる。「ああ、ぜんぶぼくのせいだ」とうめくように言う。「どうにかしてやれたかもしれないのに、それに……それに、ぼく――」

「どうしてこれがあなたのせいになるの？」

「ほんとにごめん、グレーテル。ぼくがあんなにバカでさえなければ」

てるの？」

イリサは眉《まゆ》をひそめる。「意味がわからないんだけど。これがあなたのせいだと言ってるの？」

「ぼくは地所を出たんだ。〈記憶の森〉を通りぬけて、道路までずっと歩いた。どれくらい歩いたのかはわからない——きっと道に迷ったんだと思う。それから……気がつくと、警察署にいて、質問に答えてた。父さんと連絡を取る方法を教えたら、父さんがぼくを迎えに来たんだ」

イリサの血の気が引く。「警察署にいたの？」

「うん」

「警察官に話したの？」

「うん」

「何て言ったの？」

「えーと……父さんが手当したカラスのことを話した」

イリサの口があんぐりと開く。「わたしのことは話したの、イライジャ？　教えたように、わ、わ、わ、わたしの名前を思いだした？　イリサ・ミルゾヤンって。わたしがどこにいるか説明したの？　ここで何が起こっているかは？　どうすればわたしを見つけられるか教えたの？」

「いや、ぼくは——」

「いいや？」

「きみはわかってないんだ！」イライジャが叫ぶ。「さっき言っただろう──まともに頭が働いてなかったんだって。いままで警察署なんて、行ったことなかったんだから。怖かったんだ。話したかったさ、もちろん、でもあのときまでに、ぼくはすごく混乱してたから、信じてくれないだろうと思ったんだ。落ちついたら何か話そうって、心に決めてたんだけど、そのときにはもう家にいたんだよ」

イライジャの告白は希望を打ち砕き、完全にくじけさせるものだったので、イリサの残っていた力が抜けてしまった。肉に食いこむ岩のこぶもかまわず、がっくりと床に倒れる。「どこに行くところだったの？」小声で言う。「どうして地所を出たの？」

「ぼく……ぼく、わからない。ちょっと時間が必要だったんだと思う。いろんなことを理解する時間が。ぼくの頭は……」イライジャの足が床を動き回る。「ぼくはこれを解決できるよ。できるってわかってるんだ。方法を見つけて、戻ってくる」

少しして、監禁部屋のドアがゴムの枠の中できしむ。

イライジャがいなくなると、イリサはマッチを見つけて、ロウソクに火を灯《とも》す。イライジャは何かを解決するつもりなんてないと、イリサは知っている。彼は味方だと、生きのびるチャンスだと、期待していた。でもちがった。手首を見おろすと、じくじくして、ひどくはれ上がってきていて、自分の人生が残り少なくなってきたことがわかる。

イライジャ

七日目（一）

金曜日の朝だ。ぼくはつまずきながら〈記憶の森〉を歩いていて、つけられていると確信する。昨日の晩、イリサが監禁部屋に戻されたときに、開いたドアと、ぼくの放置した懐中電灯が見つかったんだろう。つまり、あの人たちは、だれかがあそこにいたことを知っている。そしてまだそれがだれかは知らないかもしれないけど、ぼくが昨日、地所を出て、警察署にいたことは知っているだろう。きっと、ぼくが何かを言うか、するかもしれないと恐れて、しばらくのあいだ、イリサの居場所を移したんだ。昨日の夜、寝室の窓辺で見かけた、〈ファロー・フィールド〉を通りすぎる車が、たぶんイリサを連れもどしたんだ。イリサが死んでいないのは奇跡だ。

ここから先、木々はまばらになっていく。そこを通りぬけると、〈車の町〉と、灰色の広々とした〈指の骨湖〉が見える。もやの筋が地面にまとわりついている。共同の炉や、マジック・アニーのブリキの煙突から、煙が漂う。

東の方から、沈黙を切りさいて、猛スピードの四輪駆動車の音がやってくる。ぼくが並木のはしに着いたとき、ちょうどムニエさんの泥の跳ねた〈ディフェンダー〉が、草地を走ってくるのが見えた。

（二）

タイヤがロックされ、車はノックスさんのトラックの前に滑りながら止まる。運転席のドアが開き、ムニエさんが飛びだす。ムニエさんの顔があんなに赤黒くなっているのは見たことがない。頭をのけぞらせてどなっている。うなり声をあげ、嚙《か》みつかんばかりに、ノックスさんの二匹の犬が地面を引っかき、立ちあがる。湿地に打ちこんだ、らせん状の輪に留められた鎖だけが、犬たちを押しとどめている。ムニエさんがまだ大声をあげながら、大股《おおまた》で集落に入っていくと、ぼくはゆっくり〈ディフェンダー〉のほうに歩いていく。

すでにほかの人たちも姿を見せはじめた。ノックスさんが最初で、古いコートを着こみ、肌は傷んだソーセージ用ひき肉のようで、両手をこぶしに固めている。

ふたりの男は興奮して口論を始める。そのとき、トレーラーハウスから新入りのカップルが出てくる。顔は厚化粧だ。女の人はひざまでのブーツを履き、ゆったりしたフェイクファーを着ている。青や緑や銀色を羽根みたいな形に塗っていて、熱帯の鳥のように見える。

ぼくは四輪駆動車のところに着く。助手席のドアに身体を押しつける。ムニエさんが新入りに、地所から出ていくよう要求するのが聞こえる。

〈ディフェンダー〉の窓は色つきなので、ぼくは見られずに聞いていられる。それなのに、見はられているという感覚をふり払えない。何度も〈記憶の森〉をふり返って見るけど、木々の中に潜んでいる人はだれもいない。もう一度〈ディフェンダー〉の助手席の窓から中をじっと見たとき、見のがしていたものを発見する。

車のセンターコンソールの、ムニエさんの電話や財布のそばに、今日付けの『デイリー・テレグラフ』紙がある。新聞の題字の下で、大きなグレーテルの顔がぼくを見あげている。今回はちがう写真を使っている——前よりもよい写りでもある。その表情には、いつかあの子がなるかもしれない女性の片りんがはっきり見える。

わたしのことは話したの、イライジャ？　教えたように、わたしの名前を思いだした？　イリサ・ミルゾヤンって。わたしがどこにいるか説明したの？　ここで何が起こっているかは？　どうすればわたしを見つけられるか教えたの？

ぼくが役に立たないと、イリサが思っているのは知っている。ぼくにあの子を助ける能力があるのか、信じられなくなっているのはわかる。正直言って、ぼくも信じられなくなりはじめている。

〈記念品と不思議な拾いものコレクション〉が頭に浮かび、どれほどこのグレーテルの写真をその一部にしたいことかと思う。もしもイリサを救えなければ、少なくとも、ぼくにはあの子を覚えている役目がある。できるだけ静かに、ランドローバーのドアをゆっくり開ける。

（三）

秋の雷がムニエフィールズにとどろき、〈指の骨湖〉の水面からどっと飛びだしたガンの群れを追いたてる。すさまじく思いがけないその音が、ぼくの神経を痛めつける。うしろではまだどなり合いがつづいている。ぼくは安全な並木のところに向かって走る。そこで濡《ぬ》れたシダの中にひざをつき、新聞からグレーテルの写真を破って、のこりを脇に放りなげる。

また立ちあがり、家に向かおうとしたとき、マジック・アニーのドアがガタガタと開いた。ぼくのスピリットガイドが、トレーラーハウスの玄関の階段に現れる。消えたのはカウチンセーターとトルコ石のネックレス。そのかわりに派手なウールのスカートをはいている――前にルーマニアの〈フォタ〉だと教えてくれた。髪には白い布の〈マラマ〉を巻いている。

身体の前で指を組みあわせて、草地に下りると、アニーは言い争っている四人組に近づく。アニーはみんなのおだやかな月の光だ。ムニエさんは、アニーに気づいたときはまだ大声を張りあげていた。アニーが話しはじめると耳を傾け、ムニエさんが答えると、アニーは同じように敬意を払って聞く。

一分後にムニエさんは〈ディフェンダー〉にさっさと戻る。加速して、タイヤが草や泥を吐きだしながら去っていく。

〈車の町〉の人たちはムニエさんが去るのを見守る。クジャクの目をした女の人がアニーに何か文句を言って、アニーは不愉快そうに眼を細める。

ぼくは一、二度、あの眼を向けられたことがある。居心地の悪いものだが、あの若い女の人は気にしていないようだ。怒りをぶつけたあげく、帽子の男の人といっしょに、足を踏みならして、女の人はトレーラーハウスに戻る。アニーとノックスさんは困ったような表情を浮かべて、しばらく話をしてから別れる。

その人たちを見ていると、ぼくの人生を含めて、この辺のすべてが、自然発火する寸前だという感覚から逃れられない。

（四）

もう立ちさるべきだ、見つかる前に。でもアニーを見たことで、いっしょにいたくてたまらなくなり、隠れ場所から出ると、トレーラーハウスに向かって、全速力で走る。

アニーは最初のノックに応《こた》えて、ぼくを通してくれた。ぼくがスニーカーを蹴《け》って脱ぐと、薪《まき》ストーブのそばに置く。ぼくがテレビの近くの席に座るあいだに、アニーはコップに牛乳を注ぎ、三枚のピーカンナッツクッキーを皿にのせる。それをテーブルに置こうとして、はたと止まる。「アノキ」と言う。今日はネイティブ・アメリカンの日じゃないのに。「どうして泣いてるんだい？」

涙を止めることができずに、ぼくは袖《そで》で鼻を拭《ふ》く。「何があったの、アニー？　何が起こってるの？」

アニーの額にしわが寄る。「どういう意味だい？」

泣いているほんとうの理由を話すわけにはいかないので、かわりに窓のほうをあごで示す。ムニエさんの〈ディフェンダー〉が通った跡を。「ムニエさんは、みんなを追いだす気なの？」

アニーの目がきらっと光る。「それであわてたってわけかい？　あんな意地悪じいさんのことなんて、心配しなくていいよ。さあ、目を拭いて、牛乳をお飲み」

喉《のど》が詰まっていて、ぼくは飲みこむことができない。「でもほんとうに追いだされたらどうなるの？」

「まあ、お聞き」アニーは長イスのぼくのとなりに滑りこんで言う。「アニーばあさんは、レオン・ムニエについて知ってることがひとつふたつある。きっとあの人もそれを知ってる。あの人はだれも追いだしやしないさ――今日も、明日《あした》も、当分はね」

また涙がぼくのほおを流れおちる。アニーの言うことを信じたいけど、グレーテルの感染した手首や、失くしたぼくの懐中電灯のことに心を悩ませているから、なんの慰めにもならない。「もしもアニーがいなくなったら、ぼくはどうしたらいいかわかんないよ」

アニーはやさしい指でぼくの顔にさわる。「あんたはこの世界にはいい子過ぎるんだね、イライジャ」

ぼくは目を閉じ、アニーの肩に頭をのせる。アニーがぼくの髪をなでる。外で、聞きなれたディーゼルのガタガタという音がする。ぼくがまっすぐ座り直すと、レオン・ムニエさんの〈ディフェンダー〉が見えるところに戻ってきて、炉のそばに急に止まった。

「おやおや」とアニーはつぶやき、立ちあがる。

車のドアがぱっと開く。ムニエさんが飛びだす。さっきムニエさんは怒っているように見えた。今はかんかんに怒っているように見える。ぼくはランドローバーから盗んだものを思いだし、痛いほど歯をくいしばる。

息を吸って、アニーは〈マラマ〉を整える。「あたしがあの人の注意を引くあいだ、ここで待ってるんだよ」と言い、ドアに向かう。「そしたら、できるだけ静かに家を抜けだしなさい」

「はい、アニー」ぼくは言う。

イリサ

七日目（一）

　イリサは監禁部屋の床に横たわり、熱のせいで震え、寒いのに汗をかきながら、呼吸すると気管支がガラガラいうのを聞いている。身体の側面では、右腕がなんともおぞましいものに変質していっているように感じる。肌が萎縮《いしゅく》して、どんどんちがうものになっていく。

　さっき、気力をかき集めてロウソクに火をつけた。今、そのロウソクを見ながら、見え方がどこかおかしいと認める。ある瞬間、炎が視界いっぱいに広がったかと思うと、次の瞬間にはどんどん離れていき、ついには遠くのピンで刺したような小さな穴に過ぎなくなるのだ。

　監禁部屋の壁には、〈ボダッハ〉たちが浮かれ騒いでいる。彼らがほんとうはいないことはわかっているけれど、ひそひそ声の会話の中に、グールのこだまが聞こえる。この地下じゃ、そういう傷にはバイ菌が入ることがある。最初に感じるのは、肌がかゆくなって、ひりひりしてくること。肉が腫《は》れて、化膿《かのう》する。だれかが踏んで、日の当たるところに置きざりにした果物のようにな。めまいがして、混乱しはじめるだろう。自分の考えを信用することもできなくなるさ。

目的はともかく、グールの警告は的確だった――まさに今、イリサは自分の目さえ信用できない。

ロウソクの炎がぐんぐん近づいてくる。頭の中がカボチャの光でいっぱいになる。壁の上では、〈ボダッハ〉のひとりが〈ワイド・ボーイズ〉のアンドレアに変身する。**ハロウィーンのあたしを見に来たらいいよ。鮮やかなオレンジ色の目をつけるの、ネコみたいに細長い光彩のやつをね。ぎょっとさせてやるんだ。**

炎が上下に揺れ、横にふくらむ。もぐっては、つま先でくるくる回る。その踊りには、強く人の心をひきつけるものがある。あたかも青い後光から大きくなったその黄色い炎の涙が、自然界と神が出会う境目であるかのように。それから光がイリサを見捨てて離れていく。

すでにイリサは心と身体が耐えられるピークを過ぎている。湿気や、食料の不足、グールの汚らわしい薬が、大きな打撃を与えてきた。疲れすぎて、仮想チェス盤にイライジャの記憶を詰めこむこともできない。頭がぼんやりし過ぎて、もう答えを探すことができない。強制的に何かをやらせようとしたのは失敗した。同じくごまかそうとしたのも。何よりも悪いことは――感染した傷や、どんどんあいまいになっていく現実の把握力よりも、もっと悪いのは――あちら側のどこかで、ママがひとりぼっちでいるのを知っていることだ。リーナ・ミルゾヤンは、娘を失うような目に遭っていい人ではないのだが、今はその結果が避けられないように見える。

かんぬきが枠に収まるカチャッという音が聞こえる。最大の苦痛はこれからやって来るのだろうか。

まさかね。知っているんでしょう。

（二）

声はしない。懐中電灯の光もない。ロウソクの光がはね返って客を照らしもしない。でもなぜかイリサには、イライジャだとわかる。それは良くも悪くもなく、ただそれだけのことだ。今まで、彼の関与をはっきりさせずにきた。たぶんこれからも決してしないだろう。

イライジャは、入口のところでためらっている。勇気をふるい起こしているかのように。沈黙に耐えられなくなり、イリサはしわがれ声で言う。「ヘンゼル？」

足が石の床をずるずる滑る。うす暗がりから何かが現れる。イリサは目を細め、焦点を合わせようとするが、むだだ――ロウソクの明かりがまた引っこんでいき、汚れた灰色のガスを残していく。

徐々に光が戻るけれど、今度は見えるものがぴくぴく動いている。フィルムが枠から外れてしまった古い映写機で、映像を見ているようだ。混乱の中から、ふたつの黒い円をのせた太ったたしみが泳ぎだす。

イライジャが一歩前に出る。飛び飛びの断片的なイリサの認知力では、映像を縫いあわせて、まとまった完全な形にすることはできない。イライジャは縮んだりふくらんだりして、大きさが絶えず変化する、落ちつきのない〈ボダッハ〉だ。

ひとつはっきりわかること――彼を形作っている激しく動く影から――は、手を上着のポケットに突っこんでいることだ。ひじの角度からして、何かを握っているようだ。ナイフなのか、ほかの武器なのかはわからない。

イリサの口の中はからからになり、やっとのことで声を出す。「イライジャ？」

イライジャは立ったまま揺れている。「グレーテル」

「何かあったの？」

「ぼく……ぼく思うんだ」

「大丈夫？」

「あんまり大丈夫じゃない。ぼくには……できない……」

イリサの脈が速くなり、呼吸も速くなっているが、落ちついた声を出そうとする。

「そのことを話したかったの？」

上着の中で、イライジャの前腕が緊張する。まるで隠した物を握る手に力をこめたように。肺をふくらませる。息が激しく震えて吐きだされる。

ロウソクの炎が下がり、先が爬虫類《はちゅうるい》の舌のようにちらちら揺れる。ふたたびイリサの世界が暗闇の中に縮む。イライジャが向かい側にしゃがむのが聞こえると、離れたくなるのを我慢するのが精いっぱいだ。たしかにわかっていることがひとつある。信じているふりをつづけなければならない。「どうして戻ってきたの？」

「きみに会いたかったんだ」

「でも、話せないの？」

「そうだ」

　イリサは少し待つ。「じゃあ、どうする？」

「遊びたかったんだ」とイライジャは言う。「きみと」

　イライジャの口調には、聞き覚えのない激しさがある。人形やおもちゃや、純粋に彼を喜ばせるために作られたもののことを話しているように聞こえる。

　胸の中にとがった痛いものが花開く。力をふりしぼって、身体を半分起こす。「イライジャ」と言いはじめる。「これが終わったら――」

「チェスをしたいんだ」

　ことばを飲みこむのに少し時間がかかる。心からほっとして、イリサは目を閉じる。目を開けると、動く影の何かが、イライジャがほんの少し近づいたことを知らせる。

「わたしもチェスがしたい。何よりもしたい。でも前に言ったように、マットがないと――」

「電話を持ってきたんだ」とイライジャが言い、突然すべてががらりと変わる。

（三）

最初、イリサは悪ふざけだと思った。残酷に期待を高めるものだと。でもイライジャがポケットから手を出すと、地下室は青い光でいっぱいになる。

イリサの胸が締めつけられる。息ができない、したくない。もしもふたりのあいだの沈黙の呪文《じゅもん》を破ったら、イライジャが正気に返るんじゃないかと心配で。いきなり動いてはいけない。あまり熱心に見えすぎてはいけない。表情に必死なところや、ずるさのかけらも見せるわけにはいかない。電話は救済の機会を与えるけれど、まだ手に入れてはいないのだ。それにイライジャは以前に、イリサの見こみよりはるかに、ごまかしに免疫があることを証明した。

ぼくをだまそうとしてるんだね。ぼくに電話を持ってこさせたいんだ。そうすれば、だれかに電話して、ここに連れもどしにきてもらえるもんな。

じゃあ、どうしてイライジャはこんなことをしているのだろう？

ある考えが心に浮かび、鳥肌が立つ。もしかするとこれは、彼が用意したテストなのかもしれない。

とうとう酸素が尽きて、息をせざるを得なくなる。落ちつかなければ。イリサの興奮に気づいたら、イライジャはたぶん背を向けて逃げだすだろう。イリサの指はカギ爪の形になっている。前は弱っていて体重を支えられなかった脚の筋肉が、アドレナリンでぶるぶる震えている。自分の命を救うために、イライジャの目を引っかくことができるだろうか？　たぶん。その恐怖は決して忘れられないだろうけれど、またママに会えるかもしれない。それだけで、やる価値はあるだろう。

まだ巨大な灰色のしみにすぎないイライジャが、身体を遠ざける。「どうかした？」

イライジャに飛びついて、ひっつかみ、鎖の範囲から出させないようにしたい。でも、もしもうかつにふれれば、このチャンスは消えてなくなるだろう。

イリサは乾いた舌でひび割れた唇をなめる。「のどが渇いたの」

灰色のシルエットがぼうっと近づいてきて、ついにすべての光を遮断する。突然、〈エビアン〉のボトルがイリサの口に当たる。イリサが頭をうしろに傾けると、貴重な水が喉《のど》を滑りおちる。電話の反射光がプラスチックのボトルの中に輝く。すぐ近くにある。

「かわいそうに」最後の水がぽとりと落ちると、イライジャがつぶやく。「もっと飲み物を持ってきてやればよかったな。考えるべきだった」

「大丈夫」イリサは口を拭《ふ》きながら言う。「あなたのせいじゃないよ」

「ぼくのせいだよ。きみはここで、喉が渇いて死にかけてるっていうのに、ぼくときたら、くだらない遊びのことばかり考えてるんだから。自分勝手で、バカで、悪いやつだ」

「わたしは死にかけてなんてないよ、イライジャ。まだ」

「調子が良くはないだろう。そしてそれもぼくのせいなんだ。何かできたかもしれないのに。しなかった。ただ……」

イリサは待つが、イライジャは話を締めくくらない。イリサが訊《き》く。「ほんとうに、チェスをしにここに来たの？」

「うん」それから、イリサが約束を破るつもりだと確信したかのように、声の調子が高くなる。「約束しただろ！　ぼくが電話を手に入れたら、ここに持ってきたら、きみが——」

イリサは良いほうの手を上げて制す。「イライジャ、すごいよ。まず、いくつか確かめる必要があるかもしれないけど。それで、何かソフトウェアをダウンロードしないとならないかも。でもパスワードさえあれば——」

「パスワード？」

「うん——」

「何のこと？」

「ときどき、自分の電話にパスワードを設定する人がいるの、ほかの人にこっそり見られないように」

「どうすればパスワードがわかるの？」

「電話の持ち主に聞かないとね」すこし待つ。「できる？」

「無理だよ！」

イリサの内臓が布きんのようにねじれる。「まあ、ロックされてなければ、必要ないんだけど。みんながみんな、わざわざ設定するわけじゃないし」

「どうやって確かめるの？」

「持ちあげて」とイリサは言う。「画面をわたしに見せて」

イライジャは求められたとおりにする。また青い光がふたりのあいだに現れる。まるで魔法でいっぱいの箱のふたが開けられたみたいに。イリサは必死に焦点を合わせようとする。映像が飛んだり引っこんだりする。ようやく、流れる色の糸が、ひとつの像を結ぶ。

電話はｉＰｈｏｎｅの古いモデルだ。画面にはちょっと傷がついているけれど、ちゃんと動いている。パスワードのリクエストのかわりに、アプリケーションのアイコンが規則正しく並んでいる。

（四）

ポーカーフェースになるべきときがあるとしたら、今だ。関心がなさそうに見えるように努めて、イリサは選択肢を考える。

「で」イライジャが言う。「どうやるんだい？」

「Ａｐｐストアに行って」とイリサは言い、それからまばたきする。「ごめん。これが初めてだってこと忘れてた。白いＡのついた青い四角を探して。Ａはアプリっていう意味。そこでチェスのプログラムを探すの」

イライジャが前に乗りだす。「あった」

「それを押して」

青い光の質が変わり、ログインしたことがわかる。「小さな虫メガネが見える？」

「うん」

「そのそばに、何も書いてない場所があるはずなんだけど」

「あったよ」

「オッケー、そこに入力して――」

「どうやって？」

「ちょっとそのボックスをさわって。そうすると、キーボードが出てくるはず」

光がまた色を変える。「何て入力する？」

「チェス。それから〈検索〉って書いてあるボタンを押す」

集中するにつれて、イライジャの鼻が呼吸でひゅうひゅう鳴る。

「それで？」

「メッセージが出てきたよ」

「何て書いてある？」

「『インターネットに接続できません。Ｗｉ‐Ｆｉかデータ……通信……が有効なことを確認してから、もう一度お試しください』ってさ」

「見せて」

イライジャは身体の向きを変え、イリサの真横までさっとうしろに下がる。彼の接近は、イリサのすでにぼろぼろの感覚には、負担が大き過ぎる。すぐ近くにいるので、イライジャのにおいがぷんとする。洗っていない服のかび臭さと、脂ぎった肌のにおいだ。何かがおかしい――絶望的に――でもそれが何なのかがわからない。あるいはわかっているけれど、心がそれを受けいれるのを拒絶しているのかもしれない。

おそるおそる、イリサは良いほうの手を伸ばす。電話を手に取りはしないが、安定させる。イライジャの手がイリサの親指をかすめる。ふたりともびくっとする。

イライジャがふれたところの肌が熱く感じる。警告を叫ぶママの声が聞こえる。

イリサの視界がぶるぶる震えて跳ねまわる。ごくりとつばを飲み、歯をくいしばって、色の渦をはっきり見ようとする。だんだん画面の細かいところが見えてくる。むなしくアンテナ表示を探す。胃がむかつく。「電波がない」

「どういう意味?」

「この壁と、この天井が――電波を通さないの」

イライジャがイリサのほうを向く。電話の青い光を映すイライジャの目は、小さなコンピューター画面になっている。「それって、鉛の箱が放射線を通さないのと同じこと?」

「まさにそう」

イリサがイライジャを見たとき、彼が身体を少し近くに傾けた。顔の残りがはっきり見えて、それとともに、イリサの置かれた状況の現実――イライジャの現実――が、ついに明らかになる。

めまいがして、混乱しはじめるだろう。自分の考えを信用することもできなくなるさ。

イリサは悲鳴が喉の奥にたまっていくのを感じる。抑えきれない恐怖がぎっしり詰まったこぶのようだ。それをともかく胸に閉じこめる。今とき放てば、こんなに生存の機会に近づいているのに、すべての希望が潰《つい》えてしまうだろうから。

イライジャの息が、温かくイリサの顔に当たる。ひどいにおいがする。食べ物のカスが歯のあいだにはさまっているような。「チェスはできないの？」

無理だ、もう、無邪気な子どもを装った声と、ロウソクの光があらわにした人物を一致させることはできない。なぜなら、イライジャは、十二歳の少年の声の高さと調子で話しているけれど、まぎれもなく大人の男の身体で存在しているのだから。

メイリード

六日目（一）

リーナ・ミルゾヤンはイリサの録画を二度観たが、さらなる見識を示すことはできなかった。最後には、彼女の苦痛があまりにひどいので、少しでも思いやりのある人ならだれでも、もう一度観させることはできなかった。

外は空が暗く、さらに邪悪な様相を帯びる。ミルゾヤン家のリビングルームには、まったく暖かさがない。どこにさわってもひんやりとしている。メイリードはリーナに何の慰めも与えられない。自分のおなかの空っぽな感覚と、何かがひどく悲劇的におかしいという確信のことしか考えられない。

九週間、メイリードは自分の中にこの命を宿してきた。九週間、火をつけようと努力してきた。つわりは衰弱するけれど、それはそれで元気づけられていた――この妊娠が、これまでのすべての失敗を乗りこえて、より深く根づき、不運に動じない証拠だから。

それが今、消えた。

リーナのもとを去る前に、階上《うえ》のトイレを使わせてほしいと頼んだ。下着を確かめると、血はついていない。前と同じく、しみの跡はない。ブラウスを引っぱりあげて、そっと下腹部を調べる。でも、メイリードは刑事で、医者ではない――自分のしていることとがわかってはいない。

メイリードは目を閉じて集中する。ほんとうにつわりは消えたのだろうか？　もしかすると、あのイリサの二分間の映像が、一時的に感覚を失わせているのかもしれない。ここに来る前に、くり返しあの映像を観たが、リーナがいることで、恐怖が百倍に強くなったのだ。

がんばって、お願いだから、がんばって。

メイリードはトイレを使い、手を洗う。洗面台の歯ブラシ立てに、二本の歯ブラシが見える。一本は明らかにイリサのものだ。バスルームには、ほかに少女が存在した形跡はほとんどない——十代向けの化粧品が散らかってもいないし、安い香水がごちゃごちゃあるわけでもない。イリサのこの世界との接触は、なんと少なかったのだろう。もしもほんとうにいなくなったのなら、彼女の名残りはなんとはかないのだろう。

(二)

ドーセット州警察本部に戻る道中で、メイリードは総合診療医《GP》に電話する。医師はロイヤル・ボーンマス病院の妊娠初期相談窓口《EPAU》への即日紹介を手配してくれた。

メイリードは待合室に座り、目を閉じて、深呼吸をする。スコットには電話しないと決める。スコットはなぐさめようとして、愛で包みこむだろうから、そんな危険を冒すわけにはいかない。今、メイリードは何の感情もない、空の器なのだ。まさにそうなる必要がある。

注意をむりやり捜査に戻す。イリサがいなくなってから、もう五日目になる。メイリードはイリサが容赦なくどんどん忘れさられていくのを感じる。すでに、ニュース報道の質が変わり、希望のかわりに厳しい現実が受けいれられはじめている。来週には、次第にイリサは第一面から消えていくだろう。一か月もすれば、彼女の記事はたまの日曜版の見開き記事に追いやられるだろう。

メイリードは目を閉じたまま、心で手を伸ばす。がんばって、お願いだから、がんばって、わたしといっしょにいて、お願い、行かないで。そして、それとともに、待合室に戻り、おなかに両手をおいて、聞くのが恐ろしい知らせを待つ。

（三）

赤褐色の髪で、あごのたるんだ超音波検査技師は、今まで会ったことのない人だ。メイリードはそのことにほっとする。この部署のスタッフはほとんど知っている。今日は、彼らの笑顔と気遣いを、喜んで匿名性と交換するだろう。あごのたるんだ女性は自己紹介をしたが、メイリードには名前が聞こえない。今は、耳の中に白色雑音がある。それがすべてをかき消している。

診察台に横になり、メイリードはズボンのボタンを外し、ブラウスを持ちあげる。超音波用のゲルが冷たくても、感じない。

超音波検査技師がまた話している。はっきりしないことばで、心に留《とど》まらずに跳ねかえっていく。技師が右手に探触子《プローブ》を持ち、メイリードの腹部に押しつける。モニターに、見なれた灰色の扇形の渦が現れる。画像は粒子が粗く、おぼろげで、遠い宇宙から受けとった画像のようだ。位置を変えて、合体して、今、その中心に空洞が現れる。黒い空っぽの小さな丸いかたまりだ。メイリードの頭の中の白色雑音が低いうなりになり、すべて消滅する。指が結婚指輪を見つけて、三度回す。

超音波検査技師の胸が波打つ。目がモニターからメイリードの腹部に動き、また戻り、あごのたるみがマスチフ犬のように揺れる。わずかに眉《まゆ》が下がる。探触子の先がもっと良い角度を探すが、メイリードは言われなくても真実を知っている。そしてうまく対処できる。ちゃんと。

ついに、技師が話しはじめる。決まり文句が雨のように降りそそぐ。技師がモニターを示すと、メイリードはうなずきながら、慎重に表情を整える。この顔を、車に戻っても、ボーンマス中央警察署でもすることだろう。スコットのために、テレビカメラのために、イリサ・ミルゾヤンの母親のために、するだろう。

「――産科医部長と。でも、あなた次第です」

だんだんメイリードはもとの状態に戻る。ここからの台本は知っている。流産は自然に起こることもあるし、そうではないこともある。どちらにしても、一週間以内にここに戻ってきて、胎児の残骸《ざんがい》がないか調べることになるだろう。

「一番つらいのは、いつも、知らずにいることです」超音波検査技師が言う。「とりあえず、今はリラックスしていいですよ」

メイリードが八年間に出会ってきた医師たちは、ほとんど全員が親切で、礼儀正しく、いつも思いやりにあふれていた。それから時々、こういう人もいる。

あごに力が入る。頭のてっぺんが冷たくなる。「今、何ておっしゃいました？」

技師はにっこり笑う。まるで秘密を共有しているかのように。「ぼうっとするのはしかたないですよ。わたしは、良かったら、部長と話せるようにしてもいいと言ったんです。どちらにしろ、病院に来たのはいいことでした」

メイリードの両手がこぶしに固められる。息が喉《のど》に詰まる。怒りを追いはらおうとして、モニターに目を戻すと、突然、画像の一番下のところに見えた。速い鼓動によって小刻みに震える心臓が。

イリサ

七日目（一）

イライジャのほおに不精ひげはなく、あごひげらしきものもない。青年期の男の子の顔に時々見られる、やわらかくてか細い産毛すらない。肌はカエルの腹のように青白く、顔はまるまる太っている。その下の首のしわは、消えかけた教会のロウソクの、まわりに溶けたロウの輪のようだ。そのしわの中に、普通は思春期に現れる、大きくなった喉ぼとけは、まったく見あたらない。縫わずに治ったように見える十五センチほどの傷あとが、左のこめかみからあごにかけて走っている。

イリサの視界は跳ねまわり、色が滲《にじ》んでいる。一瞬、幻覚なのだろうか、自分が見ているものは、潜在意識の奥深くからすくい上げた、合成の怪物なのだろうかと思う。でもこれは幻覚でも、心が作りだした錯覚でもない。

乏しい光の中で、イライジャの残りの部分はよく見えないままだが、大柄で、身体の曲線から、男性というよりは女性っぽい体形に思える。イライジャは肥満しているけれど、病的なほどではない。ぶかっこうで、ものぐさに見える。対照的に、目はトカゲを思わせる無表情な激しさがある。

イライジャを見つめているうちに、筋肉が固まって動けなくなり、恐ろしい反動に陥りはじめる。苦しい体験のあいだじゅうずっと、イライジャとグールは楽に区別できていた。世間知らずの少年に対して、邪悪な大人。無邪気な子どものかん高い声に対して、けだものののささやき声の要求。

イリサははっと気づく。ささやき声は暗闇と同じくらい、真実を隠せるのだ。始めから、何かがおかしいと思っていた。イリサには理解できないルールでゲームが行われているのではないかと。イライジャは一度もチェスをしたことはないかもしれないが、だますのが上手なことを証明した。おそらく自分自身もだましてきたのだろう。

「こういうことぜんぶ、現実なのかな？　ときどき……ときどき、思うんだ……現実じゃないんだって」

「どういう意味？」

「ぼくはヘンゼルじゃない」

「そうだね。あなたはヘンゼルじゃない。イライジャだよ」

「そうなの？」

今わかったのは、イライジャの声がときどき、どこかちがうところから聞こえた理由だ。イリサはずっと、極度の疲労か、精神的な混乱か、あるいはグールの薬のせいにしてきた。あれはイライジャが立っていて、イリサが想像する背の高さと現実の不一致が大きくなったときだったと気づく。立てば、イライジャは百八十センチ以上あるはずだ。

ロウソクの炎が明らかにしたことと、それが暗示することの過酷さにぞっとしながらも、イリサはさっきの計画をよく考える。判断を誤ったら、たぶん取りかえしがつかないだろう。ここでの生活で、おれに隠しておけることなんて、ぜったいに何もない。でも、何もしないことは、結果を同じくらい暗いものにする。

「イライジャ、ごめんなさい」声の震えを静めようとしながら言う。「でも、電波を受けとれなければ、ソフトウェアをダウンロードできない。地下だと電話はちゃんと働かないの。通話も、データも、何もかも」

イライジャの首の厚いしわが引きしまる。つばを飲みこむ音が聞こえる。大きなごくりという音が。イライジャがまばたきすると、目に浮かんだコンピューターの画面が消えて、それから再起動する。

いよいよだ。

今だ。

突然、イリサの一生が、この瞬間に向かって容赦なく進んできたように思えてくる。たくさんのことが瀬戸ぎわにある。未来があるのか、未来がまったくないのか。

イリサは唇を湿らせ、前にかがんで、イライジャにキスをする。

(二)

世界が静止する。イリサの動脈の血が流れを止める。荒れ狂う川が停滞した運河になる。重力さえ消えていく。身体の下に床がないように感じる。イリサをつなぎとめておく重みがまったくない。鎖がなければ、開いた監禁部屋のドアを通りぬけ、夜の闇の中に浮いてしまうかもしれない。

しまりがなくわずかに開いているイライジャの唇は、思ったよりざらざらしている。へんな味がする。酸っぱくて、まるで炭酸水のようだ。目を閉じ、肺をいっぱいにして、イリサは口を開ける。イライジャの唇のあいだに舌を入れると、空気が真空空間に勢いよく入っていくように、世界が戻ってくる。

イリサはこれまでの人生で一度も、こんなふうにだれかにキスをしたことはない。こんなに強烈なものだとは思っていなかった。イライジャの舌は硬くて熱く、フライパンで炒《いた》めた細長いシチュー用牛肉みたいで、尖《とが》った歯に囲まれている。その気になれば、イリサの舌を嚙《か》んで切りきざむこともできる。

それからイライジャの口がなくなった。

イライジャはふらついてイリサから離れ、刺されでもしたかのように、うなっている。ぶかっこうに手足をばたつかせて、床をうしろ向きにスケートみたいに滑る。ついに暗闇がイライジャを飲みこむ。「あれは何だったんだ？」かん高い声を出し、裏声が壁に反響する。「ぼくに何をした？」

イライジャが急に立ちあがったとき、前に突進して、攻撃するつもりなのだとイリサは思った。何らかの反応は期待していたが、こういうものではなかった。

「何をしたんだ、イリサ？」

イライジャがあわてて光から逃げる光景は、まるで海の軟体動物が自分の巣穴に戻るようで、イリサの脳に焼きついた。あと二歩うしろに下がれば、イライジャは開いたドアを通りぬける。ばたんと閉めると、ドア枠がきしむ。かんぬきが勢いよく枠に戻る。

イリサは前にかがみ、吐こうとする。吐きたい。イライジャの味を口から出したい。でも、水分を失うことはできない。そのかわりに、監禁部屋の床につばを吐く。あのキスは——暗く、やむにやまれぬおぞましさは——心の奥深くの地下牢《ちかろう》にあるべきもので、しっかり閉じこめて、カギをハンマーでぺしゃんこにつぶした。

片手で手錠を支えながら、イリサは床を少し横へ移動する。イライジャはd6に座っていたが、ふらついてイリサから離れたとき、iPhoneは表を下にしてb7に落ちた。ひっくり返すと、画面全体にひびが入っているのが見える。蹴《け》られたかのように息が止まるが、アプリはすべてまだ見える。親指で横にスクロールすると、電話はちゃんと反応した。

どれくらい時間があるだろう？　イライジャが自分の失敗に気づくくらいに立ち直ったら、ものの十五秒でドアの錠を開けるだろう。いったん中に入ってきたら、終わりだ。

電話はあるが、電波がない。通話はできない、インターネットにもつなげない。イリサの頭はアドレナリンによる興奮状態で、カオスをぬけられない。でもうまくやる方法がある。あるはずだ。

考えなさい、イリサ。

考えて！

あれは外の音？　イリサは画面の上に身体を丸め、集中しようとする。パニックになって泣き叫ぶ自分の声を無視しようとする。

ＳＭＳ《ショートメッセージサービス》のアイコンを押して、空白のメッセージ欄を呼びだす。左手の親指で入力するのは、思ったよりはるかにやりにくいが、ソフトウェアが初歩的なまちがいは自動的に修正してくれる。電話番号を正しく入力するのがきわめて重要だ。

またあの音がする――これまでに聞いたことのない新しい音だ。ドアや、そのうしろからではなくて、頭の上からする。

メッセージが完成すると、イリサはアドレスのパネルを押す。慎重に、震える指を安定させるよう努めながら、知っている携帯電話の番号をすべて入力する。ママ、おじいちゃん、ラッセ・ハーゲンセン先生、ミセス・マクラスキー。

上の音は、今度は走りまわり、ガタガタ、カチカチいっている。何なのだろう、イライジャは――怒って――何をしているのだろう。

すぐに送信ボタンを押せば、電話は送信を試みる。何度か失敗したあとに、その作業をあきらめてしまうだろう。かわりにイリサはメールアプリを開き、同じメッセージを書きこむ。メールアドレスを加えるのは、電話番号よりもっとたいへんだ。何度もまちがいを訂正しなくてはならない。そのあいだじゅう、心臓が激しくどきどきして、ハンマーが胸を打ちやぶろうとしているようなかんじがする。

上のガタガタという音は調子が変わり、ポンとか、カランという音になる。イリサはなぜだかわからないけれど、恐ろしくなって肩をすくめる。メールが完成すると、送信ボタンを押して、文面が消えるのを見守る。メールアプリを閉じ、ＳＭＳを見つけて送信する。それから電源ボタンを長押しして、電話をスリープ状態にする。目の前の床に置き、座って待つ。

もしも電話がここで再起動したら、メッセージを送信する試みは失敗するだろう。でも外でスイッチが入り、十分な電波を見つければ、イリサの助けを求める声は届けられる。

監禁部屋の遠い隅の床に何かが落ちて、暗闇に跳ねていく。さらに三回床を打つと、イリサは驚いてふり向き、何が起こっているのか知ろうとする。

それから、まわりじゅうで雨が降っているような、かんかん、ぱらぱらという音がした。小さくて硬いものが頭に当たる。はっとして髪にさわる。指が濡《ぬ》れている。見あげると、天井板が黒ずんでいた。

少し先のｆ６で、ロウソクの炎が上下に揺れ、ちらちらする。イリサは濡れた指を鼻に持っていく。

水ではない。雨でもない。

石油だ。

イライジャ

七日目（一）

この一週間ずっと前ぶれがあった嵐――母さんが警告したやつだ――がとうとう起こった。

しかもどしゃ降りだ。雨粒があたり一面の地面をたたく。まるで地球の引力が木星の引力になったみたいに。だれかが肩や頭皮をどんどんたたいているようなかんじだ。あっという間にずぶ濡れになる。空はとても暗く、見たことのない様相で、地殻変動でも起こっているんじゃないかと心配になる。太陽が消えるとか、流星が衝突するとか、大量絶滅とか。この雨は、〈記憶の森〉の下に横たわるものたちを目覚めさせるために、神によってもたらされたのだろうか？　もしかして、神の創造物を洗い流すためにもたらされたのかもしれない。ノアと三人の息子たちを思いだす。セム、ハム、ヤペテ。母さんと、父さんと、カイルを思いだす。グレーテルと、あの子がどうやってぼくを誘惑しようとしたかを思いだす。それから頭を切りかえて走る。

森を通りぬけるいつもの道をたどる。何もかもおかしく見える。頭のおかしな人が描いた風景画のようだ。嵐が全力を解き放つ。すぐに、ぼくは自分が何から逃げているのか、どこに逃げていくところなのかも思いだせなくなる。雨が頭に激しく降りそそぎ、記憶をこすり取っていく。あそこで何があったんだっけ？　どうしてぼくはあんなに怖かったんだ？　そして、恐怖のあまり、ぼくはついさっき、何をしたんだろう？

稲妻がぴかっと光り、とても鮮やかな青色だったので、ぼくはバランスを失う。地面が急に盛りあがって、肺から息をたたき出す。ぼくはあお向けに転がり、あえぐ。

ブライオニーがぼくを見おろしている。美しいブライオニー。額の大きな深い切り傷から血がだらだらと顔に流れている。最後のほうは泣いてばかりだったけど、今は泣いていない。「約束したよね、イライジャ。わたしを傷つけたりしないって約束したくせに」と言う。

「傷つけなかったよ」必死に後ずさりしながら、ぼくはうめくような声で言う。「きみにふれたこともなかった」雨粒がぼくの胸に飛びちる。空気が雨に煙っていて、何も見えない。この嵐の激しさは猛烈ですさまじいのに、ブライオニーにはまったく影響を及ぼしていない。

ぼくはブライオニーにふれたけど、あんなふうにじゃない。

絶対にあんなふうにじゃない。

ぼくは助けただけだ。ぼくがしたのはつねにそれだけだ。

「助ける？」ブライオニーはあざ笑う。「あれをそう呼ぶの？」

死んでいるブライオニーは、生きていたときよりもかなりいやなやつだ。ぼくのほうにゆっくり歩いてくるあいだに、ブライオニーがカイルのライフル銃をふり回しているのに気づく。シカと、シカの頭の中の大惨事を思い、突然怖くなる——ぞっとする——なぜなら、ぼくの頭はすでに大惨事で、これ以上どうしたらいいかわからないから。ひじをついて、地面をカニのように後ずさる。

「あんた、臭いんだよ、イライジャ・ノース」ブライオニーが言う。「ウソと、裏切りと、こぼれた石油のにおいがする。でも何より、あんたがとにかく臭いの」

　ブライオニーは、ぼくが這《は》うより速く歩いている。ライフルの銃身が振り子のように揺れる。ブライオニーの唇はめくれている。歯はなぜか先っぽがとがっている。それがぼくの肌を引き裂き、顔をねばねばする肉の切れはしに変えるところを想像する。

「やめて！」ぼくは叫ぶ。「木を手に入れてやっただろう！　頼まれたとおり、背の高いやつを！」

　ブライオニーは歯をむいてうなり、唇がさらに裂ける。今では女の子というよりはイヌのように見える。おなかの上に転がってきたので、ぼくはぱっと跳びあがり、逃げる。

「戻ってこい！」ブライオニーがかん高い声で言う。その声は嵐よりも荒々しい。「これを解決するのに遅すぎるってことはないよ！　遅すぎるってことはないよ！」

　ブライオニーはまちがってる。ふたりともわかっている。ぼくにとっても、死んだブライオニーにとっても、もうすぐ死ぬグレーテルにとっても遅すぎる。これはいつも同じように終わるんだ。

　しばらくのあいだ、ぼくが走るにつれて、世界は完全に後退する。意識が戻ると、

〈記憶の森〉の東の境界線のところにいた。どうやってここに来たのか、どれくらい時間が経ったのか、まったく記憶がない。木々のあいだを抜けると、滑ったり転んだりしながら、家への道を行く。稲妻が空を引き裂く。ガラガラ、ゴロゴロという雷鳴がすさまじくて、ぼくは腹ばいになり、悪臭を放つ泥を口いっぱいに食べる。少しのあいだ歩けなくなり、ねば土やがれきの中を、うなぎのようにずるずる滑っていく。

行く手にわが家が見える。カイルが外に立っている。ブライオニーが向けてきたのと同じライフル銃を持っているけど、そんなことはあり得ない。そこでやっと、ブライオニーは死んだんだから、〈記憶の森〉で見た女の子は、ほんとうはそこにいなかったのだと思いだす。

家の前の小道に着くころには、ほとんど息ができなくなっている。雨でずぶ濡れになった服が、二枚目の皮膚のように貼りついている。

カイルが銃を持ちあげる。「このでぶ。何してきた？」

「あの子がぼくにキスしたんだ、カイル」

カイルのうしろでは、家のドアが開いている。雨で玄関がびしょびしょになっている。ライフル銃をつかみ、ぼくは兄さんの手からもぎ取ると、草の中に投げる。それからカイルを押しのけて、中に入る。

イリサ

七日目（一）

天井から石油がぽたぽた、ぱらぱら落ちてきたかと思うと、ついにどっと降りだす。イリサは、あわてて消したロウソクのそばで、暗闇に縮こまる。石油のにおいで喉《のど》が詰まる。すでに頭がくらくらしてきている。あとどれくらい息をしていられるだろう？

イライジャが階上《うえ》に立ち、地下室の階段に火のついたマッチを投げて、罪の証拠を消滅させる準備している姿を想像する。恐怖は頭蓋骨《ずがいこつ》の中を駆けまわるトカゲだ。ドアの外の黄色い光が見える気がする。その中でどっと巻きおこる大火が。焼けこげる肌に苦しみもだえる悲鳴や、地下で犠牲になることのむごさが目に浮かぶ。ここで死ぬことは、つねに遠い可能性どころではなかったが、こんなふうになるとは夢にも思わなかった。

冷たく濡《ぬ》れたものが指にふれる――床の上を忍びよってくる石油の湖のはしだ。石油が一滴、首に当たり、背筋を転がりおちる。「神さま、ああ神さま、どうか聞いてください、お祈りします、どうか、苦痛をお与えにならないでください。どうか神さま」

険しい顔をした警察官が、お嬢さんの骨が見つかりました、と説明するのを、じっと聞いているママの姿が思い浮かぶ。〈記憶の森〉を訪れて、燃えつきた家のそばに立ち、まっ黒になった穴をのぞき込んでいるところを想像すると、その姿がとても寂しそうで、みじめで、ひどくわびしくて、イリサはしくしく泣きはじめる。ママはこんな目にあうべきではない。ふたりとも、そうだ。チェスのグランプリや、勝利への期待、捧《ささ》げてきた年月を思う。報われる機会のない、すべての犠牲を。あのすべての夢は灰と化した。もしも戻れるなら、ちがうふうにしたいことがたくさんある。もっとよく知りたい人がたくさんいる。試合と同じくらい濃い時間を、交友関係に注いでさえいれば。今になってみれば、チェスを選ぶ意味などなかった。イリサの葬式の参列者は四人かもしれない。もしもラッセ先生とマクラスキーさんが来てくれれば六人だ。ひとつの人生を追悼するのが六人。だれのせいでもない、自分が悪いのだ、とイリサは思う。世間とちゃんとかかわっていなかった。イリサがいなくなっても、ほとんど影響がないだろう。

そのとき、滝のように落ちる石油の音の中から、聞き覚えのある音が聞こえる。かんぬきのカチャッ、カチッという音だ。突然のことにぎょっとしていると、ドアが開いて、懐中電灯の切り裂くような白い光が現れる。その光景に、イリサは固まって動けなくなる。

「消して!」と叫び、もしも電球のフィラメントが空気を発火させたら、巻きこまれるであろう炎の壁から、身を守ろうとする。「それを消して!」

光が上を向き。天井を調べる。それから監禁部屋じゅうを飛びまわり、イリサがiPhoneを置いたところで止まる。

お願い、とイリサは思う。それを手に取って、持っていって。

イリサはふらつき、とても混乱して、倒れそうになる。視界が跳びはじめていて、懐中電灯がストロボになる。「イライジャ？」としゃくりあげる。「ヘンゼルなの？」

彼は前に傾き、脚の下のほうがイリサの視界をさまよう。早すぎてイリサが叫ぶ機会もないまま、電話の上にかかとを落とし、スクリーンを粉々に割る。

イリサはうめいて、自分の内にこもり、石油にまみれたワンピースも、白熱の光を発するフィラメントも見ないようにする。

ふたたび彼のかかとがふり落とされる。ガラスが床を飛ぶ。iPhoneはねじれた金属のかたまりになり果てる。まだ暴力は止まらない。

「お願い！」イリサが叫ぶ。「お願い！　どうしてこんなことをするの？　いったい、わたしが何をしたっていうの？」

彼は壊れた破片を蹴とばして、開いた監禁部屋のドアから出ていく。いなかったのは一分たらずだった。戻ってきたとき、懐中電灯は歯にくわえられていた。顔は見えないが、光が彼の手を見せる。その手には、石油缶をふたつ持っている。黙々と手際よく、中身を床にぶちまける。

イライジャ

七日目（一）

何もかも壊れていく。何もかも。

この家にはまったく見覚えがない。ぼくは部屋から部屋へ荒々しく突っきっていく。地下では、泥だらけの足跡が入り交じって、床を黒ずませている。だれがやったんだろう。

知ってるくせに、とぼくが無視しようとしている声が言う。**もちろん、おまえは知ってるのさ。**

〈記憶の森〉のブライオニーを思いだす。あの子のこの世での頭は傷ついていた。その原因となったにちがいない一撃を思う。どうしたらあそこまで残酷になれるのだろう。

知ってるくせに、イライジャ。ここから逃げることはできないんだよ。これ以上。

頭の中の壁がたわみはじめているのを感じる。もしそうなら、そのうしろに積みかさなったすべての恐怖が放たれるだろう。殺戮《さつりく》の中に、ぼくは飲みこまれるだろう。「母さん！」叫びながら、部屋から部屋へ進んでいく。「母さん！」

家は非難するように沈黙している。

「死んだんだよ、イライジャ、知っているだろう。母さんは死んで、もういない」

ぼくはふり向いて、うしろに立っているカイルを見つける。

「うそつき！」ぼくはカイルに叫ぶ。「そんなの、ただの汚いうそだ！」

カイルを押しのけて廊下に出ると、階段を駆けのぼる。息が急に耳ざわりな音になる。視界がばらばらになったとき、ぼくは自分が泣いていることに気づく——泣いて、叫んでいる。知っているはずの人たちが、とっくの昔に死んだことを。カイルの部屋に着き、中を見て、崩れおちてひざをつくところだった。なぜなら、そこはからっぽだったから。

そんなわけないだろう？　どうして、こんなことに？

外では空がぴかぴか光り、雷鳴がとどろいている。悪魔が生んだまぼろしが、影の中に生きかえる。

ぼくはよろめきながら両親の部屋に着く。すべてなくなっている。ベッドにはシーツなどない。押し入れのドアは曲がってぶら下がり、何も入っていない。鏡台の上の母さんのアクセサリーがぜんぶ消えているけど、それは当然だ。なぜなら、なぜなら——

「埋葬したからな」とうしろでカイルがささやく。「母さんは、ずっと前にオレたちが埋葬した」

ぼくはうめいて、両手で耳をふさぐ。それは真実じゃないと知っているから。母さんの木が〈記憶の森〉の中に立っているのは認める。だけどその根元に骨は埋まっていない。母さんの木はオークで、夏には見事に葉が生い茂り、秋にはどんぐりがたくさんなって、リスやシカやイノシシへの恵みになる。上のほうの枝には、ぼくの思い出や願い事がひもでつるしてある。ぼくが書いた手紙、ぼくが描いた絵、ウインドチャイムや、ちょうちんとお守り。雨が降ると、祭壇は洗い流されてしまう。それでもぼくはいつも復活させ、それとともに母さんも復活させる。

でもこの嵐は——外で荒れ狂い、ぼくの頭の中でも同じように荒れ狂っている嵐は——永久に母さんを洗い流してしまうかもしれない。考えただけでそれは大惨事だ。

何もかもおしまいだ。何もかも。

そして今、ついに、これもおしまいにしなくてはならない。

両親の部屋をあきらめて、どたどたと階段を下りる。カイルが非難を込めた目つきで、玄関のドアを見はっている。今度はカイルを無視するのは簡単だ。頭の中の嵐はさらに猛烈になっているけど、もう決心を固めたので、ぼくは混乱の中に聖域を見いだした。

落ちつきが持ちこたえたのは、ブライオニーが威勢よくリビングルームから出てくるまでだった。「死んだの」ブライオニーはあの針のようにとがった歯をきらりと光らせて言う。「あんたのせいで死んだのよ」

ぼくは向きを変え、階段の手すりにぶつかる。肩に痛みが走るけど、ぼくが引き起こした苦痛とはくらべものにならない。戸口に戻ったとき、ブライオニーは砕けて、無数の黒いかけらになり、溶けて液体になって、降りそそぐ。

キッチンに戻ると、一瞬そこは〈記憶の森〉の中のキッチンになる。天井にツタが伸び、それから引っこむ。ガラスが窓から落ちて、それからまた現れる。食料品庫がぼくを呼び、下へと招く。いやなにおいで窒息しそうな、じめじめした地下室へ。

これは現実だよ、イライジャ。ぜんぶ。あなたは現実だし、わたしも現実。わたしのママも。わたしの家族も。この場所も現実。わたしがいたい場所じゃないし、ここで死ぬことにならないよう願ってる。何よりも、わたしがここから生きのびるのを、あなたが手伝ってくれることを願ってる――でもこれは現実だよ、約束する。手に入れられるものと同じくらい現実なの。

たぶん、あの子にとっては。ぼくにとってはそうじゃない。

唇が興奮でぶるぶる音を立てている。ぼくの口にふれたグレーテルの口のなごりだ。グレーテルはぼくにキスをした。あんなことは想像もしなかった。ぼくらの口はすぐ近くにあったけど、あの子がぼくの口に自分の口を重ねたんだ。

何もかもおしまいだ。何もかも。

そして、これを終わらせる方法がひとつだけある。

裏口のドアにはカギがかかっていない。ぼくは庭に飛びだす。滑ったり転んだりしながら、ぬかるんだ芝生を横ぎる。頭上の空は、すさまじい雷鳴、稲妻、土砂降りの雨だ。薪《まき》小屋に着いたときには、ぼくは震えていて、とても寒くて、混乱して、ほとんど計画を思いだせなかった。さっきは嵐の目の中にいた。今は大暴風の中に戻っている。

やっとぼくは見つけだす。この悪夢を終わらせるのに必要な道具を。薪小屋を横ぎり、薪割り用の切り株のところに行く。そこに父さんの斧《おの》が埋まっている。唇をなめると、グレーテルと、ブライオニーの血と、忘れられた多くの汚いものの味がする。

柄を両手で包みこみ、切り株から斧をもぎ取る。
何もかもおしまいだ。何もかも。
大股《おおまた》で薪小屋から出て、嵐の渦の中に足を踏みいれる。

（二）

あちこちぶつかりながら家を歩きまわる。ぼくは前に進んでいるのだろうか、それともうしろに進んでいるのだろうか。時間の中を、それとも地理的に、あるいはその両方なのか。母さんの声が聞こえる。『エフェソの信徒への手紙』の第六章十節だ。最後に言う。**主に依り頼み、その偉大な力によって強くなりなさい。悪魔の策略に対抗して立つことができるように、神の武具を身に着けなさい。**

ぼくは悪魔の策略に対抗して立っているとはとても言えない。あまりに長いあいだ、それを受けいれてきたから。

冷たい風が家じゅうに吹きすさむ。リビングルームでは、うちの唯一の絵がしっくいの壁をたたいている。アーサー・サーノフの、ビーグル犬がビリヤードをしている絵だ。ここの壁にはほかに何も飾りがない。鏡の類《たぐい》もない。どうしてみんな、鏡に映った自分の姿に耐えられるんだろう。ぼくには想像もつかない。記憶にあるかぎりずっと、ぼくは慎重に自分の姿を避けてきた。

外に出る。前庭でカイルがこちらを向き、こぶしに握った両手を腰に当てる。

「戻ってきたよ」ぼくは大きな声で言う。

「なんで斧を？　イライジャ。今度は何する気だ？」

「グレーテルを自由にするつもりだ」

カイルの歯がむき出しになり、きらりと残忍に光る。「そんな気はないくせに」

ぼくの口があんぐりと開く。自分の聞いていることがとても信じられない。「ぼくがグレーテルを殺すつもりだと思ってるの？」

「おれはおまえを知ってる、イライジャ。おまえのことはほかのだれよりもよく知ってる」

ぼくは斧の鋭い刃先を見る。雨粒がしゅっと音を立てて、金属からこぼれる。水が柄を流れおちる。柄を握る手に力を込め、その重みに励まされて、一瞬――一度だけ――カイルに向かってふり回し、顔に埋《うず》めて、その怒りを絶とうかと考える。

ぼくはグレーテルを殺せなかった。

だれも殺せなかった。

「いや、殺せたのさ」カイルがささやく。「すでに殺したんだ」

カイルが指を持ちあげるので、そのさし示すところを目で追うと、〈ファロー・フィールド〉を通りすぎた西のほうに、〈記憶の森〉の東のはしが見えた。そしてその上に立ちのぼる濃いまっ黒な煙が。

メイリード

七日目（一）

メイリードが、四回目の訪問でミルゾヤン家のリビングルームにいるときに、リーナ・ミルゾヤンの電話が鳴りはじめる。ソファーから電話をひっつかみ、リーナはすぐに応《こた》える。つかの間、息を吹きかえした希望が、表情から消える。「ラッセ先生ですか……はい。ええと——」と言いかけて、耳を傾けている。

メイリードがジュディー・ポレットをちらっと見ると、同じことを考えているのがわかる。**ラッセ・ハーゲンセン、チェスの先生。独身の白人男性、三十四歳。**

「どこに……いらっしゃるんですって？……ラッセ先生、ちょっと待ってください。どういうことか……ええ……大丈夫です……あの子が、何ですって？」

リーナがさっと立ちあがり、窓に駆けよる。「すぐに……もちろん、そうします。そこにいてください。動かないで」

メイリードはすでに立ちあがっている。「チェスの先生ですか？」

「外にいます。門のところにいるおたくの警察官が、通してくれないらしくて。急を要する情報があって、わたしたちに話す必要があると言うんですが」

（二）

ラッセ・ハーゲンセンは、デンマーク人のチェスのグランドマスターというよりは、ロックスターのような格好をしている。黒いブーツ、革のライダースジャケット、細身の黒のジーンズ。『ジュラシック・パーク』でイアン・マルコム博士を演じる、ジェフ・ゴールドブラムを思い起こさせる。

ハーゲンセンは、話しながら無意識にぴくぴく動く。まるで脳が手足を通して余分な電気を放電しているかのように。「どっちが責任者かな？」

「わたしが警視の――」メイリリードは言いかけるが、ハーゲンセンは自己紹介を手をふって拒む。

「時間がないんだ」と言い、一枚の紙をふりかざす。「あの子を捕まえた。イリサを捕まえたよ」

リーナ・ミルゾヤンの背筋がぴんと伸びる。口に両手を当てる。「どういう――」

「先生、もしも――」

「聞きたまえ」とハーゲンセンは言い、その紙を武器のようにしっかり握る。「わたしはイリサの居場所を知っている。どこで見つけられるかを知っているんだ」

突然、部屋に、われ先にとそれぞれが発する声があふれる。「彼女を捕まえたんですか、それともどこにいるのかをご存じなんですか？」メイリリードが尋ねる。

「何だって？」ハーゲンセンが叫ぶ。「そんなこと訊《き》くまでもないだろう。後者だ、もちろん後者だよ。どうしてちゃんと人の話を聞かないんだね？」紙を差しだす。「読みたまえ。読んで、わたしがまちがっていると言ってくれ」

ハーゲンセンからさっと紙を取って、メイリードは手書きの文字にざっと目を通す。

ご担当者様

無料の入門チェスセットを送って頂きたく、これを書いています。完全にルールを覚えたのに、今のところチェス盤と駒がないので、実際にチェスをするすべがありません。

エイドリアン・フィスターは今のぼくのお気に入りの選手です。キャス・アレクサンドルも不屈でいいです。彼らはよく、望みがないように見える状況で、うまく形勢を逆転させます。フィスターの試合にはとくにわくわくするものがあります。彼がジョージアでジェイコブ・ニュルバークを負かした方法は、ほんとうに驚くべきものでした。

ルールを覚えたのは遅いほうだけれど、自分のチェス盤と駒を使って、有能な選手になれるはずだと信じています。この手紙の一番上に書いてある住所宛に送ってください。

カイル・ノース

敬具

眉《まゆ》をひそめながら、メイリードはちらっと見あげる。「いったい、これが何だとお考えなんですか？」

「メッセージだよ。暗号にしたメッセージ、イリサからの」

「何かの申しこみの手紙のように見えますが」

「そうだ」ハーゲンセンが言う。「フィデ宛の」

「何ですか？」

ハーゲンセンはがっかりして、眼をぐるりと回す。「フェデラシオン・アンテルナショナル・デ・エシェック。要するに、国際チェス連盟だ。わたしはその一員だが、代表者ではない」

「それで？」

「では、なぜこれがわたし宛に来たのかな？　たとえわたしがフィデの関係者だとしても、連盟は子どもにチェス盤を配ったりはしていない。断じてしない——が、イリサとわたしは、一度、まさにそのことについて話をしたことがあるんだ。イリサはかなり力強く、そうするべきだと主張していた」手紙の一番上の住所をとんとんたたく。「そこに行けば、イリサが見つかるだろう。保証する」

メイリードがすぐに反応しなかったので、ハーゲンセンはリーナ・ミルゾヤンのほうを向く。「ちきしょう。この人たちが行かないなら、わたしがきみを車で連れていこう」

「落ちついてください」メイリードが鋭い口調で言う。「どこにも行かせません。暗号があるとおっしゃいましたが」

「電話で機動部隊を至急、召集すれば、なんとか救出できるかもしれない。イリサはチェスが大好きだが、暗号も大好きなんだ。あの子に教えはじめてから、ずっとわれわれの遊びのひとつでね――毎週ちょっとした謎かけをして、もうひとりが解く。そのメッセージをもう一度読んでみたまえ。それぞれの行の最初の文字を見るんだ。ぜんぶつなげると、何になる？　む・に・え・ふ・ぃ・ー・る・ず。手紙の一番上の住所をごらん。ムニエフィールズとある。グーグルで調べてみたんだが。シュロップシャー州の地所で、フェイマーハイズという領主が所有している。レオン・ムニエと呼ばれている男だ」

メイリードはジュディー・ポレットを見る。「レオンって」

ジュディーがうなずく。「リュック・ベッソンの映画ですね」

毒づきながら、メイリードは電話を探しだす。

ああ、イリサ、勇敢で賢い子だわ。もうちょっとがんばってね。行くから。すぐに行くから。

イライジャ

七日目（一）

雨に激しく打ちつけられているけど、ぼくは兄さんのそばに立ち、〈記憶の森〉が燃えるのをじっと見ている。嵐で暗くなった空に噴きあげる黒い煙が、ぼくの血を凍りつかせる。自分の見ているものが信じられないけど、こともあろうに、これが真実だと知っている。

あの大火の中心に〈お菓子の家〉が建っている。リビングルームのトネリコの木が輝く火に取りまかれ、その上の天井が炎の中に崩れおちていく様を想像する。魔女のかまどと化した地下室が思い浮かぶ。鉄の輪や、鎖、手錠が見える……そして突然、まったく何も見えなくなる。

「ぼくじゃないよ」とささやく。「ぼくじゃないよ」

森の中で猛威をふるう大惨事と、汚らわしい煙の柱を見ていると、兄さんが腕を持ちあげて、〈ファロー・フィールド〉の東にある〈ルーファス館〉のほうを指さす。シカモアの並木道が、そこと公道をつないでいる。並木道のはしからはしまで、回転灯をぎらぎら光らせ、パトカーの一団が大急ぎで走っていく。

（二）

どう感じればいいのかわからない。何をすればいいのかわからない。だまって、車がムニエさんの邸宅のほうへ疾走するのを見つめる。ここはムニエさんの土地だ。ぼくのうしろに建っているのはムニエさんの家だ。〈記憶の森〉で燃えているあの木々もムニエさんのものだ。おそらく警察は、これがムニエさんの責任だと考えるだろう。遠くの炎のぱちぱち、ぴしっという音や、イノシシの逆上した鳴き声が聞こえる。あの叫び声は、もちろん錯覚かもしれない。ぼくは何度も言っているように、想像力がたくまし過ぎるから。

「おしまいだ」カイルがポケットに両手をつっこんで言う。「これから起こることからは逃げられないぞ」

「ぼくは何もしてないよ」

「おまえはここをひどいところだと思ってたんだろうが、これから行くところと比べたら、どうってことないさ」

「ぼくはあの子を救おうとしたんだ！」

「またいつものたわ言か、イライジャ。問題は、もうおれ以外、だれも聞いてないってことだ」

「ぼくはあの子を救おうとしたんだ！」

カイルは咳《せき》ばらいして、汚い痰《たん》を雨の中に吐く。

ぼくは背を向け、水たまりや汚物を飛びちらして、庭の小道を駆けもどる。頭上の空は猛烈に荒れ狂っている。驚いてどっと逃げ出す牛の蹄《ひづめ》の音のような雷鳴が、ムニエフィールズにとどろく。家の玄関に着くと、ドアを押して中に入る。

（三）

この場所だ。このいまいましい場所。いろいろな意味で、ずっと〈お菓子の家〉と同じくらい閉所恐怖症を引き起こしそうな牢獄《ろうごく》だった。

ぼくはまだ斧《おの》を握りしめている。落としたとき、刃が床にめりこんだ。柄は表口のほうを向いていて、外にあるものをぼくに忘れさせようとしない。ぼくのしたことを忘れさせようとしない。

ただし、ぼくは何もしていない。

カイルが言ったことは絶対にしていない。グレーテルを救えなかったけど、あの子を焼いてはいない。ぼくはそんなことをしない。

廊下で立ったまま動けなくなる。斧の柄から目を離せない。日時計の針と言ってもいいかもしれない。ただ、この辺の多くのもののように——母さんや、カイルや、ブライオニーのように——まったく影がない。

リビングルームに引っこみ、両親を、死んだ兄さんを呼ぶ。ここにいないことは知っているけれど。湿った壁、カビのしみのついた家具、悪党っぽい犬がビリヤードをしているアーサー・サーノフのはがれかけた絵を見る。

ひとつしかない肘《ひじ》かけイスの横のサイドテーブルに、透明なプラスチックケースがある。その中に、虹色《にじいろ》に輝くディスクが入っている。表面に名前が書いてある。イリサ。見覚えのある文字だ。

雨が窓をコツコツたたく。はっと息を飲む。ディスクを見つめる。これは何なのだろう。ひょっとして、宇宙人か、遠い未来からやって来たタイムトラベラーが、ぼくのいないあいだにここに置いていったのかもしれない。

うそつき、うそつきと、頭の奥深くでだれかが叫ぶ。

うそつき!

グレーテルの声だ。ぼくはそれから逃げる。

(四)

濡《ぬ》れた足跡をつけ、つるつる滑りながら廊下に行き、階段をどたどた上って、寝室に飛びこむ。

ぼくを迎えた修羅場に、足が止まる。床じゅうに持ち物がばらまかれている。防水ジャケット――汚れて臭い――がベッドの上にある。隅のゆるんだ床板は、はぎ取られている。窓の下にめちゃくちゃに散らばっているのは、〈記念品と不思議な拾いものコレクション〉の中身だ。

もうさわるのも耐えられない三本の指のつけ根の骨や、ローマのコイン、子どもの日記、グレーテルの汚れた肌着が見える。略奪品のまん中に、小さな香水の瓶がある。ふたは外れ、中身がもれたところに黒いしみができている。ここからでもにおいがして、すぐに母さんを思いださせる――母さんが香水をつけていたことを覚えているわけではないけど。

これはぼくがやったのか？　それともカイルが？

机のそばに、父さんのビデオ機器のケースがある。それにもたせかけてあるのは、カイルの二十二口径だ。さっきカイルの手からもぎ取って、草の中に放りこんだ。少なくとも、ぼくはそう思った。

見なれない色が壁にあふれる。意識を失いそうになって、ようやく気づく。ぼくの家に集まってきた回転灯の閃光《せんこう》が映っているんだと。あの部隊は〈ルーファス館〉に長居はしなかったのだ。たぶん、ムニエさんがここへの道を教えたんだろう。

警察に見つかったら、ぼくが説明できるわけがない。聞いてくれるわけがない。すでに警察の〈ランドローバー〉が、裏庭を走っている。すごく場ちがいに見えて、笑いそうになる。自分の部屋はそのままにして、よろよろと階段を下りる。

裏口からは出られないし、すでに表玄関の外では回転灯がぎらぎら光っている。斧をよけて歩き、ふたたびリビングルームに入る。

カイルがそこに立っている。目はなくなり、顔はゴキブリにむしり取られて、ぞっとする代物だ。「おしまいだな」とカイルは言う。

ぼくが悲鳴をあげると、カイルは溶けて灰になり、サイドテーブルが見えるようになる。その上にあるのは、グレーテルの名前が書かれた虹色のディスクだ。ぼくはそれがDVDだと知っている。どうして知らないふりをするんだ? ぼくは現代的な習慣から隔離されて成長した十二歳の少年かもしれないが、ときどき、自分が思うより多くのことを知っている。

もしも警察がこのディスクを見つけて――ぼくの指紋がたくさんついているのがわかったら――ぼくが悪いとすぐに決めつけるだろう。

窓から動きが見える。警察官たちが小道を歩いてくる。ぼくは怖くてたまらない。ケースを開けて、DVDをはぎ取る。それからひざまずき、床板の割れ目に入れる。空のケースを部屋の向こうがわに放る。

どんどんたたく音がする。今は雨の音だけじゃない。あちこちぶつかりながら廊下に出て、斧に気づく。まだ床に埋まっている。一瞬で引きぬく。ぼくのうしろでキッチンのドアがぱっと開く。反対がわでは玄関のドアが大きく開く。

女の人が外の階段に立っている。髪の毛が頭皮になでつけられている。その表情には同情のかけらもない。ぼくの苦境に対する共感もない。斧の柄を握る指に力を込め、自分に訊《き》く。どうして共感が見えなけりゃならないんだ？　自分のしたことは知っている。そしてこの人もそれを知っているんだ。

「それを置きなさい」女の人はどなる。唇がめくれあがっている。制服を着た警察官たちが女の人を囲んでいる。ぼくを傷めつけたがっている、怖い顔をした男たちだ。女の人は彼らと同じ警察官だ。制服を着ていなくても。防水ジャケットの下につけた防弾チョッキのほかは、会社員のような服装だ。黒いズボンに、カシミヤのセーター、しゃれた靴。

ふだん着か、とぼくは思い、ほほ笑む。

女の人はさっきの命令をくり返す。その目の中に、動くものが映っている。ふり向くと、ひげ面の警察官がキッチンの戸口にいる。

警察官は両手を上げる。「まあまあ」と言う。「落ちついて」

そのことばに、ぼくはぞっとして身震いする。

「ぼくはやってない」女の警察官のほうに向きなおって言う。敵意に満ちたたくさんの顔の中で、この人の顔がいちばん怖くない。「何もやってないんだ」

顔の表情から、女の人がぼくを信じていないのは明らかだ。

「あなたの名前は？」と訊く。

ぼくはふり向いて、ひげ面の警察官がそっと忍びよっていないことを確かめる。それからまた女の人のほうを向く。だれかに喉を絞めつけられているようなかんじがする。少しのあいだ、窒息するのだろうかと思う。名前を言いかけるが、この幻想——ぼくがあまりにも長いあいだ逃げこんでいた茶番——は終わり、死んで葬り去られた。

「カイル」と言い、斧を足もとに置く。「ぼくはカイル・ノースです」

「彼女はどこにいるの、カイル？」

「消えた」

女の人はぼくをじっと見つめる。その目から徐々に光が消えていく。「カイル・ノース、あなたをイリサ・ミルゾヤン誘拐と、殺人の容疑で逮捕します」まだ話しているうちに、廊下に入ってくる。女の人のことばが波のようにぼくを洗う。ちらっとうしろを見ると、ひげ面の警察官が少しずつ近づいてくるのが見える。

ぼくは痛い目にあいたくないので、手のひらを上に向けて、両手を差しだす。

十二歳の少年には手錠をかけないだろう。

でも、警察官は何のためらいもなく、ぼくに手錠をかける。

第二部

メイリード

(一)

森の火事を消すために、シュロップシャー州消防署は、利用できる手段をすべて使い、チャーチ・ストレットンとクレイブン・アームスから消防車を派遣しただけでなく、もっと大きなシュルーズベリ消防署から、一分団や資金情報機関《FIU》と、作戦支援も含めた増援部隊を送った。隊員たちは炎を鎮圧するために、近くの淡水の湖から水をポンプで汲《く》みだし、木々のあいだを縫って、ホースを大火まで延ばす。雨が助けとなった。そうでなければ、森全体が燃えてしまったかもしれない。

嵐が南に移動し、今は、雷のかわりに、空は回転翼の羽根で騒がしい。ヘリコプターのうちの一機は、バーミンガムの国家警察航空サービス《NPAS》から援護航空機として送られてきたものだが、ほかの二機は、生中継で放送するマスコミのものだ。ムニエフィールズの門の外では、玉突き事故の現場さながらに、放送中継車や報道関係者の車が、前の車にくっつきそうなほど接近して公道に止まっている。

この週ずっと、メイリードは報道機関を使って、イリサ・ミルゾヤンの顔をテレビ画面や、新聞や、ソーシャルメディアに出しつづけてきた。何百人もの警察官や民間ボランティアからなる捜索隊が、少女が誘拐されたドーセット州と、彼女の家のあるウィルトシャー州の両方を、すみからすみまで徹底的に捜索している。

何千時間分もの防犯カメラ《CCTV》の映像や、自動ナンバープレート認識カメラ《ANPR》のデータが閲覧され、相互参照された。何百台もの〈ベッドフォードCF〉のバンが追跡され、調べられた。誘拐から六日経った今、メイリードはこの雨にずぶぬれになった森に立ち、地の底をじっと見おろしている。

炎の中心だった建物は、外側の壁だけが残っている。ほかのものはすべて――屋根も、二つの床も――地下室に崩れ落ちた。消防隊員の報告では、地下室はかなり激しく燃えたため、ほとんど何も残っていないということだ。

黒い水は地下室の六十センチの深さに達している。二名の精力的な犯罪現場捜査官《SOCO》が、白い防護服の上に、腰までのゴム引きの長靴を履いて、汚い水の中を動きまわっている。先ほどひとりが、コンクリートの土台に埋めこまれた金属の輪と思われるものに、つま先をぶつけた。

この前の夏、こんなことがありました。ママはわたしをロンドンに連れていくって約束したんです。わたしはずっと地下鉄に乗りたかったので、ロンドンの地下鉄で、いろんな有名な場所に行こうとして――〈マダム・タッソー〉とか、〈リプリーズ・ビリーブ・イット・オア・ノット〉とか、〈ベーカー街二二一番地B〉とかを調べたの。

イリサは、ＹｏｕＴｕｂｅの放送の中にメッセージを暗号にして入れるほど賢く、ラッセ・ハーゲンセン宛の手紙にうまく情報を埋めこむことまでした。彼女はこんな目に遭うべきではない。

現場の近辺には、水浸しの地面から、墓標のように、黒くなった木の幹が突きでている。女性の犯罪現場捜査官が重い足どりで歩いてくると、長靴が泥水の中でばしゃばしゃ音を立てる。「何も出てきませんね」マスクを上げ、うんざりした顔でまわりを見て言う。「火があらかた焼いて、それから消防隊が、残されたものに大量に放水したので」

「彼らを責めることはできないわ」

「そうですね」犯罪現場捜査官が応《こた》える。「彼女を誘拐した、人でなしのせいですよ」

うなずきながら、メイリードはきびすを返す。森の中の犯罪現場はだめになったかもしれないが、少なくとも、容疑者を逮捕した家は、そのまま残っている。階上《うえ》でビデオカメラと、照明装置と、ポータブル蓄電池を見つけた。床に散らばっていたのは、略奪品でできたカササギの巣さながらで、その中に、ブライオニー・テイラーのメガネと、シタン材のチェスの駒があることを確認した。階下《した》の戸棚の中には、ノートパソコンと、自家製のDVDの山を発見した。何枚かのディスクには、ずっと前に死んだと考えられていた、行方不明の子どもたちの名前がついていた。

一軒は焼きつくされ、一軒は無傷の、そっくりな二軒の家が、この地所の唯一の犯罪現場というわけではない。〈ルーファス館〉の中で、レオン・ムニエが梁《はり》から首を吊っているのを、警察官が見つけた。彼の死が、偶然同じ時期に起こったはずはないが、今のところ、関連は認められていない。

足もとに注意して泥の中を歩きながら、メイリードはうしろの地面に大きな跡をつけて、ぐにゃぐにゃした消火用ホースの跡をたどり、ハリー部長刑事の車に戻る。

カイル・ノースに考えを向ける。逮捕後すぐに、あの男は自分の内に引きこもり、最も基本的な質問にも答えるのを拒否している。しびれを切らして、メイリードはウエスト・マーシア警察署の警視に、カイルをバンでシュルーズベリ警察署に移送するよう頼んだ。

そこが、次の行先だ。

（二）

この署の留置場は、十六の独房からなる最新式の施設だ。カイル・ノースは三号室に収容されている。顔をしかめて、メイリードはのぞき窓から見つめる。「あの顔はどうしたの？」

うしろでハリーが、ウエスト・マーシア警察署のローバック部長刑事をちらっと見る。ローバックがあごを持ちあげる。「ちょっともみ合いましてね。バンに乗せるときに」

メイリードはローバックをじっと見すえる。

「目のまわりの黒あざだけですから」とおもしろくなさそうな表情でローバックは言いたす。「治りますよ」

「彼がこれ以上けがをすることのないよう、くれぐれも頼みますよ」

独房の中で、カイル・ノースは作りつけの寝台に座り、壁を見つめている。ものぐさな大男に見えるが、必要とあらば如才なく動く。肌は脂ぎっていて黄ばみ、豚バラ肉の皮を思い起こさせる。浅い傷の筋もあり、醜い傷跡が左のこめかみとあごをつないでいる。垂れた胸が紙のスーツに押しつけられている。ふたつの丸い汗の跡が、乳を分泌しているように見える。ほおに無精ひげはなく、手首にちぢれた毛もない。メイリードは彼のことを考えると、おぞましい裏声を思いださずにはいられない。

「何歳だと思う？」

「三十歳？」ハリーが思いきって言う。「三十五？　判定はむずかしいですね——もしかしたら十歳上か、下かもしれない」

それは大げさだが、そう外れてもいない。「取調室に連れていきましょう」と言ったあと、メイリードは前かがみになり、うめき声を抑えることができなくなる。

「ボス？」ハリーが訊《き》く。「どうしました？」

痛みがふたたび襲う。今度はもっとひどい。腹部を一本の道がまっすぐ切りさく。メイリードはくるりと向きを変えて、よろめきながら、廊下を進む。ハリーがうしろから大声で呼んでいる。メイリードは首を横にふり、彼を去らせる。

がんばって、お願いだから、がんばって、わたしといっしょにいて、お願い、行かないで。

でも、その必死の願いもむなしいことを、メイリードは知っている。どういうわけか、この一週間にわたる捜査のあいだ、メイリードが宿している命の運命は、イリサ・ミルゾヤンの命と、手がつけられないほどからまり始めていた。ひとりを失えば、もう一方を失うだろう。

メイリードはふらふらとトイレに入り、空っぽの個室に立てこもる。痛みに激しくのたうつ。歯のあいだから空気がしーっともれる。

ズボンと下着を引っぱりおろす。どこもかしこも血だらけだ。まっ赤で、びしょびしょにぬれて、非難している。メイリードは蹴《け》るようにしてハイヒールを脱ぎ、急いで服を脱ぐ。トイレの便座を持ちあげて、またを広げて座る。声が切れぎれに飛びだす。家にいれば、プライバシーの守られる自分のバスルームで、見なれたものに囲まれていただろうに。そうではなくて、三百キロも離れたところで、子どもの殺人者から手が届くほどの距離にある、窮屈な警察署のトイレに閉じこめられている。でも、場所は問題ではない。ほんとうは。今は、地球上のどこにいたとしても、孤独だろう。

痛みが強くなる。しばらくはそれだけだった。それから、ようやく痛みが引きはじめる。

メイリードが立ったとき、失ったものの、はっきりとした、あからさまな証拠があった。なんてみじめなのだろう。この深い悲しみはなんて独特なのだろう。

指が結婚指輪を手探りする。スコットに話さなくてはならない。何があったのか伝えなければ。でもできない、まだ。

メイリードはバッグを開けて探す。とりあえず準備はしてきた。中にはウェットティッシュと、生理用ナプキンと、レギンスと、新しい下着が入っている。ていねいに身体をふき始める。悲しみは自分のほうに転がってくる大きな岩のようで、とても重くてのろのろと進むので、到着するのに少し時間がかかる。ひとりでに記憶が浮かんでくる。六日前の、〈マーシャル・コート・ホテル〉の支配人室に座っているリーナ・ミルゾヤンだ。**あなたが努力するのはわかってる。あなたたちみんな——そうするのはわかってる。でも、あなたたちは成功しなくちゃならないのよ。あの子を連れもどさなくちゃ。そうすると約束して。約束して。**

メイリードはトイレの水を流す。できるだけ早く個室を出る。鏡の前で、自分が人間らしく見えるようにしようとする。ほかのだれかに取り調べを任せることが、一番イリサのためになるのだろうか？　ここを出て、まっすぐ取調室に歩いていけると信じるなんて、どうかしている。

今、物事を正しく見るのはむりだ。

法廷がどう考えるかは知っている。カイル・ノースに尋問することを選ぶべきだ。警察部長がどう考えるかは知っている。でも法廷は決して知らないだろう。上司も。メイリードはこの事件にとても入れこんでいるのだ。イリサにとても入れこんでいるのだ。

悲しみの大きな岩はスピードを増しているが、まだ多少うしろにある。それより速くやれる。その前にひとがんばりして、やるべきことをやれる。

神さま。

カイル

（一）

初めのうち、留置場に入れられることは、恐れていたほど悪くなかった。独房は清潔で、作りつけの寝台は硬いけど、青いビニールで覆われたマットレスと、おそろいの枕まである。ぼくはうす暗い明かりのほうがむしろ好きだし、漂白剤のにおいは残念だけど、すべてを手に入れるなんてむりな話だ。

床の上に食べ物をのせたトレーがあり、もう冷たくなっている。ぼくには食べる資格はない。あんなことをしたのだから。目を閉じるたびに、窒息しそうな黒い煙が見えるので、かわりにじっと壁を見る。ぼくの〈記憶の木〉は何本燃えてしまったんだろう。ブライオニーのイチイの木はなくなっただろうか。ママのオークの木も。

カイルのことを思いだす。カイルはどうなるのかな。それから、ぼくのきょうだいは死んだのだと思いだす――ずいぶん前にぼくが殺したんだ――それにあれはカイルなんかじゃなくて、イライジャだ。その名前をぼくのものとして引きついだ。時が経つにつれて、自分に言いきかせている物語がほんとうになるのは、不思議なことだ。

今は穏やかだ。ぼくは平和を味わおうとするべきなんだ。この人たちがぼくみたいな人間にどんなことをするかは知っている。警察のバンの中でやられた目の黒いあざは、始まりにすぎない。このあと、ぼくは、悪いことをする男たちがいっぱいいるところに行くんだろう。マジック・アニーがいろいろ教えてくれた――やつらが何をしてくるか、どんな攻撃をしてくるか。おなかが締めつけられる。頭の中の壁が震えるのを感じる。地震が頭の通路を揺さぶっているように。こんなふうにひとりでいるのは我慢できるけど、刑務所のことを思うと、肺がからっぽになる。たぶん、それが現実になる前に、自殺するべきなんだろうけど、方法がわからない。両脚を胸に抱えこんで、独房の外の騒ぎを聞く。ぼくの厳しい試練が始まろうとしている。

（二）

取調室は前と同じ部屋ではないけど、あれはちがう警察署だったし、ちがう警察官たちだった。この部屋は前よりかなり小さい。ぼくひとりでも、窮屈な気がする。

ぼくの手には手錠がはまっている。それを見るたびに、グレーテルと、あの子の手首のひどい傷を思いだす。グレーテルが死にかけていたのは、まずまちがいない。火事の前でさえ――腕が、太陽の光を浴びて熟したカボチャみたいにはれあがっていたから。痛みはきっとものすごかっただろうが、あの子は決して文句を言わなかった。ブライオニーのようには。ブライオニーの泣き言は、最後のほうはひどすぎたけど。

天井にボルトで留められている二台のビデオカメラが、ぼくのすることをすべて見はっている。おかしなものだ、まったく。ある意味では、ぼくがよく訪れていた人たちと、場所を交換したみたいだ。

ドアが開く。最初に入ってくるのは、ぼくを逮捕した女の人だ。家で見たときとは様子がちがうけど、どこが変わったのかはわからない。つづいて、見覚えのない男の人。ドアが閉じかけたときに、三人目が入ってくる——よく知っているけど、また会えるとは期待していなかった人が。母さんだ。

(三)

母さんがいてくれてすごくうれしいのと、心からほっとしたのとで、警察官たちが座るのにもほとんど気づかなかった。母さんはぼくらといっしょにテーブルにはつかない。そのかわりに、向こう側の壁に寄りかかる。ふだん着を着ている。ブルージーンズに、デザートブーツ、〈ノース・フェイス〉のベストとチェックのワークシャツ。まつげにマスカラを塗り、口には栗色の口紅をつけている。まさに、もしもぼくがいつか結婚することになったら、奥さんはこんな人がいいなというかんじだ。そういうのを気味悪いと思う人もいるかもしれないけど、そうじゃない。母さんは完璧《かんぺき》なんだ。そして完璧なものというのは、ひとつの形しかない。

母さんの背中には、最後に会ったときに背負っていた、色あせたオレンジ色のリュックサックがある。今になって、それがイライジャのものだと気づく。ずっと忘れていたなんておかしなことだ。

母さんがとても悲しそうに見えて、ぼくの目から涙があふれる。母さんのところに行って、抱きしめたい。でも母さんはそんなことを絶対に許さないだろう。このふたりの警察官たちも。母さんは悲しんでいる。自分のためにじゃなく、ぼくのために。何か言おうとしてぼくが口を開けると、母さんは唇に指を一本当てて、静かに首を横にふる。

「こんにちは、カイル」女の警察官が言う。

女の警察官のほうを向いたとき、部屋がやけにせまくなったことに気づく。三人がこのテーブルに集まり、母さんが壁に寄りかかっているので、息をする空気さえ足りないくらいだ。

たぶん女の警察官は、ぼくの不快感に気づいたのだろう。身ぶりで手錠を示して、同僚のほうを向いたから。「それを外しましょう」

男の人は立って、横歩きでテーブルのこちら側に来る。警戒しているようだ。でも、何も言わずに、手錠のカギを開けて、ぼくの手首からするっと外す。

女の警察官は、マカラ警視だと自己紹介する。そのあとでぼくの名前を聞く。これはちょっとへんだ。だって、逮捕されるときに言ったんだから。そのときぼくはカメラを思いだす。

「カイル・ノースです」と言い、母さんをちらっと見る。

「誕生日は？　カイル」

「二月三日」

「何年？」

「一九八七年」

「ということは……」

「十二歳です」

マカラ警視がちょっとだまり、目が無表情になる。気にさわったんじゃなければいいんだけど。両手を太もものあいだに滑らせて、二度と警視の話のじゃまをしないと誓う。ぼくはここで困ったことになっているんだ、ほんとうに困ったことに。礼儀を忘れることによって、状況が良くなりはしないだろう。

「始める前に」とマカラ警視が言う。「もう一度、あなたの権利を説明したいと思います。十分に理解しているか確かめてください」

「わかりました」

マカラ警視の声が変わり、硬くなる。アニーのトレーラーハウスで観た映画みたいだ――『ボディ・スナッチャー』。その声にちょっとびっくりして、ようやく、警視がそらで覚えたことを暗唱しているのだと気づく。その後、事務弁護士が必要かと訊《き》く――弁護士の一種だと思う――けど、どうして必要なのかわからない。

ぼくは母さんを見あげて、ぼくを見捨てずにいてくれることにとても感謝する。ムニエフィールズに立ちのぼる煙を見ていたときは、二度と母さんに会うことはないだろうと思いこんでいたのだ。

「燃えたの？」とぼくは訊く。「なくなっちゃったの？」

マカラ警視の顔は仮面のようだ。「何が燃えたと？」

「〈記憶の森〉が」

〈お菓子の家〉のことも訊きたいけど、その答えに耐えられる自信がない。

「あなたの家から二、三百メートルのところにある森のこと？」

ぼくはうなずく。

「あそこは火事になったけれど」

「ぜんぶなくなっちゃったの？」

「完全にではないわ。雨が遠くまで広がるのを食いとめてくれたので」

「ぼくの〈記憶の木〉は」と言いかけて、はっと口を閉じる。

「あなたの〈記憶の木〉？」マカラ警視の声は、今はやさしくなり、うっとりさせる。

「気をつけて」母さんが壁から離れて言う。「ぼんやりしないで」

「ごめんなさい」と、ぼくは両方の女の人に向けて言う。「ぼんやりしちゃった」

マカラ警視はうしろにもたれる。

「カイル」同じやさしい声で警視は言う。「わたしは裁くためにここにいるわけではないのよ。告発するためでもない。わたしはただ、イリサ・ミルゾヤンの失踪《しっそう》を捜査しているだけです。何が起こったのか、知ろうとしているだけ。あなたが賢い人だということはわかっているわ。何かわたしに話せることはない？」だれかがぼくの知能をほめてくれたのは久しぶりだ。グレーテルがチェスを教えてくれた日に、ぼくの高いＩＱの話をしたら、点数を訊いてきた。ぼくはＩＱの点数のことなんて聞いたことがなかったから、でっちあげた――九十九点だと。そのＩＱなら、チェスをするのにまったく問題はないと、グレーテルは言った。そしてそのとおり問題なかった。少なくとも、ルールについては。ぼくはまだゲーム自体はやったことがない。

刑事たちのうしろで、母さんが腕を組む。「その人を信じちゃだめよ、イライジャ。その人はあなたを得意がらせようとしているの、それだけ。真実なんていらないのよ。あなたを刑務所に入れたいだけなんだから」

「カイル？　だいじょうぶ？」マカラ警視が訊く。「何かいる？　お水とか？」

「はい、お願いします。それはありがたいです」

マカラ警視が同僚にうなずくと、その人はぼくをじっと見つめてから、席を立つ。母さんは横にずれて、刑事を通させる。刑事は水の入ったプラスチックのコップを持って戻り、ぼくの前に置く。

マカラ警視はしばらく待って、ようやくぼくに飲む気がないのに気づく。「カイル、家であなたに会ったとき、わたしがイリサの居場所を訊いたら、こう答えたわね。『消えた』って。そう言ったのを覚えている？」

「うん」

母さんが天井のカメラを見あげる。

ぼくはひるむ。「いや、その……そうでしたっけ？」

「そう言ったのを覚えている？」

マカラ警視の声は催眠術をかけようとしているみたいに、とてもゆったりとして、穏やかだ。寝る前に物語を読んでもらえたらどんなにいいだろう。ぼくには世界一の母さんがいるかもしれないけど、母さんはたまにしか夜にいないんだ。この警視には子どもがいるんだろうか？　もしいるなら、その子たちは幸運だな。

「カイル？　そう言ったのを覚えている？」

「あまり」

マカラ警視の額に少ししわが寄る。「ちょっと前に、覚えているって言ったわよね」

「ぼくは……」母さんを見あげると、うなずいている。「混乱してたんだ」

マカラ警視はうしろをちらっと見て、それからまたぼくを見る。気づくとぼくは、このふたりの女の人が、いつか友だちになるなんてことがあるだろうか、と考えている。

「聞いて、カイル」警視は言う。「圧倒されそうになっているのはわかるわ。ふつうじゃない状況だから――あなたにとっても、巻きこまれたみんなにとっても。でも、考えてもらいたいの。今、この瞬間、外に――イリサのお母さんや、イリサの祖父母のような人たちがいて――心を痛めているのよ。ほんとに、ひどく心を痛めているわ。とても大事にしている人、心から愛している人から引き離されて、彼女に何があったのか、知りたくてたまらないの。あなたがその人たちの助けになってくれることを期待しているわ、カイル。あなたとわたしで協力して、その人たちの苦しみを和らげる方法を見つけられたらいいと願っている」

ぼくはきょうだいが撃ったシカを思いだす。そしてシカの頭の中の大惨事を。もしも警視の灰色にきらめく脳みそが地面にまき散らされたら、どんな記憶や夢が失われるのだろう。

「カイル？」警視の口元の緊張がゆるみ、唇がゆっくり離れる。

この人が母さんだったらいいだろうな。奥さんだったらもっといい。指にはめた結婚指輪は、夫がいる証拠だ。夫はどのくらいあの唇にキスするんだろう。四六時中だろうな、たぶん。ぼくだったら。

「イライジャ」母さんが警告する。「思いだして――」

「その人たちの助けになりたいよ」ぼくは言う。「あなたの助けにもなりたい。でも怖いんだ。これが……ぼくには怖くてたまらない」

マカラ警視はうなずく。左腕をこする。まるでブラウスの中に鳥肌が立っているかのように。「そう感じるのは当然よ。これは深刻な事態だから。恐ろしい事態だから。さっき言ったように、わたしは裁くためにここにいるのではありません。真実を知りたいだけ。そして、できるだけいい方法で解決したいの」ひと呼吸おく。「イリサの居場所を知ってる？」

「身体のってこと？」ぼくは訊く。「それとも魂の？」

マカラ警視はぱちぱちと、すばやく二回まばたきをする。舌の先っぽだけがちらっと出る。それを見て、ぼくは『創世記』のヘビを連想する。神はヘビの策略を罰して、一生腹ばいで進むようにさせた。マカラ警視は最近聖書を勉強しているのだろうか。そもそも勉強したことがあるのだろうか。

「カイル」警視が慎重に言う。「イリサ・ミルゾヤンは死んだの？」

その答えはわかりきっている。それでも、母さんがここでは気をつけるように警告した。ちらっと見えたマカラ警視の舌が、その危険をいっそう高めた。「ぼくには言えない」

「言えない？」

ぼくは首を横にふる。

「彼女に何があったかは知ってるの？」

「いいえ」

マカラ警視の喉《のど》がぴくりと脈打つ。警視は確かに冷静な人だけど、心臓の鼓動を抑えることはできない。「ほんとうにわたしたちの助けになりたいの、カイル？」と訊く。

「ほんとうにイリサの家族の助けになりたいの？」

「もちろん」

「そう、それならよかった。じゃあ、一生懸命思いだしてもらいたいの。イリサに何があったのか、今どこにいるのか、わたしに教えられることを、何でも」

警視の唇とちがって、母さんの唇は細い線だ。

「ごめんなさい」ぼくは言う。「ほんとに知らないんだ」イリサって呼ばれてる人は知らない」

マカラ警視となんとか目を合わせられるようになるまで、しばらくかかる。目を向けると、警視の目はどこかほかのところに動いていた。フォルダを開いて、中身を調べている。「あなたを見つけた家だけど、ムニエフィールズの地所の。あれはあなたの家なの？」

「はい」

警視の口調が変わる。今度は――きびきびと、事務的に。「あそこに住んで何年になるの？」

「覚えているかぎりずっと」

「ひとりで？」

「いいえ」

「ほかにだれが住んでいるの？」

ぼくは母さんをちらっと見る。

「ほかにだれがあそこに住んでいるの、カイル？」

「ぼくだけ」

「ムニエ家から家を借りているの？」

「ムニエ家の人たちとは知りあいなの？」

「うん」

ぼくはまた危険な立場にいるのだと、何かが警告する。ライフル銃を手に〈記憶の森〉に立っていたレオン・ムニエさんを思いだす。弾で撃ち抜いてたかもしれないんだぞ。そうしたら、われわれはどうなっていただろうな？

警視の顔を見て、ぼくはかなり長いあいだ、だまっていたことに気づく。まばたきをして、質問を思いだそうとする。やっと言う。「あの人たちのことは、よく知らない」

うなずきながら、マカラ警視は、フォルダから一枚のカラー写真を取りだして、テーブルのこちら側に滑らせる。「あなたに見てもらいたいものがあるの。これをAR1と呼ぶことにします。これはあなたの部屋の写真？」

「はい」

べつの写真が出てくる。「これはAR2と呼ぶことにします。さっきより近くに寄った床の写真ね。写っているものに見覚えはある？」

「いくつかは」

「写真の中に見えている箱のふたに文字が書いてある。それを声に出して読んでもらえる？」

ぼくは前にかがむけど、近寄って見る必要はない。「『極秘。私有財産。無断で開けるべからず』」

「それはあなたの宝物入れなの、カイル？」

「そうだと思う」

「そうだと思う？」

「はい、っていう意味です。宝物入れです」

「窓の下に散らばってるものは、わたしにはその箱から出たように見えるけれど。合っている？」

「そうだと思う……いくつかは、うん」

「チェスの駒は？」

ぼくはぎょっとする。どういうわけか、ブラジルのシタン材でできたクイーンがベッドの足もとにあるのに、気づいていなかった。

「カイル、そのチェスの駒に見覚えは？」

この警視は有能だ。ぼくにいろいろなことを認めさせる。ぼくが口を閉じていても。この部屋でだまっていると、自分で自分の首を絞めることになるかもしれない。「はい」と言う。

「どこで手に入れたの？」

「友だちから」

「友だちがくれたの？」

「うん。いや。わからない」

「わからない?」

「ぼ……ぼく、思いだせないや」

「肌着は? 女の子の肌着が、そのすぐとなりにあるけれど。それも友だちがくれたの?」

「いいえ……肌着は見覚えがない」

「あなたの寝室にあったんだけど」

「見覚えがない」

警視はうなずく。「子ども用のメガネはどうかな。見覚えがある?」

「ないと思う」

「日記は見える? メガネのそばにある」

「その本のこと?」

「それは日記なの。でもたしかに、ちょっと本のように見えるわね。見覚えがある?」

「いいえ」

「これが表紙を拡大したもの。これをAR3と呼ぶことにします。お願いがあるんだけど、表紙の名前を読んでもらえる?」

「今?」

「そう、お願い」

「ブライオニー・テイラー」

「ブライオニー・テイラーは知っている?」

「いいえ」

「彼女が行方不明になったのは知っていた？」

「知らなかった」

「どうしてブライオニー・テイラーの日記が、あなたの部屋で見つかったのか、教えてくれる？」

口がからからだ。水のコップを見る。飲みたくてたまらない。飲んではいけないと知っている。

「カイル、最初に警察署に来たときのことを覚えている？　警察官が指紋を取ったり、DNAテストのために、綿棒で口の中をこすったりしたでしょう。今あなたに見せたものは、すべて科学捜査研究所に送られたの。ただちに検査されているところよ。一片の疑いもなく、あなたがどれにさわったかがわかるでしょう。あなたがわたしたちの助けになりたいと思っているのはわかる。だったら、わたしの訊《き》いている質問を一生懸命考えて、できるだけ正確に答えることが重要よ」

警視はべつの写真を机に滑らせる。「これをAR4と呼びましょう。あなたの部屋の机の写真よ。その下のほうにある箱に見覚えはある？」

「うん」

「何が入っているの？」

ぼくはごくりとつばを飲む。「その箱に？」

目の奥で、トカゲのようなものがぴくぴく動いている。まるで小さな生き物が頭の中にもぐりこんでいるみたいに。

「カイル？」

「ビデオ……ビデオ機器」

「あなたのもの？」

「ちがう」

「じゃあ、だれの？」

「ぼくは……」

視界がぼやける。母さんを見るけど、涙で見えなくなってしまった。

「混乱しているのはわかる」マカラ警視が言う。「これは混乱するわよね。われわれがほしいのは真実だけなの」

「ぼくは真実を知らないんだ」

「イリサ・ミルゾヤンは生きているの？」

「知らない」

「イリサは拘束されていたの――」メモを見る。「〈記憶の森〉に？　あの建物が燃えたとき、中にいたの？」

「やめて。知らないんだ。ほんとうに」

「中に何があるの？」

「カイル、あなたは、あの火事と何か関係があるの？」

ぼくの喉《のど》から、どっとむせび泣きがもれる。兄さんのわなに捕まった、野生の動物みたいな音だ。

マカラ警視は質問をくり返す。ぼくが答えないと、こう言う。「すでに指紋とDNA、それとあなたの部屋で見つけたものについて行っている検査のことは話したわね。ほかのことを説明させて。あなたが紙の服を着ている理由は、あなたの服も分析して調べられているからよ。でも正直言って、報告を待つまでもなく、すごく強く石油のにおいがしていた。だから、あなたが何か説明できるのなら、今するのが一番いいの。なぜなら……そうしないと、カイル、まずいことになるのよ。そうしたら、あなたを助けることができないかもしれない。どうしてあなたの服が石油臭かったのか、教えてくれる？」

ぼくは顔の涙を拭《ふ》く。

かわいそうなグレーテル。

ぼくと同じで、あの子はいつもほんとうのことを言っていたわけではない。でも少なくともあの子には、いつもそうしていいだけの理由があった。

「ぼく……こぼしたんだ」と言う。「ぶつかって、ひっくり返して」

「どこで？」

「〈お菓子の家〉で」

「何ですって？」

話すのはひと仕事だ。喉がからからで痛い。「〈お菓子の家〉だよ。〈記憶の森〉の中にある」

「燃えた家のことを言っているの?」

「うん」

「カイル、もう一度聞くわよ。あの建物が燃えたとき、イリサ・ミルゾヤンは中にいたの?」

母さんがぼくを見ているのを感じる。目を合わせられない。

今、この瞬間、外に――イリサのお母さんや、イリサの祖父母のような人たちがいて――心を痛めているのよ。ほんとに、ひどく心を痛めているわ。とても大事にしている人、心から愛している人から引き離されて、彼女に何があったのか、知りたくてたまらないの。あなたがその人たちの助けになってくれることを期待しているわ、カイル。あなたとわたしで協力して、その人たちの苦しみを和らげる方法を見つけられたらいいと願っている。

「カイル」と警視は言う。今度はもっと威圧的だ。「あなたが、あの地下室にイリサ・ミルゾヤンを拘束していたの?」

顔を上げると、警視と目が合う。この人を奥さんにはしたくないと思う。頭を下げても、完全に警視を見えなくすることはできない。

「ぼくはあの子をそう呼んでなかった」とささやく。

（四）

三十秒間、だれも口を開かない。ついにマカラ警視が訊く。「何と呼んでいたの？」

「グレーテル。グレーテルって呼んでた。それであの子はぼくをヘンゼルって呼んでた」

「ヘンゼルとグレーテル、〈お菓子の家〉ね。おとぎ話のように」

「あの子のアイデアだったんだ。ぼくらはきょうだいになれるって」

ぼくは鼻をこすり、手に白っぽい鼻水がつくのを見て、うろたえた。母さんはぼくを行儀よく育てた。警視がぼくのことをどう見ているのかと思うと、ひどく心配だ。「ぼくには姉さんがいなかったから。もしいたら、あの子みたいな姉さんが欲しいなって」

マカラ警視が前かがみになる。「そのおとぎ話はどう終わったの？」

「本のようにではないよ」

「〈お菓子の家〉の家が燃えたとき、グレーテルは地下室にいたの？」

「知らない」

「カイル、これがつらいことなのはよくわかるわ。でも、あなたは大きな一歩を踏みだした。イリサ――いえ、グレーテル――を知っていると教えてくれた。それは大いに助けになるわ。今わたしたちに必要なのは、残りの部分よ。あなたにはそれを話せるだけの勇気があると思う」

ぼくは目を閉じる。頭の中の壁がぼろぼろに崩れはじめているのが感じられる。突然、それを支えるので精いっぱいになる。「うそはついてないよ」ぼくは言う。「最後は……ほんとうに、何をしたのかわからないんだ」

マカラ警視は息を吸い、ゆっくり吐きだす。「いいわ。ちがうことを試してみましょう。時間をさかのぼりましょう、あなたとわたしで」

ぼくは目を開けて、訊く。「タイムマシンみたいなこと？」

「そのとおりよ、タイムマシンのように」

「H・G・ウェルズが『タイムマシン』っていう小説を書いたけど、あれは作り話だ。本物のタイムマシンなんて存在しないよ」

「これはわたしたちの頭の中のタイムマシンになるでしょうね」

ぼくは頭を傾けて、警視がからかっているのか確かめようとしたけど、大まじめに見える。

「あなたにタイムマシンに乗ってほしいの」と言う。「そして、グレーテルと初めて会ったときにわたしを連れていって」

「ほんとうの最初に？」

マカラ警視はうなずく。

警視の向こうを見て、びっくりする——そしてうろたえる——母さんはすでに部屋を出ていた。

メイリード

（一）

メイリードはカイル・ノースをもう二時間、尋問したが、イリサ・ミルゾヤン――あるいは彼が呼ぶところのグレーテル――との交流についてはかなり聞けたものの、自白には一向に近づけずにいる。イリサが地下室で最後にどうなったのかを訊くたびに、カイルは知らないと言いはるか、判断できない、謎めいたことばで話すのだ。

カイルを見ていると、メイリードは時々、自分のことをあざ笑っているのかと思うことがある。彼にしか理解できない心理戦に没頭しているのだと。カイルはＹｏｕＴｕｂｅの録画のことはまったく知らないと言う。作成するのに使われた機器は、彼の部屋で見つかったというのに。ノートパソコンは、おそらくさらなる映像を明らかにするだろうが、それについても知らぬ存ぜぬを通している。

カイルは明らかに何らかの精神障害を患っている。ということは、すぐにでも完全な考査を要請しなければ、この事件の信頼性が危うくなる。差し迫った人命の危険がある場合には、正規の手順を無視して尋問をつづけることができるが、もはや人命の危険があるとメイリードは信じていない――すべてのことが、火がつけられたときに、イリサはあの地下室にいたことを示しているのだから。

カイルと話すうちに、メイリードは深い悲しみの影が襲ってくるのを感じる。尋問の終わり近くには、イスにきちんと座っているのが大変になる。でも、メイリードは誓う。どんなことがあっても、今やめるわけにはいかない。

次の記者会見に先だって、上官たちに最新情報を報告したあとで、メイリードはハリー部長刑事に、ムニエフィールズまで車で送るよう指示する。暗くなってきた空に、二機のヘリコプターが、怒ったスズメバチのように低くうなり、その下の地所には険しい顔をした犯罪現場捜査官があふれかえっていた。

メイリードは借りた長靴に履きかえて、ポール・ディーコンを見つける。電話で話をした犯罪現場管理者だ。

「どうしたんですか」ディーコンはメイリードを見て言う。「具合が悪そうですよ」ディーコンは〈記憶の森〉を通って、火の手が届かなかった空き地に連れていく。三台の移動式の照明塔が、照らしている。ゆうに樹齢五百年を超える巨大なイチイの木の根元にドーム形テントがあり、そばに大きな土の山がある。白い防護服を着た犯罪現場捜査官たちが、中で動きまわっている。

木の上のほうの枝に、ちょうちんらしきものの、びしょぬれの切れ端が垂れさがっている。ディーコンが指し示さなければ、メイリードは気づかなかっただろう。幹に固定したアルミニウムのはしごの、上のほうの段にバランスを取って立っている犯罪現場捜査官が、証拠物件袋に何かを入れている。空き地の向こう側に二つ目のテントがあることに、メイリードは気づく。そばにおなじような、掘りだした土の山がひとつある。

「何かわかったことは？」

「四本の異なる種類の木なんですが」ディーコンが言う。「すべてこの木立ちから半径五十メートル以内にあり、どの木にもこういう奇妙な飾りつけが施されています。それぞれの幹の、地面から見えないところに、手彫りの名前を見つけました。すべて行方不明の子どもたちのものです。この木はブライオニー・テイラーと書いてあります」

「イリサ・ミルゾヤンの木は見つけた？」

「まだです」

「彼の〈記憶の木〉ね」メイリードは言う。テントの中で作業をしている警察官たちに注意を向ける。「あれは何を見つけているの？」

「今のところ何も。深さ二メートルまで掘ってるんですが」

「まったく何も？」

「遺体も、興味深いものも、ゼロです。これらの木は記念碑かもしれませんが、墓標ではなさそうですね」

メイリードは、ほおをふくらませる。「そうすると、彼は遺体をどうしたのかしらね？」

「近隣の州から警察犬チームを連れてきているところです。さっきまでなら、彼らが何か見つけます、大丈夫です、と言っていたでしょうが。今は確信が持てません」ディーコンは顔をしかめて、チームの作業を見ている。「容疑者は何と言ってるんですか？」

「彼はイリサがあの地下室にいて、訪ねていったことは認めている。ほかの子どもたちのことも知っていたと言っている。でも、その子たちがどうやってここに来たのか、その後どこに行ったのかという質問になると、ウナギのようにつかみどころがなくなる」

「有罪判決には十分なように聞こえますが」

「十分よ。でもわたしが求めているのは、あの子どもたちを家族のもとに戻すことだから」

「生きて見つかる見こみはないでしょう。こんなに時間が経ってるんだし」

「ちゃんとお葬式ができるようにはしてあげられるわ、ポール。それだって意味のあることでしょう。それにイリサのことはあきらめていないわ。まだ」

メイリードは木々のすきまから、燃えた〈お菓子の家〉のほうを見つめる。ポケットには、ラッセ・ハーゲンセン宛の手紙のコピーが入っている。子どもはみな特別な存在だけれど、イリサ・ミルゾヤンはとても勇気があり、驚くほど機転がきくので――今でも――彼女が死んだかもしれないということを受けいれるのはむずかしい。

「電話を頼むわ。何かわかったらすぐに」メイリードは言う。

ディーコンを現場に残して、メイリードは来た道を引きかえし、ハリーの〈ルノー〉に戻る。助手席のドアを開けたとき、ハリーは携帯電話で、頭上のヘリコプターからの『スカイニュース』の生放送を観ているところだった。

「なんて言っている？」

「われわれがイリサの殺人犯を捕まえたと」

メイリードは顔をしかめる。家族連絡係のジュディー・ポレットが、ミルゾヤン家の人々をテレビから遠ざけておいてくれていることを願う。ソールズベリーに行ってリーナに会いたいところだが、ここですることが山ほどあるのだ。

座席で身体を楽にして、慎重に呼吸を測る。

「大丈夫ですか？」ハリーが訊く。

「大丈夫」

「ほんとうに？」

メイリードはうなずき、まっすぐ前を見つめる。

本道から小道沿いに走ってくるのは、側面にバッテンバーグ・マーキングの模様と、〝警察犬部隊〟という文字が書かれた〈シュコダ・エステート〉二台だ。この新展開の映像を貪欲《どんよく》に求めて、ニュース番組のヘリコプターが低く旋回する。

（二）

警察署に着いたとき、空はまた大雨を解き放つ。建物に入るまでのあいだに、メイリードはびしょぬれになる。カイル・ノースをもう一度尋問するために取調室に引っぱりだそうとしたとき、電話が鳴った。警察本部長のウエストフィールドで、いらいらした様子だ。

「どうしてノースを送検しないのだ？」

「まだ証拠を集めているところです。これか──」

「証拠ならくさるほどあるだろう。やつの寝室にあったイリサの持ち物やら、ブライオニー・テイラーの日記やら、メガネやら……」

「でも、イリサはいません、生きているにしても、死んでいるにしても。それにブライオニー・テイラーも、ほかの被害者もだれも見つかっていません。もしも今カイルを送検したら、黙ってしまう可能性が大いにあります」

「おそらくそうだろう。それがどうしたというのだ？」

メイリードは唇をなめる。口がからからに渇いている。舌も。この一時間でだんだん喉が渇いてきて、どれだけ水を飲んでも渇きをいやせない。「もしもカイルがあの少女たちを殺したのなら、その子たちを帰してやりたいんです。カイルをうまく扱えば、可能性が高まると思いますが。もう一度、彼と話すことが必要です」

「レオン・ムニエに関しては」ウエストフィールドが言う。「多くの疑問が上がってきている。あれは自殺だったのか？」

「まだわかりません」

「では、ノースが彼の死にも関係していたかもしれんのだな」

「可能性はあります」

ウエストフィールドのうしろでどっと声があがり、にわかに騒がしくなった。「よろしい」ウエストフィールドが言う。「やるべきことをやりたまえ。だが連絡は欠かさないように。不意打ちはごめんだ。この事件で、われわれがどれほど世間に注目されているかは、思いださせるまでもないだろう」

「了解しました」とメイリードは言い、電話を切る。

「悪い話ですか？」メリウェザー警部が訊く。

「世間の目がうるさいから。できるだけ早く、ノースを送検してもらいたがっているわ。と言っても、手を抜いてはいけないと」メイリードは、壁に寄りかかる。「くそっ、ハリー。わたしは本気で、イリサを生きたまま家に連れて帰れるだろうと思っていたの。あのビデオのメッセージや、手紙に隠した暗号に関して……彼女はよくやったと感じたでしょう？」

目を閉じて、開く。「あの取調室で、あなたは、子どもの殺人者に向かいあって座っていると感じる？」

「ええ」ハリーが言い、顔をしかめる。「感じます」

メイリードは首を回す。

「ところで」とハリーが言い足す。「アリア・チョウドリーが、あなたと連絡を取りたがっていますよ。DNA鑑定の結果を話したいと」

「あとで電話する。今の優先事項は、カイル・ノースが黙りこんでしまう前に、できるかぎりしぼりあげることよ」

カイル

（一）

こんなにひとりぼっちだと感じたことはない。世界がこんなに冷たく思えたことはない。

人生でどんな失敗をしても――神さまはぼくがたくさん失敗したのを知っている――母さんは決してぼくを見捨てなかった。でも取調室で、まさにぼくがいちばん必要としているときに、ふいに立ちさった。ぼくは悪いことや――恐ろしいこと――をしてきたけど、母さんはいつもわかってくれていた。そしていつもぼくの選択をほめてくれたわけではないけど、厳しく罰することなんて一度もなかったのに。

男の警察官がふたり、ぼくを独房に連れもどした。ぼくが話しかけようとすると、背の高いほうの人に背中を押された。足がもつれて、ぼくは独房の戸口を飛びこえた。二発の銃声のような音を立てて、膝《ひざ》が床にぶつかる。痛くて気絶しそうになる。のたうち回っているうちに、いつの間にかドアがばたんと閉じた。

みんながぼくを憎んでいる。ひとり残らず。

さっき、ぼくは助けになろうとして、マカラ警視に話せることをぜんぶ話したけど、何も変わらなかった。警視はほかの人たちと同じ目でぼくを見た。警察のバンにぼくを殴って乗せた人と同じ目で。

警視の質問にぜんぶは答えなかったけど、できるわけがないじゃないか。あの取調室で、しょっちゅう頭の中の壁がぐらぐら倒れそうな感じがした。もしも倒れたら、すべてが失われるだろう。ぼくはブライオニーとグレーテルに対して義務がある――ぼくの記憶の中でふたりを生きつづけさせるという。湖の指のつけ根の骨のように、ぼくは自分をふたりの〝記憶係〟にした。もしも壁を倒れさせたら、もしも自分を捨てたら、ふたりはまったく存在しなかったことになる。家族はふたりを覚えているだろう。でもぼくが知っているように知っているわけではない。家族は最後の場にいなかったんだから。

「じゃあ、認めるんだね？」しわがれ声がする。

身体をひねると、背中が痙攣《けいれん》した。独房の向こう側の作りつけの寝台にぶら下がる、二本の汚れた脚と、すりへった革靴と、深緑色のワンピースの破れたすそが見える。

（二）

ぼくはパニックになり、足を蹴《け》りだして、ドアのほうに進む。あの子がここにいるはずがない。そんなはずはない。それなのに、頭を動かすと、そこにあの子がいる。

グレーテルの顔はバーベキューのグリルに長く置かれすぎたステーキ肉のようだ。裂けて、焦げて、黒い。髪の毛はなくなり、目も、鼻のほとんどもない。透明な液体が肌の裂け目からしみ出している。

目だけが無傷だった。恐ろしいほどの強烈さでじっと見ている。大火の熱をすべて吸収した、ふたつの不吉なエメラルドだ。「わたしを見て、イライジャ」とささやく。

ぼくは目を細めて、顔を床に向ける。

「わたしを見て」

勇気を奮いたたせて見ると、グレーテルのやけどがどういうわけか消えて、あかで汚れて脂ぎってはいるけど、幸いにも火事の影響を受けていない姿のままになっていて、驚く。最初はあまりにも信じられなくて、処理できずにいたけど、ようやくグレーテルはほんとうはここにいないのだと気づく。想像力がたくましすぎると、たいていのことが可能になるものだ。

「そう、わたしはここにいるのよ、イライジャ」とグレーテルは言い、腕を上げて自分の頭をとんとんたたく。「ここにね、思いだした？　あなたには義務がある。そう信じてるんでしょ？　あなたの記憶の中に、わたしを生きつづけさせる義務が」

「ぼく……ぼく、そんなつもりは――」

「わたしがおとなしくしていると思う？　わたしがだまってこれを受けいれると思うの？」グレーテルは鋭く目を細めて、目の力を集中させる。「そろそろ真実を話しはじめるときなんじゃないの？」

ぼくはもうぶるぶる震えていて、自分を抑えることができない。「真実？」

両手をこぶしに固めて、グレーテルは作りつけの寝台から滑りおりる。顔がゆがんで意地悪くなる。『あなたたちは真理を知り、真理はあなたたちを自由にする』」

ぼくは身体を縮める。

「このことば知ってる、イライジャ？」

「『ヨハネによる福音書』第八章」とぼくは言う。「第三十二節。でもどうして——」

「それを信じてる？」

「ああ、もちろんさ、でも——」

「じゃあ、ウソをつくのをやめて、真実を言いなさいよ」

「ぼくはきみを殺さなかった。殺してない」

「真実よ、イライジャ」

「真実を言ってるよ」

「『あなたたちは真理を知り、真理はあなたたちを自由にする』」

「ぼくはきみを救おうとしたんだ。できることはぜんぶやった！」

唇が燃えている。そこにさわり、ぼくの口にふれたグレーテルの口を思いだす。パニックになって地下室から逃げたことを思いだす。廊下の石油の缶、それから……それから……

見えないところから、ぼくを責める兄さんの声が聞こえる。「あの子はお前にキスしたんだろう、イライジャ。でもひょっとして、おまえはもっとして欲しくて戻ったのかもな」

「ちがう」ぼくはうめくように言う。「ぜったいにそんなことはしなかった」

「お前があの子を殺したんだ」

「ちがう。ぼくはあの子を救ったんだ。あの子を永遠に救ったんだ」

今度は何かほかの音が聞こえる。カチッ、ピシッ。兄さんの二十二口径の音みたいだ。ぼくはほとんど歓迎しているといってもいいかもしれない、頭の中の大惨事を。そこでやっと、カイルがぼくを撃てるはずがないと思いだす。だって、ぼくがカイルなんだから。そしてぼくが、ずっと前にきょうだいを殺したんだ。

「きょうだいだけじゃないでしょう」イリサがささやく。

「きょうだいだけだ」とぼくは言う。自分のことばを信じることができればいいのに。

ピシッという音は銃弾ではなくて、カギが錠の中で動く音だ。うしろで独房のドアがぱっと開く。突然、どっちがより悪いのかわからなくなる。グレーテルといっしょにここに閉じこめられていることか、それともぼくに死んでもらいたがっている外の世界に出ることか。

(三)

ぼくは取調室に戻り、向かい側にマカラ警視とその同僚がいる。天井で二台のカメラが、非難するような目を向けている。二、三秒ごとにぼくの視線はうしろの壁にさまようけど、どんなにしょっちゅう確かめても、母さんは二度と現れない。

「カイル、どうしたの？」マカラ警視が訊《き》く。「あなたが騒いでいたと、看守が言っていたけれど」

「大丈夫です」

「またいくつか、質問に答えられる？」

「やってみます」

「それはよかった。前に言ったように、あなたが何も隠していないことが重要なの。イリサを助けたいのなら――彼女の家族を助けたいのなら――すべて話す必要があります」

ぼくはマカラ警視をじっと見て、ほかの人たちの不幸に首を突っこんで毎日過ごすというのはどんなものなのだろうと思う。疲れているように見える――痛いところがあるみたいだ。こういう仕事は楽じゃない。誰にとっても。

「『あなたたちは真理を知り、』」とぼくは教える。「『真理はあなたたちを自由にする』」

「カイル？」

「『ヨハネによる福音書』第八章だよ。聖書を読まないの？」

「学校を卒業してからは」

「なるほど」とぼくは言う。「残念だな」

「それでも、そのことばの意味は理解できるわ。真実を話す準備ができたの？　そういうことなの？」

ぼくは口を開く。そういうことなのかな？　意味をあまり深く考えずに話していた。あのことばは聖書のもので、確かにぼくのものではない。

突然、この取調室の陰気さの中で、すべてのことがとても単純に思えてくる。母さんはずっと『エフェソの信徒への手紙』が大好きだった。ぼくには母さんならどの節を引用するかがわかる。**あなたがたは偽りを捨て、それぞれの隣人に対して真実を語りなさい。わたしたちは、互いに体の一部なのです。**

ぼくはうそを言ったことがある。どんな理由であれ、今ならそれが罪だったのだとわかる。『箴言《しんげん》』に、正しい答えをする人はくちづけをする人、という節がある。マカラ警視に言う。「『忠実に発言する人は正しいことを述べ、うそをつく証人は裏切る』『箴言』のべつの詩句だ。

マカラ警視がちらっと同僚を見る。「ちょっと言っていることがわからないんだけど、カイル。すこし戻って考えてみましょうか？　わたしはついさっき、ムニエフィールズから帰ったところなの。〈記憶の森〉を歩いてきたわ」

警視がそんなことを言うとは思ってもみなかった。「そうなの？」

「あなたが去ったときとはちがっているわ。でもあなたの〈記憶の木〉を何本か見つけた。ブライオニー・テイラーの。ほかにも何本か」

「母さんの木は見つけた？」

マカラ警視がまばたきをする。「お母さんの木があるの？」

「オークだよ。行けば絶対にわかる。もしも燃えたんなら、ひょっとして……ひょっとして、それで消えちゃったのかもしれない」

マカラ警視の顔を影がよぎる。いや、よぎったように思える。今はぼくの想像力がかなり激しく駆けめぐっているから。

「見つけていないわ」と警視は言う。「でも大勢で捜しているし。あそこにあれば、知らせるわ。さっき、あの家にひとりで住んでいたと言ったけど。それは本当だった？」

「うん」

「ムニエ家からあそこを借りていたの？」

「そうだよ」

「レオン・ムニエと直接契約したの？」

答えようとしたときに『エフェソの信徒への手紙』と、『箴言』と、真実を話すという誓いを思いだす。「いいえ」と答える。「それにほんとうのところ……ひとりで住んでいたんじゃないんだ」

「ほかにだれと？」

「母さん」ぼくは言う。「父さん。それときょうだい」

信じないのはわかってるけど、しかたがない。

「きょうだい？」

「カイルさ」ぼくは教えてやる。「カイル・ノース」

テーブルの下で、マカラ警視の電話が鳴りだす。それを無視して、警視はぼくを見つめる。「あなたがカイルだと思っていたけど」

「ああ」ぼくはうなずく。「そうだよ」鳴っている電話で気が散る。出てくれればいいのに。頭がずきずきし始める。目を閉じ、開ける。「イライジャって言うつもりだったのかな」

それを聞いて、マカラ警視がたじろぐ。椅子が床にこすれる。ぼくを見つめたまま、ポケットから電話を引っぱりだす。警視が立つと、同僚も立つ。「取調終了、午後七時四十二分」

ぼくがさらに何か言う間も与えず、ふたりの刑事は部屋を出ていく。

メイリード

（二）

「マカラです」と言い、足を引きずりながら、廊下を歩く。ハリー部長刑事がすぐあとをついてくる。頭が空回りしている。たった今聞いたことが信じられない。

電話の相手は、ムニエフィールズの犯罪現場管理者、ポール・ディーコンだ。「さらに二本、木を見つけました」と彼は伝える。「両方とも名前が刻まれています」

「母さん、ね」食いしばった歯のあいだからメイリードは言う。

「一本はそうです」

「もう一本はまさか」

「イライジャです」と彼は応《こた》える。

「くそ。くそ、くそ」

「すでに掘りはじめています。でも前もって言っておきますが、何かが見つかることは期待していません」

「一時間ごとに最新情報が欲しいの。森で見つけたものを何でも。地下室で見つけたものを何でも。ノースの家、邸宅、湖のほとりのキャンプ場、見つけたものを何でも」

「何かあればすぐに」

「何もなくても。一時間ごとに最新情報よ、ポール」

ディーコンが電話を切る。捜査本部で、メイリードは空いている机を見つけて、ノートパソコンを開く。震える指で、検索欄に入力する。一瞬、極度の疲労が勝る。目の前の画面が一つではなくて三つに見える。

また電話が鳴る。今度はDNA鑑定を行うために利用している研究所の、アリア・チョウドリーからだ。「結果がでました。彼は夢にも思わなかった人物ですよ」

外の夜空には月がまったく見えない。メイリードはポール・ディーコンのチームが〈記憶の森〉の水浸しの地面を掘っているところや、消防士たちが、廃墟《はいきょ》となった〈お菓子の家〉から黒い泥をポンプで汲《く》みあげているところを思う。あの地下室に閉じこめられていたイリサ・ミルゾヤンや、ブライオニー・ティラーや、その前に来たすべての子どもたちを思う。

「彼はカイル・ノースじゃない」メイリードはノートパソコンをハリーのほうに向けながら言う。「カイル・ブキャナンよ。二十年前に、弟のイライジャ・ブキャナンといっしょにスウィンドンから誘拐された」

笑っているふたりの少年の写真を指さす。それを見ると胸が痛む。「十二歳だと彼は言った。さらわれたときの年齢よ。そのときに彼の時計は止まったんでしょうね」

ハリーの目が左右に動く。「ちくしょう」とつぶやく。「われわれは容疑者を捕まえただけじゃない。生存者を捕まえたんだ」

カイル

（一）

ふたりの制服警官がぼくを独房に戻す。手をつけていない食事のトレーがなくなっているのが残念だ。この数日で初めて、ほんとうに腹がへっている。

警察官が独房のドアをばたんと閉めると、音が耳に鳴りひびくけど、それが消えたあと、聞こえるのは沈黙だけだ。声も、非難も、訴えも聞こえない。たぶん、この正直な生き方がいちばんいい道なのだろう。ぼくは刑事たちにぜんぶ話しはしなかった。でも、これ以上うそはつかないようにした。

平和はつづかない。まもなく〈記憶の森〉の上に立ちのぼる黒い煙を思いだす。頭の中のあの壁が、寄りかかって積み重なったすべての悪夢によってぐらぐらになり、震える。前に、水がもれている堤防の穴を指でふさいで守った、オランダ人の少年の話を読んだことがある。今、ぼくの頭はその堤防のようなかんじだけど、一生懸命やっても、水もれは直せない。

かわりにぼくは作りつけの寝台に横になる。目に砂が入った気がして、閉じる。涙がほお骨を伝わり、耳のほうへ流れる。疲れているんだ、それだけさ。感情的になっているんだ。

(二)

外の騒ぎで目が覚める。独房のドアが大きく開き、マカラ警視の姿が現れる。そばに見たことのない女の人と制服警官がいる。

「カイル」と、マカラ警視は、何を考えているのかわからない口調で言う。「この人はリータ・オーティス。今後、あなたの福祉関係の責任者になってくれるわ」

ぼくはふたりをじっと見て、何が変わったのか理解しようとする。リータは大き過ぎるメガネをかけていて、顔が大きい。黒い髪は、私立探偵が錠をこじ開けるのに使うようなヘアピンで、きちんと留められている。警察官には思えない。

「こんにちは、カイル」とリータは言う。「わたしと一緒に来てもらいたいんだけど」

「どこへ?」

「まだわたしたちにもわからないの。でも、ここよりいいところよ。あなたが怖がらなくてすむところ。でも、その前に、温かいシャワーを浴びて、清潔な服を着てもらうわ。ちゃんとした食事もね」

リータが前に出てきたので、ぼくを殴るつもりなのかと思った。縮こまらないようにするのが精いっぱいだ。リータがぼくの腕に片手を置いて、ぎゅっと握ったとき、地震に遭ったかのように、頭の中の壁が揺れる。ぼくはまた泣いている。止めることができそうにない。

「大丈夫よ」とリータが言う。「もう安全だから。二度とだれもあなたを傷つけようとはしないわ」

涙のせいではっきり見えないけど、口調から、リータが誠実な人なのがわかる。大きく激しいむせび泣きがもれ出すと、栓が抜かれたようになる。ひざがへなへなとする。全身の力がだんだん抜けていく。

リータたちが支えようとするけど、ぼくの体重を支えきれない。ゆっくりと倒れていく。光がぼくのまわりで渦を巻く。リータの手がぼくの手を見つけたので、ぼくは出来るだけしっかりつかむ。どこかから大きな声がする。

長靴をはいた足が、エポキシ樹脂の床にきゅっきゅっと鳴る。身体が持ち上げられるのを感じる。一瞬、ぼくは死んで、まっすぐ天国に昇っていっているのかと思う。でもぼくの話をいくらかしたとはいえ、ぜんぶ話してはいない。話さなかった部分は、絶対にぼくが神の慈悲を受けるのを禁じるだろう。それでもこの無重力状態は十分に気持ちいい。

リータ・オーティスはぼくの手を握りしめている。ぼくは握りかえす力を奮いたたせることができない。

（三）

ぼくは時計を持っていないけど、ときどき、訪れた色々な部屋で、壁時計や、だれかの腕時計をひそかに見て、時間が瞬く間に過ぎていくことに驚く。マカラ警視はときどき現れるけど、ほとんど質問はしない。ぼくがどんな調子か知るため以外は。ぼくは大丈夫です、と言う。〈記憶の木〉のことを訊《き》くと、さらに見つけたと言う。母さんのオークは生きのこった。ブライオニーとイライジャの木も。

しばらくのあいだ、道路が一部だけ見える一階の事務所で待っていた。外の街灯のこはく色の光の中に、アンテナや、パラボラアンテナがいっぱい立ったバンが、何台も見える。テレビ会社の車だ。

『デイリー・テレグラフ』紙の見出しを思いだす。「希望が薄れる」。だれかぼくに新聞を持ってきてくれないかな。リータに聞けばいいのかもしれないけど、いいとは言ってくれないと思う。

ぼくはジーンズに白いTシャツ、濃紺の上着を着ている。これまでぼくが持っていた服の中では一番小ぎれいな服で――バラの花びらで洗われたようなにおいがする。歯ブラシと、歯磨き粉と、脇の下にスプレーするものまである。リータが言うには、あとで髪を切ってもらえるそうだ。準備をするのに時間がかかるかもしれないけど。

次に会ったとき、リータは肩にバッグをかけていた。「ここから出ていくわよ、カイル。少しのあいだ、あなたが自然にふるまえるところに。本でも読んで、リラックスして」

「そこにクッキーはある？」とぼくは訊く。すぐにほおがまっ赤になる。バカっぽく聞こえるのはいやだったのに、このざまだ。

リータは笑う。「クッキーは問題にはならなそうね。というか、クッキーは必須《ひっす》よね」

さっきはマカラ警視が奥さんだと想像しようとした。でもリータと争ったら、警視に勝ち目はない。

「警察のバンで出ていくことになるわ」とリータが言う。「あなたが逮捕されるという意味じゃないのよ。でも、この事件はたくさん注目を集めているでしょう。外には詮索《せんさく》好きな人たちがうようよいるから」

「見たよ」

リータが手まねきする。「まあ、あの人たちがあなたを見ることはないでしょうね」

（四）

シュルーズベリ警察署からの旅は、決して忘れないだろう。

五人の警察官がぼくを囲んでスクラムを組み、バンに押しこんだ。あまりにすばやいので、報道関係者たちの姿も見えなかった。カメラのフラッシュが稲妻のようだ。

「イリサ・ミルゾヤンは死んだんですか？」ひとりが叫ぶ。「あなたが殺したんですか？」

そのときドアが閉まり、車が加速する。あの人たちのカメラはぼくを見分けただろうか。イリサは『デイリー・テレグラフ』紙の一面に載っていた。ぼくは載らないといいな。

「もうリラックスしていいわよ、カイル」リータが言う。「最悪なところは終わったから」

「そこはどれくらい遠いの？」

「ああ、三十分かそこらよ」にっこり笑う。「タイ料理は好き？」

「一度も食べたことがないよ」

リータは恐ろしいものを見たとでもいうように目を丸くする。「パッタイを食べたことがないってこと？」

「ない」

「トムヤムクンは？」

「ぜったいない」

「ゲーンパネンは？ムーピンは？」

名前がとてもおかしいので、ぼくはくすくす笑いを抑えられない。そのとき、グレーテルと、火事と、死んだほかの子たちみんなを思いだす。口を閉じ、恥じいる。

「大丈夫よ、カイル」

でもこの刑事ではない女の人は、ぼくの知っていることを知らない。

だれも知らない。

メイリード

（一）

日曜日の朝、カイル・ブキャナンの正体を知ってから三十六時間後に、メイリードはシュルーズベリから北西に三十キロ離れた、オスウェストリー警察署に向かう車の中にいる。

この五十時間で眠ったのは五時間だ。流産のことは、スコットに話していない。極度の疲労に襲われているため、もはや自分の判断力を信用できない。それでも、自分を止めることができない。

これまでに、カイルの当面の世話を担当する国民保険サービス《NHS》の司法精神科医、リータ・オーティス医師から三回と、オーティスの上司のパトリック・ベケット医師から一回、電話で最新情報の報告を受けている。

複雑な状況だ。カイル・ブキャナンは明らかに被害者だが、だからといって、イリサ・ミルゾヤン殺害に何の関与もなかったとは言いきれない。彼を警察署から移送したのは、推定無罪を暗示しているのではなく、単に精神衛生の必要に譲歩しただけのことだ。カイルは今、安全だと感じているかもしれないが、みなは彼がぼろを出すのを待っている。メイリードは彼の服についていた石油のにおいや、家の廊下で斧《おの》を半狂乱で持ちあげていた姿を忘れることはできない。イリサを録画するのに使われた機器はカイルの部屋で見つかり、誘拐されたほかの子どもたちの持ち物もいっしょに見つかった。家に住むほかの大人の証拠があがり――犯罪現場捜査官が、ほぼすべての部屋に、追加の指紋一組を見つけた。同様に、何本かの髪の毛から抽出したDNA――性染色体がXY型のために男性と確認された――は、きょうだいのいずれとも一致しない。

カイルが洗脳されていたということはあるだろうか？　強要されて共犯者になったのだろうか？　オーティスとベケットは、その可能性はあると考えている。彼の行動に刑法上の責任があるかどうかは、ほかのだれかが決めることだ。今、メイリードは真実を突きとめたいだけだ。

あいにく、カイルのもろい精神状態のために、進展ははかばかしくない。今となっては、彼が精神障害を患っているのは、はっきりしている。現実を把握する能力が根本的に損傷を受けているようだ。おそらく、二十年間の苦しい体験のトラウマがきっかけとなった、潜在的な統合失調症が原因だろう。オーティス医師は、カイルの妄想や幻覚は非常に複雑だと考えている。つまり、彼が正直に話していると思っているときでも、現実はまったくちがうものであるかもしれないということだ。

カイルのかん高い声や、体毛の欠乏、垂れた胸から、精神的な損傷だけではないこともはっきりしている。警察の監察医は、彼の身体の異常は、監禁の初期に、苦しい体験で大きなストレスを受けて性器が損傷したか、性機能低下症につながる下垂体欠損のいずれかが原因だと考えている。内分泌科医が数日のうちに診察することになっている。今までのところ、メイリードのチームは、待ちかまえているマスコミからカイル・ブキャナンの身元を隠しているが、これは多数の警察署にまたがる捜査だから、詳細が漏れるのは時間の問題だ。そうなれば、ネタは尽きないだろう。

（二）

オスウェストリー警察署は広いレンガ造りの建物で、しっくいの正面入口が目を引く。受付で名のったすぐあとに、メイリードは警察署長のトニー・フェラーリと話をしながら、コンピューター端末のところに立っていた。

「一般の人から通報がありましてね」フェラーリがメイリードにコーヒーを手渡しながら言う。「彼がふらふらさまよっているのを見たと。道に迷ったか、混乱しているようだと」

「それはどこですか？」

「ムニエフィールズから三、四キロのところです。パトカーが彼を乗せて、ここに連れてきました。事情がわかるまでのあいだに、コカ・コーラをあげたんです。学習困難か何かを抱えているのかと思ったんですが、〈ルーファス館〉のレオン・ムニエを通して、父親と連絡を取る方法は知っていましてね。電話をしたあと、その父親――少なくともわれわれが父親だと思った男――が車で迎えにきました」

「ここに来たんですか？」

「確認してください」とフェラーリは言い、コンピューターのマウスをかるくクリックする。

ビデオの映像が画面いっぱいに現れる。メイリードは、それがオスウェストリー警察署の受付だと気づく。十秒ほどで、ひとりの男が受付に近づく。五十代半ば、革のような硬い皮膚で、黒っぽい髪が頭皮にぺったりなでつけられている。泥の跳ねた防水ジャケットを着ている。巡査部長にあごをしゃくって挨拶《あいさつ》し、話しはじめる。

録画に音は入っていない。その見知らぬ男から目を離さずに、メイリードは言う。

「彼と接触したすべての人と話をしたいのですが」

「すでに集めていますよ」

画面上では、巡査部長が、見えないところにいる同僚に何か話しかけている。防水ジャケットの男は喉《のど》に手を上下させながら見ている。

「ぞっとするかんじのするやつですね」フェラーリが言う。

あとになってそういうことを言うのは簡単だが、この男にはどことなく人をひどく不安にさせるところがあると、メイリードも認めざるを得ない。「この一連の映像はお借りできますか？」

「どうぞ」

べつの警察官が画面に入ってくる。そのそばを、青白いおびえた顔つきで歩いているのが、カイル・ブキャナンだ。

「駐車場は」メイリードが言う。「CCTVで監視されていますか？」

「ちょっと待って頂ければ、お見せしますよ」

ほとんどすぐに、画面が外に切りかわる。その画面には黒の〈ランドローバー・ディフェンダー〉が映っている。防水ジャケットの男が近づいていく。カイルはあとをついて行く。

車のハザードランプが光る。

「車を調べたんですが」フェラーリが言う。「レオン・ムニエ名義で登録されています」

画面に映っている男は、どう見てもムニエフィールズの貴族ではない。イリサの誘拐に使った白いバンに乗ってこなかったのが残念だ。メイリードは新しいナンバープレートを見たかった。

「すばらしい仕事です」メイリードはフェラーリに言う。「これを配布しましょう。そのあいだに、応対した警察官たちと話がしたいわ」

カイル

（一）

この家は、おぼろげに覚えているある場所を思いださせる。愛と思いやりと、ことばにできない感情のある場所を。決して喉が詰まったり、おなかがぎゅっと痛くなったりしない場所を。

最初の夜、ぱりっとした白いシーツに覆われたマットレスの上で、清潔な羽毛ぶとんにもぐり、横になった。タオルから枕カバーまで、どの布類も同じさわやかな花のにおいがする。じゅうたんの敷かれた部屋をはだしで歩いても、足の指の下に汚れを感じない。すべての窓に、三枚ガラスがはまっている。宇宙船の中にいるみたいだ。

着いてすぐに、ぼくはリータといっしょに、ボリューム満点のタイ料理を食べた。今では世界で一番好きなものだ。リータは料理する必要もなかった――電話しただけで、だれかが車で持ってきてくれた。

ぼくの世話をしてくれているのは、リータだけじゃない。ベンとライアンもいる。制服を着ていないふたりの警察官だ。ときどき白いあごひげを生やした年配の男の人もいる。ベケットという名前の――お医者さんだと思う。二回おしゃべりをした。ベケットのことはすごく好きだ。

質問をやめてくれさえすればいいのに。リータはごまかすのがとてもうまい。いつも最初はふつうの会話をしているように思えるんだ。でもすぐにぼくが行きたくないところに向かって進みはじめる。リータは母さんのことや、ときどききょうだいのことを訊《き》く。たいていは父さんについて話したがる。

ぼくは父さんのことを話したくない。今ここにいると、父さんのことを考えたくもない。リータが父さんの名前を口にするとき、ぼくは冷たい波に洗われる。凍りつくように動けなくなって、歯を食いしばる。頭の中の壁が震えて動く。

リータはグレーテルのことも訊く。ぼくはポストに入れた手紙のことや、グレーテルの腕のケガや、レオン・ムニエさんから盗んだ電話のことを話した。グレーテルがどんなふうにぼくにキスしたかとか、それでぼくがどんなふうにパニックになって、地下室から逃げて、廊下の石油の缶をひっくり返したかとか。リータはそのことをうんと細かく説明してと頼んだ。それはむずかしかった。だって、記憶がはっきりしていないんだから。多少でっちあげなければならなかった。さいわい、リータは気づかなかったと思う。

すでに、この家の人たちが、新しい家族のように感じる。でもつづくはずがないとわかっている。たいていの良いことと同じように、これはただの幻覚だから。

質問に答えていないとき――あるいは質問を避けようとしているとき――は、本を読んだり、窓の外を見たりする。この家から見えるところには、ほかに一軒も家がない。

野原と田舎道とたくさんの木だけだ。ぼくは広い裏庭をつきそいなしで歩くことを許されている。できるかぎりちょくちょく歩いている。

そこでぼくはグレーテルのことや、ぼくらが話したことをあれこれ考える。あの子はぼくに強い魔法をかけたから、ぼくはあの子の記憶を何度も再現するはめになった。グレーテルはぼくをだました——今ならそれがわかる——でもぼくもあの子に誠実ではなかった。なんとかチェスをやれていたらよかったのに。ふり返ると、グレーテルはわざとぼくの間にあわせのチェス盤を壊したんだと思う。

四日目の夜、ぼくは眠れない。目を閉じるたびに、リータの質問が聞こえる。何度かベンを見つけに階下《した》に行きそうになるけど、弱虫だと思われたくはない。何時間か経ち、疲れてへとへとになり、ようやくぐっすり眠る。

するとそのとき、すべてが解明される。

（二）

頭の上の太陽は、ぴかぴかのペニー銅貨で、太陽の熱は、顔に押しつけた蒸しタオルのようだ。ぼくは庭にいる。大きな庭じゃない。ここのことは何もかもよく知っている気がする。物干し用ロープのそばのでこぼこの小道、へこんだ板で囲まれた砂場。うしろでぱちゃぱちゃ水の飛びちる音と、楽しそうな叫び声が聞こえてふり向くと、そこにふたりがいる。ぼくの家族が。すばらしく愉快で、完全な家族だ。

ママはストライプの水着を着ていて、肩が日に焼けて赤くなっている。片手にイライジャのアイスクリームを持っているけど、溶けて、指に垂れてきている。その指は完璧《かんぺき》だ。肌はやわらかく、爪には明るい色が塗られている。「スマーフ」ママは言い、笑う。「会いたかったわ」

子ども用の浅いプールに立っているイライジャは、いつもどおりだ。生意気で、のんきで、元気と茶目っけをいっぱいふりまいている。ママの注意がそれた瞬間、宙に飛び、尻《しり》から落ちて、大きな水柱を上げる。ママは怒ったふりをして金きり声をあげた。

ふたりのそばに行きたいのに、ぼくの足は草に溶けてしまっている。少しすると、ぼくらのあいだの地面に裂け目が現れる。それがどんどん深く、広くなるにつれ、ママとイライジャは自分たちだけの島に乗って流れていく。ぼくは両手を伸ばして、ここにいてと頼むけど、ふたりはもうぼくを見ていなくて、笑いながら、水を飛びちらして、遊んでいる。

次に場面が変わる。ぼくは車の後部座席にいて、猛スピードで走っている。太陽の熱で熱くなった革が、ぼくのむき出しの脚を焼く。ぼくのそばにはイライジャが座っていて、顔が恐怖におびえる丸い月のようだ。ハンドルのうしろには、運転手のかわりに、ブンブンうなるハエの大群がいる。

「どうなってるの」イライジャが不満げに言う。「ママはどこ？」

ぼくは答えられない。口を開けたら、ハエが喉に流れこんでくるだろう。「カイルってば！　この人、だれなの？　ぼくらをどこに連れてくの？」口をぎゅっと閉じて、ぼくは弟の手を握りしめる。

前の席で、ハエの大群が合体して男の人になる。その人は慎重にハンドルを握っている。手首をこぶしより高く上げている。目がバックミラーに動く。「うしろで行儀よくしてろよ。わかりましたと言え」

自分の叫び声で目が覚めて、みんなが駆けつけたあともしばらく叫びつづける。最初はベンと、知らない男の人だけだった。それからリータがベケット先生といっしょに来る。いろいろ聞かれて、今度はぼくは答える。ご褒美は何か甘いものが入ったプラスチックの注射器だ。

頭の中の壁が崩れおち、ダムがついに決壊した。「ママはどこ？」ぼくはうめく。「どこにいるの？」医者たちは厳しい表情を交わし、ぼくをベッドに行かせる。

次の日、ぼくは歩く元気もほとんどない。頭が敵の兵士に機銃掃射された戦場のように感じる。朝食には何も食べられない。昼食もいらないと言うと、リータがタイ料理ならなんとか食べられるかと訊く。ぼくがうん、と答えたあと、リータは車でスーパーマーケットを探しにいく。

記憶が氾濫《はんらん》し、勢いが激しすぎて、ぺちゃんこにたたきつけられる。助けを求める弟の声が聞こえる。そしてグレーテルの声も聞こえる。

もとに戻れたらいいのに。ムニエフィールズでは、ぼくには目的があった。〈記憶の森〉の下で目覚める人たちになぐさめになるものを持っていくことや、その人たちがいなくなったら覚えていることだ。ここでは、まったく目的がない。家の中をうろうろしていると、リビングルームでベンを見つけて、向かいのひじかけイスにどさっと座る。

「ようし、遊ぶか?」とベンが訊き、ぼくはうなずく。本気ではないけれど。

ベンが電話をいじっているので、ぼくはチェスで遊べるか訊く。ベンはグレーテルが言っていたアプリは持っていないけど、似たようなのをダウンロードする。すべて準備されたチェス盤を見ると、頭の中のカオスが引っこんでいく。ベンは指で駒を操作する方法を見せてくれる。

ぼくは前へ乗りだして、全神経を画面に注ぐ。すこしためらいながら、最初の手を打つ。クイーン・ポーンをd4に。うれしいことに、黒はポーンをd5に置いて応じる。今度はぼくは迷わず、ポーンをc4に動かして応じる。グレーテルはオープニングをたくさん教えてはくれなかったけど、これを教えてくれた。これはクイーンズ・ギャンビットと呼ばれている。黒はギャンビットを受けいれるか、断るかを選べる。

ぼくは待つ。ほとんど息ができない。

それから黒が受けいれる。

メイリード

（一）

月曜日の夜、カイル・ブキャナンの身元についてのニュースがもれる。火曜日の朝には、彼の顔が――弟の顔とともに――どの報道機関にも現れている。その写真は少年たちの誘拐のあと、一九九九年に出回ったものだ。写真の中で、きょうだいはカメラに向かってにっこり笑っている。永久歯が幼い口には大きすぎる。

マスコミはカイルの最新の写真をしつこく要求しているが、手に入れることはないだろう。イライジャの状況についての最新情報を受けとることもない。なぜなら、主にだれも――隠れ家の人たちも、ムニエフィールズのいくつもの犯罪現場にいるだれも――イライジャの運命についての情報を一切持っていないからだ。メイリードはイライジャがずっと前に死んだのではないかと疑っているが、証拠はない。

痛ましいほどに、ニュースのネタは完全にイリサから離れた。すべての注目はカイルと、彼の二十年間に及ぶ監禁に向いている。ムニエフィールズに戻ると、報道機関のヘリコプターが、〈記憶の森〉に点在する多くの犯罪現場捜査官のテントの映像を捉《とら》えている。テレビでは、引退した警察官たちが厳しい解説や予測をして、けっこうなポケットマネーを稼いでいる。メイリードは、リーナ・ミルゾヤンはどんな気持ちでいるだろうと思うばかりだ。娘の失踪が、扇情的で異様なことに集中する報道合戦の中で、付け足しのような扱いになって。

きょうだいを巡る報道の過熱ぶりは、この前の記者会見で公開した、オスウェストリー警察署の監視カメラの映像についての衝撃も小さくしてしまった。メイリードは、今頃はもう、警察署にカイル・ブキャナンを迎えにきた正体不明の男が、どの新聞でも一面を飾っていることだろうと期待していた。しかし、紙面に取りあげられてはいるものの、少年たちよりは、はるかに目だたない。

オーティス医師とベケット医師がカイルの治療にあたっているあいだ、メイリードの捜査チーム――今やイングランドとウェールズにまたがる九つの違う警官隊が連携している――が古いファイルを丹念に調べている。ブキャナン家の男の子たちは、一九九九年にスウィンドンの遊び場から、母親のカレン・ウォークが、お母さんグループとおしゃべりをしているあいだに連れさられた。きょうだいの誘拐犯からは、これまで何の連絡もなかった。それが、彼らの事件がその後につづいた事件とまったくつながらなかった理由のひとつだ。当時はもちろん、カメラつき携帯電話はなかったし、ノートパソコンの編集ソフトも、YouTubeもなかった。

一九九九年当時、ウィルトシャー州警察の捜査は、最初、少年たちの父親のグレン・ブキャナンに集中していたが、刑事たちが全人生をつぶさに調べても、彼の関与を示すものは何も見つからなかった。グレンには明白な動機もなかった。イライジャが生まれてすぐにカレンと別れたが、強い憎しみがあるわけでもない。少年たちは父親の姓を使いつづけていた。カイルが弟の名前を口にするまで、メイリードが関連づけもしなかったのはそのせいだ――ふたりが誘拐された頃、メイリードは警察官になることを志願したばかりだった。だれも理由を説明できないが、長い監禁生活のあいだに、カイル・ブキャナンはカイル・ノースになることに決めたのだ。ベケット医師とオーティス医師の話では、おそらく生きのびるためにカイルが創りだした複雑な空想のほんの一面なのだという。

ときどきカイルは、ふと自分のほんとうの年齢を知っているようなそぶりを見せるが、たいていは退行状態のままだ。隠れ家では慎重に鏡を避けている。自分の姿をじっと見させる可能性のあるものは何でも。メイリードは、カイルがこの事件を解くカギだと知っているが、今のところ役に立つことはほとんど教えてくれていない。そして悪夢に苦しめられた夜のあとの火曜日の朝、カイルは完全に黙りこんだ。

その午後、ウスター市にあるウエスト・マーシア警察本部のヒンドリップ・ホールで、メイリードはベケット医師を呼びだす。ベケットは患者の妄想の重要な柱が崩壊したのだと考えている。「カイルは母親を求めていたんです」と言う。

二〇〇四年、息子たちが行方不明になった五年後に、カレン・ウォークは自殺した。

「カイルに話したの？」

「この段階では、それは賢明ではないと考えます」

「カイルはすでに知っている可能性があるわね」メイリードが指摘する。「彼女の死は大きく報道されたから。誘拐犯が彼に教えたかもしれない。もしかして、それが精神障害のきっかけだったのかも」しろうとのくせに精神科医ぶっていることに気がついて、メイリードはたじろぐ。「ごめんなさい」

ベケットは手をふって、彼女の謝罪を拒む。「われわれは、彼に少量のクロザピンを処方しています。抗精神病薬で、不安を和らげるはずです。ですが、この段階でお伝えしておかなくてはなりませんが——わたしは彼の精神的健康を非常に心配しています。安定するまでは、事件についての質問をこれ以上認めるわけにはいきません」

メイリードはうなる。ベケットは自分の仕事をしているだけなのだが、彼はリーナ・ミルゾヤンや、警察本部長や、どなり散らすマスコミの群れに直接対応する人間ではない。「カイルは何か言っているの？　イリサにつながるかもしれないことは何も？」

「まったく言っていません」

「何があったのか知っていると思う？　彼は関与していたと思う？」

いらいらして、ベケットは首を回す。「お手伝いしたいのはやまやまですが。わたしがどう答えても、完全なあて推量になるでしょう」

「今は、それでも必要よ」

医師は少しのあいだ、メイリードを見つめる。メイリードはその視線に耐えながら、どう見えているのだろうと思う。ようやく医師の表情が柔らかくなる。「カイルがわざと隠しごとをしていると思うかとお訊きになっているのなら、はい、と答えるでしょう。そうだと思います。でもそれは二〇一二年から毎シーズン、サウサンプトンがプレミアリーグで勝つほうに賭《か》ける人の勘のようなものです」

メイリードは息を吸い、ため息を吐く。「あなたがカイルの幸福を心から望んでいるのは知っています。でもイリサ・ミルゾヤンも被害者なんです」

「それはわかります。だが、カイル・ブキャナンの空想と現実を区別する能力は、いったんこの今の危機をくぐりぬけたとしても、そんなにすぐに改善することはないでしょう。何らかの重圧や期待を感じた瞬間に、賛成を得たいがために、何かをでっちあげることは大いにあります。自分がそうしていることに気づきもしないかもしれません」

メイリードは目を閉じる。すぐに自分の心にぽっかりあいた暗い穴を思いだす。悲しみの大きな岩が突進してくるのを感じる。

まだスコットには話していない。ほんとうに、許されないことだ。

「余計なお世話だということはわかっています」ベケットが言う。「それに純粋に個人的な立場でお訊きします。ずっと気づいていましたが……」ためらい、もう一度やってみる。「こういう捜査――すべての関係する捜査を含めて――の指揮というのは、ひとりの人間に、莫大《ばくだい》な重圧をかけるものですね」

メイリードは彼を見あげる。

「どうやって対処しているのですか？」医者が訊く。

カイル

（一）

リータはタイ料理を持って戻ってくると、ベンの電話を没収した。「外界との接触は禁止よ」ぼくが聞こえないところにいると思って、リータはベンに言う。「彼にニュースを見せたいの？」

たぶん、結局はそれでよかったのだ。始まりはよかったものの、初めてのチェスの試合は負けた。次の六試合も負けた。

ぼくはあまり食べられなかった。リータががっかりしているのを感じて、エビせんべいを無理やり何枚か食べるけど、前に食べたのより油っこい。胸やけが残る。落ちつくときと、やけに不安なときとが交互にやってくる。ある瞬間は心臓の鼓動がのろのろしていたかと思うと、次の瞬間には全速力になったりする。ベケット先生がくれた薬は、それを止めるためのものだけど、最初に飲んで以来、ぼくは飲むふりだけしている。感覚を鈍らせたくない。いつか近いうちに、必要になるだろうから。

警察のバンに押しこまれたときに、記者たちが叫んでいた質問を思いだす。**イリサ・ミルゾヤンは死んだんですか？　あなたが殺したんですか？**

たぶん、答えるべきだったんだろう。だって、今ならわかるから。ぼくは起こったことの真実を知っている。まだ欠けている部分はある。でも、天才じゃなくてもそれは埋められる。

日没が近づくと、ベンの勤務時間が終わり、ライアンの勤務時間が始まる。リータも夕食用にパッタイの箱を持って家に帰る。ぼくはライアンがタバコを吸いおえて、中に入ってくるのを待つ。それから庭に出る。外は冷えているけど、ほとんど寒さを感じない。見あげた空は刻々と変わっていくが、美しい——天地創造の最初の日々は、きっとこんなふうだったんだろうな。ぶつかり合う気流によって引っぱられ、雲がねじれたりかき回されたりしている。西のほうでは、太陽が地平線に、溶けた銅の色の血を流している。こんな天国のドラマを見ることはめったにない。こんなにはっきりと前兆が見えたことは一度もない。

ふり向いて、この四日間過ごした家を見る。あそこで会った人たちは善良で、正直で、心が痛むほど誠実だ。でもあの人たちはぼくの家族じゃない。ぼくがしたこと——そしてぼくが起こさせたこと——を考えると、ぼくらに共通することは何もない。

芝生は、庭の草が伸び放題になっている部分に向かって、上り坂になっている。ブランコや道具小屋を通りすぎる。太陽がついに血を流しきる。うす紫色の光の中で、皮膚が肉を締めつけるような感じがしてくる。二サイズ小さい靴のように。おなかがぱたぱたする。つばが口にあふれる。

道具小屋の裏に回って歩き、家から見えなくなると、トネリコの木の下に父さんが立っているのが見える。心臓が一回どきんと鳴るあいだ、ぼくのたくましすぎる想像力が、たそがれの糸から父さんを織りあげたのだろうかと思う。でも父さんは、騒がしい空とおなじくらい現実だ。

ぼくを見ると、父さんは歯をむき出して笑う。「このいたずら小僧」と笑って、歩いてくる。最後に見たのは、父さんがこぶしをふり出すところだ。

（二）

ぼくはバンの中にいる。

外からは見なかったけど、どの車かわかる。ときどき、この車のバンパーを射撃の練習に使っていた。父さんが近よらないよう警告するまでは。二、三年前に、父さんが二十二口径の銃をくれた——その思いつきをおもしろがっていたんだと思う。ぼくを武装させるのは危険だけど、父さんは危険を切りぬける。もちろん、あの人はほんとうの父さんじゃない。でもそんなことは、もうどうだっていい。

ぼくの下でバンがガタガタ揺れている。大きく揺れると、ぼくは床を滑る。ときどき通りすぎる車の轟音《ごうおん》が聞こえるけど、しょっちゅうではない。田舎道だな、とぼくは思う。どれくらい意識を失っていたんだろう。

光はまったく入ってこない。外はまだ夕暮れなのかもしれない。それともまっ暗なのか。寒くなってきたので、車内を探す。片隅に丸まった防水シートを見つける。ひび割れてざらざらして、ほこりと砂がこびりついているけど、ないよりはましだ。折り重なったところに身体を入れる。目を閉じ、ぼくはいつのまにか眠る。

(三)

エンジンの音がどこか変わって、目が覚める。身体を起こしたとき、坂を上っているのだと気づく。

ぼくの思いは隠れ家に戻る。ライアンはぼくがいないことに、すぐには気づかないだろうが、まもなく警報が発せられるだろう。警察はぼくを見つけるために、全力を尽くす。父さんもそれはわかっている。だからこそ、ぼくを誘拐する二度目のチャンスに逆らえなかったんだろう。

ベンが困ったことにならないといいな。ベンはチェスをするためにぼくに電話を貸すべきじゃなかったけど、ぼくが父さんに電話するなんてわかるはずがない。あの人たちはぼくが隠れ家の場所を知らないと思っていたけど、ぼくはリータがタイ料理の店に電話するのを耳にした。住所を暗記するのはむずかしいことじゃなかった。

上り坂の頂上に着くと、バンは下りはじめる。一分後にはべつの坂を上っている。今度のはさらに急だ。さっきは規則的な動きが眠りを誘った。今は胸をむかつかせる。

車が歩く速度くらいにゆっくりになる。外はどうなっているのか想像してみる。べつの地所かな、ムニエフィールズみたいな？　ぼくがあとにしてきたところのように、露の滴る木がいっぱい生えている森かな？　そうじゃなくて、ひょっとして、墓場を訪れるところなんだろうか。

エンジンが止まる。ドアがばたんと閉じる。足音がうしろにまわってくる。ドアがぱっと開き、きれいな夜空が見える。

（四）

父さんがうしろのバンパーのそばに立っていて、目に月の光が映っている。ぷんと父さんの——むっとするタバコや、洗っていない服の——においがして、ぼくは鼻にしわを寄せる。いつもなら、そのにおいが気になったりはしないけど、この数日、ぼくはフロとシャワーに入り、防臭剤やハミガキ粉や、いろいろないいにおいのするものを使っていたから。

「ルールを破ったな」と父さんは言う。「一度だけじゃなく、二度も。自分から遠ざけていたんだろう。わかりましたと言え」

「父さん、ぼくは——」

「わかりましたと言え」

「わかりました」

「出ろ」

父さんは怒っていると思ったのに、話し方に感情がこもっていなくて、ぼくは不安になる。ぜんぜん想像していたような再会ではない。後部ドアのほうに滑り、草地に飛びおりる。風が父さんのいやなにおいを吹きとばし、海の潮臭さに取りかえる。

少し離れたところから、波の砕けるくぐもった音が聞こえる。ぼくらは崖《がけ》のふちに近い坂にいた。はるか下には、はるばる水平線まで、藍色《あいいろ》の海が広がっている。月は水面に、白いスクーナー船の一団を浮かべている。

頭上の空には、たくさんありすぎて数えきれないほどの星が散らばっている。

「ここはどこ?」

ぼくの質問を無視して、父さんはうしろのドアをばたんと閉じた。ふり向くと、坂の頂上にずんぐりした石造りの掘っ立て小屋を見つける。波型鉄板の屋根が風に持ちあがり、きしんでいる。窓に火明かりが輝く。ブリキの煙突から薪《まき》の煙がたなびいている。左の壁沿いには倒れそうな差しかけ小屋があり、板が月明かりを浴びて銀色になっている。草の生えた坂をぼくらのほうに歩いてくるのは、マジック・アニーだ。

(五)

アニーは、今晩はぼくのスピリットガイド、カマリの服を着ている。マウンテンベアのくっきりしたシルエットの模様のカウチンセーターの上に、トルコ石のネックレス。足にはお気に入りのバッファロー革のモカシンを履いている。

ぼくを見ると、顔がクッキングシートのようにしわくちゃになった。うっすらと両切り葉巻の煙が混ざった香水のにおいがする。

「あんたを飼いならしてきたと思ってたのにね」と言いながら、近づく。「それなのに、あんたはずっと癌のようなもので、このときを待ってたんだ」

「カマリ――」

「いいや」とアニーは怒った口調で言う。「その名前は死んだんだよ。あんたが燃やしたんだ。ほかのすべてのものとおなじように、あんたがつけたあの火で」

「ぼくじゃないよ、アニー。ぜったいに――」

「いや、あんただ。あるいは、あんたがやったも同然だ。そのせいで、今あたしたちは一からぜんぶやり直しさ。人生の中でうれしい時間とは言えないね」苦々しくゆがんだ唇から、ニコチンで茶色く染まった歯が見える。「何で戻ってきたんだい？」

「だって、どこにも――」

「どの新聞にも、どのテレビにも顔が出てる。全世界があんたのことを聞きたがってるんだろう？　何があったんだい？　限界になったのかい？」

「ぜんぶもとに戻ったらいいのにって思っただけだよ」

月の光がすべての色を漂白して、アニーを石のように冷たくやつれさせている。海の目とぼくはよく呼んだものだ。今その目はうつろな窓で、人間らしさが欠けている。「ほら」と言いながら、ぼくの胸に麻袋を押しつける。「それをかぶりな」

「アニー、お願いだよ。こんなことしなくても――」

うしろから父さんが、ぼくの腎臓《じんぞう》にこぶしをぶちこむ。ぼくはがくっとひざをつき、海から釣りあげられた魚のように、口を開けたり閉じたりする。痛みで手足に力が入らない。

なんとか頭に袋をかぶる。風が吹くと、顔に布がぱたぱた当たる。腐った玉ねぎのにおいが鼻につく。アニーはぼくの手首をつかんで前に引っぱる。

ぼくの人生はどうやって終わるんだろう？　前はスピリットガイドだった人といっしょに少し歩いて、次は崖のふちから長い飛びこみか？　少なくとも、痛みがあるとしても、一瞬だろう。

アニーは登りながらぜいぜい言っている。一分後に、ぼくらは立ちどまる。ぼくはアニーのそばに立つ。次の一歩は掘っ立て小屋の中なのか、それとも九十メートル以上の急降下なのか、どっちだろう。まわりで風が鋭く哀しげな音をたてる。

そばで何かがじゃらじゃら鳴る。ぼくの顔が緊張する。アニーがぼくの背中のまん中に手を置き、押しやる。

ぼくは前につんのめる。足が宙に浮くことを覚悟して、胃がねじれるような急降下の恐怖に身がまえる。叫び声が喉《のど》まで出かかるが、それを解放する機会はない。突然ひざをつき、板張りの床が下にあったから。

ぼくたちは崖のふちにはいない。あれはぼくのたくまし過ぎる想像に過ぎなかった。屋内にいると思うけど、これはさっき見た掘っ立て小屋とはちがう――薪ストーブの暖かさを感じられない。それから、差しかけ小屋を思いだす。

アニーがぼくに座るよう命じる。またあのじゃらじゃらという音がして、それがカギの束だと気づく。重たいものが手首を取り囲む。少しして、ドアがばたんと閉じる。手錠にふれるまでもなく、つけているのがわかる。

しばらくただそこに座り、呼吸に意識を集中する。恐ろしい詩のようだ。ブライオニーが前の家の中を、ぼくのあとを追って歩きまわりながら非難したのを思いだす。今のぼくを見たら、どんなに笑うことだろう。

（六）

夜明けが最初の客を連れてくる。太陽が昇ったのはわかる。板張りを通して青白い光が指を突っこんでくるから。

ママは小屋の向こう側の壁に寄りかかって座っている。直接見ると、むき出しの薄い板が見えるので、ぼくはすぐ上を見つめる。

「あの家。あの人たちは」リータやベン、ライアン、ベケットと過ごした時間を思いだしながら話す。「ぼくみたいなやつの居場所じゃなかった。しばらくは、そうかもしれないと思ったんだ。でもちがった」

外では、さわやかな朝の風がののしる。小屋の波型鉄板の屋根が持ちあがり、キーキー鳴っている。もしも懺悔《ざんげ》するときが来るとしたら、それは今だ。

「ぼく、あいつを殺したんだ、ママ。イライジャを殺したんだ。ごめんなさい、ぼくがやった」

ママに告げたとき、ぼくの声は割れる。鼻水が唇に垂れる。「許すなんて言わないで。許せないってわかってるから。あいつを殺した。自分が生きたかったから」

ママは両ひざを胸に抱えこむ。

「あのお医者さんたちは、あいつが生きているのか、どこか外の世界にいるのかって、訊《き》きつづけてさ。何て言えばよかったんだろう？　ほんとうのこと？」

ぼくらのあいだの沈黙が恐ろしい。今までで最悪だ。涙がほおを伝わる。葬りさったままにはできないものがある。イライジャの死はそういうもののひとつだ。弟のことを思いだすと、喉が痛くなって、息をするのもひと苦労だ。深く悲しんだことが一度もなかった。ちゃんとは。あまりに長いあいだ、自分を捨てて、自分を通して弟を生きさせることで、弟を殺した償いをしようとしてきた。でも、かわいそうなイライジャのふりをしていたら、イライジャのかわりに現れたカイルが、手に負えないものに発展してしまった。ぼくが今までに感じたあらゆる冷酷さや、身勝手な衝動をあらわにする人間だ。

これ以上ことばはないので、ぼくは見つけようとはしない。顔を上げると、ママはすでにいなくなっていた。残されたのは風だけ。二度とママに会うことは期待しない。ママはもう思い出の破片にすぎない。外で、かけ金のカチャリという音がする。

（七）

冷たい風がぴゅうっと小屋に入ってくる。

父さんはすぐには現れない。鼻がどうしてか教えてくれる。父さんは食べ物を持ってきたんだ——においからすると、温かいものだ。きっとそれを草の上に置き、両手を自由にして、ドアを開ける。胃がぐうぐう鳴る——エビせんべいひとつかみのほかは、この二十四時間、ぼくはほとんど何も食べていない。

頭を持ちあげて、慎重に表情を整える。ここから救われるのに手遅れということはない。父さんは二度目のチャンスはくれないけど、つねに最初の一度はくれる。ぼくらにはたくさんの歴史がある。ぼくがどんなに役に立つか思いださせればいい。

もちろん父さんは、最終的にぼくが納得させなければならない相手ではない。グレーテルのお母さんがテレビに現れた日に、トレーラーハウスの中に立っていたマジック・アニーを思いだす。**この地球には、地上を歩く権利のないやつらもいるんだよ。**

アニーはグレーテルの誘拐犯のことを話していたんじゃなくて、あの子のお母さんのことを言ってたんだ。リーナ・ミルゾヤンのしたことの何が、アニーの反感を招いたのかはわからない――たぶん、ぜったいにわからないだろう――けど、その可能性は限りなくある。

二日前に悪夢を見てから、たくさんのことを思いだした。父さんがぼくとイライジャを誘拐したとき、アニーはこう言っていた。子どもを育てるのにふさわしくない女たちがいて、あいにく母さんはそのひとりだ、と。良い母親は子どもをひとりで育てたりしない。良い母親は身体に悪いものを子どもに食べさせたりしない。良い母親は家を汚れたままにしたり、酒を飲んだり、その他もろもろの悪いことをしたりしないものだ、と。

母さんはぜんぜんそういう種類の人ではなかったし、きっと〈記憶の森〉の下で目覚めたほかの子たちもおなじように感じていただろう。ブライオニーが母親を愛していたのをぼくは知っている。グレーテルもまちがいなくそうだった。

アニーは一度も自分の子どもを持ったことがない。ひょっとすると、子どもはどんなふうに育てられるべきかっていう考えにあんなにこだわっているのは、それが理由なのかもしれない。とはいうものの、長年のあいだにぼくが悟ったのは、アニーは思いつくかぎりほとんどすべてのことに、強い信念を持っているってことだ。

マジック・アニーと、ぼくはあの人のことを呼んだ。その名前はネイティブ・アメリカンの日にトレーラーハウスの中で、煙の中から生じたものだ。それはぼくの心を落ちつかせ、頭を夢でいっぱいにした。長年のあいだに、それだけがアニーの魔法めいたことではないことに気づいた。アニーは、まさに魔法にほかならない、みんなを支配する力を持っている。

ひとつには、レオン・ムニエさんが、〈車の町〉を作り、父さんに家を貸すよう仕向けた。アニーがムニエさんに紹介する女たちが、その契約に一役買っているのをぼくは知っている――二、三日前に見かけた、ハスリンのスウェットスーツと、クジャクのような目をした女の人は、長い列の中の一番新しい人だ。でも、そういうことすべてを実現できるのは、アニーだけだ。

アニーは父さんをすっかり思いどおりに操っていて、父さんはアニーの奴隷も同然だ。アニーの提案で父さんがすることは、ひどすぎてことばにできない。でも、ときどき、どうして父さんがそういうことをするのか、理解できることがある。アニーはいろいろなことを信じこませるんだ。世界についてとか、あるべき姿についてとか。アニーのことばは脳に直接届くささやきのようだ。アニーのまわり――ついでに父さんのまわりでも――で安全に過ごす唯一の方法は、完全に、断固たる服従を貫くことだ。ほかの子たちは、今までだれもそれを覚えなかった。ぼくが警告しようとしたのに。

「その名前は死んだんだよ」「あんたが燃やしたんだ。ほかのすべてのものとおなじように、あんたがつけたあの火で」と昨日の夜、月明かりの下で、アニーは言った。月の光が海を照らしていた。

名前を捨てるのは簡単なことじゃない。ぼくはそれを知っている。やってみたことがあるから。でも、たぶんアニーというのがそもそもほんとうの名前じゃなかったんだろう。たぶん、ただのもうひとつのうそだ。

ひとつ、うそだとわかっているのは、ぼくが〈記憶の森〉でやったとアニーが言ったことだ。グレーテルがぼくにキスしたあとで〈お菓子の家〉から逃げたとき、ぼくは廊下で石油の缶をひっくり返した。でもぜったいに戻ってマッチをすってはいない。そしてあの石油は火をつけずに燃えることはない。

あの日、その前に、レオン・ムニエさんが車で出ていったすぐあとに、かんかんになって〈車の町〉に戻ってきたとき、ぼくは何があったのか気づいていなかった。今ならすべてがはっきりわかる。ムニエさんは、電話が盗まれたのを発見したんだ。ムニエさんに会うために外に出たあとで、アニーもそれを知り、そろそろ出ていくときだと悟ったんだろう。もちろん、アニーは何の証拠も残していきたくはなかった。〈お菓子の家〉を燃やせば、始末できる。アニーが自分で火をつけたのかどうかはわからないけど、指示は、アニーの口から出たものだろう。

そんなことを考えながら、慎重に、後悔しているという表情で見あげると、さっきの考えがまちがっていたとわかる。戸口に立っているのは父さんではなくて、グレーテルだ。

（八）

グレーテルは別人に見える――前のグレーテルの姿を描いた鉛筆画だ。頭を下げているので、顔は見えない。手首には汚い包帯が、ぼくの間にあわせの包帯の代わりに巻かれている。その下の紫色になった指は、普通の大きさの三倍にはれている。良いほうの手で、危なっかしくトレーのバランスを取っている。

何か言いたい。謝るか、許しを乞《こ》うか。それからママを思いだす。木の薄板に寄りかかり、日の光が身体を通りぬけていた。グレーテルが来ているからといって、ほんとうにここにいることにはならない。

しゃがんで、グレーテルは床にトレーを置く。片手なのでこつがいる。中身――シチューがなみなみ入った深皿と、水の入ったブリキのマグ――がトレーを滑り、はしからころがり落ちる。グレーテルはめちゃくちゃになった食べ物をじっと見つめる。それから立ちあがり、頭を上げる。ようやくはっきりグレーテルを見て、ぼくの血が凍りつく。どうしても、グレーテルが現実なのかどうかがわからない。顔は不潔でうす汚く、目は川の石のようにどんよりしている。汚れの下の肌は死体を思わせる青白さだ。

「グレーテル――」

「わたしをそんなふうに呼ばないで」とささやく。「それはわたしの名前じゃない」

「ここにいるの？」とぼくは言う。「現実なの？」

グレーテルは長いことぼくを見つめてから、話す。「前にも一度そんなことを訊いたよね」

そうだった。そしてまだグレーテルの答えを覚えている。〈お菓子の家〉の地下室で。これは現実だよ、イライジャ。ぜんぶ。あなたは現実だし、わたしも現実。わたしのママも。わたしの家族も。この場所も現実。わたしがいたい場所じゃないし、ここで死ぬことにならないよう願ってる。何よりも、わたしがここから生きのびるのを、あなたが手伝ってくれることを願ってる――でもこれは現実だよ、約束する。手に入れられるのと同じくらい現実なの。

ぼくはトレーとひっくり返った食べ物の皿を見る。頭を上げて、外のふさになって生えている草の山を見る。戸口から吹きこむ風は本物に感じる。ということは、きっとドアは開いている。食べものにおいも本物だ。ということはきっとだれかがそれを持ってきたんだ。

心がタンポポの綿毛とおなじくらい軽く感じる。グレーテルがほんとうにここにいるのなら、良心から、汚点をひとつこすり取ることができる。

グレーテルはぼくの向こうをちらっと見る。「行かなくちゃ」

「待って――」

小屋を横ぎるとき、グレーテルの足はまったく音を立てない。敷居のところでためらう。風が髪をヘビのようにくねらせる。それからいなくなった。

ぼくはまばたきして、グレーテルを目で追う。たった今起こったのは、何だったんだろう。

これは現実だよ、イライジャ。ぜんぶ。あなたは現実だし、わたしも現実。

でもあれは過去で、これは現在だ。

視線が向こう側の壁をさまよい、母さんが戻っていることに気づく。両ひざを胸に抱えこんでいる。ぼくを見ていないけど、今度は少なくとも話す。「ここから先はひとつの道だけよ。あなたは生存者でしょう、イライジャ。だったら生きのびなさい」

ぼくは穢《けが》れた良心と、避けたいひとつの汚点を思う。それから目を閉じて待つ。

イリサ

足を引きずり草地を渡っているときに、風が吹きつけてきて、イリサはもう少しで転びそうになる。頭の中でぶんぶん音がして、喉《のど》が燃えるように痛い。ここ数日で、腕は感染症でとても痛くなってきているので、やり方を知っていたら、自分で切断したいほどだ。もし生きのびられたとしても——たった今、差しかけ小屋で見たもののことを考えると、ありそうもないけれど——救える医者がいるとは思えない。

グールは掘っ立て小屋の外で、手巻きタバコを吸いながら待っている。イリサのあとから中に入り、ドアを閉める。

魔女のアニーは、向こう側の壁のそばにひざをつき、ストーブに薪《まき》を詰めこんでいる。彼女を見ていると、イリサは古いおとぎ話を思いだす。グレーテルがどうやって、自分たちを捕えた相手をかまどの中に押しこんで、ヘンゼルを檻《おり》から逃がしたのかを。比べるのはばかばかしくて、笑いそうになるが、肺にそれだけの息がない。

ひざをかくかく鳴らしながら、アニーはよいしょと立ちあがる。「この風ときたら」とつぶやく。「このくそ寒さときたら」ようやくイリサと目が合う。「あの子に会ったかい？」

「はい」

アニーは足のせ台を手で示す。イリサが座ると、アニーはにやりと笑う。「ここじゃ、あんたは一服の清涼剤だよ。言われたとおりにやるしね、いいことだよ。あたしたちを手伝いたいんだね？　正しいことをしたいんだろう」

ゆっくりと、イリサはうなずく。

「よし。あたしたちはあんたのことを気に入ったからね、おじょうちゃん。あんたに金を使いたいんだ」身をのり出す。「あの子は何て言ってた？　食べ物を持ってったときに」

「わたしは現実なのかって訊《き》きました」

アニーが低くうなる。壁の戸棚から薬の包みをつかんで、ビニール包装から二粒ぽんと出す。「ほら。これを飲みな。腕に効くだろう」

魔女はイリサが飲みこむのを見届けてから言い足す。「あの子はあんたのとこに行ってたんだね？　地下室に。友だちとして力を貸すとか何とか、かこつけて行ってたんだろう」ひと呼吸おき、魔女の顔にしわが寄る。「いいさ、何も言わなくていい。ここでの生活で、あたしに隠しておけることなんて、絶対に何もないんだから」

イリサの身体がこわばる。そのことばを最後に聞いたのは、グールからだった。グールは部屋の向こう側で、鼻から煙を吐きながら、イリサを見ている。

「イライジャは友だちになりたかったわけじゃないよ」アニーは言いながら、ぐらぐらするイスに身を沈める。「競争相手を調べてただけさ。それはほんとうの名前じゃないって、言ったことがあるかい？　イライジャってのは弟だ。あの子がかわいそうな弟に

かだ」

「ここには長くいられない」アニーは言う。「それに、あんたたちを置いていくわけにはいかない。いっしょに連れていきたいけど、二人分の場所はない。あんたか、あの子

魔女が話すたびに、イリサが理解している状況が、がらがらと崩れていくような気がする。疑いの余地もないと思っていた事実が、突然、不確かに思えるのだ。

何をしたか、言わなかったんだろうねえ」

それを聞いて、イリサは〈記憶の森〉の下で最初に目覚めたときにした誓いを思いだす。この恐怖を生きのびる、どんな犠牲を払っても。

「あの子は」アニーはつづける。「生きのこりなんだ。あの子は何よりも、自分の命を大事にする。生きつづけるために必要なことなら、何だってするだろうよ」

「わたしも」イリサはささやく。「わたしもそうする」

イリサも本気だ。今は家族にまた会うためなら、何だってやってみせる。

「あの子が地下室のあんたのところに行ったとき」魔女は言う。「ほかの子のことを話したことがあるかい?」

「ブライオニーのことを話しました」

「あの子に何があったか話したかい? どうやって死んだか」

イリサの喉がふさがる。首を横にふる。

あの子は生きのこりなんだ。あの子は何よりも、自分の命を大事にする。生きつづけ

るために必要なことなら、何だってするだろうよ。

「その薬は眠気を誘う」アニーは立ちあがりながら言う。「床にごろんと寝転がれば、二、三時間眠れるかもね。あとでまた、食事をあの子のところに持ってっておくれ」

戸棚に戻り、引きだしを開けて、ナイフを取りだす。鋭利な刃わたり十五センチのスチール製だ。

「あたしがあんただったら」トルコ石の色の目がきらりと光る。「これを持っていくだろうね。うそじゃないよ、あの子は自分の立場をよくする機会があれば、ためらわないだろうから」

舌がちょっと出て、黄色い歯を探る。「さっき言ったように、連れていけるのはひとりだけだよ」

カイル

あとで、父さんがやってきた。少しのあいだ戸口に立ったまま、タバコを吸っている。中に入ったとき、ひっくり返った食べ物の皿に気づき、額にしわが寄る。

「ぼくじゃないよ。ぼくは手こずらせたりしないから。あの子が落としたんだ」

「何だと」と父さんが応《こた》える。「性悪女め」

「わざとじゃなかったけど」

「そう思うか？」

ぼくらのあいだの沈黙が大きくなる。「あの子は現実だった。ぼくは炎を見て……殺してしまったと思ってたんだ」

「殺してないさ」父さんは言う。「まだ」

ぼくは頭を完全に上げる。「まだ？」

「アニーは今あそこで、どういうことになっているかを説明してるよ。利口なやつだな、あのイリサは。情け知らずでもある。あいつの言ってることときたら……」

父さんはためらい、つばを吐く。

「どんなこと？」

「ああ、おまえのことだよ。アニーがイライジャのことを教えたんだ。おまえのしたことを」

耳の中で血がどくどくいっている。「父さん――」

「黙れ」床にタバコを落として、かかとでもみ消す。「ここにきて、こんなふうにおまえに警告するのもだめなんだ」トレーとその中身を回収すると、外に出て、ドアを閉める。

隠れ家で、ベンの電話から父さんに電話をしたとき、ぼくは自分をだまして、たやすいことだと思いこもうとした。グレーテルはもう死んだんだし、代償なしでもとの生活にすっと戻れると。

利口なやつだな、あのイリサは。情け知らずでもある。あいつの言ってることときたら……

頭を傾けて、ぼく以外のだれかの気配がしないか耳を澄ます。外では風が草をそよがせている。だれかが近くにいるかどうかを知るのはむりだから、自分の本能を信じなけりゃならない。必ずしも耳で聞きとるほど悪いわけじゃないから。

ぼくは自分がうそつきなのをわかっている。うその多くは、生きのびるために、つくしかなかった。アニーがときにはどんなに気まぐれになれるか、思い知らされる。予備の計画なしで戻ってくるのは愚かだっただろう。それにぼくのIQはグレーテルほど高くはないかもしれないけど、決してバカじゃない。

自由になるほうの手をうしろに動かし、Tシャツの下に伸ばす。肉切り包丁は何枚かの絆創膏《ばんそうこう》で背骨に留めてある。父さんに電話したあとで、隠れ家のキッチンから盗んだ。それを前後に動かしながら外すのに数分かかる。慎重に――いつものように――自分の姿が映るのを避けて、刃を調べる。床から泥を少しすくって、刃にこすりつけ、輝きを鈍くする。差しかけ小屋の中は暗いけど、どんな危険も冒すことはできない。手を動かしながら、暖かいところに座っているグレーテルのことを考える。ぼくはここでノックスさんの犬のようにつながれているというのに。

利口なやつだな、あのイリサは。情け知らずでもある。あいつの言ってることときたら……

肉切り包丁を手の届くところに置いて、これから起こることへの覚悟を決める。

イリサ

（一）

目が覚めたとき、魔女はこんろの前に立ち、鍋《なべ》に入ったものをかきまぜていた。グールはイスに座り、また手巻きタバコを吸っている。ホラー映画の家庭の場面さながらで、シュール過ぎてほとんど喜劇だ。

やっとのことで、イリサは起きあがる。右腕は有刺鉄線を巻かれているかのようだ。指がすごく腫《は》れていて、ちょっと押しただけで破裂しそうだ。背中がずきずき痛む。脚はひりひりしてふらつく。

ものを良く見ることもできない。集中していないと、グールと魔女が、毒ガスのような悪意を放つ、ぼやけた顔の〈ボダッハ〉に変化する。

差しかけ小屋で鎖につながれているイライジャに考えが向く。イライジャはたくさんのうそをついた。ほんとうの名前でさえ、ちがうようだ。それにイリサを救う機会があったのにもかかわらず、衰弱させることを選んだ。

あの子は生きのこりなんだ。あの子は何よりも、自分の命を大事にする。生きつづけるために必要なことなら、何だってするだろうよ。

でも魔女に言ったように、イリサだって生きのこりだ。イリサは、どんなに野蛮なことも立入禁止ではないという境地に達してしまった。体力はなくなってきているかもしれないが、決意は固いままだ。魔女が見せたナイフと、それが露骨に意味することを思いだす。イリサはたったの十三歳だ。

でも十四歳、十五歳、十八歳になりたければ——成長して、満足できる人生を送りたければ——もしかすると、それが唯一の方法なのかもしれない。イライジャを殺すことは、一生背負っていく重荷になるだろう。でも今ここでは、避けて通れない。イリサには義務がある——ママに対して、祖父母に対して、自分自身に対して——ここから生きのびるという。

こんろの前で、アニーは鍋の中身を深皿に注ぎ、トレーに置く。それから、調理台からナイフを取ってくる。「決断のときだよ」イリサのほうを向いて言う。

いやだといったらどうなるのかな？

外に出るのを断ったらどうなるのかな？

横になって、目を閉じ、こんなことが起こっていないふりをしたらどうなるのかな？

そういうさまざまな思いや、ほかにもいろいろなことが、イリサの頭にぱっぱっと浮かぶ。話すために口を開く。抵抗するかわりに、イリサはふらふらと、ようやく立ちあがる。

（二）

外では風が生き物のように草に打ちつけ、服従させる。三、四キロ沖合で、タンカーが白い航跡を切り開いているのが、ほかに人間がいる唯一の証拠だ。イリサは歩きながらそれをじっと見ている。トレーを置いて、良いほうの腕をあげたら、だれか見てくれるだろうか？　たとえだれかが見たとしても、イリサは遠くの船に手をふるひとりの女の子にすぎない。そこから、イリサがほんとうに困った立場にあることを推し量るのは、不可能だ。

イライジャの食事をぎこちなく運びながら、差しかけ小屋に近づくにつれて、イリサは不思議なくらい感情が欠けていると感じる。恐れを知らなくなることがアニーの薬の副作用なら、ひょっとして魔女に感謝しなければならないのかもしれない。

呼吸が速くなる。心臓が胸でどきんどきんと大きな音を立てている。まばたきをしたり、頭をあまり早く回すと、風景が回転のぞき絵の中の絵のように、とぎれとぎれに動く。口の中では、歯が前よりとがっているように感じる。舌が歯の先っぽをなぞると、ぞくっとする痛みを感じる。

イリサは小屋のドアの外で立ちどまる。開ける前に、トレーを置く必要があるだろう。草の上にしゃがむと、ワンピースの下に、濡《ぬ》れたチクリとする痛みを感じる。右の太もものまん中へんだ。身体をまっすぐにすると、その感覚は消えて、温かいものが太ももを伝うだけになる。ふと、そこに何を隠したのか思いだす。そして、謎が解けたので、ドアを開く。

（三）

暗闇と影から細部が現れる。〈ボダッハ〉は隅にすわり、イリサがつながれていた鎖につながれている。

すべての〈ボダッハ〉が、こんなふうに、危害を加えることのできない暗がりにつながれているわけでないのは残念だと、イリサは思う。それから、こっちを見ている青白い顔のものは〈ボダッハ〉などではなくて、自分がイライジャと呼んでいる人だと思いだす。ほかのことも思いだす。彼が殺した弟からその名前を盗んだことを。

イリサの目がすばやく床を見まわし、安全な場所を探す。でもここには、あの鎖が届かない場所など、どこにもない。草からトレーを持ちあげて、おそるおそる敷居をまたぐ。

イライジャは疲れて見えるし、髪もぼさぼさだけれど、目は明るさをとどめている。『ヘンゼルとグレーテル』などすっかり忘れて、今、イリサはオオカミに近づいていく『赤ずきん』の気分だ。「食べ物を持ってきたの。落とさないようにするね」

「ありがとう」とイライジャはしわがれ声で言う。それから「もっと近くに持ってきてくれる?」と。

イリサはためらい、視界を安定させようとする。

「どうかした?」イライジャが訊《き》く。「あの人たちがなんか言ったのか?」

イリサは肩をすくめ、首を横にふる。

イライジャは手錠をちらっと見る。注意が自分のそばの何かにさまよう。「おかしなもんだな。こういうこと――起こっていることぜんぶが。ある意味、世界で最も真剣なチェスのゲームみたいだ」

イリサはイライジャの言っていることがわかるけれど、同意はできない。「これはゲームじゃないよ、イライジャ」

「そんなことは知ってるよ、バカだな」

「イライジャっていうのは、あなたのほんとうの名前ですらないんだってね。そうでしょ?」

「ぼくは……」イライジャの肩が震える。「それはあいつを覚えているひとつの方法だったんだ」

気をつけて、イリサはトレーを置く。またちいさなチクリとする痛みを感じる。

あの子は生きのこりなんだ。あの子は何よりも、自分の命を大事にする。生きつづけるために必要なことなら、何だってするだろうよ。

汗がイリサの目に転がりこむ。まばたきして払いのける。「ねえ、あなたを信用していいのか、どうしてもわからないんだけど」

「それはしかたないよ」とイライジャは言う。「ぼくも自分を信用してないんだから。でもぼくが今まできみに言ったことに、うそはひとつもなかったんだ」

イリサはそれがうそだと知っている。真っ赤なうそなので、そんなことを言うなんてとても信じられない。イライジャがトレーを引きよせると、イリサは少し距離を置いて座り、ワンピースのひだを広げる。

「大丈夫?」イライジャは食べながら訊く。「何だかわかんないけど。ちょっとへんだよ」

「あの人たちが何かくれたんだけど。痛みどめに。それでちょっと……」右腕を上げて、はれ上がった指を曲げたり伸ばしたりする。「ぼうっとしてて」

左手をワンピースの下に伸ばす。

イライジャはまばたきをして、イリサの顔をじっと見ている。

「あの人はあなたのお父さんじゃないんだよね?」イリサは言う。「そうだと思ってたけど、ちがう」

「そういうふりをしてたんだ。とてもうまくふりをしていたら、しまいにはそう信じるようになっちゃった。おかしなもんだよね。何かを一生懸命思えば、ほんとうになるなんてさ」

イリサはぞっとして小さく息を吸う。胸の中でチョウが羽をばたつかせているみたいだ。ワンピースの下で、人さし指がナイフにふれる。

イライジャは食べおえる。そっと皿を置く。

「あの人たちがあなたを連れさったんだよね？」イリサは言う。「子どものころに。あなたとあなたの弟を。わたしを連れさったのと同じように」

またイライジャが、ちらっと横を見る。何かを探しているみたいに。たぶん、いやな記憶から目をそらしているのだろう。「うん」

「初めて会ってすぐに、何か言ってたよね。今になってやっと思いだしたんだけど。『ぼくはまだ十二歳だから』って。そのときは、起こっていることにおびえ過ぎてて、ほとんど気にもとめなかったんだけど」ちょっと考える。「それって、事件が起こったときの年齢なの？」

イライジャはごくりとつばを飲みこむ。それから、イリサが聞いたこともないような音をだしてうめく。その瞬間、イリサの頭の混乱がすっきりして、あるがままのイライジャがわかる――被害者だ。イリサの悪夢を共有している人なのだ。何十年もつづく期間を別として。イリサにはイライジャが生きてきた恐怖は想像できるが、その規模は想像もつかない。あんなに複雑な空想を作りあげたのも当然だ。「あなたに教えなくちゃならないことがあるの」声を低める。「あの人たちがわたしにやらせようとしたこと」

イライジャは向こう側の壁を見つめる。何かつぶやくけど、小さすぎて聞こえない。肩が震えだす。

「わたしはそんなことしたくない」とイリサが言う。「あなたには。あなたはわたしにうそをついた。〈記憶の森〉で。でもわたしもあなたにうそをついた。手紙のこととか、電話のこととか、あなたのチェス盤を壊したこととか。ごめんなさい、イライジャ。あんなことをしてごめんね。逃げたかっただけなの。わかるでしょう。ね？」

「ぼくも逃げたかったんだ」とイライジャがささやく。「少なくともそう思ってた。今は……そんなことができると思えない。もう選択の自由があるとは思えない」

「いつだって、選択の自由はあるよ」

「生きたいと思わなければね」

イライジャは顔を上げる。涙がほおを流れ落ちる。

動脈が喉《のど》で脈打つ。

「イライジャ――」

イリサのうしろで、ドアが風を受けてばたんと閉じ、小屋を突然まっ暗にする。イリサは固まって動けなくなり、イライジャの表情が網膜に焼きつく。

「クイーンズ・ギャンビットだ」イライジャは、押し殺した声で言う。

イライジャが前に飛びだしたとき、イリサは叫ぶ間もなかった。

メイリード

終わったばかりの記者会見から報道関係者たちが続々と出ていっているときに、電話を受ける。

あらかじめ、これは依然としてイリサ・ミルゾヤン失踪《しっそう》についての捜査だという点を強調するために、メイリードは、マイクテーブルのそばの台に、イリサの大きな写真を置いた。それでも、出席した報道陣の心は集中しなかった。質問はすべてカイル・ブキャナンのことだった。しかも現在、重大な警備上の過失と見られることにより、彼は行方不明なのだ。

たしかに、カイルは何かの罪で起訴されていたわけではない。カイルの精神的な弱さにもかかわらず、精神科医のチームは、彼を留置できる〈セクション4〉を適用していなかった。担当医のどちらも、カイルが逃亡する危険があるとは思ってもみなかったのだ。

メイリードは迅速に対応して、次の事実をはっきりさせる。カイルは職員の交替時間の十七時三十分には、まちがいなく家の中にいた。交替した警察官のライアン・ハバーズによると、カイルは十七時五十分頃に庭に出た。

それ自体は珍しいことではない。カイルにつき添う理由があったわけでもない。むしろ、ベケット医師は、短時間ひとりでいることは、有益かもしれないと信じていた。十八時五分に、ライアンは外を確かめた。庭がからっぽなのを発見して、警報を発した。司令室で、メイリードは警察本部長や、副本部長、ウエスト・マーシア署の警視などからの電話に応《こた》えている。すでにマスコミは、正確に何があったのかは知らないにしても、何かが起こったことは知っていて、探りだすために、あらゆるつてを頼っている。先手を打つべきだろうか？　カイルの最新の写真とともに、声明を発表しようか？

電話がぶるぶる震える。今度はリータ・オーティスだ。

「ベケットが、何があったか教えてくれました」精神科医は言う。「カイルを見つけていないと思いますが」

「まだね。それで、あなたが何か具体的なことを知っているのでなければ、悪いけど、話はできないの」

「もうとっくに対応されたとは思うのですが」オーティスは応じる。「でも、念のために確認させてください。警察官の電話は調べましたか？　カイルはいなくなる前の二時間、それで遊んでいたんです。わたしはカイルがニュース報道を見るかもしれないと心配して、没収したんですが。でも、ひょっとして、だれかに電話したかもしれません」

「ありがとう」とメイリードは言い、電話を切る。

二分後に、ベン・ホリングズワース巡査部長は眠りから起こされる。彼の電話の通話記録を調べると、十四時二十一分に、九十六秒間つづく発信が一件あったことが、確認される。メイリードが直接話をして、電話はホリングズワースが軽食を用意しているあいだにかけられたにちがいないということがわかる。ホリングズワースは必死にあやまる。

「早まって辞職なんてしないで」とメイリードは言う。「あなたは初めてちゃんとした手がかりを与えてくれたのかもしれない」

携帯電話の中継塔の記録を入手するのに、令状は必要ない――メイリードのチームがプロバイダーに自動要請を提出する。データが届くのを待つあいだ、メイリードはそっと外に出て、スコットに電話する。夫が出ると、何も言えなくなるが、その必要はないとわかる。スコットは、メイリードが話さなくても知っている。

「大丈夫だよ」とスコットが言う。「なあ、大丈夫だって」

メイリードは、もっとたくさんの沈黙でつながった電話を、切らないでおく。

カイル

(一)

ぼくの手についた血。ナイフについた血。

グレーテルは少し離れたところで、ほこりの中にうつぶせに横たわっている。肩にぼくの血まみれの手形が見えるけど、たぶん、それはただのぼくの想像だ。ドアが閉まっているので、かなり暗いから。

〈記憶の森〉の下で出会ったすべてのかわいそうな子のなかで、グレーテルが最も深くぼくに影響を及ぼした。次にどんなことが起ころうとも、ずっとこの子のことを覚えているだろう。

息がひゅうひゅうと喉から出たり入ったりする。外では風が哀歌を歌う。ぼくはここでひとりっきりではない。うしろの壁沿いに母さんが座り、頭を下げている。

これはすごく苦痛だ。父さんをどれくらい待たなければならないんだろう？　自分の運命を知るまでどれくらいかかるんだろう？　手首の手錠を見る。ひょっとしたら、もう来ないのかもしれない。

前にマジック・アニーが教えてくれた物語を思いだす。父さんキツネが穴に落っこちた話だ。家族が救おうとしたけど、長男以外のみんなも転がり落ちた。鎖をつなぎとめられなかった長男は、みんなが死ぬのを見届ける運命だった。それから自分も死んだ。

差しかけ小屋のドアがぱっと開く。どんよりした空の光が、ぼくにふり注ぐ。

（二）

父さんだ。

敷居のところに立っているけど、入ってはこない。「死んだのか？」とイリサに注意を向けながら訊《き》く。

ぼくは話そうと口を開く。ことばが出てこないので、ただうなずく。

父さんのタバコの煙が小屋に漂う。舌を歯の上にさっと走らせている。「おまえがこんなことをするとは思わなかったよ」と言う。「おまえたちふたりは仲がいいんだとばかり思ってたからな。それにしてもおまえは、こういうことに関しては大した悪党だな。だろう？」

「ぼくは父さんに頼まれたことをやったんだ。いつだってそうだろう」

「おまえに何かしてくれと頼んだ覚えはない」

ぼくは目をぱちくりさせる。「いや、頼んだよ。父さんがぼくに……やれって……」

口ごもり、さっきの会話を思いかえす。父さんはイリサを情け知らずと呼んだ。ぼくについてイリサが言ったことを非難した。ほかにも何か言った。ここにきて、こんなふうにおまえに警告するのもだめなんだ。

でも、それが父さんの言ったすべてだ。

「おまえがいなくて、さびしくなるだろうな」と父さんは言う。「おまえがいて楽しかったよ。でもおまえとこいつのあいだの、このざまは。とてもじゃないが手に負えない。おまえは厄介なことになる。おれたちみんなが厄介なことになる。おれはおまえを信用できなくなっちまったよ」

「父さん」とぼくは言うが、父さんは首を横にふる。

「おまえはこいつが好きだった、イライジャ。それなのに、何てことをしたんだ。そんなことをするやつのまわりで、安全だと感じるやつなんかいるか？　おれたちは何か月か旅に出るかもしれない。おれが毎晩、おまえのとなりにごろ寝して、喉《のど》を切られる危険を冒すと思ったら……まあ、悪いけど、大まちがいだ」

父さんは差しかけ小屋に入る。イリサのそばにしゃがんで、汚い指を彼女のほおに置く。

「アニーは今まで、自分の基準を満たさない親の子どもを連れてきただけだ」と言う。「もちろん、しばらくすると、たいていのガキも基準を満たさなくなる。うそをつき、逃げようとして、行儀の悪さや、敬意のなさを見せるんだ。おまえはちがった、イライジャ。おまえはいつも正しいことをした」

ぼくはひどく驚いて父さんをじっと見る。ぼくは自分がうそつきだと知っているけど、父さんもうそつきだ。父さんが今言ったことは、絶対に真実じゃない。ぼくも一度反抗したんだから。

「でもそいつがおまえを変えたんだ、イライジャ」とつづける。「おまえの頭をたわごとでいっぱいにして、おまえはそれに抵抗できるほど強くなかった」

ぼくはフィデに書いた手紙や、レオン・ムニエさんから盗んだ電話のことを思いだす。

「父さん、お願い」

ナイフはグレーテルの身体の近くにある。父さんはそれに手を伸ばして、拾いあげる。それから立って、ぼくのほうにゆっくり歩いてくる。

(三)

クイーンズ・ギャンビットだ、とぼくは思う。でも父さんはまだ近づいてくる。父さんの顔つきにぼくは息をのむ。目を大きく見開き、歯を見せて、ステーキをたらふく食おうとしているみたいだ。ナイフのまわりのこぶしが白い。

「なんなら、踊ってもいいんだぞ」と言う。「でもオレはほんとうはやりたかないけどな。これは罰じゃないんだ、イライジャ。おまえは長いこと苦しんできたからな」

それは正しい。でも、だからって死にたいわけじゃない。父さんが近づくにつれて、光がすべてさえぎられる。もう父さんの表情も意図も見えない。

ぼくは父さんより背が高いけど、父さんのほうが力は強い。それに座っているときには身長なんて関係ない。今、父さんはぼくの上に高くそびえている。シルエットになった父さんのナイフから目を離すことができない。

クイーンズ・ギャンビット、とぼくは思うが、何も変わらない。

刺すのだろうか？　喉をかき切る？　ぼくが身を守るために両手を上げると、鎖が床でちゃりんと鳴る。

「あきらめろ」父さんがささやく。「そんなことをしても意味はない」

すぐにぼくの喉をめがけ、すばやく弧を描いてナイフをふり回し、攻撃する。

ぼくはそれをかわすよりほかに手がない。刃がぼくの手のひらに鮮やかな道を切りつける。血が差しかけ小屋の壁にはね散る。

ぼくは叫び声をあげる。痛みからではなくて、ショックで。かかとを父さんのむこうずねに思いきり打ちつける。それで父さんは倒れはしないけど、立ち直るのに〇・五秒くらいはかかった。二度目の攻撃は顔を狙ってくる。前腕でかばうと、ナイフが服と肌を紙のように切り開く。握り方を変え、父さんはぐさりと突き刺して、抜く。

初めのうち、ぼくは刺されたことに気づきもしない。両脚を蹴《け》りだして、今度は父さんのバランスを崩す。そのときに痛みが襲ってくる――サメが内臓に嚙《か》みついたような、残酷な熱した大釘《おおくぎ》のような。

父さんがよろけてぼくの上に倒れ、顔がぼくの顔のすぐ近くにある。「おまえの弟も抵抗したよな。覚えてるか？」

　それを聞いて、ぼくの頭の中の何かが自由になる。突然、ぼくは差しかけ小屋にいるのではなくて、ずっと昔の〈記憶の森〉の下の地下室に戻っている。手にガラスの破片を持って。イライジャは向かい側の煙の出ているロウソクのそばにすくんでいる。「お願い、カイル」とべそをかく。「お願い、やめて」

　現在に戻り、ぼくは父さんの鼻に思いきり頭をぶつける。父さんがまた立ちあがると、ナイフの刃がぼくの血でつるつるしているのが見える。前腕をつかむけど、父さんが身をよじって逃げると、ぼくの両手は滑ってつかみつづけられない。父さんが突っこんできて、今度はナイフが身体の中に入るのを感じる。

　ぼくが撃ったシカを思いだす。頭の中の大惨事を。そして、いつもぼくの最後はああなると信じていた。これはもっと悪い。痛くて、すぐには終わらない。「お願い」弟の訴えを繰り返しつぶやく。「お願い、やめて」

　でも父さんは聞いていない。またぼくを刺す。こんどはもっと深く。

　刃を引きぬくとき、黒い噴水がほとばしる。

　父さんのうしろの差しかけ小屋のドアから、どんよりとした空が見える。太陽が見えないのが残念だけど、少なくとも、ぼくは地下で死ぬのではない。それがつねにぼくの最大の恐怖だった。ドアのそばで、グレーテルはうつぶせに横たわり、ほおが血で汚れている。

あの子の名前はグレーテルじゃない、と自分に思いださせる。

ぼくの名前がヘンゼルじゃないのと同じように。

父さんの刃がきらりと光って下ろされる。今度は腕で払いのける。父さんは片足をさっと上げて、ぼくの腹にまたがる。父さんの重みのせいで、息ができない。

部屋の隅で、塚の中で目を覚ました人のように、グレーテルが頭を上げる。とても青白いので、まるで血の最後の一滴まで流れでてしまったかのように見えるけど、そんなわけはない。なぜなら、グレーテルのほおと服についている血は、ぼくの血だから。父さんが小屋に入ってくる少し前に切った腕の血だ。さっき、ぼくの最後の食事を運んできたときに、グレーテルはナイフも持ってきた。あの人たちがグレーテルをここに来させたのは、ぼくを殺すためだとわかったし、グレーテルには自分にできるかどうか知ってほしくなかった。そういう知識は、長いあいだ人にとりつきかねないものだから。

父さんが切りつけてきて、また前腕をえぐる。空いている手で、ぼくは父さんの胸をたたく。

グレーテルは起きあがり、ぼくがこっそり持ちこんだ包丁を見せる。まばたきをして、形勢を見定めようとする。

手を伸ばして、ぼくは父さんの腕をつかむ。父さんはふり落とそうとするけど、どうにか持ちこたえる。ナイフが押したり押し戻されたりする。つばが父さんの口から飛ぶ。

突然、ぼくはまた地下室にいて、ガラスの破片を握りしめている。「やらなくちゃならないんだ、イライジャ」ぼくはささやく。「でなけりゃ、二度と家に帰れなくなるんだぞ」

ぼくらは二週間、地下で過ごし、弟はゆっくり弱っていった。服従しても何も得るものはなかった――何か新しいことを試す時期だった。イライジャはぼくの気が変わることを願ったけど、ぼくはすでに心を決めていた。

グレーテルは包丁を拾いあげる。彼女が立つと、光をさえぎって、父さんに何が起こっているのか気づかれるんじゃないかと心配するけど、父さんの注意はすべてぼくに向けられている。「クイーンズ・ギャンビット」ともみ合いながらぼくは言う。今やぼくの血はどんどん失われていく。力がなくなっていくのを感じる。

チェスでは、人生と同じように、序盤の開戦《ギャンビット》のさし手で、優位に立つために、位の低い駒を犠牲にする。ぼくとグレーテルに関して言えば、ぼくが位の低い駒だ。隠れ家にいたときには、彼女は死んだと自分に言い聞かせたけど、決してほんとうに信じてはいなかった。戻る勇気を見つけるために、うそをでっちあげなければならなかった。もとの状態に戻るつもりなんだと。もう一度、ぼくもその一部だった恐怖を忘れることができると。

父さんのナイフがぼくの顔をかすめてきらめく。

約束して。わたしをここで死なせないって約束して。

初めて会ったときのグレーテルのことばだ。ぼくはそれは約束しなかったけど、戻ってくると約束した。グレーテルがおぼつかない足どりでこっちにくるあいだ、ぼくにできるのは、あの子を見ないことだけだ。クイーンズ・ギャンビット、と思う。

だって、グレーテルは、文句なしにぼくのクイーンだから。

父さんがぼくの腕を払いのける。ぼくはくり返し父さんの顔を平手打ちする。ついに我慢できなくなって、父さんの肩ごしに、ぼくがここに救いにきた女の子をちらっと見る。ぼくとグレーテルの目が合う。グレーテルの目が、わかってる、というようにきらりと輝き、エメラルド色の炎がかすかに光る。

どういうわけか、父さんは危険を感じとる。身体をねじるので、ぼくは大声をあげる。ぼくのギャンビットがむだになるのが怖くて。でも父さんは以前ほどすばやくはなく、グレーテルは今までさんざんな目に遭ってきたにもかかわらず――ひょっとしてまさにそのせいで――ためらわない。肉切り包丁はグレーテルの左手にあり、ひと突きに込められた力はぎょっとして目をみはるほどだ。刃が身体の中に入るのは見えなかったけど、父さんの反応で入ったのがわかる。目が丸く見開かれた。父さんの武器がかたりと床に落ちる。グレーテルがうしろにさがり、空っぽの手が見えたとき、ぼくは包丁がまだ父さんの身体の中にあるのだと知る。引きぬいてもう一度突っこんだほうがいいけど、グレーテルを責めることはできない。

父さんが背中に手を伸ばすと、ぼくは腰をはね上げて、ふり落とす。父さんはどすんと横向きに倒れる。

〈記憶の森〉の下の地下室で、ぼくは自分の行動が原因で弟を殺してしまったかもしれないけど、手を下しはしなかった。たった一度、脱出を試みて、ガラスの破片で父さんを攻撃しようとした。グレーテルとちがって、ぼくはためらった。失敗を自分の命で償う覚悟をしていた。そうはならず、イライジャが命を失った。

今、ぼくのそばで、父さんはひじをついて身体を持ちあげる。向かい側に立っているグレーテルが、石のように身動きできなくなっている。

「行け」とぼくは食いしばった歯のあいだから言う。こんなところを見てほしくない。ぼくのように苦しんでほしくない。

ううっとうなりながら、父さんはまっすぐに座る。背中に包丁が埋まっているのが見える。ずいぶん深く突き刺したものだ。すでに上着に血がしみている。

「そこにいろ、くそ女」と父さんは言う。「わかりましたと言え」

もう待っていられない。ぼくは身体を起こし、鎖を輪にして、父さんの頭からかぶせる。両手で引き寄せる。

輪が父さんの喉《のど》に食いこみ、窒息させる。父さんは輪の下に指を入れようとする。それを止めるために、ぼくはさらに強く引っぱる。ぼくらのあいだの距離が縮まる。

「行け」とぼくはグレーテルに懇願する。「さあ」

ようやくぼくのことばが届く。最後に目が合い、ぼくらはすっかり気持ちが通じあう。

それからグレーテルは背を向けて、よろよろと小屋を出る。

父さんが脚を蹴りあげ、震えはじめる。かかとが床をどんどんたたく。鎖をつかむ手をゆるめると、父さんの胸が波打ち、肺がいっぱいになる。ぼくは包丁をぐいと引きぬく。それから父さんの脇腹に突っこむ。父さんの背中が弓なりになる。殺されるブタみたいにキーキー言う。

「イライジャ」と、ぼくは口を父さんの耳に近づけてささやく。

ぼくらの血がいっしょに差しかけ小屋の床に流れる。視界が暗くなっていく。でもぼくにはまだやるべき仕事がある。

包丁が抜ける。湿った裂ける音とともに、包丁が深く潜る。「ブライオニー」とぼくは言う。

これが終わるまえに、ひとりひとりを思いださせてやるんだ。

イリサ

差しかけ小屋からよろよろ歩いているときに、風が吹きつけてきて、足元を揺さぶる。かがんで、イリサは草の中に吐く。千年生きても、まだグールの身体に包丁をたたきつけた感触を覚えているかもしれない。でも、ママのところに戻れるのなら、その価値はあるだろう。

唯一の後悔は、もっと早く行動しなかったことだ。勇気をかき集めたときには、グールはすでにイライジャに残忍な仕打ちをしてしまっていた。あのとんでもない残忍さを目撃したことによってのみ、ようやく、イリサは自分の暴力で介入することができたのだ。

イリサは戻ることを考えるが、イライジャが、自分を誘拐した男を殺すつもりなのを知っている。彼が成功することも知っている――イライジャの顔にちらっと見えた決心に、ブレーキを掛けられるものなんて、この世にはない。

はれた腕を胸にしっかり抱いて、自分の位置を見定める。左側に掘っ立て小屋が建っていて、煙突から煙がもくもく出ている。近くに白いバンが、下り坂のほうを向いて止まっている。うしろのバンパーに、ソフト帽をかぶり、タバコを吸っているドクロが見えて、その燃えるような視線を感じる。

CHILLAX《チラックス》。

服従するかわりに、イリサは走る。といっても、実際は走っているとはいえないが。下り坂に向かい、ころぶのを恐れながら、長い草につまずき、よろけている。歩く速度でさえ、勢いがつくと恐ろしくなる。

うしろで掘っ立て小屋の玄関がばたんと開く。中から魔女の怒り狂った叫び声が聞こえる。

メイリード

（一）

眼下の土地はなだらかに起伏して、無数の色や形のパッチワークを思わせる。
上空からちらっと見たところでは、世界はとても穏やかで、とても美しいので、獲物を追ってここを歩きまわる怪物の、民間伝承として片づけてしまいそうになるかもしれない。でも、メイリードは簡単に片づけることはできない。思いだせるかぎりずっと、彼女の任務は、怪物を捜しだすことだった。長年に亘《わた》り、成功に貢献してきたが、イリサ・ミルゾヤンや、ブライオニー・テイラー、その他大勢を誘拐した怪物を追いつめるのに失敗したら、すべてが無に帰するだろう。

今朝早くに、メイリードの指示のもと、ウィンフリスのテクノロジー・チームがようやく結果を届けた。カイルがかけた相手の電話のピン・データは、ヘレフォードの電波塔から信号を受け取っていたことを示した。九十六秒間の交換のすぐあとに、電話は隠れ家のある北に向かい始めた。カイルが失踪《しっそう》してから、電話はまったくネットワークに接続されておらず、メイリードはまた接続されることはなさそうだと考えているが、三時間前に、迅速な捜査権限規制法《RIPA》データ要求のおかげで、その電話が直近十二か月にしたすべての電話やメールの詳細を受け取った。

べつのデータ要求もつづいて行った。今度のは最初の電話からひんぱんにかけられた二台目の携帯電話のもので、カイルが最初に電話をかけたときに、おなじヘレフォードのアンテナの近くにいた。その後すぐに、二台目の電話は、はるばる西のストランブル・ヘッドの近くのペンブロークシャー・コーストに向かい、それ以来ずっと、そこでネットワークに接続されている。

この新事実は驚くべきものだ。メイリードが追っている容疑者はひとりではなくて、ふたりいるようだ。そして二台目のGPSに不正侵入したおかげで、数十センチまで正確に場所を突きとめている。その位置の衛星画像には、海に囲まれた荒涼とした半島の、使われなくなった沿岸の見はり小屋が見える。

今、警察庁の特殊空挺《くうてい》部隊のボーンマス基地から、黒と黄色の警察専用のヘリコプターに乗り、メイリードは大急ぎでそこに向かっている。二地点間の距離は二百キロメートルだ。すでに一時間ずっと空を飛んでいる。

その場所が管轄区内になるダベッド・ポーイス警察は、すでに警戒態勢を取らされている。地上車両が向かっている。逃亡に使われる可能性のある緊急避難用道路はすべて封鎖された。ネルソン38が一艘《そう》、ミルフォードヘブンの港湾部隊から発進して、地方の沿岸警備隊と連携し、海からの出発を防いでいる。

「あと二分です」とパイロットが言う。下では、陸地が波立つ海に場所を明け渡している。ヘリコプターが右に傾き、北に向かって急ぐ。

いくつもの波があっという間に眼下を過ぎていくのを見ながら、メイリードは、イリサ・ミルゾヤンはまだ生きているだろうかと考える。カイル・ブキャナンと、彼の二十年間の監禁の恐怖を思う。カイルが自分を誘拐した者たちのもとに戻ることを選ぶとは、想像しがたい。

さっきメイリードは、ムニエフィールズの犯罪現場管理者のポール・ディーコンから電話を受けた。〈ルーファス館〉で、彼のチームが、レオン・ムニエの書いた日誌を捜しだしたのだ。記載されていることの多くは、自分の土地に住む、小さな短期滞在者のコミュニティに関することだ。どうやら湖畔のひと気のないキャンプ場のことらしい。言い回しはしばしば意味不明だが、コミュニティのリーダーの女——日誌ではAと呼ばれている——は、長いこと、貴族に女を供給していたようだ。巻きこまれた人たちがプロの売春婦なのか、人身売買された旅人のコミュニティの一員なのかは、はっきりわからない。ムニエはキャンプでもっと悪いことが起こっていると疑い始めていたけれど、それを通報する勇気をまだ奮いおこしていなかった。

「森にあの火をつけたのがだれであれ、わたしたちが着いたときにはとっくにいなくなっていた」メイリードは言う。「ムニエがその人たちの正体を知っていたのなら、彼を黙らせる、完全な動機になるわね」

「そのとおりです」ディーコンが応《こた》える。「つまり、自殺の線は考えなくていいのかもしれません」

ぎざぎざの半島が視界に飛びこんでくる。火山岩の崖《がけ》が行き止まりの、フェルトで覆われたような岬は、風と海とでひび割れている。大きな波が、砕けた離れ岩のまわりに白く泡だつ。

「あそこです」とパイロットが指さして言う。

メイリードは、その島にうずくまるように建っているストランブル・ヘッド灯台と、島と半島をつなぐ幅の広い金属製の橋を見る。さらに南東には、U字型の海沿いの道が、警察車両に両はしを封鎖されているのが見える。

パイロットは、メイリードの注意を、地上支援に向けているのではない。そうではなくて、東にすこし行ったところにある、ぼろぼろの石造りの掘っ立て小屋を指し示す。外に止まっているのは、さびがまだらについた白いバンだ。

「あれよ!」とメイリードは叫ぶ。アドレナリンが息を詰まらせる。「降ろして」

（二）

ヘリコプターが空から突進するにつれて、胃が喉《のど》までせり上がる。ドアの枠を握るメイリードの頭の中に、いろいろな仮定が次々浮かぶ。

うしろにいるハリー部長刑事の命令で、海沿いの道の東はしに配置されていた四台のパトカーが、道路を加速して走ってくる。道の先端に砂利道があり、頂上にある見はり所に向かう急な坂につながっている。

まるでヘリコプターが近づくのに反応したかのように、見はり所のとなりにある差しかけ小屋のドアが、がたんと開く。だれかがよろめきながら出てくる。メイリードは双眼鏡をひっつかんで、その人物に向ける。

彼女だ。イリサだ。

カイル

（一）

平均的な人間の身体には、五リットルくらいの血が含まれていると、前に読んだことがある。でも、もしも父さんとぼくが何かの目安になるなら、その数字はずいぶん少なく見積もりすぎだ。

ぼくらはびしょ濡《ぬ》れだ。血がぼくの脚にジーンズを、肋骨《ろっこつ》にTシャツを貼りつけている。血は父さんの身体に開いた穴からどくどく流れだし、じわじわ下ににじみ出て、どこまでも広がっていく血だまりになる。

父さんはぼくの脚のあいだに横たわり、頭をぼくの肩に載せている。手錠の鎖がまだ首に二重に巻かれている。輪を通して、弱く脈打つのが見える。

ぼくは父さんを刺しおえた。野蛮な行為に正義が下されるというところに意味があるんだと思う。父さんが誘拐した女の子や男の子ひとりにつき一回突きさす、それだけだ。グレーテルは数に入れなかった。あの子は自分で復讐《ふくしゅう》したから。

ぼくの傷も父さんと同じくらいひどい。父さんはナイフを三度ぼくに突っこんだ。その傷のうちのふたつは、今はかろうじて感じるくらいだけど、三つ目の傷の痛みは強烈だ。この小屋の中で、父さんが脚のあいだに横たわっている状態では死にたくない。完全に力がなくなる前に、外に出なくては。

そして、その前に、父さんを殺さなくてはならない。

（二）

肉切り包丁はまだ父さんの身体に突き刺さったままだ。それをぐいと引きぬくと、父さんの最後の血潮がぼくの上に噴きだす。父さんは脚を蹴《け》りあげ、ため息をつく。

それはとても親密だ。不思議と感情に訴える。

傷のせいで、ひざを立てて父さんの背骨に食いこませるのにしばらくかかる。それが終わると、二重に巻いた鎖の両はしをつかんで引っぱる。父さんがまた蹴るけど、もがいたところでどうにもならない。うがいのような音を立て、目が飛びだしていて、哀れとしか言いようがない。

それから、あっけなく、終わる。

ぼくは父さんの首から鎖をほどいて、頭をだらりと前に下げる。目を閉じると、眠ってしまいそうだ。ぎくりとして、頭をうしろに引く。ぼくの人生がこんなところで、気持ち悪い父さんの血だまりの中で終わるなんて、ぞっとする。

ヘリコプターが差しかけ小屋の屋根の上で大きな音を立てている。たぶん、沿岸警備隊が半島の定期パトロールをしているんだろう。

完全に意識を失うとまずいので、急いで父さんの服を探して、ようやく手錠のカギを見つける。すぐにぼくは自由になる。父さんを転がしてぼくの脚から下ろし、まっすぐ立とうとする。その努力はこっけいで——もしもぼくが死にかけていて、吐き気を催すほどの痛みがあるのでなければ、たぶんおもしろいと思ったことだろう。

足を前後に動かすと、血の湖にさざ波が立つ。なんとか身体の下にひざを持ってくる。ようやく、どうにかして立つ。血が雨のようにぼくの服から滴る。倒れたら、ふたたび立ち直れはしないだろう。あえいでから五歩歩く。

外から、ぜんそく患者のような、ディーゼルエンジンのゴロゴロという音が聞こえる。すぐにそれが何だかわかる——ぼくをここに運んできた白いバンだ。グレーテルがあれを盗もうとしているのなら、うまくはいかないだろう。あのエンジンを、冷えた状態から始動させるこつを知っているのは、父さんだけだ。父さんでさえ、一回ではできないときがある。たぶん、だからカギをイグニッションに入れっぱなしでも、あまり心配していなかったんだ。

ついにぼくは差しかけ小屋のドアのところに着く。顔に当たる風が、背後の恐怖のあとではとてもさわやかで、神さまからのまっすぐな祝福だ。坂の下で繰りひろげられているのは、疑いもなく悪魔の仕業だった。

イリサ

(一)

叫び声が、ドリルのようにイリサの頭をつんざく。

後ろを見ると、アニーが掘っ立て小屋から出てくるのが見える。魔女の表情があまりにもすさまじくて、一瞬、身体が硬直する。少しして、スズメバチのようなヘリコプターの轟音《ごうおん》が乱暴に空をばらばらにして通りすぎる。その音は信じられないくらい大きい。イリサは麻痺《まひ》状態から解き放たれる。掘っ立て小屋に背を向けて、つまずきながら坂を下りる。

おとぎ話では、グレーテルは魔女をかまどで焼いてから、お兄さんを檻《おり》から出してやった。イリサは逆に、魔女を生かしておいて、ヘンゼルを見殺しにしてきた。それは義務の怠慢で、イリサはすべてを失うかもしれない。

ヘリコプターがまた急降下してくる。ドアに太い黄色の文字で書かれているのは、二度と見ることはかなわないとあきらめていた文字だ。〝警察〟。

「助けて!」イリサは良い方の手を空に持ちあげて、かん高い声で叫ぶ。

坂のこの部分は危険な急斜面だ。左側はぎざぎざの岬がコケむした岩をひじのように海に突きだしている。はるか下で、回転灯を光らせて、パトカーの一団が海沿いの道をがたがた走ってくる。すごく遠くに見える。うしろから金属のきしる音が聞こえる。ちらっとふり返ると、魔女がバンのドアを開けて、運転席に乗りこむのが見えた。
(二)

草は湿っていて、滑りやすい。土からは矢じり形のつるつるした岩が突きだしている。イリサは速く下りることはできないと知っている。もしも転んだら、ケガをした腕をぶつけて、叫びながら横になっているうちに、アニーが追いかけてきて捕まるだろう。そのかわりに、慎重に足もとに注意して、踏み出すまえに一歩一歩確認しながら、ミミズなみの速度で動く。


ヘリコプターが左を突進していき、回転翼のバリバリという音が胸に響く。

「助けて!」とかん高い声で言う。「どうすればいいか教えて!」

うしろでがたがた音がする——バンのエンジンをかける音だ。イリサは滑って尻《しり》もちをついたが、かろうじてケガした腕を地面に打ちつけずにすんだ。ふた息つくあいだ、ぼう然とそこに座っていると、カオスがまわりを流れていく。

再び、バンのエンジンがかかる。また、かたかたと消える。

「よし、ビッチめ!」イリサは叫ぶ。「いい気味!」

それに応じて、魔女は三度目のエンジンをかける。ピストンがたたいたり反発したりする。今度はきっと点火するだろう。しかし、アニーがかるく十秒は回転させつづけても、点火はしない。

警察のヘリコプターはまたしても、急速に高度を落として、騒々しく追いこしていく。イリサは坂のふもとを見る。ヘリコプターはその平らな地面を目指しているのだ。機首が上を向く。車輪の滑り止めが地面にぶつかり、一、二度はずむ。パイロットが減速する。

身体をまっすぐにして、イリサはのろのろと下りつづける。ヘリコプターにたどり着くためには、あと二百メートル行く必要がある。もしも魔女が歩いて追ってくれば、イリサに追いつくまでに、でこぼこの地面が三十メートルある。アニーは太っていて年を取っているけれど、イリサはケガをして疲れきっている。もう一度うしろを見て、ふたりのあいだの隔たりを確かめる。

見えたのは、恐ろしいものだ。

（三）

魔女はエンジンをかけられないが、ハンドブレーキを解除することはできる。

最初はのろのろだが、バンは前に進む。すぐにスピードがついて、岩や草むらの上を跳ね、刃物の箱のようにかたかた鳴っている。

すでにアニーはふたりのあいだの距離を半分に詰めている。いかにも無謀な追跡の仕方からみて、魔女の頭にあるのはひとつだけだ。イリサを車で轢《ひ》くことだ。

遠くで、先導するパトカーが海沿いの道からそれて、半島につながる砂利道に飛びこみ、タイヤが泥を飛ばしている。ちがう星にいるみたいに思える。

用心をすっかりかなぐり捨てて、イリサはつるつる滑りながら坂を下りる。バンはぐんぐん近づいてくる、止められない、不協和音で叫ぶ金属のかたまりだ。どうみても、避ける方法はない。

ママや、祖父母のこと、言いたかったことすべてを考える。自分の死が彼らにもたらす苦悩と、自分がどんなに必死にそれを避けようとしたかを考える。

はるか下で、ヘリコプターのドアがぱっと開く。中から女の人が飛び下りる。パトカーが四台、すっと近くに止まる。

ヘリコプターのそばにいる女の人がちぎれんばかりに手をふる。制服を着た警察官たちが止めた二台のパトカーからどっと出てくる。彼らも手をふる。

うしろにバンの音がする。激しく震えていて、ばらばらに壊れそうだ。下で警察官たちが大声をあげはじめる。彼らのことばは聞こえない。何を言っても、助けにはならない。

イリサは小山を横滑りして下り、岩の上につまずいて倒れそうになる。やって来るものより速く走ることはできない。死が早く訪れて、あまり痛くないことを願う。バンの影が追いつくにつれ、頭を良いもの、今より良かったときの思い出で満たそうとする。運命に直面したくはないけれど、ついに抵抗できなくなる。ふり向いて、バンのフロントグリルが視界いっぱいになるのを見る。

「やめて！」と叫び、脚がへなへなとなる。「やめて！」

来た。

ああ神さま、どうか死後の世界がありますように、どうかこんなんじゃなくてどうかわたしをお許しください、神さま、どうか今わたしとともにあられますように今このとき、**今このとき**——

フロントガラスの向こうを見つめる。

イリサの目がめらめらと燃える。

とんでもない人生だった。驚きの連続で、ほろ苦い。

カイル（一）

顔に風が当たる。髪に風が当たる。心にひそかな激しさがある。

差しかけ小屋の外では、海から巻きあげてくる風から身を守るものは何もなく、血でびしょ濡《ぬ》れになった服が、海を走るスクーナーの帆のようにはためいて肌に当たる。

頭上で、雨をはらんだ灰色の雲が、東に進路を変える。さらに西のほうに、青空の細い切れはしを見つける。晴れた空の下で死にたいけど、死に方は選べない——ぼくの願いが叶《かな》わないのはわかっている。それでいい。

坂の下のほうで、イリサが逃げようとしてもがいているのが見える。途方にくれて、怖がっているようだ。突然、彼女のほんとうの名前を使うのが大事だと感じる。

イリサを見ながら、初めて会ったときのことを思いかえす。ケガをして、鉄の輪につながれていても、イリサの精神はめらめらと燃えていた。ほんの一週間あまりで、残酷にもそれが少しずつそぎ取られてしまった。

家族のことを思う。ママ、かわいい弟。多くの神の穏やかな創造物のように、ぼくたちは、われらの中をうろつくオオカミなんているはずないと、のんきに生きていた。無知ゆえにめちゃくちゃにされたのだ。イリサ・ミルゾヤンと共通しているものがあるとしたら、たぶんそこだろう。

　父さんのバンの音で現実に引きもどされる。エンジンが何度もかけられる。まわりを見ると、最初に見えるものは、ソフト帽をかぶり、タバコを吸っているドクロだ。

　ぼくはそのステッカーを、父さんが一度家に持ってきた車の通販雑誌で見つけた。ぼくはバンのうしろのバンパーに貼りつけたとき、だれも気にしていないように見えた。バンのドクロがすごく怖くて、ほとんど見られなかった。ぼくを怖がらせるのなら、ほかの子どもたちも怖がらせるかもしれないと思ったんだ。もしかして、父さんが車を止めるのを見たときに、あのステッカーを見て逃げだすかもしれない。ぼくの計画がこれまでにうまくいったのかどうかはわからないけど、失敗した回数は正確に知っている。なぜなら、バンが〈記憶の森〉に新しい住人を運んでくるたびに、二十二口径に弾をこめて、バンパーにへこみをひとつつけたから。

　息をするのがむずかしくなってくる――なんとか短く息を吸えるくらいだ。少なくとも傷の痛みは鈍くなってきた。もしかして、それは出血することの恩恵なのかもしれない。

　ふたたびイリサを捜そうとする。さらにすこし坂を下りたイリサを見つける。〈記憶の森〉の下で、あの一週間に、ぼくらはどれほどたくさんのことを話しただろう。どれほど教えられた気がすることだろう。イリサが決して心からぼくを信用してはいなかったのは知っている。ついさっき差しかけ小屋でイリサをつかんで、ぼくの計画を説明したときでさえ。でもそのことで、イリサをとがめることなんてできやしない。バンの始動モーターが喪に服しているように弱々しく泣く。命が徐々に尽きて、バッテリーにはエンジンをかけるだけの力もないのに、始動機は巻きあげつづけている。運転席にいるのはアニーだ。エンジンの手荒い扱いを見ると、本気で頭にきているにちがいない。ぼくはのろのろと助手席のドアのところに行き、大きく開く。

（二）

アニーの頭がすばやくこっちを向く。目が合うと、アニーのあごがハッチのようにぽかんと開く。

無理もない。ぼくはたいてい鏡を避けているけど、今の自分の姿を見たら、まちがいなくぎょっとするだろう。

歯をむきだしにして、アニーはカギをひねる。「あのビッチはあんたを殺すつもりだったんだよ」と言う。「度胸がなくなったのかもしれないけど、やる気だった」

アニーがぼくのスピリットガイドだったときには、ぼくは彼女の言うことばすべてにしがみついていた。今はただのペテン師だとわかる。片手でおなかを押さえて、身体を席に引きずりこむ。

ヘリコプターが左を突進していき、下降気流がバンを揺らす。はるか下のほうで、パトカーが一列になって、海沿いの道を押しよせてくる。すこし離れたところで、グレーテルが足もとに注意して、坂を下っていくのが見える。

席に乗りこむことで、どっと疲れた。視界のはしの辺りがまた黒くなり、狭いトンネルが残る。頭をヘッドレストに預けて、呼吸に集中する。

「父さんがやったのかい？」アニーが訊《き》く。

「うん」

「まったくひどい目に遭わせたもんだね」

ぼくはうなって応《こた》える。ほかに言い足すことはあまりない。

座席が揺りかごのように揺れる。頭が胸にうなだれる。気持ちいいな、これ――ムニエさんのワインを飲み過ぎたみたいなかんじだ。だれかが子守唄《うた》を歌ってくれさえすれば、ぐっすり眠れると思う。頭をアニーのほうに向けると、世界が溶けた絵の具のように汚れる。そのとき、席が揺りかごになったわけがわかる。アニーはハンドブレーキを解除したんだ。ぼくらは下り坂を転がりはじめていた。

すぐにやさしい揺れが乱暴な揺すぶりになる。「何しれるの？」ろれつが回らなくて、ことばが間のびして聞こえる。

バンは草むらにぶつかり、前が上がる。突然、坂道の草のかわりに、空しか見えなくなる。ボンネットが揺れてもとに戻ると、前輪が激しく草に突っこんだので、アニーとぼくは前に投げだされる。ダッシュボードに片手を置くけど、身体を支える力はない。

ためていたわずかな空気が肺からたたき出される。　血しぶきがフロントガラスに降りかかる。

　気持ち悪い。

　となりでアニーが座席のうしろに揺り戻される。きっとハンドルに頭をぶつけたんだろう――顔が血のベールに覆われている。今となっては、ぼくの昔のスピリットガイドというよりは、祝宴をあげている吸血鬼のように見える。アニーはハンドルを握りなおすと、衝突しながら前進をつづける。

　ぼくらの前で、ケガした腕を支えながら、イリサが岩の上を滑る。バンは跳ねながら彼女のほうに向かう。救いの手を差しのべることができずに、ぼくは座席にもたれて見ている。〈記憶の森〉の下で目覚めた者で、ほんとうにそこを去る者はいない。いままでだれも逃げていない。

　この最後のときに、ぼくはイリサがかつて〈お菓子の家〉で、ぼくに言ったことを思いだす。ぼくらはおとぎ話に出てくるきょうだいのヘンゼルとグレーテルみたいだと。本気ではなかったとしても、ぼくがどれだけ幸せな気分になったか、あの子には決してわからないだろう。

　バンは飛びあがり、どんと落ちる。フロントガラスにひびが走る。その揺れがあまりに激しくて、息ができなくなる。

　外では、ぼくと同じように、イリサが力の限界に達している。何が起ころうとしているかに気づいて、ふり向き、自分の運命に直面する。

ぼくは、その瞬間が遅れるのを期待して、座席に身体を押しつける。一生のいやな記憶の中で、たぶんこれが最悪になるだろう。

バンが自分に向かって勢いよく進んでくるのを見たイリサは、あごを持ちあげる。ぼくのクイーンを見ながら、すごく誇らしくて、賞賛を叫びたくなる。耳に聖書の聞きなれた一節が聞こえる。ママがよくぼくに読ませたやつだ。最後に言う。主に依り頼み、**その偉大な力によって強くなりなさい。悪魔の策略に対抗して立つことができるように、神の武具を身に着けなさい。**

かつて幼かったころ、ぼくはその策略を妨害しようとした。その試みの中で、弟を失った。今、ひび割れたフロントガラスを通してイリサを見て、イリサがガラスを通してぼくを見返したとき、もう一度やらなければならないとわかる。

肺には息がなく、筋肉に強さがないので、ぼくには運転のじゃまをする力はない。だけど、座席を滑って、ハンドルをもぎ取り、なんとかじゃまをする。

アニーが叫ぶ。バンは側面で木をなぎ倒していく。イリサが右側をさっと通りすぎたのは見えなかったけど、フロントグリルに衝撃は感じなかった。車が小山にぶつかり、飛びあがる。かるく二、三秒間飛んでから、すさまじい音を立てて落ちる。アニーはまた顔をハンドルでつぶされる。歯が一本、ぴゅっとダッシュボードに飛ぶ。

「離せ！」アニーは血を吐きながら、金切り声で叫ぶ。

ハンドルを思いきり回して、ぼくは坂を下るコースを変えた。今は坂を斜めに横切り、海に面した高い崖《がけ》に向かっている。

アニーはブレーキを踏みつける。でも車輪がロックされても、スピードはほとんど落ちない。

崖のふちがどんどん近づく。バンはぶつかって揺れ、耳にやかましく響いて、まるで月に行くロケットに身体を縛りつけたかのようだ。

「くそったれ！」アニーが叫ぶ。「くそったれ、離せってば！」

ぼくの顔にひじを食らわせて、頭を横にぶつけさせる。座席のぼくのそばに、驚くべきものが見える。

(三)

ぼくの家族だ。

茶目っけたっぷりに顔を輝かせたイライジャが、ママのひざにちょこんと乗っている。目が合うと、にっこりしてぼくの名前を言っているように口を動かす。

ママの両腕はイライジャのおなかを包んでいる。ちらっと見あげると、ママもにっこりぼくに笑いかけ、顔が愛にあふれて輝いているので、ぼくは力が回復するのを感じる。

ぼくらの下で、バンの車輪が、制御できない列車のように、どすん、ごつんとぶつかる。アニーはまたぼくを殴る。今度はほとんど打撃を感じない。ぼくの注意はすべてママに向いている。

車が崖のふちを強く打って宙に飛びだすとき、突然の静けさに気づく。ひび割れたフロントガラスにもかかわらず、一条の青い空がまだ見える。となりで急に叫び声があがる。聞こえないようにするのはかんたんだ。

バンの前部が潜りはじめると、光り輝く海が見える。すこし離れたところに、波に揺れている警察の船が見える。

今はまわりじゅうに音がする。風がとどろきはじめる。

最後に言う。主に依り頼み、その偉大な力によって強くなりなさい。悪魔の策略に対抗して立つことができるように、神の武具を身に着けなさい。

「カイル」とママが言う。「カイル、わたしを見て」

押しよせる水から視線をそらす。ママの愛情に満ちた目が見える。イライジャの目も。

「家に帰っておいで」ママが言う。

ぼくはふたりのところに行く。

イリサ

しばらくのあいだ、イリサは長い草の中にあおむけに横たわり、空を見つめることしかできなかった。海のほうでは、雲が分かれて、細い青空のきれはしが見えている。イリサはそれを見て、風と頭上で鳴くカモメの声に耳を澄ましていた。

すぐにひとつの顔が上に乗りだしてくる。ヘリコプターの女の人だ。

「イリサ」と言い、まるでガラスでできているものにふれるみたいにイリサにふれる。

「終わったわ。もう安全よ」

イリサはうなずく。それを信じているからではなく、そうするのが礼儀正しいことだから。「ママはどうしていますか？」

「あなたのお母さんは戦士ね、あなたと同じように」女の人が言う。顔の涙をぬぐう。

「その腕はどうしたの？」

イリサはしかめ面をする。「すごく痛いの、まるで――」そこで止めて、ほおを赤らめる。グールといっしょに一週間くらいいたので、知らない人の前で毒づくところだった。

「ビッチ？」女の人が訊く。

「わたしがそんなことを言ったって、ママに言わないで」

「言わない」

イリサは海に顔を向ける。「何があったか見た？　あの人が何をしたか？」

「みんなが見てたわ」

「あの人に約束して、って頼んだの。始まってすぐに。わたしを死なせないって。あの人はそうは言おうとしなかった。でも戻ってくると約束したの」

イリサは自分を囲むたくさんの顔を見る。身体を持ちあげられるのを感じる。

「わたしはメイリードよ」と女の人は言い、イリサの良いほうの手を取って握りしめる。

「家に連れていくわね」

そのことばを、イリサは何度でも聞きたいと思った。


〈完〉

訳者あとがき

深い森の中にたたずむ一軒の家。そこからもうひとつの『ヘンゼルとグレーテル』の物語が始まる。

イリサは、ずっと目標にして訓練を重ねてきたチェスの大会の日に、何者かに連れされた。目がさめると、何も見えないまっ暗闇の中にひとりぼっちでいた。片手には手錠がはめられている。ここはどこで、だれが、いったい何のために、こんなことを？　ハレの日から一転して、過酷な運命に立ちむかうことになったイリサは、絶望し、打ちのめされながらも、絶対に生きのびて、ママのもとに帰ると誓う。

イリサが閉じこめられている監禁部屋には、ふたりの人物がかわるがわる訪れてくる。ひとりは情け容赦のない「グール」、もうひとりはイライジャと名のる、〈記憶の森〉のそばに住む謎めいた少年だ。イライジャは、遊び相手ができて喜んでいるようだった。しかし、無邪気さのかげに疑い深さや狡猾《こうかつ》さも垣間《かいま》見える。はたして彼は敵なのか、味方なのか。イリサは完全には信用できないと感じながらも、イライジャを利用して、逃げる方法を探ることにする。そして、イリサのひたむきさに影響されて、イライジャの運命もまた大きく動きだす。

誘拐事件を扱った小説は多々ある。現実の世界でも、子どもの誘拐、失踪《しっそう》事件は時々起こっていて、そのたびに少なからず人々の心をざわつかせる。それは、決して他人事《ひとごと》ではないからだ。幼いころ、よく迷子になって、もう二度と家に戻れないのではないかという恐怖に襲われた。親が見つけてくれるまでの時間が、永遠のように長く思えて、心細い思いをしたものだ。

親になってからは、子どもが迷子になると、どうして手を放してしまったのかと後悔しながら、必死に捜しまわった。そんなひやりとする経験は、多かれ少なかれ、だれもが身に覚えのあるものだろう。ふだんどんなに気をつけていても、一瞬の不注意が、誘拐、失踪、事故につながる可能性は十分にある。たいていは何事もなく日常に戻って、忘れてしまうけれど、戻れない危険とつねに紙一重であることを、わたしたちは知っている。

だからこそ、誘拐事件を扱った小説は切実で、つい感情移入してしまう。なかでも本書は、一見無力に見える十三歳の少女が、力ではとうていかなわない相手に痛い目にあわされながらも、決してあきらめずに、勇気を持って、知恵と機転を武器に戦う点が見どころであり、大きな魅力と言えよう。

イリサは、暗い監禁部屋の床をチェス盤に見立てて、頭の中に地図を作り、見つけたものをそこに入れていくことを思いつく。チェスをしたことがない人でも、白と黒のマスが格子状に並ぶチェス盤は、きっと見たことがあるだろう。本書を読むにあたり、詳しいルールなどは知らなくても問題ないが、ここで簡単にチェス盤の見方について説明したい。

チェスの試合で、対戦内容を記録したものを「棋譜」というが、FIDEこと国際チェス連盟で正式に採用されている代数表記法では、チェス盤の横軸の左から右にaからhまでの8つのアルファベットの文字があてはめられ、縦軸には下から上に向かって1から8までの数字があてはめられている。アルファベットと数字の交点がマスの番地になり、d4とかd5というふうに呼ばれるというわけだ。このチェス盤を頭に思い浮かべて読んでいただければ、イリサのいる場所が想像しやすくなるはずだ。

後半には、予想もしなかった展開が待っている。胸に迫る悲しみのなかに、ひとすじの救いもあり、悲惨な場面が多いわりに、読後感はさわやかといってもいい。良い意味で期待を裏切る大きな物語が姿を現し、きっともう一度読み返したくなるにちがいない。「多くの神の穏やかな創造物のように、ぼくたちは、われらの中をうろつくオオカミなんているはずないと、のんきに生きていた。無知ゆえにめちゃくちゃにされたのだ」というカイルのことばが心に残る。

本書は、二〇一八年のフランクフルトのブックフェアで注目を浴び、ヨーロッパ各国でオークションとなった。世界十三か国での出版も決まっている話題作である。訳者はプルーフの段階で読み、ダークファンタジーのような雰囲気の冒頭から一気に物語に引きこまれ、グリム童話を彷彿《ほうふつ》とさせる美しくも不気味な森の描写や、構成の妙、予想外の展開、何より少年少女の痛々しいまでの奮闘を描ききっているところに感嘆した。二〇二〇年の必読書との触れこみどおり、ページをめくる手が止まらない、ぞくぞくして、感動的で、ほかに類を見ないサバイバルスリラーであり、サイコロジカルスリラーでもある。

著者のサム・ロイドは、イングランド、ハンプシャー州出身。近くの森で物語を作ったり、秘密の隠れ場所を造ったりして育ったという。本書で森が大きな役割を果たしているのもうなずける。現在は妻と三人の幼い息子と犬とともに、サリー州に住む。本書『The Memory Wood』がデビュー作である。

最後になったが、翻訳にあたり、株式会社KADOKAWA編集部の林由香さんには、たいへんお世話になった。この場を借りて、心より感謝を捧げたい。

二〇二〇年夏

大《おお》友《とも》香《か》奈《な》子《こ》

チェス盤《ばん》の少《しょう》女《じょ》

サム・ロイド　大友《おおとも》香《か》奈《な》子《こ》＝訳

令和２年　７月25日　初版発行
令和６年　10月25日　再版発行

発行者●山下直久

発行●株式会社KADOKAWA
〒102-8177　東京都千代田区富士見2-13-3
電話　0570-002-301（ナビダイヤル）

角川文庫 22054

印刷所●株式会社KADOKAWA
製本所●株式会社KADOKAWA

表紙画●和田三造

◎本書の無断複製（コピー、スキャン、デジタル化等）並びに無断複製物の譲渡および配信は、著作権法上での例外を除き禁じられています。また、本書を代行業者等の第三者に依頼して複製する行為は、たとえ個人や家庭内での利用であっても一切認められておりません。
◎定価はカバーに表示してあります。

●お問い合わせ
https://www.kadokawa.co.jp/（「お問い合わせ」へお進みください）
※内容によっては、お答えできない場合があります。
※サポートは日本国内のみとさせていただきます。
※Japanese text only

©Kanako Ohtomo 2020　Printed in Japan

ISBN 978-4-04-109081-7　C0197